T0276339

ENTRE LOS MUERTOS

LA T RAMA

ENTRE LOS MUERTOS

Mikel Santiago

Papel certificado por el Forest Stewardship Council®

Penguin
Random House
Grupo Editorial

Primera edición: junio de 2022

© 2022, Mikel Santiago
www.mikelsantiago.info
© 2022, Penguin Random House Grupo Editorial, S. A. U.
Travessera de Gràcia, 47-49. 08021 Barcelona

Printed in Spain – Impreso en España

ISBN: 978-84-666-7219-1
Depósito legal: B-7.552-2022

Compuesto en Llibresimes, S. L.

Impreso en Rodesa
Villatuerta (Navarra)

BS 7 2 1 9 1

Las novelas de Illumbe

Las novelas de Illumbe (*El mentiroso, En plena noche, Entre los muertos*) son historias independientes ambientadas en un pueblo ficticio de la comarca de Urdaibai. Puedes leerlas en el orden que prefieras y disfrutar encontrando sus conexiones.

«No hay nada como un funeral en el mar. Es sencillo, limpio y nada incriminatorio».

ALFRED HITCHCOCK

PRIMERA PARTE

1

Habíamos pasado el fin de semana más romántico de nuestra corta historia juntos. Dos días completos en su casa de la playa. Dos despertares sin prisa. Dos desayunos con sus amplias sobremesas, dos largos paseos, incluso un baño helador en el mar. Nada de oscuridades y rincones. Nada de contraseñas o de sexo prohibido en el interior de un coche. Todo a la luz del día, como si por una vez fuéramos una pareja de verdad y sin nada que ocultar.

Patricia, su mujer, llamó solo una vez en todo ese tiempo. Fue un momento tenso en medio de tanta felicidad. Era sábado por la tarde y bebíamos unas copas de vino frente a la chimenea. Kerman cogió la llamada y se metió en su despacho sin cerrar la puerta, así que le oí mentir. Hablarle de la aburrida monotonía de su fin de semana ermitaño en la playa, «ya sabes, todo igual». Le dijo que estaba trabajando en la reforma del granero, terminando uno de los baños de la planta baja. ¿Qué tal ella por Madrid?, preguntó. Yo estaba desnuda sobre la alfombra, con la copa en la mano, casi aguantando la respiración. Después, cuando Kerman regresó a mi lado, no supe si preguntarle por ella o si callarme. El cargo de conciencia, si tenía alguno, era suyo, y no quería abrumarlo. Pero él se sentó a mi lado, cogió su copa de vino y pasó por encima de la llamada como quien pasa la página de una noticia sin interés.

Hubo otros detalles que me llamaron la atención esa noche y al día siguiente. Detalles que en ese instante me parecieron triviales, pero que acabarían cobrando una relevancia inusitada. ¿Pequeñas mentiras, podría decirse? Aunque yo estaba sumida en tal borrachera emocional que no les di importancia. Iba fluyendo por las horas y los minutos como una flor caída en un arroyo.

Y de pronto, la flor se estampó contra una pared de piedra.

Llegó el dolor.

Un accidente.

¿Cómo pudo ocurrir? Por muchas vueltas que le dé, no le encuentro sentido. Cuando Kerman dio aquel volantazo en la curva, lo primero que pensé es que lo hacía a propósito, como un arrebato. Había ido besándole desde la gasolinera, mordisqueándole la oreja, acariciándole. Se nos acababa el tiempo y queríamos aprovecharlo al máximo. ¿Cuándo íbamos a volver a vernos tanto y tan bien?

Entonces el coche comenzó a girar en el sentido opuesto a la curva. Demasiado rápido, demasiado... y recuerdo que pensé: «Le ha dado un pronto y nos vamos a algún rincón oscuro». Pero no, nada de eso. Antes de que me diera cuenta estábamos cayendo entre árboles por una ladera empinada. Él empezó a gritar. Yo solo alcancé a abrir la boca y a agarrarme impulsivamente al sujetamanos, convencida de que íbamos a matarnos. Esos valles son como una garganta sin fondo. De un momento a otro nos estamparíamos contra un árbol y, a esa velocidad, sería el fin.

Sin embargo, el coche saltó como un caballo sobre piedras y matojos. Nos golpeamos con cosas en los laterales y arrollamos una zona de arbustos y zarzas que nos frenó un poco. Salió volando un espejo retrovisor y la luna frontal se cascó contra una rama. A partir de ahí, dejamos de ver, y unos segundos después chocamos contra algo. El coche ya no iba tan rápido, pero el golpe fue lo bastante fuerte como para que saltaran los airbags y los dos nos estampamos de cara contra ellos.

Por fin nos habíamos detenido y reinaba el silencio. En esos primeros segundos de un accidente creo que todo el mundo hace lo mismo. ¿Estoy viva? Sí. ¿Estoy entera? También. Como policía, se supone que estoy entrenada para reaccionar y ponerme en movimiento cuando los demás se quedan en shock, pero el meneo me había dejado congelada y tardé un poco en recobrarme. El airbag se había deshinchado sobre mi regazo y el de Kerman también. Él se movía y murmuraba algo..., una maldición. Vale, eso era una buena señal.

—¿Estás bien? —le pregunté.

—Creo que me he roto algo. Diría que el tobillo.

Hizo un movimiento y percibí que le rechinaban los dientes. Yo sentía un dolor recorriéndome el nervio ciático. Era el apretón que había dado con las piernas contra el suelo, una respuesta inconsciente a la caída, como esos pilotos que se rompen los brazos tratando de elevar un avión que cae sin remedio. Por lo demás, todo estaba en su sitio. Me desabroché el cinturón.

—¿Tienes una linterna?

—Sí —dijo—, en la guantera.

La saqué y la encendí apuntando a Kerman: tenía un gesto de dolor, aunque no había sangre. Su ventanilla se había partido y entraba el aire frío de la noche otoñal, pero no podía verse nada más; el airbag lateral se había desplegado como una cortina por encima de la ventana.

—Pásamela, por favor. —Kerman señaló la linterna—. Quiero mirar aquí abajo.

Se la tendí e iluminó debajo del volante, hacia sus pies. Con la mirada escrutadora y científica de un médico forense exploró su propia herida.

—Vale. No hay sangre al menos. —Movió un poco el pie y noté que respiraba más fuerte por el dolor—. Fractura en el tobillo izquierdo. De manual. ¿Tú?

—Nada, nada. Solo me duele un poco la pierna.

—¿El cuello? ¿Algún dolor? ¿Mareos?

—Nada.

—Bueno, las consecuencias de los latigazos tardan en hacerse presentes... —Retiró un poco el airbag lateral que cubría la ventana y vimos el roble contra el que nos habíamos dado—. Hemos tenido suerte.

El frío y la humedad del bosque ya se habían adueñado del interior del coche. Kerman intentó recostarse un poco, entre profundas inspiraciones. Le dolía.

—Pero ¿qué ha pasado? —le pregunté—. ¿Había algo en la carretera? ¿Por qué has dado el volantazo?

—El coche ha empezado a patinar. Es como si hubiéramos pisado aceite... No podía controlarlo.

—Bueno, que llevases la otra mano en mi entrepierna igual ha ayudado un poco.

Logramos reírnos, pese al dolor y lo caótico de la situación.

Probé a abrir la puerta. A veces se quedan bloqueadas por el golpe, pero abría.

—Voy a salir un segundo. Préstame eso —dije por la linterna.

La usé antes que nada para darle unos golpes al parabrisas y terminar de romperlo. Lo primero era comprobar que el coche no estaba suspendido en el aire ni nada por el estilo.

Apunté con la linterna a través del hueco del parabrisas. El haz de luz rebotó en una fina capa de neblina blanca. Detrás se veía una porción de bosque, árboles, gruesos troncos de un robledal. Todo indicaba que habíamos aterrizado en alguna parte llana, quizá muy cerca del fondo del valle.

Salí con cuidado. Estábamos entre helechos y matojos húmedos y apenas veía el suelo, pero había uno debajo de todo eso y pronto noté que mis deportivas absorbían aquella humedad que llevaba siglos esperando echarse sobre algo seco.

Se escuchaba el murmullo de un riachuelo, no muy lejos, quizá a unos veinte metros por debajo de nosotros, pero la oscuridad era insondable, incluso con la linterna.

Rodeé el vehículo hasta poder observar el destrozo. Toda la esquina delantera izquierda se había deformado contra un roble centenario que ni siquiera se había movido un milímetro. El motor debía de estar para el desguace, aunque no se veía humo ni nada parecido. Solo el olor a aceite. Lo normal en un accidente de este tipo.

Kerman asomó la cabeza.

—¿Cómo lo ves? ¿Crees que podríamos sacarlo de aquí?

—¿El coche? Imposible. Esto solo lo sacamos con grúa.

Me giré y apunté la luz hacia la ladera. Calculé que habíamos caído unos treinta metros entre los árboles, y con la fortuna de haber ido frenando contra pequeños arbustos... De habernos despeñado desde más arriba, a unos sesenta o setenta kilómetros por hora, pensé, quizá estaríamos hablando de una situación muy diferente. Vamos, que no estaríamos hablando.

En lo alto, al borde de la calzada, todo estaba a oscuras. Ni rastro de luces. Era una carretera de costa poco frecuentada en otoño, y menos aún un frío domingo por la noche. No parecía muy difícil trepar hasta allí arriba... aunque si Kerman tenía el tobillo roto, íbamos a necesitar una camilla y varias personas para subirlo.

—¿Tienes un teléfono a mano? —pregunté.

—Sí, pero, Nerea... —Noté que dudaba—. Antes de llamar, tenemos que pensarlo.

Recuerdo ver su cara, pálida, sudorosa. Los labios apretados como si le costara dar el paso. Comprendí lo que le pasaba por la mente, aunque era incapaz de verbalizarlo.

De pronto, fue como si todo el frío y la soledad del mundo me envolviera, y recuerdo que pensé: «Claro, qué tonta. Yo no puedo estar aquí. No pueden encontrarnos juntos».

Kerman había pasado el fin de semana en su casa de la playa solo, mientras su mujer estaba en Madrid de viaje de negocios; su hijo había aprovechado para acompañarla en la escapada. Esa era la historia oficial y esa era la historia que debía seguir contándose, ¿no?

Mi amiga Ane, la única persona a la que me había atrevido a confesar mi relación prohibida, me había avisado de que esto terminaría pasando. «Serán unas Navidades, o un cumpleaños, o una situación especial en la que le necesites más que nunca y él anteponga a su familia. Si estás dispuesta a eso, adelante. Pero hay que tener mucho estómago para ser *la otra*».

Allí, en el fondo de ese húmedo robledal, esas palabras me vinieron a la mente como una ráfaga de lluvia helada.

—Yo... Lo siento mucho, Nerea...

Pero yo había aceptado ese juego con todas las consecuencias. Apreté los dientes.

—¿A qué distancia estamos del polígono Idoeta? ¿Puedes mirarlo en Google Maps? —Allí era donde yo había dejado aparcado mi Peugeot. Nuestro punto de encuentro secreto: el parking exterior de un polígono industrial.

—Joder, Nerea, lo siento mucho... Si fuera otro lugar, pero aquí en Illumbe...

—Lo sé —lo interrumpí—, lo sé.

Teniendo en cuenta la zona en la que nos encontrábamos, si llamábamos al 112 iban a mandarnos una patrulla de atestados de la comisaría de Gernika. Y yo trabajaba en la comisaría de Gernika. Sabía hasta quién estaba de turno esa noche. Y podía imaginarme las caras de mis compañeros al descubrirme allí abajo, junto con Kerman Sanginés, un forense bastante conocido en comisaría que, además, ¿no estaba casado? Sí, claro, con Patricia Galdós, la campeona de vela, una habitual de las crónicas sociales. Podía imaginarme la sonrisilla de complicidad, el cachondeo del lunes por la mañana. Quizá lográsemos contenerlo dentro de los límites de la comisaría, pero el atestado, los papeles del seguro... ¿Cuánto tardaría en llegar a oídos de Patricia? Además, pensándolo egoístamente, ¿me apetecía volver a pasar por algo así? No era la primera vez...

—Son ocho kilómetros por la carretera, pero puedes acortar si subes a aquella vieja fábrica, ¿recuerdas? Donde ocurrió lo del escritor.

—¿La fábrica Kössler?

—Sí. Es un camino de montaña, un poco oscuro, pero según recuerdo no era difícil. Después había un sendero entre robles y llegabas al polígono.

—De acuerdo —terminé diciendo—, necesitaré la linterna. ¿Puedes esperar aquí sin ella?

—Claro, llévatela. ¿Crees que podrás con tu mochila? —Señaló hacia el asiento de atrás—. Si no, intento dártela otro día.

La mochila con mi ropa del fin de semana. Claro. Otra huella que había que borrar.

Entonces recordé algo:

—¡Mis bragas y mi sujetador se han quedado secándose en tu casa!

—Joder, es verdad —dijo él medio riéndose—. ¡Va!, tranquila. En estas fechas soy el único que se acerca por allí. Iker como mucho, pero no creo que se fije.

El sábado por la mañana habíamos salido a dar un paseo por la playa y nos habíamos bañado, yo con ese improvisado bikini. A la vuelta lo dejé secándose en un radiador, en el salón, medio oculto por unas cortinas, de ahí viene el despiste.

—Hazme el favor de ir esta misma semana —le dije.

Y no quise añadir que mis braguitas no pasaban exactamente desapercibidas. Era lencería de la que te pones para disfrutar un fin de semana con tu ligue. Esperaba que Kerman llegase solito a esa conclusión.

Abrí la puerta de atrás. Cogí mi mochila y me la puse en los hombros.

—Escucha, Nerea... Siento que terminemos así este fin de semana.

—No importa —le interrumpí de nuevo—. Es lo mejor, Kerman. Lo entiendo.

Pero una cosa es la cabeza y otra el corazón, y yo no podía evitar culparle un poco. Era Kerman (y no yo) el que había dicho todas esas cosas. Que «le sentaba bien estar enamorado», que «veía un futuro juntos».

Yo me había puesto roja como un tomate. «¿Estás enamorado?».

Fue el sábado. Después de nadar en el mar helado y subir corriendo por las escaleras de piedra hasta la casa, habíamos llenado la bañera de agua caliente y nos habíamos metido bajo la espuma.

«Nunca habría comenzado esta historia si no lo estuviera. Aunque parezca irónico decirlo, yo soy hombre de una sola mujer».

Quizá me tocaba a mí decir que yo también estaba empezando a enamorarme, pero no dije ni pío. Prudente que es una. A lo que hay que sumar cierto grado de pesimismo vital que siempre me acompaña. No acababa de creerme que un tío como Kerman pensase en dejar a su mujer por mí. Aun así, fue él quien —en ese momento— dijo que «tenía un plan».

«¿Un plan? ¿Qué es?».

«Da mala suerte hablar de ello».

¿Hablar con Patricia? ¿Contarle la verdad sobre nosotros? ¿Ese era su plan? Pero... ahí estaba yo, linterna en mano, empapada, a punto de trepar la falda de una montaña antes de que llegasen mis compañeros de atestados.

—Asegúrate de que tienes cobertura —le dije—. No me gustaría dejarte aquí toda la noche con el tobillo roto.

—Lo he comprobado. —Me enseñó el móvil—. Escucha, cuando llegues a casa, estate atenta a cualquier síntoma como mareos, vértigos... El latigazo de cuello empieza a manifestarse más tarde. Mañana te pondré un mensaje para contarte cómo terminó la cosa.

—Okey.

—Oye... Dame otro beso antes de irte.

Esta vez Kerman me rodeó la cara con las manos y me besó tan bien que por unos instantes me olvidé de aquel frío bosque, de aquella amarga despedida, del dolor de mi cuerpo y de mi alma.

—Ha sido un fin de semana maravilloso. Gracias.

Comencé a caminar por entre aquellos helechos, a alejarme del coche.

Recuerdo que ya había empezado a subir la ladera cuando oí a Kerman hablar por teléfono. No logré escuchar lo que decía, pero hubo algo en su tono de voz, en su forma de hablar, que me indujo a pensar que hablaba con alguien conocido. ¿Un amigo? ¿Su compañera Ana Suárez? ¿Patricia?

Bueno, en el fondo, es lo que haría cualquiera que tuviese un accidente: dar parte al 112 y llamar a alguien de su familia para explicarle lo sucedido. Me olvidé del amargor y me concentré en mi camino hasta la carretera, cosa que no resultó fácil ni agradable por aquel terreno oscuro y resbaladizo, con la pierna y parte de la espalda doloridas. Me sentía un poco mareada. ¿Había subestimado las secuelas del accidente? ¿Y si me desvanecía en medio del bosque, lejos de cualquier mirada?

Tardé algo más de cinco minutos en remontar la ladera por la que habíamos caído en tan solo unos veinte segundos. Cuando llegué a la carretera, mis deportivas ya eran como dos balsas de agua y barro.

No se veía un alma y saqué el teléfono para ver el mapa. En efecto, solo tenía que caminar dos kilómetros por la carretera hasta la senda de montaña que subía a la vieja fábrica Kössler.

«Ironías del destino», pensé. Allí era donde Kerman y yo nos habíamos reencontrado. En el atestado forense por el asesinato del famoso escritor Félix Arkarazo. No era un entorno romántico que se diga, pero fue el sitio donde volví a verle después de veinte años. «¿Kerman Sanginés? ¿Eres tú?». Él estaba tomándole las huellas al cadáver, que alguien había matado de una pedrada en la cabeza. «¿Nerea Arruti?», dijo girándose. «Madre mía, ¿cuánto tiempo ha pasado? ¿Un siglo?».

Aquel fue mi primer caso en la Policía Judicial. Una oportunidad brindada por el destino y la falta de personal acuciante que sufría el cuerpo, y que provocó que se abrieran algunas plazas «sin oposición». Así que pasé de hacer atestados de tráfico a trabajar como investigadora, algo con lo que soñaba desde que entré en la academia.

En la casi media hora que llevaba caminando no había visto más que una moto. Nada de ambulancias ni coches patrulla, aunque es cierto que podían haber llegado ya desde el otro lado. Quizá mis compañeros ya estaban sacando a Kerman del coche y hablando de la mala suerte que había tenido de patinar en una mancha de aceite... En cualquier caso, era muy probable que la comitiva me adelantase en cualquier momento. Saqué el chubasquero de la mochila, me lo puse encima de la blusa y me cubrí la cabeza con la capucha. Mi media melena rubia era algo que muchos de mis compañeros reconocerían incluso en lo más oscuro de la noche. ¿Qué les diría si me pillaban andando por allí a esas horas? ¿Que me había dado por salir a hacer una marcha nocturna por el arcén de la carretera? ¿En vaqueros, deportivas y con mi mejor blusa?

Llegué hasta el comienzo de la senda y salí de la carretera

sintiendo el alivio de que todo se estuviera solucionando sin mayores complicaciones. Mi cabeza seguía un poco fuera de sí, pero no parecía ir a más. O sea, que no me iba a desmayar en medio de la nada y convertirme en un festín para los bichos del bosque. Solo rezaba por no cruzarme con un jabalí.

Saqué otra vez la linterna. Tenía por delante un precioso, terrorífico y oscuro camino montaña arriba, pero mantuve el miedo a raya saboreando los recuerdos de ese fin de semana. ¡Había sido todo tan perfecto! La noche del viernes, según llegamos, había una tormenta terrible sobre la costa, así que nos quedamos en casa, cocinando juntos. Kerman había comprado de todo: cangrejo, vino... Tenía un gusto sofisticado y caro, y esa era otra de las cosas que me gustaban de él. Sus aficiones con cierto pedigrí, como el modelismo naval, el buceo, la vela; su extensa discoteca de jazz y soul...

No era la primera vez que estaba en esa casa. Muchas noches, en nuestros encontronazos, terminábamos allí durante unas horas, pero siempre a oscuras, a hurtadillas, así que yo apenas conocía el caserón. Era la herencia de sus padres y sabía que a Patricia nunca le había gustado demasiado. La casa era muy húmeda y tuvimos que dejar las ventanas abiertas toda la noche para que se fuera la condensación. Pero al menos era reconfortante saber que ese lugar siempre había estado desconectado de su matrimonio. Que no estábamos profanando un lugar lleno de recuerdos familiares. Que esa vieja casa, que nos obligó a refugiarnos bajo gruesas mantas como bienvenida, era nuestra y solo nuestra.

Al día siguiente, el clima mejoró un poco. La pequeña playa de Arkotxa, donde estaba enclavada la casa de Kerman, era una caleta de cantos rodados y muy poca arena que en verano atraía a los nudistas, pero que el resto del año solía estar desierta. Bajamos a darnos un paseo. ¡Un paseo! Era la primera vez que salíamos a andar libremente, cogidos de la mano. El mar estaba como una balsa y a Kerman se le ocurrió la loca idea de bañarnos. Nos quitamos la ropa y nos metimos en aquella agua helada que nos hacía reírnos del puro frío. Y justo entonces, una mujer apareció paseando con su perro y nos pilló *in fraganti*. Salimos corriendo, nos secamos como pudimos y subimos directos a la casa a darnos aquel baño caliente, y fue cuando me habló de su plan. Su plan...

La fábrica Kössler había sido objeto de una reforma tras el homicidio de Félix Arkarazo. Sus propietarios (un fondo de inversión que estaba a la espera de cierta recalificación urbanística) habían tapiado las altas ventanas y colocado un grueso barrote de metal en la puerta. Además, habían plantado una doble verja alrededor de todo el perímetro con carteles que anunciaban que se trataba de una PROPIEDAD PRIVADA.

Pasé de largo, en dirección al robledal que separaba aquel lugar del polígono Idoeta. La hierba había crecido desaforadamente por allí y me costó dar con el comienzo del sendero, pero al final lo localicé. En cinco minutos estaba en el aparcamiento. Mi Peugeot seguía donde lo dejé, semiescondido al fondo, como parte de esa película de espías en la que vivíamos desde hacía dos meses. Desde aquella reunión de antiguos alumnos del colegio Urremendi. La reunión anual a la que jamás habría asistido si Kerman no llega a convencerme para que fuese («Le conté a Patricia que te había visto y me dijo que llevaba muchísimo tiempo queriendo saber de ti»). En efecto, allí estaba todo el mundo. Más arrugados, gordos y con menos pelo. Me encontré con toda aquella camarilla de gente a la llevaba años sin ver (hay una razón para todo) y no fue tan malo como me lo imaginaba. Además, Kerman estuvo atento todo el rato. Amable, simpático. Salimos del colegio y nos fuimos de copas. Y cuando nos cerraron todo, a Bilbao, una disco, un karaoke, y nos fuimos quedando solos. Aguantando hasta el final de la noche. Ya de madrugada me dijo que me llevaría a casa en coche. Estábamos los dos tocados y yo podía presentir el peligro de aquella situación. «Es el marido de Patricia», me decía una vocecita. «¡De Patricia, precisamente!».

El Peugeot estaba helado después de dos días a la intemperie. Me quité las zapatillas y los calcetines empapados, que desplegué sobre el suelo del copiloto. Después encendí el motor y puse la calefacción a tope, apuntándola a mis pies.

Me quedé allí un rato recomponiéndome. El polígono estaba desierto a esas horas. Solo algunos camiones aparcados, la lluvia chispeando bajo la luz anaranjada de las farolas.

Pensé en escribirle un mensaje a Kerman para decirle que estaba sana y salva dentro del coche, pero entonces imaginé que alguien más podría leer la inoportuna notificación con mi nombre.

Además ¿dónde debía de estar ya? ¿En el hospital? ¿A bordo de la ambulancia? También pensé en dar la vuelta y pasar como si tal cosa a echar un vistazo. Al instante me dije que eso sería una torpeza. ¿Y si me topaba con una patrulla y me reconocían? ¿Qué hacía yo por allí a esas horas? ¿Me compensaba correr ese riesgo?

No. Lo mejor era desaparecer. Como dicen en las películas, «nunca estuve aquí, usted nunca habló conmigo». Quité el freno de mano. Metí primera. Volví a casa.

2

Esa noche, en el poco tiempo que estuve dormida, soñé con algo que había ocurrido el domingo. Me había despertado sola en la cama, muerta de frío. Aún no había amanecido y estaba oscuro. El móvil, a mi lado, marcaba las siete de la mañana. ¿Dónde se había metido Kerman? Desnuda, sin él, la cama estaba helada, así que me quedé quieta esperando a verle salir del baño u oírle preparando el desayuno, aunque quizá era pronto para eso.

Pero la casa —no tan grande— se hallaba sumida en un silencio inquietante.

Allí no había nadie. ¿Me había dejado sola?

—¿Kerman? —le llamé.

En este punto, el recuerdo se fundía con el sueño. Él aparecía con un chubasquero empapado, el cabello pegado a la cabeza.

—¿Qué haces? ¿Dónde has ido?

Kerman estaba ahora a los pies de la cama.

—Han venido a por mí, Nerea.

Me despertó la melodía de campanas tibetanas de mi iPhone... y que Buda me perdone lo que dije sobre el Tíbet en cuanto abrí los ojos.

Había logrado dormirme solo tres horas antes, después de una larga noche de insomnio. El dolor de la pierna no se había ido con el primer antiinflamatorio ni con los dos paracetamoles, así que al final me tragué dos nolotiles que allanaron un poco los dolores nerviosos. Pero mi cabeza no dejaba de dar vueltas y para eso no tenía pastillas. Así que había pasado casi toda la noche en blanco.

Permanecí unos segundos en la cama, escuchando el tamborileo de la lluvia en el suelo de mi terraza, pensando en ese sueño tan extraño y siniestro. La imagen de un Kerman aterrorizado me arrancó un escalofrío.

Cogí el teléfono y abrí el Telegram. Kerman había prometido enviarme un mensaje para contarme cómo había terminado todo, pero allí no había nada. Solo un chat en blanco convenientemente borrado después de nuestra última conversación. Eso era parte de nuestro «protocolo», al igual que nuestras frases cortas de tono profesional («Salgo ahora del trabajo» o «Tengo un rato ahora, ¿qué tal?»), lo bastante neutras como para no significar nada en caso de que alguien las leyera por accidente.

El sabor amargo de la desilusión me recorrió las tripas. Me hubiera bastado un «Todo ok. Espero que por tu parte también». Un mensaje sobrio al que yo habría respondido «Sí, todo ok». Solo que a Kerman se le había olvidado escribirme. Después me consolé pensando que quizá no habría encontrado el momento de hacerlo, con su mujer monopolizando su espacio, aunque eso empeoró mi mal humor mañanero. Patricia regresaba esa misma tarde de Madrid y me la imaginé pasando la noche junto a él, en el hospital, en casa. Kerman relatándole la historia del accidente mientras recortaba esa figura que no debía aparecer en el relato. Esa figura que había salido caminando, sola, en plena noche, autodescartándose del cuento, mientras Patricia le llenaba de mimos. Y volví a sentir un incendio en las tripas: ¿cómo podía ser tan ridícula? Tener celos *de ella*. Pero los sentimientos, por ridículos que resulten, son lo que son.

En fin. Que yo estaba destrozada y no había dormido más que tres horas en total y, en ese estado, más que una servidora pública era un peligro andante. Me planteé llamar a comisaría y pedirme el día libre; de hecho, marqué el número y todo, pero después me lo pensé un poco y colgué. Soy una de esas currelas idiotas a las que les cuesta pedir el día libre, y además, ¿qué excusa iba a poner?, ¿que estaba enferma? Si dices eso en el 2021 pospandémico, te mandan a hacerte una prueba de antígenos y no quería ir al médico y tener que contar una trola. Por otro lado, pensé que durante el *briefing* de la mañana me enteraría de cómo había terminado la historieta de Kerman. Así que me levanté y me fui a la ducha, dispuesta a zambullirme en, por lo menos, diez minutos de agua hirviendo.

Me preparé un café y puse la radio. Justo se estaban terminando las noticias.

«... la víctima mortal del incendio, que debió de prolongarse durante horas, ya que la dotación de los bomberos llegó a tiempo de apagar solo los últimos rescoldos. Pasamos ahora a los deportes...».

Desayuné con los deportes de fondo (sin hacer mucho caso, la verdad), mirando por el ventanal de mi cocina. Los viejos tejados de la villa, las montañas que se alzan detrás.

San Pedro de Atxarre, San Miguel de Aralar, surgiendo entre las brumas de primeros de noviembre.

Vivo en la última planta de un edificio antiguo, en la calle Berrojalbiz, una escalera de seis familias que llevan siendo las mismas desde 1940, cuando se reconstruyó de las cenizas del famoso bombardeo que arrasó todo el pueblo. En mi caso, el piso era de mis abuelos, después lo heredó mi tío Ignacio, un policía soltero y sin hijos, con quien me fui a vivir a los catorce años. Toda la escalera conocía la razón de mi mudanza, pero nadie, jamás, en veinticinco años, lo mencionó ni una sola vez. Así somos.

Llovía a cántaros sobre Gernika cuando salí de casa. Llovía de esa forma constante y densa que empapa aunque lleves el paraguas más ancho. Las bajantes vomitaban litros de agua, las aceras estaban encharcadas y los coches levantaban pequeños tsunamis de agua sucia al pasar. Pensé en la suerte que había tenido anoche de que no cayera semejante aguacero en mi regreso por los bosques.

Cuando llegué a la comisaría, el agua ya estaba casi a punto de traspasar la piel de mis botines. Pasé mi tarjeta magnética y abrí la verja exterior. Lo primero que me llamó la atención fue el camión de bomberos aparcado frente a la entrada. Al instante recordé ese fragmento de noticia que había llegado a escuchar en la radio.

«... víctima mortal del incendio, que debió de prolongarse durante horas...».

Crucé la puerta, recorrí el pasillo hasta la oficina de la unidad de investigación, donde trabajo. No había nadie sentado en las cuatro mesas de mi equipo; pero eso era normal, a esas horas la gente se está preparando un café antes de ir al *briefing*, el momento en que los de noche nos comentan lo que ha pasado en su turno y se habla un poco del plan para el día.

Dejé el bolso sobre la mesa y vi a Orizaola y Blanco charlando al otro lado del pasillo. «No jodas», le oí decir a Aitor, y hubo algo en el tono de su expresión que logró ponerme nerviosa. Era un «no jodas» genuino. Un «no jodas» de alguien a quien le acaban de decir algo tan sorprendente como desagradable. Me dije que sería un tema del sindicato, las horas del convenio, algo por el estilo... pero el estómago me dio un respingo. Blanco, todavía con el uniforme, había tenido turno de noche. Y el camión de bomberos en la puerta... ¿Había pasado algo grave?

Me quité el chubasquero, lo dejé secando en el respaldo de la silla y el paraguas en el suelo, y eché a andar hacia el pasillo. Orizaola me vio y yo le vi la cara. Una mala cara. Y la de Blanco tampoco era mucho mejor. Pero entonces alguien me llamó.

—Arruti.

Íñigo Cuartango, nuestro superior, se asomaba desde la puerta de su despacho, al fondo del pasillo. Hizo una seña para que me acercara. Miré una última vez a Orizaola. ¿Qué estaba pasando? Tenía la sensación de que enseguida iba a descubrirlo.

Entré en el despacho.

—Cierra la puerta y siéntate, Nerea.

Noté que la mano me temblaba un poco mientras cerraba.

—¿Qué pasa? —pregunté al tiempo que me sentaba.

—Conoces a Kerman Sanginés, ¿verdad? Has trabajado con él en un par de casos.

Mis tripas apretaron más el nudo. Sentí frío. Asentí, incapaz de pronunciar palabra. Notaba la sangre bajándome por el cuerpo en dirección a las piernas, el instinto reptiliano de salir corriendo. ¿Qué había pasado?

—¿A su mujer, Patricia, también la conoces? Ella me dijo que fuisteis juntas al colegio.

—Sí... Fuimos compañeras del Urremendi. —Tuve que aclararme la garganta con un carraspeo—. Pero ¿qué pasa, Íñigo?

Íñigo Cuartango era un hombre delgado, fibroso, con el pelo absolutamente encanecido, pese a que aún no había cumplido los cincuenta. Bajó la mirada un segundo, el tiempo justo para que yo me montase dieciocho mil teorías. La principal era: «Me han pillado y me van a despedir». Aunque no tuviera ni pies ni cabeza, eso era todo lo que se me ocurría.

—Esta noche ha habido un aviso al 112 —empezó diciendo.

Y yo para mis adentros dije: «Lo sé».

—Un panadero de Amondarain que se dirigía a su obrador vio un resplandor entre los robles, en la R-5678. Era un accidente: un coche se ha salido de la carretera, ha chocado contra un árbol y se ha puesto a arder.

—¿Qué?

«Coche», «árbol», «arder». De las tres palabras, la última se me había atascado.

Cuartango prosiguió:

—Los bomberos han llegado a tiempo de enfriar el metal. Al parecer, el vehículo ha estado ardiendo durante horas. Tampoco parece que haya habido ninguna explosión. Hay un caserío muy cerca y dicen que no oyeron nada. Y por esa carretera no pasa un alma.

Yo seguía con mi atasco de palabras. «Metal», «vehículo», «explosión»... ¿Qué?

—¿Arruti? ¿Me estás escuchando?

—Sí, pero... ¿qué tiene que ver todo esto con Kerman?

—El coche, la matrícula, pertenece a Kerman Sanginés, el forense. Hemos encontrado un cadáver en el asiento del piloto, carbonizado. Todo apunta a que se quedó atrapado, o murió en el acto, no lo sabemos... El cuerpo corresponde a un varón de su altura y peso, aunque aún tenemos que comprobarlo. Hemos intentado llamar a Kerman, por si fuera un robo, pero no contesta...

Traicionada por una oleada de emoción, empecé a ahogarme.

—Escucha. No hemos dado aviso a la familia todavía... Me gustaría que fueses con Ori al domicilio, no queremos darles la noticia por teléfono. Se trata de ir con toda la delicadeza del mundo y ver si podemos estar equivocados. Y si no, necesitamos algo, un cepillo de dientes, para el muestreo de ADN.

De todas las emociones que me sacudieron en ese momento, la primordial, la que logró dominar al resto, fue la incredulidad. Por encima del grito, del llanto y de sentir que no podría levantarme de esa silla porque mis piernas habían dejado de obedecerme.

Era incapaz de creer lo que me estaban contando. Y por eso dije aquello:

—¿Estáis absolutamente seguros?

Cuartango, que ya daba por terminada la conversación, alzó la vista y frunció el ceño.

—¿Seguros de qué, Arruti?

—El coche... Bueno..., el cadáver. Un incendio es ... —No sabía ni qué decir.

—Blanco va a dar todos los detalles en el *briefing* —me interrumpió—. Si tienes alguna pregunta házsela a él, por favor.

Cuartango movió el ratón de su ordenador, como disponiéndose a seguir trabajando, pero yo era incapaz de moverme de la silla. Estaba a punto de romper a llorar allí mismo, de hecho notaba las lágrimas ya en mis ojos.

Pero me enfrié. No sé lo que me ocurrió. Me acababan de dar esa noticia terrible y logré contener mis emociones. No solo eso.

Lo negué.

El accidente le había pasado a otra persona. Eso es lo que pensé. Porque no tenía sentido. Cuando yo dejé a Kerman la noche pasada estaba consciente, despierto. Y el coche estaba parado, frío, no había humo, y aunque hubiera ardido, Kerman no se encontraba atrapado. De haber visto fuego, habría huido.

Así que era imposible. Se trataba de otro coche. No podía ser Kerman.

Al cabo de unos segundos, Cuartango me miró como diciendo ¿todavía aquí?

—Lo sé... —ablandó un poco el tono—. Nos pasamos el día viendo estas cosas, pero cuando le toca a alguien conocido nos afecta igual que a cualquier otro, ¿eh?

Yo asentí con la cabeza, me estaba conteniendo como podía.

—¿Crees que puedes hacerlo? Le tengo mucho aprecio a Patricia. Mi hija Andrea fue al colegio con Iker y son de la misma cuadrilla. Por eso te lo he pedido a ti. Sé que eres buena con estas cosas.

No dije nada. Me levanté. Necesitaba salir de ahí a toda leche. Logré pronunciar un «de acuerdo» y salí por la puerta directa al cuarto de baño. Blanco y Orizaola salían en ese instante camino del *briefing*.

—¿Te has enterado?

—Sí —me limité a decir—, voy en un minuto.

Llegué al cuarto de baño de la planta, que no es demasiado espacioso. Había otro en los vestuarios más grande, quizá más íntimo, pero sentía que no llegaba, que iba a explotar. Me encerré en la cabina. Me senté en la taza del váter y enterré la cara entre las manos. Pensé que rompería a llorar desconsoladamente, pero no llegué a emitir nada más que un extraño gemido acompañado de unas pocas lágrimas.

Estuve allí sentada durante dos o tres minutos intentando encontrar el tapón que me impedía vaciar ese tremendo shock, esa tristeza... Fue en vano. Estaba oculto en unas aguas oscuras, estancadas. Sabía que debía llorar, pero no podía.

—Es que no puede ser —murmuré—, no puede haber pasado. Es un error.

Salí de allí, me mojé la cara con agua y me sequé con unas cuantas toallitas de papel. Tenía los ojos enrojecidos, pero nada demasiado exagerado. Una reacción que entraba más o menos dentro de lo razonable.

La sala de *briefing*, en penumbras y con los estores cerrados, era un buen lugar donde pasar los siguientes minutos. Me senté en la última fila y conté una decena de cabezas atentas a la pantalla en la que se proyectaban los diferentes temas de esa mañana. Blanco llevaba la batuta, comentaba los sucesos del turno de noche por estricto orden cronológico. En ese instante hablaba del robo en una gasolinera en Murueta hacía una semana. Por fin teníamos las grabaciones: dos chavales con la cara tapada, sudaderas y unas pistolas negras que nos sonaron mucho.

—Creemos que son los mismos que los de los atracos de Bermeo hace dos semanas. En una de las imágenes exteriores, vemos a uno de ellos a cara descubierta y usando el teléfono minutos antes de entrar...

Hablaron de ir a panelar antenas y me imaginé que me tocaría a mí, pero nadie mencionó mi nombre. Menos mal, porque yo estaba en otra órbita en ese momento. Absolutamente ida, recordando esos últimos minutos en el bosque con Kerman. *Dame otro beso antes de irte.*

Tenía el tobillo roto, por lo tanto no estaba atrapado, ¿o sí? ¿Y tal vez no quiso decírmelo? Me revolví en el asiento pensando en esa posibilidad. Que el coche hubiera comenzado a arder nada más irme de allí... Kerman muriendo asfixiado sin poder escapar... Pero ¿no había llamado al 112? Recordé eso de pronto. La llamada que le había oído hacer desde la ladera.

—Bueno, como algunos sabéis, también hemos tenido un accidente mortal en la R-5678 —empezó a decir Blanco.

Me concentré en la pantalla. Quería vaciar mi mente de teorías y alimentarla solo de hechos.

—El coche, un Hyundai Kona tipo SUV matriculado 4490LGV, se ha salido de la calzada por una zona sin guardarraíl. Ha caído unos treinta metros por un barranco muy empinado y ha terminado impactando contra un árbol. Parece que el choque habría provocado un incendio y que el conductor, que ya estaba muerto o desvanecido, no ha logrado salir de la cabina.

Siguieron unas fotos del lugar del accidente, realizadas ya a la luz del alba. El Hyundai de Kerman, completamente calcinado, una dotación de bomberos y del equipo de rescate de montaña rodeando el coche. En la policía no nos ahorramos detalles escabrosos y llegó la foto del cadáver carbonizado en el asiento del conductor. Aquello me sacudió tanto que tuve que cerrar los ojos. Por suerte, estábamos a oscuras.

—El cadáver continúa sin identificar, pero la matrícula nos ha dado la identidad de Kerman Sanginés, compañero del Instituto de Medicina Legal.

Se oyó un exabrupto.

—Kerman, ¿el forense? ¡No jodas! ¿Estáis seguros? —Era Jon , el *hurbiltzaile,* responsable de relaciones institucionales de la Ertzaintza y uno de los pocos que no se habían enterado hasta entonces.

—Está sin confirmar —dijo Blanco—, pero el cadáver corresponde a un varón de su altura y peso.

Levanté la mano.

—¿Ha habido algún aviso al 112?

—Sí, llamaron a las cuatro y media de la madrugada. Un panadero que iba de camino a su obrador.

—¿Y antes? —volví a preguntar.

Blanco arqueó las cejas.

—¿Antes? ¿Antes de qué?

Me quedé callada, en realidad ¿qué clase de pregunta era esa? Decidí cambiar de tema:

—¿Han tenido que utilizar cortachapa para sacar el cuerpo?

Un par de cabezas se giraron. Gorka, Orizaola... Es cierto. Vaya preguntas. Pero tenía que hacerlas. Lo único que podía explicar todo esto era que Kerman no hubiera podido comunicarse ni huir en el momento en que se declaró el fuego.

—Está todo en el atestado, Arruti —dijo Blanco, un poco extrañado por mis preguntas raras—, pero te diré que lo han sacado por la puerta. El choque no ha sido tan brutal, creo que, sencillamente, ha tenido la mala suerte de desvanecerse, quizá le dio un infarto mientras conducía. No es la primera vez. Y después la malísima suerte de que el coche empezase a arder...

Me limité a darle las gracias.

Diez minutos más tarde, en el garaje de la comisaría, Orizaola me esperaba a bordo del Megane negro que solíamos utilizar para movernos. Yo había vuelto a ir al baño. Ese día estaba indispuesta, le dije, el estómago...

—Es que vaya marrón —dijo—. ¿Tienes la dirección de la casa?

—Es en Illumbe. Una casa camino del faro Atxur. Al menos, eso dicen los datos de tráfico...

—Seguro que está bien. He oído que Kerman vivía en un casoplón. Su mujer es rica, dicen.

—Patricia... Sí, es de buena familia.

—¿La conoces?

—Fuimos amigas en el colegio.

Arrancamos y salimos de allí. Condujimos bajo esa espesa lluvia que iba aclarándose según nos acercábamos a la costa. Yo saqué el móvil y puse el GPS, aunque en realidad no hacía falta. Conocía de sobra la casa de Kerman y Patricia Galdós. Estaba muy cerca de otra gran casa —la de los Perugorria— que había sido objeto de una investigación unos años atrás (algo también relacionado con el famoso escritor muerto cuyo espíritu parecía estar en todas partes). Aunque nunca había puesto el pie dentro, era famosa por su diseño. Una de las primeras casas de la zona en adoptar la arquitectura minimalista de bloques blancos y grandes ventanales.

—¿Sabes si tenían hijos? —preguntó Ori según nos acercábamos al pueblo de Illumbe.

«Uno. Iker. Pero Kerman solo era su padrastro».

—Me suena que sí...

—Bueno. Sinceramente, espero que solo esté la madre. Puestos a desear, que nos abra la puerta el propio Kerman y que nos diga que le robaron el coche, y que el cadáver frito sea de un ladrón. Joder, es que era un tío bien majo.

Estábamos circunvalando el pueblo, una larga curva que mantenía a Orizaola atento a la carretera, y menos mal, porque de pronto me habían venido las lágrimas como una ola de vapor incontenible. Saqué un pañuelo y me soné la nariz.

—Oye, estás hecha un trapo.

—Tengo una alergia horrible.

—Ya veo, ya...

Pasamos Illumbe y continuamos hasta la antigua carretera de la costa que conectaba con el faro. Era un lugar en desuso que ya solo daba servicio a los pocos y distinguidos vecinos de esa zona. Una gasolinera permanecía cerrada, medio vandalizada, en el mismo borde del acantilado. Había dejado de llover, pero un paisaje de velos oscuros se aproximaba desde el mar. Volvería a llover en breve.

—Oye, este sitio me suena. Creo que vine con Ciencia hace unos años por un caso. —Así era como llamábamos a su anterior compañero, Gorka Izaguirre, nuestro particular friki de los ordenadores.

Orizaola iba a lo suyo; yo trataba de conversar, pero un pensamiento me daba vueltas en la cabeza. ¿A qué esperaba para contar la verdad? Todavía estaba a tiempo de hacerlo y aquel era el momento idóneo. Aitor era un compañero, podría justificarme diciendo que antes, en comisaría, había demasiada gente y, a fin de cuentas, se trataba de la reputación de un hombre casado. Estaba segura de que me apoyaría delante de Cuartango. Pero tenía que hacerlo ya. Decirlo ahora, en el coche, antes de llegar a la casa de Patricia.

¿Por qué seguía sin poder hablar? ¿En serio creía que nos iba a recibir Kerman, vestido con una bata y con el pie enyesado?

Llegábamos ya a la carreterita costera que enlazaba con esas grandes casas. Señalé una de ellas, de color blanco, que se erigía sobre el acantilado, y Orizaola frenó un poco. En ese instante me sonó el teléfono. Era Cuartango.

—¿Estáis cerca? Acaba de llamar Patricia Galdós al 112.

—¿Qué ha dicho?

—Que llegó ayer de Madrid y esperaba encontrarse a Kerman en casa. Al parecer, él estaba pasando el fin de semana en una casa que tiene en la playa de Arkotxa. Pensó que quizá había dormido allí, pero esta mañana le ha llamado primero al fijo y luego al móvil y nada.

—¿Le habéis dicho algo?

—Que ibais de camino.

«Genial».

—¿Cómo lo vas a plantear? Creo que deberíamos dar por hecho que es Kerman.

—No lo sé —dije—. Todavía hay que comprobarlo...

—¿Comprobar? ¿El qué? —preguntó Cuartango—. Es mejor no dejar hueco a la esperanza. Créeme, lo digo por experiencia.

Y yo pensé para mis adentros: «Joder, por favor. No puede ser él».

Patricia Galdós esperaba en la carretera de acceso a su casa, vestida con un chándal de tonos claros y una bata elegante por encima. El teléfono en una mano. El pelo cobrizo suelto y la cara de emoción contenida mientras nuestro coche avanzaba hacia ella.

—¿Quieres hablar tú? —tanteó Ori—. Quizá sea mejor de mujer a mujer.

Respondí que sí. En el fondo, Cuartango me lo había encomendado a mí. Así que el coche frenó y abrí la puerta, que de pronto pesaba cerca de mil toneladas. Y la gravedad del planeta se había multiplicado también por mil cuando puse el pie en el asfalto mojado, salí del coche y me acerqué a ella

La última vez que nos vimos fue en el café del Club Deportivo, en la fiesta anual de antiguos alumnos del colegio Urremendi el primer viernes de septiembre. Fui allí por Kerman, porque él insistió, pero después pensé que había sido un error. No conocía a nadie. No había visto a nadie en veinte años. Estaba hecha un flan. Vulnerable, ansiosa... Entonces, Patricia apareció a mi espalda y me dio un abrazo: «¡Nerea! Llevo tantos años preguntándome qué habría sido de ti... Así que te has hecho poli. ¡Como tu tío!».

Y ahora, bajo aquel cielo gris de la mañana, las tornas habían cambiado. Era Patricia la que temblaba, envuelta en la más terrible incertidumbre. La que fuera bicampeona mundial de vela con solo veintiséis años conservaba su complexión atlética, el cutis permanentemente moreno, un poco curtido por el sol. Ojos felinos, preciosos, contorneados por duras pestañas y enmarcados en unas cejas finas y alargadas. En suma, un rostro bello que lucía pesadumbre, inquietud.

—Nerea...

—Patricia.

—Dime qué le ha pasado.

No era tonta. Si Orizaola y yo estábamos allí era porque había pasado algo grave. Ahora solo quedaba aclarar cómo de grave era, pero todo el mundo guarda la esperanza hasta el último instante y me jodía muchísimo ser yo la que fuera a destrozar a esa mujer.

—Lo siento mucho, Patricia. Creemos que Kerman ha sufrido un accidente de tráfico esta noche.

—¿Qué?

—Hay una víctima mortal. Estamos intentando verificar su identidad, pero era el coche de Kerman.

Patricia parpadeó. No acababa de entenderlo.

—¿Qué quieres decir?

—Señora —intervino Orizaola—, su marido ha fallecido en un accidente de tráfico.

Ahora, por fin, la verdad entró hasta dentro como una navaja bien afilada. Patricia se dobló sobre sí misma como si le hubieran dado una patada en el estómago. Dejó caer el móvil al suelo y también ella cayó de rodillas segundos después. Orizaola corrió a sujetarla, y yo le miré con dureza. Quizá había ido demasiado rápido. Quizá podría haberla invitado a sentarse. Quizá podía no haber dicho eso, hombre.

Una mujer apareció corriendo desde la casa. Era del servicio, supuse. Patricia había roto a llorar y, por fin, eso consiguió destaponarme a mí. En cuanto la hubimos alzado, rompí a llorar desconsoladamente también. Me abracé a ella. Patricia se aferró a mí. Nos quedamos las dos llorando mientras Orizaola hablaba con la asistenta. «¿Hay alguien más en la casa? Vaya preparando algo de beber. ¿Tienen tila?». Yo escuchaba los ecos de esa conversación como si estuviera a kilómetros de distancia. Empezó a chispear sobre nosotras, mientras seguimos abrazadas. Intenté contener mi congoja como pude... pero era imposible. Solo esperaba que Orizaola y la otra mujer pensasen que me había emocionado al ver llorar a una vieja amiga.

Minutos después estábamos instalados en el salón. Le pregunté por Iker.

—Está en la universidad...

Le dijimos a Patricia que se tomase algo de tiempo antes de avisar. Era bueno pasar el shock inicial antes de comunicarlo al resto de la familia, que, por otro lado, no era mucho más extensa. Los padres de Kerman ya habían muerto.

—Si quieres, me encargo yo.

—No, no... Está bien... —dijo Patricia—, lo haré yo...

Estábamos sentados en un sofá orientado al ventanal con vistas al océano. La asistenta había traído una jarra de agua, vasos y un blíster de orfidales.

—¿Ha habido algún otro coche implicado? —preguntó entonces Patricia.

Negué con la cabeza. Orizaola, que hasta ese momento se había mantenido al margen, vio el hueco para ayudar, cosa que agradecí. Explicó que el coche de Kerman se había salido en una curva sin guardarraíl, de madrugada.

—No se conoce la razón y tampoco encontramos huellas de frenada. Quizá se durmió al volante.

Yo permanecí callada.

—Eso no tiene sentido. —Patricia negó con la cabeza—. La casa de la playa no está tan lejos. Y Kerman siempre ha sido cuidadoso al volante. Tampoco bebía...

—Pudo ser cualquier otra cosa —intervine—, una mancha de aceite, esquivar un animal...

Y en ese preciso instante, según acababa de decir esas palabras, me di cuenta de que ya había dado un paso más allá de la línea. Acababa de mentir directamente. Pero ¿qué podía hacer? ¿Terminar de destrozar a esa mujer diciéndole que su marido murió después de haberse pasado el fin de semana con otra?

Orizaola volvió a tomar la palabra:

—Hay otro detalle que... en fin. Necesitaríamos una muestra de ADN para verificarlo todo bien. Un cepillo de dientes es lo más eficaz.

Patricia, dócil, noqueada por la noticia, ni se detuvo a pensar qué motivo podía subyacer detrás de aquello. Orizaola había decidido omitir el asunto del incendio y del cuerpo carbonizado. Supongo que no hacía falta entrar en más detalles.

—Por supuesto —dijo—, os bajo uno ahora mismo.

Se puso en pie y la asistenta, que se llamaba María Eva, le preguntó si no quería que fuese ella. Patricia levantó la mano como para expresar que eso era algo que ella podía hacer. Se dirigió a unas escaleras de madera clara, del mismo tono que el precioso suelo de roble de aquel salón, y se perdió en el piso de arriba.

Orizaola y yo aprovechamos para beber el café que nos habían preparado. No dijimos ni una palabra. Yo miraba el océano mientras pensaba: «Tienes que decirlo ya. No puedes mentir ni un minuto más», pero mis labios estaban pegados con una cola industrial.

Entonces oímos a Patricia llorar en la planta de arriba. María Eva, que tenía el rostro cubierto de lágrimas, subió corriendo las escaleras. Orizaola hizo un gesto, pero le frené.

—Déjala —le dije—, esto necesita un proceso.

Al cabo de diez minutos, María Eva vino con un cepillo de dientes envuelto en una bolsita de plástico. Dijo que la señora había pedido que la disculpasen. Que si no la necesitábamos más, prefería estar a solas. Después, bajó la voz y se nos acercó al sofá.

—Oiga, solo una pregunta... ¿Fue rápido?

Aitor y yo nos miramos sorprendidos.

—Sí —se apresuró a decir él—, creemos que ni se enteró.

Ella emitió un sollozo al tiempo que se santiguaba.

—Era un buen hombre.

—Bueno, ya está hecho —dijo Ori cuando salimos a la calle—. Ahora hay que ir a recoger una muestra al instituto forense, a Bilbao. ¿Te apetece ir a ti? Si me dejas en Gernika, puedo encargarme del tema de los asaltagasolineras y tú te tomas el resto del día libre, que te veo tocada.

—Estoy bien, pero me ha podido la emoción, qué quieres.

—No te preocupes, Nere. Que somos humanos.

—¿De verdad crees que fue rápido? —le pregunté.

—Eso lo dirá la autopsia... O quizá no, pero en igualdad de probabilidades, ¿para qué hacer sufrir a nadie?

Me quedé dándole vueltas a esa frase. Era cierto, ¿qué necesidad había de hacer sufrir a Patricia más de lo que ya estaba sufriendo?

Montamos en el coche y acepté el ofrecimiento de Aitor. Iría al Instituto de Medicina Legal a por la muestra. Quizá la autopsia de Kerman ya estaba en marcha y quería ser la primera en enterarme de los resultados.

3

Las noticias volaban, claro. Jon Landeta, el forense que había realizado el levantamiento del cadáver, había regresado con la noticia de que «era el coche de Kerman», y el ambiente en el sótano del Instituto de Medicina Legal de la calle Barroeta Aldamar era, por decirlo de alguna manera, espeso.

Ana Suárez, la auxiliar de Kerman, estaba sentada en una de las oficinas del largo pasillo, rodeada de gente que la consolaba como podía: compañeros, administrativos, gente del juzgado. Yo sabía que Ana y Kerman eran muy buenos amigos. Colegas desde hacía ocho años en ese sótano lleno de cadáveres terribles (los no terribles nunca pasaban por un instituto forense), habían forjado una amistad a prueba de balas. Solían salir de cena, de poteo, incluso viajaban a conferencias juntos.

—Nos tocaba turno esta mañana —la oí decir—, vaya casualidad perversa.

Estaba con los ojos hinchados, la cara descompuesta, con un café en la mano y acompañada de algunas chicas en bata blanca —del laboratorio de toxicología, según se leía en sus identificaciones—, contándole a todo el mundo cómo había recibido la noticia.

—He encendido el móvil a las seis y media de la mañana y me he encontrado un mensaje de Jon, del turno de noche. Que había ingresado un cadáver de un accidente de tráfico y que, por los datos del coche, podría tratarse de él.

Kerman era un tipo popular y la noticia había corrido como la pólvora. Se habían reunido para consolarse y hablar, que es lo que se hace en esos casos. Hablar mucho, intentar sacarse la impresión por medio de palabras. A nadie le cabía duda de que el muerto era Kerman. Las evidencias pesaban toneladas: el coche, el lugar del accidente...

—Están haciendo la autopsia ahora mismo —me explicó Ana—. Jon se ha quedado a hacerla y también ha venido un forense desde Vitoria, porque nadie estaba muy por la labor...

Eran ya cerca de las doce del mediodía. Yo había regresado a Gernika con Ori, le había dejado en la comisaría y después había conducido hasta Bilbao... Bueno, no exactamente. Había hecho una breve parada en una gasolinera en la autopista. Aparcada bajo la lluvia, lejos de las miradas, había dado rienda suelta al llanto y estuve casi quince minutos apoyada en el volante, soltándolo todo. Así que, a esas horas, cuando se abrió la puerta de la sala de autopsias y salió Jon Landeta, estaba más o menos tiesa y preparada para escuchar las noticias.

Se hizo un silencio gélido en la pequeña oficina cuando Jon se dirigió a las diez personas que aguardábamos su veredicto:

—Es un varón de la edad, el peso y la altura de Kerman. El cuerpo está carbonizado al sesenta por ciento, no presenta traumatismos de importancia, solo una fractura en un tobillo, posiblemente por efecto del golpe. Hemos pasado muestras al laboratorio para detectar infarto o asfixia química, aunque tengo la sensación de que fue lo primero. Es probable que lo sufriera mientras conducía, algo muy rápido, fulminante, y eso le hizo perder el control del coche. Del resto ni se enteró.

Esas últimas palabras cayeron como un balón de oxígeno sobre el ánimo de los presentes. «Ni se enteró». Un ataque al corazón. Me imaginé que muy pronto esas mismas noticias llegarían a Patricia a través de alguna llamada, de Ana, de Jon..., junto con las debidas condolencias. Era algo que entraba dentro de lo posible en un hombre de cuarenta y un años como Kerman, ¿no? Se cuidaba, salía a correr y al monte, pero tenía el colesterol un poco alto. Y de todos modos, la vida es como una ruleta rusa. Por mucho que te cuides, si es tu día, es tu día...

Frases como estas volaban de boca en boca, mientras yo me terminaba un café y escribía a Orizaola que al final él tenía razón, que Kerman murió «sin darse cuenta».

Jon Landeta y el otro forense se metieron en un despacho y yo los seguí.

—Hola, soy Arruti, de la comisaría de Gernika.

Jon era un tipo calvo, delgado y con unas gafitas que le hacían parecerse a Mahatma Gandhi. Además de eso, era un poco esnob.

Deslizó una cajita blanca sobre la mesa.

—Vienes a por el ADN, ¿verdad? Hemos sacado una muestra de los molares interiores y otra del psoas iliaco. De lo poco que estaba bien...

Recogí la cajita y la guardé en mi bolso.

—Así que fue un ataque al corazón, ¿no?

—Hay que esperar a los análisis, y es posible que ni siquiera sean determinantes. Está cocido por dentro y es muy difícil ver nada. Pero aquí Martín ha detectado una obstrucción en la vena cava y apostamos a que sea algo así. Es lo que más sentido tiene.

El otro forense asintió con un gesto; era otro elemento bastante flemático.

—También podría haberse desvanecido por el golpe y haber inhalado humo venenoso. Pero, como dice Jon, los análisis darán la clave. El cuerpo está calcinado. Se ha quedado sin extremidades y...

—Gracias —corté, sintiendo que si no salía de allí acabaría vomitando encima de la mesa.

Le dije a Ana que íbamos a priorizar las pruebas de ADN y quizá tuviéramos los resultados al día siguiente. Después le di un fuerte abrazo y salí caminando en dirección a mi coche. Crucé el parque Jardines de Albia y me quedé esperando en un semáforo. Era la hora del almuerzo, pero la charla con los forenses me había hecho un nudo en el estómago. No obstante, tenía que comer.

Casualmente, un auxiliar del turno de noche que había salido detrás de mí se paró al lado. Le escuché hablando por teléfono.

—Parece que fue rápido. La patata.

Hablaba de Kerman. De los resultados de la autopsia. El forense iba a firmar una muerte natural y así acabaría todo. Y eso me convertía en la única persona del mundo que sabía que las cosas ocurrieron de otra forma.

Aún no eran las once de la noche cuando nos dijimos adiós. Él estaba sereno, a punto de llamar al 112, ¿por qué no lo hizo? Estaba casi segura de que le escuché hablar por teléfono. Pero ¿con quién? Quizá Kerman no tenía tan buena cobertura como pensaba... o se desvaneció antes de poder dar su ubicación.

Lo único que tenía meridianamente claro es que Kerman no estaba sufriendo ningún ataque cuando se salió de la carretera. Sobrevivió al accidente solo con un tobillo roto (cosa que sí habían descubierto), y cuando me fui él estaba tranquilo, despierto. ¿Pudo tener el ataque después de irme yo? Entraba dentro de lo posible, claro está, pero...

Había un restaurante muy cerca de donde tenía el coche. Un sitio de esos de comida sana donde puedes comerte una ensalada y salir llena. Bueno, eso era lo único que me entraría. Tomé una mesa junto al escaparate y pedí un plato y una copa de vino.

Revisé el móvil. Orizaola había respondido a mi mensaje sobre la autopsia. «Me alegro de que fuera así, creo que es lo mejor para la familia también». En efecto. Tras la muerte de una persona, ya solo nos queda cuidar el relato. Y el relato era bueno. Un ataque rápido. Una desconexión. Sin dolor, sin lamentos, sin una última sensación de soledad o abandono. Y desde luego era un alivio saber que no murió agonizando mientras se abrasaba en una jaula de metal.

¿Hacía falta saber que su amante tuvo que salir corriendo, campo a través, esa noche?

No es que Patricia y Kerman fueran un matrimonio de toda la vida. Llevaban solo siete años casados, pero ese tiempo había bastado para que Kerman comenzase a sentirse fuera de órbita en su relación. «Me casé enamorado hasta las patas. Nunca pensé que me pasaría esto».

No hablaba demasiado de su matrimonio, pero a veces cogía la senda... Quizá porque necesitaba espantarse la culpabilidad. O hablar con alguien, decir la verdad en voz alta, para variar.

«Creo que todo empezó con los niños. Cuando nos casamos, Patricia quería tener uno. Decía que le daba mucha pena que Iker fuese hijo único, y que además deseaba tener uno de mi sangre... pero aquello no acababa de funcionar. Y por otro lado, yo no estaba convencido de querer ser padre. Creo que eso enfrió nuestra relación».

Además de sus regatas en solitario, los negocios de Patricia (una empresa de viajes de aventura) la hacían pasar cada vez más tiempo fuera de casa. Y a su regreso, la distancia era palpable. El sexo. Las ganas de hacer cosas juntos...

«Ella cada vez estaba más recluida en su mundo. En el Club Deportivo, con sus amigos de toda la vida. Yo llevo dos años muerto de celos por Enrique Arriabarreun. ¿Te lo puedes creer? Me ha costado darme cuenta de que ella había dejado de ser mi pareja... Lo supe en cuanto te vi, Nerea».

Almorcé mirando la calle a través del cristal. No tenía hambre, pero el vino entraba de maravilla. Pedí una segunda copa y la camarera me miró como pensando «cuánto vino para una ensalada». Afuera llovía con fuerza. La gente de Bilbao se defendía con sus paraguas. Alguno corría a refugiarse en un portal.

Terminé la ensalada. Pedí un postre y otro vino.

Me sonó el móvil. Tenía un wasap de Ori con un enlace a la edición digital de *El Correo*. La noticia ya había llegado a los periódicos: «Un hombre muere calcinado en un accidente de tráfico, cerca de Illumbe». Mierda, pensé, ese titular iba a hacer mucho daño.

Debajo del link, Aitor seguía escribiendo:

¿Quieres hablar con Patricia? Tengo su número.

Me lo pasó. Llamé al instante... Contestó la asistenta, María Eva. Dijo que Patricia había ido a buscar a Iker a la UPV. Le expliqué la situación y ella me dictó el número de móvil. Intenté contactar con ella, pero no lo cogía, así que le dejé un mensaje de voz:

—Patricia, soy Nerea. Solo quiero decirte que hay una noticia en *El Correo* que está equivocada. Kerman no murió calcinado. Tuvo un ataque al corazón y eso le hizo salirse de la carretera y chocar. Cuando el coche comenzó a arder... él ya no estaba allí. Fue todo muy rápido. Ni se enteró.

Creo que las tres copas de vino, sumadas a la emoción, me habían hecho hablar demasiado alto. Había unas cuantas cabezas giradas hacia mí. Me levanté y pagué la cuenta. La camarera me preguntó qué tal todo. «El vino muy rico», respondí.

Salí a la calle azorada y noté que algunos clientes del restaurante me perseguían con la mirada cuando entré en el coche, aparcado justo enfrente. Supongo que alguien hizo la broma de que no iba precisamente fina. Arranqué y salí de allí. No estaba para conducir, pero ese pequeño acto de corrupción no era nada comparado con mi GRAN MENTIRA, que iba aumentando a cada segundo, a cada mensaje que intercambiaba con alguien.

La autopista estaba bloqueada por la lluvia y un accidente en los túneles de Malmasin. Eso me dio tiempo a recobrar un poco la cordura. A que bajase el efecto del vino y a pensar en voz alta.

—Vale. Hay dos cosas que no encajan en todo este asunto. La primera es esa llamada que estoy casi segura que hizo

Kerman. ¿A quién llamó? La segunda es el incendio del coche. Yo estaba allí y no había humo, ni olor a quemado... Nada.

Todavía metida en el túnel, escribí a Ori:

¿Estás en la comisaría? ¿Puedes enviarme el atestado en PDF al móvil? Quisiera echarle otro vistazo.

El tráfico se aligeró una vez dejé atrás el accidente que había provocado el atasco (un toque de chapa entre dos coches). Aceleré, pero sin correr demasiado. En realidad, me estaba debatiendo entre si era correcto o no lo que estaba a punto de hacer.

Finalmente, tal y como suele ocurrir cuando te debates entre algo grasiento o algo muy sano, opté por lo primero. Llegué hasta la salida de Gernika y tomé la circunvalación del pueblo. Como una criminal, regresaba al escenario de los hechos. Necesitaba volver allí, pisar otra vez ese sitio, verlo con mis propios ojos.

Había dos formas de llegar al punto del accidente: por el valle de Amondarain, la zona de las casas buenas, y salir a los acantilados donde estaba la playa de Arkotxa, o subiendo directamente por una carreterilla de montaña. Hice esto último, bajo una densa capa de sirimiri que empapaba la tarde y me envolvía en una bruma mágica.

Aparecí de nuevo en esa pequeña vía asfaltada donde no había ni doscientos metros de recta seguidos. Todo eran curvas, a un lado, al otro, y vertiginosos barrancos que se hundían en la espesura. Llegué a ese punto donde comenzaba la senda que había seguido la noche anterior. A partir de ahí, levanté el pie del acelerador. No recordaba el lugar exacto en el que nos salimos de la carretera, pero recordé que solo había tardado unos veinte minutos en llegar a la desviación.

Fui trazando curvas, muy despacio. Aunque era de día, tampoco es que hubiera demasiado tráfico por allí. Una moto, un par de coches, un esforzado ciclista...

Finalmente, me topé con algunos conos y señales de alerta que mis compañeros de la noche habrían dejado, quizá para ayudar a los servicios municipales a encontrar el lugar del accidente. Pasé por delante a dos por hora. Iba pegada a la ladera de la montaña y no logré atisbar nada.

Tuve que avanzar otro kilómetro hasta localizar un ensanchamiento en el arcén donde dejar el coche. Ori había enviado el atestado de la patrulla de tráfico en PDF. Lo leí antes de salir. Se incluía una anotación del equipo de bomberos al respecto del origen del incendio: «Un cortocircuito en la instalación eléctrica del vehículo, o una fuga de gasolina que entró en contacto con una parte caliente...». Bah, era una frase enlatada. Un copia y pega que no aportaba absolutamente nada, pero es que tampoco habría de dónde tirar. Por las fotografías que había visto esa mañana, el Hyundai de Kerman había quedado como un esqueleto de hierros negros. Los bomberos habían apuntado a las causas más comunes, nadie había visto la necesidad de profundizar. Y con el diagnóstico de muerte accidental, el caso quedaría cerrado ese mismo día.

Salí del coche, me enfundé un chaleco reflectante y caminé por el borde de la carretera, bajo la llovizna que preñaba el bosque de olores. Llevaba puesto el mismo chubasquero azul que la noche anterior y dentro estaba la linterna que Kerman me prestó antes de despedirnos. Era todo absolutamente irreal. ¿De verdad estaba muerto?

Llegué al punto por el que debió de salirse el coche. Era un tramo de unos cien metros que no tenía ninguna protección para evitar la caída por el barranco. Desde allí arriba, me pregunté cómo no nos habíamos matado en el acto los dos. La pendiente era de vértigo, árboles, rocas... Abajo, a unos treinta metros, se veían los restos del incendio. Los bomberos ya se habían llevado el coche, pero un árbol —el roble contra el que nos habíamos chocado— había ardido por completo y se había reducido a un palo calcinado. A su alrededor, la hierba y los helechos formaban una especie de nido negro. Miré hacia atrás, a la carretera. No había ninguna huella de frenada, solo unos raspones en el límite del asfalto, supongo que producidos por los bajos del coche al salirse de la calzada. Tampoco se veían manchas de aceite, ¿se mencionaban en el atestado de Blanco? No recordaba haberlo leído... aunque las fuertes lluvias de la madrugada podrían haberlas lavado antes de que el 112 llegara al lugar del siniestro.

Comencé a bajar la ladera que había escalado la noche anterior. Era más fácil subir que bajar, sobre todo porque ahora el terreno estaba más húmedo. Tuve un par de resbalones y terminé asumiendo que me caería de culo en algún momento, pero no fue así. Llegué hasta ese nido negro y me quedé allí en silencio, con el corazón encogido. ¿Qué buscaba? No lo sabía. Pero necesitaba verlo con mis propios ojos.

Ahora, a la luz del día, podía atisbar el fondo del valle, unos veinte metros más abajo. Sonaba un arroyo y me pareció ver el tejado de un caserío entre la frondosidad de los árboles. ¿Era ese el caserío al que se habían referido en el *briefing*? ¿Los que no habían oído nada? Estaban demasiado cerca como para no haber oído o visto nada. Decidí echar un vistazo.

Me costó llegar ahí abajo. La ladera perdía el ángulo y se convertía ya en una caída en vertical, pero encontré un caminillo que descendía en la diagonal de la montaña y lo seguí. Desemboqué en el arroyo, unos cincuenta metros más allá, y regresé hacia atrás. El caserío era un viejo molino de agua. Tenía una placa de metal donde se leía RECALDE —de *erreka*, «río», y *alde*, «al lado»—, un nombre inmejorable para un molino de agua, que nos decía algo sobre su antigüedad.

Di un rodeo por la zona. El viejo molino estaba abandonado, había un puentecillo y una pista de grava que subía por la otra orilla. Quizá el caserío que mencionó Blanco estuviera en lo alto, al otro lado del valle, pero desde aquel lugar no se veía nada. Solo árboles y silencio. Eso explicaba que el coche hubiera ardido tanto tiempo sin que nadie lo detectase.

«Según regresaba otra vez al nido negro, me preguntaba cómo y cuándo había empezado el fuego. Yo había rodeado el coche para observar el golpe. Era cierto que olía a gasolina, a resina de la madera astillada... pero ¿a humo? De haberlo olido remotamente, no habría dejado a Kerman allí, de eso estoy segura. Sin embargo, ¿me paré a comprobarlo? Quizá los nervios del momento no nos permitieron pensar con claridad. Además, ocurrió aquella conversación que había terminado de descolocarme. *Antes de llamar, tenemos que pensarlo.* Aquello me enfureció, lo reconozco. Me hice la dura y actué con toda la frialdad del mundo, pero iba llorando por dentro.

Puede que el cortocircuito ya estuviera produciéndose, sin que ninguno de los dos se hubiera dado cuenta.

La siguiente cuestión era: ¿qué le pasó a Kerman para que ni siquiera intentara huir? ¿Estaba atrapado? ¿Dormido? ¿Murió de un ataque al corazón realmente? ¿Inhaló algo de humo tóxico? De mis años en tráfico, sé que los incendios de coches son raros, pero cuando ocurren son fulminantes y muy difíciles de contener, de ahí que se recomiende llevar un pequeño extintor lo más cerca posible del conductor. Los materiales sintéticos de los asientos y el salpicadero liberan un humo venenoso que puede provocar asfixia química. Por eso, a los bomberos y los agentes de tráfico se les aconseja esperar a que el coche arda un buen rato antes de aproximarse (si es que no hay nadie dentro, claro). Así que esa podría ser la explicación de todo. Un fuego virulento que se propagó por sorpresa en el interior del vehículo. Kerman, con el tobillo roto, intentó salir por la puerta, pero estaba bloqueada. Y en esos pocos segundos, una nube de veneno lo noqueó y lo dejó sentado, muerto...

De acuerdo. Una explicación razonable... Solo quedaba un cabo suelto. ¿Por qué no llamó al 112 tal y como había dicho que haría? ¿Y con quién hablaba por teléfono cuando yo me estaba marchando? Miré mi móvil y tenía tres rayas de cobertura. Hice una prueba. Marqué el 112 desde el mismo lugar en el que nos detuvimos anoche.

Y sonaron los tonos.

—112, dígame.

—Ah, perdón. Me he equivocado.

Colgué.

Así que había cobertura.

4

Esa tarde y la larga noche que siguió, me encerré en casa. Solo quería meterme debajo de las sábanas, apagar el móvil y llorar a gusto y sin nadie cerca, pero de nuevo me costaba llegar a ese punto de ruptura. Era como si todavía no acabara de creerme que Kerman había desaparecido para siempre. Intenté recurrir a algo. ¿Una foto de él? En nuestra vida secreta, los mensajes se borraban, las fotos no existían. Sabía que tenía una cuenta en Facebook, pero la había mirado en cierta ocasión y estaba llena de fotos suyas con Patricia e Iker, a bordo de su velero, recorriendo mares azules y aguas cristalinas de todo el mundo. Hoy no era el día de ver todo eso.

Bueno, guardaba algunas cosas suyas. La linterna de la pasada noche. Un pañuelo con un remoto toque de su colonia que me prestó en una ocasión. También, atrapado por un imán en la nevera, estaba aquel tíquet del restaurante de nuestra primera cita. Era una de esas cosas que te resistes a tirar a la basura, y hoy me alegraba enormemente de no haberlo hecho. Era quizá nuestro mejor recuerdo juntos.

Habíamos tenido nuestro escarceo amoroso una semana

antes, de vuelta de la fiesta en Bilbao. Estábamos en su coche (ese que ahora era un amasijo de hierros carbonizados) despidiéndonos frente a mi portal cuando nos quedamos en silencio, yo solté una risa tímida, él se acercó... y nos dimos nuestro primer beso. Y el segundo, y el tercero... Pasé de arriesgarme a darles munición a los cotillas de mis vecinos y terminamos aparcados en una zona industrial de las afueras del pueblo, ahumando los cristales. La verdad es que fue uno de los mejores ratos de sexo en mucho tiempo. Dos horas más tarde, al rayar la aurora, volvimos al portal y Kerman me sorprendió con su despedida. Yo me habría esperado un «hasta luego» dicho con prisas por marcharse, arrepentido por lo que acababa de hacer a espaldas de su mujer. Pero en vez de eso, me dio un último beso que me dejó encandilada. Fue un beso apasionado y dulce. Y entonces me dijo que «yo siempre le había gustado».

—Desde el colegio, pero jamás te lo confesé.

Aquello me dejó sin habla.

Cuando por fin llegué a casa, seguía sin habla. Y cuando desperté al día siguiente, con una resaca de órdago, seguía sin habla, pero notando que algo precioso había comenzado a florecer en mis tripas.

Intenté sacudirme aquella sensación. Kerman estaba casado, y la noche anterior, borracho. Las palabras tiernas le salen a cualquiera que esté un poco cachondo y bebido... «No seas tan pava como para enamorarte», me dije.

Para mí, todo habría quedado en eso; pero entonces, el lunes me llegó un mensaje suyo diciendo que teníamos que hablar de uno de los cuerpos que habían llegado al instituto forense. «Tenemos que hablar...», ese fue el comienzo de nuestros mensajes crípticos.

Quedamos el martes para comer en ese sitio cerca de los juzgados. Un restaurante caro, con camareros encorbatados y manteles de tela. Era un poco raro, pero solo un poco. A fin de cuentas, una poli judicial y un forense se ven a menudo.

Fui allí sin ninguna pretensión. Supuse que Kerman quería aclarar el asunto. Decirme que fue un lío provocado por la noche y el alcohol. Seguramente establecer un pacto de silencio. Controlar todas las pequeñas consecuencias de una infidelidad de ese tipo. Quizá un repaso a las enfermedades de transmisión sexual, al estado del preservativo, y otra vuelta a la confidencialidad. Sobre todo en su caso.

Pero de nuevo Kerman tomó un derrotero sorprendente. De entrada, se encargó de romper el hielo enseguida. «Como comprenderás, algo ha cambiado desde el viernes, y necesito hablarlo contigo». Le dije que de acuerdo, pero le puse la condición de que pidiéramos una buena botella de vino. Y ahí, mientras yo daba mis primeros sorbos, me soltó de buenas a primeras que, «hasta la noche pasada», nunca había sido infiel a su esposa.

Vale, perfecto, el indicador de culpabilidad subió dos puntos de golpe. Un trago más de vino, y Kerman siguió hablando:

—¿Sabes una cosa, Nerea? La verdad es que el corazón me dio un vuelco el día que volví a verte en la fábrica Kössler...

Se le notaba visiblemente nervioso. Yo no pude articular palabra. Solo le miraba sin parpadear, pensando que me parecía un tipo guapísimo. Con esa mandíbula cuadrada, sus ojos rasgados y esa americana que le quedaba como un guante.

—Odié que te marcharas del colegio —siguió—. Yo entonces era muy crío para darme cuenta, pero tú fuiste la primera chica de la que estuve enamorado. ¿Recuerdas que un día, en el curso siguiente, nos encontramos de casualidad por Gernika? Tú ibas con tu tío Ignacio por la calle y yo venía en dirección contraria... No fue ninguna casualidad. Lo hice a propósito.

Lo recordaba, aunque no desde la misma óptica, claro. Para mí, en aquellos días, encontrarme con cualquier excompañero del colegio Urremendi era algo violento, sobre todo si era uno de los mejores amigos de Enrique. Yo estaba demasiado nerviosa como para decodificar las intenciones de Kerman. Mi tío Ignacio, además, tiraba de mí. «Vamos, Nere». Claro. Me había pasado el verano llorando, sin salir de casa, sin pisar una playa, sin querer vivir... y mi tío desconfiaba de todo lo que viniera de ese colegio.

—Llevaba todo el verano pensando en ti —prosiguió Kerman—. Sintiéndome terriblemente culpable por lo que te había pasado... Por no haber dado un paso al frente cuando todo el mundo empezó a decir aquellas cosas horribles sobre ti.

«Todo el mundo no, tus amigos», pensé.

—Bueno... Después la vida se fue complicando —continuó—. Me fui a Madrid a estudiar Medicina. Todo comenzó a quedar muy lejos. Conocí a otras chicas, pero nunca me olvidé de ti, la chica rubita con cara de duende... Hasta que te encontré en la fábrica Kössler, en el sitio más insospechado del mundo, convertida en toda una poli judicial. Tampoco fue casualidad que te invitara a la fiesta de antiguos alumnos. Necesitaba estar contigo y contarte todo esto... aunque con la borrachera terminásemos de otra manera. Pero ahora, antes de que esta maldita vida nos pueda separar otra vez, te lo digo: me gustaría seguir viéndote.

Un timbre muy impertinente sonaba en alguna parte. Un sonido irritante diseñado para que quisieras cortarlo de raíz. Abrí los ojos. Estaba en la cama, en bragas y camiseta. Llamaban a la puerta. ¿Qué hora era? Mi teléfono, sepultado bajo una montaña de clínex y blísteres de orfidal, estaba apagado.

Me puse el albornoz y salí corriendo por el largo pasillo de la casa. Al hacerlo, noté que me mareaba, y menos mal que estaba entre dos paredes y me pude sujetar porque casi me caigo de bruces al suelo.

«Me he levantado demasiado rápido».

—¿Sí? —pregunté por el telefonillo.

—¿Arruti?

—¿Ori?

—¡Estás bien! Coño, qué alivio... —dijo con tanta fuerza que distorsionó la señal—. Ya pensaba que te habías muerto.

—Bueno, bien bien tampoco —reaccioné deprisa—. Creo que ayer cogí un catarro... ¿Qué hora es?

—Pues eso te iba a decir, que son las nueve.

—¡¿Las qué?! Joder, que me he dormido...

—No me digas.

—Me visto. Tardo un minuto.

—Tranqui. Dúchate y desayuna un poco, que hoy tenemos una mañana larga por delante con los atracadores de kioscos.

—¿Qué? ¿Cómo?

—Te espero aquí abajo tomando un cortado. Venga, arrea.

Media hora más tarde, duchada, vestida con unos vaqueros y deportivas, me terminaba un sándwich de fiambre y mostaza en el Megane mientras Aitor me ponía al día de los avances.

—Daniel y Javier Carazo Elguezabal, hermanos, diecinueve y veintiún años respectivamente. Al mayor se le conoce. Tiene antecedentes de tráfico de drogas y un altercado con violencia en Bilbao.

—Pues parece un aficionado. —Hablé sin mirarle, al tiempo que me limpiaba un resto de mostaza de los dedos—. De tres atracos, ha usado el móvil en los tres.

Cualquier delincuente un poco avezado sabe que el móvil es su peor enemigo, sobre todo cuando se combina con la grabación de una cámara de seguridad. Es tan fácil como detectar los repetidores de esa zona, pedir los registros de llamadas en la hora exacta de la grabación y dejar que un ordenador trabajé durante horas, cotejando números con una base de datos de antecedentes. Algunas veces no sale nada, pero otras cantamos bingo, como en este caso.

—El del móvil es el pequeño, Dani. Ya sabes cómo son los hermanos. Siempre hay uno listo y uno tonto.

—¿Y qué hacemos ahora? ¿Vamos a por ellos?

—No. Cuartango me ha pedido que los detengamos en la calle. Quiere algo limpio, sin riesgos.

La geolocalización del teléfono nos llevó a un barrio en las afueras de Illumbe. En ese lapso, desde comisaría, Gorka había encontrado la dirección exacta: un piso alquilado a nombre de la madre, Susana Elguezabal, que trabajaba de camarera en el Bukanero, un club de la playa.

Aparcamos frente al portal y nos quedamos allí metidos, esperando verlos salir. Siguieron llegando más datos: los dos hermanos habían acabado el bachillerato, pero solo Dani había empezado a trabajar en un taller.

—El otro ni siquiera lo ha intentado —dijo Ori—. Un par de ninis, vamos. Te apuesto lo que quieras a que todavía están en la cama.

A las once en punto vimos aparecer a un chavalito larguirucho, vestido con un *hoodie* negro y unos pantalones tobilleros. Cotejando con las fotos de los DNI, resultó ser el pequeño, Dani. Bueno, pequeño es un decir. Era un bigardo de metro noventa, delgado y atlético. Se dirigió a una de las lonjas del edificio, abrió una portezuela y entró. Al cabo de unos minutos, salió con una tabla de surf bajo el brazo, vestido con un neopreno y descalzo.

—Surfero. —Ori dio voz a lo obvio—. A este lo pillamos al salir del agua.

—¿Y el hermano?

—Voy a mirar, igual está cogiendo olas ya. —Abrió la puerta del coche y añadió ya desde fuera—: Tú sigue controlando la casa.

Le vi marchar detrás de Dani, en dirección al puerto. Después, la calle volvió a quedarse tranquila. Hasta ese momento no había tenido tiempo de chequear el móvil. Lo saqué y vi que tenía dos mensajes. El primero de Patricia Galdós:

Hola, Nerea. Muchas gracias por lo de ayer. Fue bonito que vinieras tú a darme la noticia y te agradezco el mensaje posterior sobre Kerman. Me han llamado de comisaría para informarme de que el ADN corresponde a Kerman y que podemos ya disponer del cuerpo. He pensado en celebrar un acto mañana por la tarde, en la iglesia de San Miguel de Illumbe a las siete. Me encantaría verte allí.

Respondí de inmediato:

Allí estaré.

El segundo era de mi amiga Ane Cestero.

Hola, nena. ¿Qué tal? Te estás haciendo de rogar y ya sabes que quiero todos los detalles de tu finde romántico. ¿Funcionó esa arma secreta? ;)

Claro, pensé, Ane no sabía nada. ¿Cómo podría saberlo? Yo solo le había hablado de «alguien» de mi trabajo, sin entrar en detalles, salvo que estaba casado. Además, Ane era de Pasaia y dudaba que las noticias hubiesen llegado tan lejos.

Ane era una buena colega a la que conocí en los cursos de formación del cuerpo de investigadores. Nos corrimos un par de buenas juergas y juramos nuestra amistad eterna con unos chupitos de vodka rosa. El jueves anterior había venido por Illumbe de visita, y, mientras cenábamos en casa, le hablé sobre mis planes del finde con ese «hombre misterioso».

«Tiene una casa junto al mar... y este fin de semana su mujer y su hijo están fuera». Le conté que estaba un poco nerviosa por lo que eso suponía. Una cosa era quedar para tomar un par de cervezas y enrollarnos y otra muy distinta despertarnos juntos...

Pero había algo más. El mensaje de Ane hacía alusión a mi «arma secreta». Una broma que hice cuando le enseñé la lencería que me había comprado para ese finde.

—¡Mi ropa!

La imagen de las bragas y el sujetador que había dejado secando en un radiador, en el salón de la casa de Arkotxa, vino a mí como un puñetazo en la nariz. Con todo el trajín del accidente y el día posterior, lo había olvidado por completo. Un detalle pasado por alto... y vaya detalle.

—Eres una genio, Nerea.

Menos mal que Ori estaba en el puerto. Bajé la cabeza, traté de respirar para contener la ansiedad. ¿Qué iba a hacer ahora? Bueno, estaba claro: tenía que volver a por mi ropa interior. Limpiar el rastro de mi paso por la casa y por la vida de Kerman antes de que Patricia fuese allí para recoger alguna cosa, o a apagar el cuadro de la luz, y encontrase ese bonito regalo...

«¡Dios! ¡Pero qué idiota he sido!».

—Concéntrate. No podías saber que Kerman iba a morirse...

Vale. Inspiré hondo. Retomé el control de mis nervios. Si lo hacía, tenía que ser ya. Kerman me había dicho que nadie solía ir por la casa en otoño, si acaso Iker, que tenía su equipo de buceo allí y hacía pesca submarina de vez en cuando. Incluso tenía una idea de cómo entrar en la casa.

Respondí a Ane con un mensaje destinado a evitar más preguntas incómodas.

> Ha estado bien, pero creo que lo nuestro no va a funcionar... No sé, un tío casado... Es un marrón demasiado grande.

Acababa de mandarlo cuando volvió Ori. No había rastro del hermano mayor entre los surfistas que disfrutaban del mar esa mañana. Seguimos esperando, aburridos, hasta el mediodía. Vimos regresar a Dani, dejar su tabla en la lonja y subir a su casa, pero nada del mayor. Así que llamamos a la sección tecnológica y les pasamos los detalles del portal para que vinieran con un coche-cámara. Le daríamos un par de días para intentar establecer una rutina.

En comisaría nos esperaban los resultados del muestreo de ADN de Kerman. Tal y como me había adelantado Patricia en su mensaje, la identificación era positiva al cien por cien. Sumado a la autopsia por muerte natural y al atestado de la patrulla, debería ser suficiente para cerrar el caso.

Pero resultó que no todo estaba tan claro.

—¿Podéis cerrar la puerta un segundo? —nos pidió Cuartango.

Lo hicimos. Nos sentamos, en mi caso con la sensación de que había una nueva noticia perturbadora a punto de salir del horno. Y no me equivocaba.

—Hemos recibido una llamada en el 112 esta misma mañana. El encargado de una gasolinera... dice que está prácticamente seguro de que Kerman repostó en su gasolinera el domingo por la noche, sobre las diez.

—O sea, antes del accidente. —Orizaola se estaba volviendo todo un experto en obviedades.

—Exacto. Ha leído el periódico y ha recordado que habló con él.

Yo tragué saliva. La gasolinera de Okondo. Habíamos parado allí para llenar el depósito en el camino de vuelta.

—Bueno, eso explicaría lo del incendio tan prolongado —acerté a decir—. El coche estaba cargado de combustible...

—En efecto —asintió Cuartango—. Pero hay algo más. El dependiente afirma que Kerman viajaba con alguien. Está prácticamente seguro de que era una mujer.

—¿Qué? —exclamó Ori.

—No fastidies —susurré (algo tenía que hacer).

—Sí. El tipo intercambió algunas palabras con Kerman sobre las cilindradas y el motor del SUV. Y mirando el coche desde la ventana, se fijó en que había una mujer en el asiento del copiloto. No pudo ver mucho más. Pero después, leyendo la noticia, empezó a preguntarse qué había pasado con la mujer. No se mencionaba a nadie más, ni herido ni muerto, así que tras debatirlo durante toda la mañana con el expositor de chicles se decidió a llamarnos.

—Pero Patricia estaba volviendo de Madrid esa noche —apuntó Ori.

Cuartango dejó escapar una media sonrisa.

—Por eso os he pedido que cerréis la puerta. Como os imaginaréis, hay que actuar con todo el tacto y la discreción del mundo. Además, solo contamos con el testimonio de un tipo que no conocía a Kerman y que le vio de noche. Es posible que se equivoque.

Saltaba a la legua que Cuartango estaba muy incómodo con el tema.

—¿Hay cámaras en la gasolinera? —pregunté a la vez que intentaba atemperar el tembleque que tenía por todo el cuerpo.

—Sí, grabaciones diarias. El tipo dijo que las tenía, aunque comentó que no se distinguía a la mujer.

—Lástima —dije, y traté de disimular los nervios.

—Mañana os pasáis por allí y habláis un rato con él. Llevadle algunas fotos al azar, a ver si identifica a Kerman... Y en caso de que la cosa tenga mimbres, nos va a tocar mirar esto a fondo.

—¿A fondo? —Ori arqueó las cejas—. ¿Piensas que puede haber algo más que un accidente?

—No lo sé —levantó las palmas de las manos en un gesto de impotencia—, pero si había una mujer con Kerman esa noche... creo que ella podría explicar muchas cosas.

Pasé el resto de la tarde eligiendo los trabajos más mecánicos. No estaba como para pensar demasiado, la cabeza me daba vueltas, una y otra vez...

La gasolinera de Okondo, maldita sea. ¿Cómo no había pensado en ella? Primero la lencería, luego la maldita gasolinera. Me sentía igual que un criminal devorado por la ansiedad, por todos los cabos sueltos que ha ido dejado en su crimen.

El domingo, Kerman me contó que iba muy justo de gasolina y que había intentado repostar temprano. Recordé aquel momento, porque fue una cosa extraña. Una de esas cosas extrañas que no me parecieron tan importantes...

Yo me había despertado sola en la cama. Llamé a Kerman en voz alta... ¿Dónde estaba?

Entonces escuché el ruido de un coche. Alguien abría los portones de la casa. Con el corazón en vilo, me levanté, me acerqué a la ventana. ¿Patricia? Aliviada, vi que era el Hyundai de Kerman. Todavía no había amanecido y los faros iluminaban el granero que había junto a la entrada. Un lugar donde Kerman se pasaba horas trabajando: quería reformarlo para convertirlo en una vivienda anexa, quizá para Iker, o para alquilarla como vivienda turística; decía que la gente pagaba un dineral por pasar unos días en lugares de ensueño como aquel. Dentro del granero había una luz encendida... ¿Qué hacía ahí tan pronto?

—¿Dónde has ido? —le pregunté cuando regresó a la casa, unos cinco minutos más tarde.

—A la gasolinera. No quiero repostar a la vuelta, ya sabes, para evitar mirones... Pero estaba cerrada. Demasiado pronto.

Aquello tenía sentido, pero hubo algo en su respuesta, en toda la escena, que no funcionaba. Son cosas que a una poli no se le pasan por alto. De entrada, ¿cómo es que Kerman no sabía el horario de la gasolinera? Además, me fijé en que tenía una ligera capa de sudor en la frente, la chaqueta sucia, llena de polvo blanco. Se la quitó y la dejó en el colgador de la puerta, y cuando se sentó a quitarse los zapatos, vi que estaban manchados de barro, un barro que también le había ensuciado los bajos de los vaqueros.

En aquel momento pasé aquello por alto. No pensé que fuera importante, pero estaba claro que Kerman había hecho algo más aquella mañana, aparte de ir a echar gasolina. Tenía las botas sucias de barro. La frente sudada... Me imaginé que habría una explicación trivial, y además, según se quitó la ropa, vino hacia mí y me cogió de las caderas. He olvidado decir que yo estaba desnuda y, bueno..., después me olvidé de todo.

Esa noche, según volvíamos, dijo que pararíamos a repostar. «Tranquila, conozco esa gasolinera y nunca hay nadie». Aparcó lo más lejos posible de la tienda y se apresuró a salir para evitar que el encargado lo hiciera. Yo, por mi parte, me arrebujé un poco en el asiento. Y en efecto, no apareció nadie más. El sitio estaba oscuro y pensamos que habíamos cometido el crimen perfecto. Pues bien, ya sabemos todos lo que se dice sobre los crímenes perfectos...

Cuartango había dicho que no se distinguía a la copiloto. Eso me aliviaba, pero solo en parte. ¿Y si el tipo me reconocía? Además, estaba aquella mujer con quien nos habíamos topado en la playa. La que nos vio salir del agua helada. ¿Cuánto tardaría en atar cabos como había hecho el gasolinero? Y estaba segura de que ella sí podría describirme. Me había visto lo suficientemente cerca...

Pasé el resto de la tarde en esa especie de trance, intentando concentrarme en algo productivo. Gracias a Dios, ese martes había mucho, muchísimo que escribir de otros casos, y en eso me entretuve. A las seis, Gorka se levantó y dijo que había un concierto en el Blue Berri, y que habría entradas en la taquilla. A Ori le tocaba cubrir la tarde hasta las nueve, pero le dije que estaba muy liada y que no me importaba quedarme yo.

—¿En serio? ¡Gracias!

—De nada. ¿Quién quiere tomarse una cerveza si puede quedarse escribiendo un informe de cincuenta páginas?

Lo que en realidad estaba deseando era quedarme a solas para poder trabajar en mis proyectos «personales». Había varias cosas que hacer. De entrada, adelantarme a lo que sabía que acabaría ocurriendo. El gasolinero iba a reconocer la foto de Kerman casi con total seguridad, y eso nos llevaría a investigar las otras cámaras disponibles. Cargué una capa cartográfica con todas las cámaras de tráfico y de seguridad pública o privada presentes en la zona. Por suerte, la carreterita que unía Arkotxa con Illumbe apenas tenía vigilancia y salvo la cámara de la gasolinera, no había ninguna otra. Eso sí, el polígono Idoeta, donde yo había aparcado mi Peugeot todo el fin de semana, tenía dos cámaras activas las veinticuatro horas. Estaba segura de que me habían grabado llegando de madrugada y subiendo en mi coche, pero no creo que a nadie se le ocurriera mirar tan lejos de la zona del accidente. O al menos eso esperaba.

Pasé entonces a explorar el mapa de la zona de Arkotxa y planeé cómo acercarme a la casa sin que nadie me viera. La opción más limpia era llegar por el mar. La playa estaba a solo treinta metros de la casa, pero no disponía de ningún bote, y además, dados mis rudimentarios conocimientos de navegación, dudaba que fuese buena idea salir a mar abierto en plena noche. Siendo un poco más realista, había un pequeño mirador en la carretera, a unos tres kilómetros de la playa, donde podría dejar el coche sin que llamara la atención. Desde allí comenzaban unas cuantas sendas monte a través que terminaban en Arkotxa. Cualquiera de ellas, un oscuro martes de otoño, debería ser lo bastante solitaria.

Hacía una noche fresca cuando salí de comisaría, y ese aire frío me vino de maravilla después de un día tan intenso. Mi Peugeot estaba aparcado en el parking público que hay pegado a la comisaría, una explanada en la que se concentran más de trescientos coches cada día. Según caminaba hacia él, tuve la sensación de que alguien me observaba. Me giré un par de veces, pero no vi a nadie.

Un minuto más tarde, arranqué y puse rumbo a la costa.

5

Unas nubes muy bajas lo regaban todo con un sirimiri pegajoso. Los pinos goteaban ateridos y un viento bastante frío te terminaba de dar el bofetón según salías del coche. En resumen: una noche perfecta para quedarse en casa viendo Netflix y comiendo palomitas. Ni el más avezado montañero saldría de su casa en una noche así, pero yo estaba dispuesta a desafiar todas las leyes del sentido común y adentrarme por un caminito de montaña, a ver cuántos huesos podía partirme o cuánto barro restregarme por el trasero.

El mirador panorámico estaba desierto, cosa que no me sorprendió en absoluto. Abrí el maletero y me senté a cambiarme los zapatos por unas Salomon Gore-Tex de *trekking* que vivían allí permanentemente. También un chubasquero cortavientos que esa noche me iba a venir de perlas. No tenía luz frontal, pero la pila medio gastada de la linterna de Kerman aún tenía chicha. Entre eso y la luz de la linterna del móvil, tendría que valer. Cerré el coche y bajé caminando unos metros. Mi aplicación de rutas indicaba el comienzo de un caminito de barro y piedra. Sobre la corteza de un pino, iluminé las bandas blancas y amarillas de un PR, un sendero de corto recorrido. En teoría, eso me iba a llevar hasta la carretera que bajaba a la playa.

Allá que fui.

No tuve demasiados problemas en seguir el PR. El sendero estaba bastante bien señalizado y tenía la app si dudaba en alguna encrucijada. Lo peor fue esa neblina espectral que se iba iluminando con la linterna. Había momentos en los que parecía formarse una silueta entre los árboles. Una niña con un camisón. Un hombre parado, con los brazos caídos. Iba pegándome pequeños sustos... pero ¿eran solo sustos?

Siempre he pensado que hay algo puro y terrorífico en adentrarse en la naturaleza por la noche. La sensación de que estás sola con las estrellas, con el mar, con la luna; de que, por un instante, todo eso te pertenece, con toda su belleza y con todo su peligro. Caminar entre pinos hasta dar con un acantilado. Un mar rugiente, una costa de arrecifes negros velada entre nubes y brumas. Podrías caerte, romperte un pie, podrías incluso toparte con un jabalí despistado y que te arrollase. Romperte el fémur y terminar agonizando en una espiral de dolor y frío hasta que alguien encontrase tu cuerpo empapado y muerto quizá un par de días más tarde.

Ser poli te hace ver muchas cosas horribles, imágenes que asoman la cabeza en cuanto bajas un poco la guardia. Intenté sacudirme de encima esa sensación mientras avanzaba por la senda. La nube que me estaba regando pasó de largo, o se diluyó, y el viento se cortó en seco. El bosque quedó sumido en un silencio de goteras, algún que otro pájaro nocturno, y el rumor del oleaje que rompía no muy lejos.

Tardé unos veinticinco minutos más en desembocar en la carreterilla que iba a morir en la playa. Arriba, a unos quinientos metros, distinguí las luces de una casa, un tejado asomando sobre las copas de los árboles. Estaba demasiado lejos como para que alguien distinguiera el diminuto haz de luz de mi linterna, pero aun así la apagué y me la guardé en un bolsillo. El manto de nubes se había desgarrado y dejaba colarse el resplandor de la media luna que iluminaba la carretera mojada y la penumbrosa silueta aserrada de los pinos.

Descendí al amparo de las sombras, hasta un recodo del camino desde el que se veía la playa de piedras. Eran cerca de las diez y media y no se veía a nadie por allí. Recordé a aquella mujer con el perro que habíamos visto durante el fin de semana. ¿Viviría en la casa de lo alto? Su perro había comenzado a ladrarnos mientras estábamos haciendo el tonto en el agua y entonces nos percatamos de que se acercaba por ese mismo camino. Pero ahora me daba cuenta de que desde ahí arriba tuvo que vernos claramente. ¿Conocía a Kerman? ¿Se habría enterado del accidente y de su muerte?

Llegué a la entrada de la casa en la que había pasado dos días maravillosos en otra vida. Dos grandes puertas de madera, un muro de lajas de piedra, un buzón de metal con la insignia de US MAIL. Al otro lado había una caseta de perro, pero hacía mucho que estaba vacía. Kerman me contó que, tras la muerte de su padre, el perro familiar todavía sobrevivió dos meses más, sin compañía. Él iba cada dos días a llenarle el tazón de comida y de agua, pero la salud del can fue deteriorándose poco a poco, quizá por la tristeza de haber perdido a sus viejos amos, y el propio Kerman tuvo que llevarlo a sacrificar. «Fue uno de los peores días de mi vida. Lloré como si hubiera perdido a un hermano o a un hijo».

Sabía eso, que no había perro. Y también que no había alarma. Pero lo más importante: sabía que la puerta de entrada del garaje estaba medio rota, deteriorada. Me había fijado en varias de nuestras visitas. La puerta se quedaba abierta, dejando un hueco de casi quince centímetros, y Kerman siempre decía lo mismo: que el viento lograba levantarla y que tenía «que arreglarla un día de estos». Por fortuna, no le había dado tiempo a hacerlo.

No había ningún coche aparcado fuera, así que eché un último vistazo a mi alrededor, cogí algo de carrerilla y salté sobre el muro. Todas mis horas sudando en las clases de crossfit y zumba tenían que servir para algo, ¿no? Volé casi demasiado alto y a punto estuve de salirme por el otro lado y caer sobre la caseta del perro, pero terminé de rodillas, encaramada en lo alto del muro. Un salto más y aterricé sobre la hierba del jardín.

La casa se construyó en los años sesenta. Dos plantas, tejado de pizarra, terraza amplia, todo planteado sobre un terreno en pendiente que caía hasta un antiguo granero. El lugar estaba a oscuras, pero decidí no jugármela. Me dirigí al granero. Era una construcción antigua, lo poco que quedaba del caserío familiar de los Sanginés, que había ocupado esos terrenos desde siglos atrás (y la razón por la que se había permitido que esa casa siguiera en pie a menos de cien metros de la playa).

El granero tenía acoplado un pequeño andamio en una de sus paredes, donde también estaban apoyados unos cuantos sacos de cemento; material para esas reformas que Kerman estaba llevando a cabo. Me parapeté detrás del andamio y me quedé un rato observando la casa, asegurándome de que nada se movía ahí dentro.

Mientras estaba allí, pegada al viejo granero, volvió a mí aquella extraña anécdota del domingo a la mañana. Kerman con aspecto de haber estado trabajando, su coche parado allí mismo, las luces que surgían del interior del edificio... Su «mentirijilla» al regresar a la casa. *He ido a repostar, pero era muy temprano.*

Me despegué de aquellas paredes y surqué el prado de hierba mojada hasta llegar a la casa principal. La puerta del garaje había quedado bien cerrada la última vez, pero solo en apariencia. Me senté en el suelo y empecé a empujar el borde inferior de la puerta con las piernas. Comenzó a ceder, pero no lo hizo tan pacíficamente como me hubiese gustado. Las bisagras gruñeron, montando un verdadero escándalo. Aun así, no me quedaba otra que seguir hasta abrir un hueco lo bastante grande. Soy delgadita, larguirucha y tengo una cabeza de tamaño normal, pero necesitaba por lo menos veinte centímetros para colarme por ahí, así que terminé dándole unas cuantas patadas. Total, ya estaba rota. Nadie pensaría que era obra de ningún ladrón.

Tras cuatro eternos minutos bregando con aquel monstruo de bisagras oxidadas, conseguí por fin el espacio suficiente. Me arrastré como una lagarta bajo la puerta y me colé en una oscuridad húmeda que olía a gasolina, aceite..., a garaje.

Vale, a partir de ahí todo sería rápido, en teoría. Subir las escaleras hasta la primera planta, entrar en el salón, coger mis bragas y mi sujetador, volver a bajar.

Pero, claro, la realidad tiene su propio desarrollo y, a veces, es incluso más interesante que nuestros mejores sueños. O como se suele decir: si quieres hacer reír a Dios, cuéntale tus planes.

Encendí la linterna. En el garaje no había coches, aunque tampoco habría espacio para meter uno, repleto como estaba de trastos: una chalupa montada sobre un carro metálico, una vieja bicicleta Gazelle de carreras, dos neveras horizontales (supongo que en una casita tan aislada necesitaban guardar mucha comida), una canasta, una segadora Outils Wolf, remos, una tabla de surf, varios armarios rebosantes de herramientas de jardinería y cajas con viejos recuerdos, además de lámparas antiguas, vinilos, cuadros y un largo etcétera. Kerman no había tocado apenas las cosas de sus padres. Seguía todo allí, como un gigantesco insecto atrapado en ámbar hasta convertirse en un tesoro. Creo que para él era como un centro espiritual. Conservar todo aquello, aunque fuese bajo capas y capas de polvo, le daba una estabilidad emocional.

Había regresado a Illumbe hacía ocho años porque quería acompañar a su madre recién enviudada y bastante enferma. Pidió el traslado a Bilbao y dejó atrás casi quince años de una vida intensa y soleada en Málaga, y se quedó a vivir en aquella vieja casa con su madre, que solo sobrevivió un año a su marido. «Pero me alegro tanto de haberla acompañado. De nuestras conversaciones, de nuestras lágrimas juntos, de las horas jugando a las cartas, de que ella cocinase para mí otra vez, después de tanto tiempo. Y de habernos bebido todo el champán bueno que quedaba en la casa». Fue durante ese año cuando se reencontró con Patricia, con Enrique... Su antigua cuadrilla del Urremendi. Y así, de manera insospechada, imprevisible, comenzó a sentirse atraído por ella, que nunca le había gustado especialmente.

«A veces pienso que hay un tipo de amor que surge de un estado emocional concreto: vulnerabilidad, dependencia, soledad... ¿Por qué terminamos juntos Patricia y yo? Ella era una viuda joven, yo un solterón que había perdido a sus padres. Ambos procedentes de la misma esfera, del mismo colegio, con la misma vida como quien dice. No creo que fueran las mejores razones, pero entonces nos pareció una buena idea».

Entré en el salón dando pasos muy cortos, compungida, con lágrimas en los ojos... La chimenea aún olía a madera quemada. Las viejas ventanas dejaban colarse la brisa helada y húmeda del océano. Aparté las cortinas y allí estaban mis bragas, mi sujetador. Los recogí y me los llevé al pecho.

—Kerman...

Sentí como un peso atado a una cadena que me estrujaba el corazón. Me invadió una tristeza terrible. Incluso un reproche. El de haberme hecho tanto de rogar con él, el de haber sido tan fría al principio, tan descreída. Me daba vértigo su velocidad. Tan decidido. Tan enamorado. Y yo me he pasado la vida reprimiendo esas cosas, diciéndome a mí misma que las historias de amor perfectas son para las demás...

«Hay un tipo de amor diferente. Una persona que te hace sentir capaz de cualquier cosa. Ese es el amor que yo he buscado toda mi vida, Nerea...».

Cada vez que Kerman soltaba una de sus bonitas frases, yo me quedaba callada. En el fondo me hervía la sangre, me subían las pulsaciones, pero no quería dejarme ir. «No pierdas el control». Y ahora ya era tarde... Tarde para decirle que en eso me equivocaba.

Me senté en la alfombra, frente a la chimenea apagada, y hablé en voz alta, como una loca. Sentía que el fantasma de Kerman estaba en alguna parte de esa casa. Así que se lo dije todo. Que estaba empezando a enamorarme yo también. Que estaba empezando a creer que era posible. Pero ya era tarde... ¡Era tan tarde!

No sé cuánto tiempo me permití olvidarme de todo. De que estaba allanando un domicilio privado. De que tenía prisa por salir de allí... El caso es que por fin logré sacar toda esa tristeza de dentro. Tirada en el suelo, lloré abrazada a esa alfombra donde solo dos días antes nos habíamos amado.

Cuando me tranquilicé, me puse en pie y fui a la cocina a beber un vaso de agua. Había una botella de vino a medio acabar y estuve tentada de servirme una copa. Era la última vez que pisaba aquel lugar. Esa casa era todo lo que teníamos juntos, era nuestro sitio en el mundo, pero no debía dejar más rastros... y eso me hizo pensar en lo idiota que había sido en realidad.

Las sábanas estaban en la lavadora, las copas recogidas, la basura convenientemente depositada en el contenedor de la carretera. Pero la casa estaba llena de rastros. Huellas.

Si el asunto de la «mujer acompañante» prosperaba, ¿no era lógico pensar que Cuartango enviaría a alguien aquí en busca de huellas? Yo conocía estas rutinas. Lo primero que harían sería revisar la casa por si quedaban rastros genéticos; después, huellas. Cubiertos, cristalería y los pomos de las puertas serían el segundo objetivo de la Científica. Es lo más fácil, donde mejor se imprime cualquier huella.

Los cubiertos y la vajilla los habíamos metido en el lavaplatos. Tras dudar unos segundos, decidí que tenía tiempo para intentar arreglar eso y puse en práctica un viejo truco. Me coloqué una bolsa de plástico en la mano y fui pasándola y emborronando cualquier huella que pudiera estar presente en los pomos de todas las puertas. Que no hubiera huellas llamaría a sospecha, pero que resultaran ilegibles era lo más normal.

Estuve una buena media hora trabajando en todo lo que

recordaba haber tocado. La colección de vinilos. Los interruptores de la luz. El botellero.

El viento aullaba en el exterior. Hacía temblar los cristales y crujir la madera. Me acerqué a la chimenea que todavía emanaba ese aroma acre de las cenizas. Eso me recordó la noche del sábado. Sentados en la alfombra, acariciándonos mientras escuchábamos un viejo disco de Chet Baker.

Una corriente de aire azotó la casa y me sacó de ese cálido recuerdo. La chimenea era un agujero negro, las luces estaban apagadas.

No sonaba «Time After Time» en el tocadiscos.

Una vez terminé de repasar cualquier objeto «imprimible» donde recordaba haber posado los dedos, llegó la hora de marcharse. Instintivamente, crucé el salón y llegué al vestíbulo, solo para advertir que no era por allí: tendría que salir arrastrándome bajo la puerta del garaje.

Iba a darme la vuelta cuando, de pronto, algo se me coló por el rabillo del ojo. En el perchero estaba el chubasquero que Kerman llevaba el domingo por la mañana, cuando fue a echar gasolina tan temprano. Y también, debajo de un banco, estaban las botas que se había quitado al llegar. Debió de cambiarse de ropa más tarde, puesto que todo eso seguía allí. Botas. Chubasquero verde.

Otra vez esa historia...

Noté el bullir de ideas en mi cabeza. Recordé su Hyundai parado junto al granero, las luces. Y después, Kerman con esa capa de sudor en la frente diciendo: «Estaba cerrada». La ropa sucia, como si hubiera estado trabajando en algo... Y yo pensé: «Miente».

¿Qué había estado haciendo Kerman en el granero el domingo de madrugada?

Me acerqué al chubasquero y hundí la mano en los bolsillos hasta el fondo, con decisión. Llevaba cometiendo un delito desde que salté la valla de la casa. ¿Qué importaba ir un poco más allá?

Encontré dos cosas en el chubasquero de Kerman: lo primero, una pequeña llave anillada a una etiqueta de plástico con la palabra GRANERO; lo segundo, un objeto que tardé un poco en entender. Era una especie de caja negra redondeada, aunque enseguida descubrí un reborde de goma en su perímetro inferior, como una ventosa... pero ¿para qué?

Algo que aprendes cuando te dedicas a este oficio es que todo puede tener una explicación mundana, sencilla, y que en ocasiones, como dijo Sigmund Freud, «un puro no es más que un puro».

Aunque también aprendes que cuando el río suena...

Me fijé en las botas bajo el banco de madera. Aún tenían un rastro de barro seco en las suelas y, además, estaban sucias de polvo blanco. ¿Qué demonios hacía Kerman el domingo de madrugada en el granero?

Bueno... Tenía la llave y la oportunidad de echar un vistazo antes de irme... ¿A qué estaba esperando? Cogí la miniventosa, me la metí en el chubasquero junto con mi lencería, y dejé lo demás como estaba. Bajé las escaleras hasta el garaje, volví a arrastrarme fuera y eché otro vistazo. El horizonte plateado, el rumor de las olas y los dos grandes acantilados que estrujaban la caleta, que la aislaban tan perfectamente de todo. Seguíamos todos a solas, así que me lancé a mi segunda aventura de la noche.

El granero estaba cerrado con un candado sujeto a un pasador. Lo abrí sin dificultad y entré. Me sumergí en un intenso olor a resina de madera, pintura, pegamentos... Había un montón de material y herramientas, así que encendí la linterna para evitar tropezarme con nada. El suelo estaba cubierto de polvillo blanco, el mismo que había visto pegado a las botas de Kerman y que ahora comenzaba a manchar mis Salomon Gore-Tex... Además, mientras iluminaba el suelo, detecté unas cuantas huellas que iban y venían. Me parecieron todas iguales, de una planta muy parecida a la de las botas que él había dejado en el vestíbulo.

¿Qué buscar? ¿Adónde dirigirme ahora? Volví a recordar la escena del domingo temprano. El coche de Kerman, al ralentí, parado junto al granero. Una luz encendida dentro. ¿Qué luz?

Kerman había planeado la primera planta como un salón-cocina-comedor diáfano, pero yo no recordaba haber visto luz en las ventanas que flanqueaban la puerta, sino en una de las laterales de la casa.

Me fijé en que había una puertecita, justo detrás del espacio destinado a albergar la cocina. Me dirigí hacia ella. La abrí y descubrí un cuarto de baño muy amplio: una ducha con un plato grande, mampara de cristal, un lavabo doble... Era bonito, con un alto zócalo alicatado con baldosines rectangulares de color blanco.

Solo como comprobación, busqué el interruptor y encendí la luz un instante. Funcionaba. Y la ventana se correspondía con la que me había parecido observar desde la casa. Justo la que daba a la entrada al terreno de la finca.

¿A eso había ido Kerman? ¿Al baño? Era un poco raro teniendo en cuenta que disponía de dos más en casa.

Entonces reparé en unas cajas de cartón que había en el

suelo. Contenían baldosas iguales a las que se habían utilizado para alicatar el baño.

Baldosas... De pronto, se me ocurrió.

Saqué la miniventosa del bolsillo y fui adhiriéndola en los baldosines sin saber muy bien lo que buscaba, aunque con la intuición de que eso era lo correcto.

Empecé por los que estaban junto a la puerta y después seguí por el resto de la pared, en el sentido de las agujas del reloj. La pegaba en una baldosa y tiraba ligeramente de ella.

Tardé unos cinco minutos en localizarlo. Había imaginado que alguna de las baldosas estaría colocada en falso, ocultando algo detrás, pero era más de una. Noté que un panel entero, de unas ocho baldosas, se venía conmigo al tirar. Una tapa oculta, camuflada con el alicatado.

Sumida en el escalofrío del hallazgo, la retiré con cuidado y descubrí un pequeño hueco detrás. Un hueco pensado para acceder al depósito de agua, pero que estaba aprovechado para algo más.

Había una estantería sobre el tanque de agua. Y sobre la estantería había... cosas.

Mi primera reacción fue no tocar nada. Descansé el panel falso en el suelo y apunté con la linterna a esa especie de hueco secreto. La luz rebotó en un paquete de plástico cuyo interior era claramente visible y descifrable. Billetes. Muchos billetes. Joder, habría centenares en fajos de cincuenta y de veinte euros. ¿Qué dineral sumaba eso? Mucho, demasiado para ser los ahorrillos en B de un funcionario en nómina del Estado. ¿Quizá era dinero que Kerman usaba para pagar a los gremios de la reforma? Pero, coño, que había medio millón de euros lo menos... ¿De dónde lo había sacado?

Junto al paquete de dinero había un táper de plástico semitransparente, y allí parecía haber algo más. Lo abrí y encontré un lápiz USB de color azul. Bfff... las cosas se complicaban. Dinero. Un USB. «Lárgate de aquí, Arruti», decía una vocecita en mi cabeza...

... pero por otro lado, la policía que habita en mi cerebro racional me decía que todo eso apestaba a indicio delictivo. Un indicio que yo acababa de estropear al efectuar un registro ilegal.

Vale. Decidí actuar como lo haría un agente que no estuviera metiendo la pata hasta el fondo del charco. Activé la cámara de mi teléfono y le saqué unas cuantas fotos a todo. El escondite. Los fajos de billetes. El táper con el USB azul... Las preguntas se apelotonaban en mi mente, en mis labios... ¿Por qué? ¿Para qué? Aunque algo sí que estaba claro: el domingo por la mañana, Kerman había parado su coche junto al granero para coger o dejar algo en ese escondite.

Así que yo tenía razón. Me mintió sobre su viaje a la gasolinera. Y lo peor de todo es que lo supe en el acto, y aun así no le pregunté nada. Supuse que sería algo embarazoso, algo de lo que prefería no hablar.

¿Por qué me dejé engañar?

Seguía allí de pie, con el teléfono en las manos, cuando un ruido comenzó a elevarse sobre el rumor del oleaje y el viento.

El ronroneo de un motor que aumentaba demasiado deprisa. Un coche.

Apagué la linterna y me quedé quieta como una estatua. La ventana del baño daba a la entrada, así que pude ver las luces de los faros iluminando la carretera, deteniéndose a la entrada de la casa y después apagándose junto con el ruido del motor.

Venía alguien.

Contuve el primer subidón de adrenalina y traté de encadenar mis ideas. ¿Había quedado algo en la casa? No, tan solo la puerta del garaje, quizá demasiado abierta. El granero era otra cuestión. El candado estaba abierto y la llave puesta. Mala cosa. Eso necesitaba una corrección más que inmediata. Y tenía que darme mucha prisa en hacerla.

Pude oír la puerta de un coche que se abría y se cerraba. Una persona se dirigía a los portones de la entrada y yo tenía que largarme. Aunque ¿dejar eso allí? El dinero no me interesaba, pero el USB oculto tras una pared falsa me tentaba demasiado. Yo solo quería una explicación, algo que me ayudase a entender todo, a encajar las piezas de un puzle que acababa de salir volando ante mis ojos.

Actué por impulso. Saqué el USB y me lo metí en el bolsillo pequeño del pantalón. ¿Una cagada? No. Un cagadón. Pero no quería irme de allí con las manos vacías. Necesitaba un hilo del que tirar.

El recién llegado estaba probando llaves en la cerradura. Podía oír cómo fallaba, cómo lo intentaba con la siguiente del llavero. Cogí el panel de baldosas, que todavía tenía la ventosa pegada en él, y lo fijé con todo el cuidado que pude. Se sujetaba por medio de una larga tira de velcro, con lo que esto fue rápido. Retiré la ventosa y la alojé en el fondo del bolsillo de mi cortavientos.

El ruido de una llave girando en la cerradura me alertó. Se abrió la portezuela peatonal y yo me eché al suelo. La ventana del cuarto de baño estaba justo enfrente. Oí la puerta cerrarse y a esa persona caminar sobre el asfalto del caminito de acceso. Me puse de rodillas y me arrastré hasta el salón. Casi a la par, oía los pasos que subían por el sendero asfaltado. Llegué hasta una de las ventanas que había junto a la puerta y desde allí me encaramé un poco, lo justo para reconocer a Patricia Galdós acercándose al garaje. Sola, vestida con unos vaqueros y un tres cuartos negro.

Fue casi como si mis braguitas y mi sujetador se iluminaran en el fondo del bolsillo. No podía haber apurado más... Y en realidad, ¿no tenía todo el sentido del mundo? Quizá ella también venía buscando algo, una explicación.

La vi caminar a paso lento, detenerse para observar la casa, continuar. Llegó frente al garaje y allí se quedó quieta de nuevo. Volvió atrás, esta vez con otro ánimo, y yo deduje que se había percatado de que la puerta metálica estaba abierta casi un tercio. La vi mirar a un lado y al otro y luego se alejó varios metros de la casa. Mierda. Se había asustado. Normal.

El resplandor de la pantalla de su móvil le iluminó la cara. Estaba llamando a un número...

—¿Íñigo? Soy Patricia —la escuché decir—. Sí, estoy en la casa de Arkotxa. He venido a chequearlo todo y me he encontrado una puerta abierta... La del garaje... No, no he entrado... Sí, estoy sola, sí... Vale, de acuerdo. ¿Cuánto tardas?... Que sí, vale, esperaré fuera...

Colgó y se dirigió a la puerta de entrada a la propiedad. Salió y oí cómo se volvía a abrir y cerrar la puerta de su coche. Por supuesto, no arrancó. Había hablado con un tal Íñigo... ¿Cuartango? Y este le habría dicho que esperase fuera. Si se trataba de mi jefe, era posible que enviase a una patrulla, o quizá viniese él en persona. Y a mí me habían cortado las vías de escape. Al menos las inmediatas.

Lo primero que hice fue dirigirme a la puerta. El candado se había quedado abierto con la llave puesta y por un instante pensé en salir, cerrarlo todo y aguardar agazapada en algún sitio. Quizá podría escurrirme en cuanto ellos entrasen en la casa, pero eso era suponer demasiado. ¿Y si venía más de una patrulla y alguien se quedaba esperando fuera? Además, ellos tenían coches. Si me oían y salían en mi busca, sería una presa fácil.

Con la puerta entreabierta, ojeé la casa, el terreno. Todo estaba cercado por un alto seto de conífera muy espesa. Kerman me había hablado en una ocasión de lo difícil que era podar aquello. «Casi cincuenta años creciendo a lo ancho. Es más grueso que el muro de un castillo».

Recordaba haber paseado con él por la loma inclinada que había tras la casa. Allí había plantados árboles frutales, bastante bajos. Nada en lo que pudiera apoyarme para saltar... Así que estaba atrapada a menos que se me ocurriera algo. Y no tenía demasiado tiempo para ser creativa.

Me di la vuelta y miré el interior del granero. Las ventanas de la planta baja eran opciones igual de malas que la puerta, pero arriba, bajo el tejado, Kerman había construido una entreplanta donde planeaba instalar un «dormitorio idílico bajo las estrellas». (Recuerdo la coña que teníamos sobre quién lo iba a estrenar). El dormitorio contaba con una ventana muy grande que daba al mar y estaba situada muy cerca del seto, y pensé que podría saltar desde allí y caer al otro lado. Era un terreno de dunas, arenoso, y con suerte el aterrizaje no sería tan duro.

Vale. Esa sonaba como mi mejor baza. Cerré el candado y me guardé la llave en el bolsillo. No podía hacer más... Después me dirigí al interior.

El problema era subir hasta la primera planta porque la escalera estaba sin hacer. Que el dios del bricolaje me asista, ¿cómo demonios subían ahí arriba? Asumí que Patricia seguía metida en su coche, así que encendí la linterna del teléfono y empecé a mirar por todas partes. Tenía que haber algo parecido a una escalera, ¿no? No sé cuánto tiempo dediqué a buscar entre los diferentes paquetes, palés, sacos, pero allí no había nada similar a una maldita escalera, así que cambié la óptica, pasé al plan B: ¿qué podía usar para elevarme? Había un palé lleno de tablones de madera. Estaba un poco lejos del borde del piso, pero nada que no pudiera arreglarse con algo de fuerza bruta.

Me senté de espaldas y comencé a empujarlo con las piernas... Después de varios intentos, lo di por imposible. Pesaba demasiado, así que tenía que hacerlo de otra forma. Moverlo listón a listón hasta crear una pila lo bastante alta debajo del entrepiso.

Me lancé a coger los listones a toda velocidad y apilarlos en el suelo. No podía hacer demasiado ruido y esto ralentizaba las cosas, pero supuse que contaba con algo de tiempo. ¿Cuánto podía tardar Cuartango en salir de casa y llegar hasta Arkotxa?

Tardé unos veinte minutos en elevar la pila un metro, con tres hileras de tablones por piso y cruzados como en el jenga. Era un comienzo, pero insuficiente para llegar con comodidad... El problema es que justo entonces escuché el ruido de otro motor que se aproximaba a la casa.

—Mierda.

Aceleré el trabajo. Dos pisos más hasta que el segundo coche frenó junto al primero. Apagó el motor. Se oyó un ruido de puertas. Supuse que se saludarían y que Patricia le comentaría algo antes de entrar. Eso me daba uno o dos minutos extra, pero con los tablones no iba a ganar la altura necesaria. Tenía que pensar otra cosa.

Vi unos botes de pintura grande. Los cogí a la vez por las asas y los coloqué sobre la pila. Eso eran cuarenta centímetros más de un tirón. ¿Bastaría? Entonces oí el portón principal abrirse y me frené en seco. El ruido podía delatarme, y eso sería mucho peor que haberme quedado corta.

Con todo el sigilo que pude, me encaramé a lo alto de mi pila de maderas. Extendí los brazos y las puntas de mis dedos quedaron a un metro del borde. Vale. Coloqué un pie sobre la tapa de un bote. Di un pequeño impulso. El otro pie sobre el otro bote. Solo esperaba que no cediesen las tapas y yo terminara atrapada y con mis Salomon Gore-Tex convertidas en los zapatos de Michael Jackson en «Thriller».

Miré hacia arriba. Me había acercado un poco, pero seguía siendo un salto olímpico. Sin impulso y, además, silencioso. Lo único que me protegía era el ruido del mar y el viento de la noche, pero nada de eso camuflaría el grito de una persona cayéndose de culo.

Escuché pasos por la carreterilla del jardín. ¿Cuartango? Debía de ser él. No sonaba la radio de ningún patrullero. Supuse que iría a comprobar la casa, quizá con su arma en ristre. ¿Y después? Bueno. Respiré hondo y fijé la mirada en ese borde. «Vamos, no la cagues y hazlo a la primera. Puedes hacerlo a la primera, convierte todo tu miedo en precisión». Eran las palabras de mi tío Ignacio, enseñándome a saltar de cabeza en el rompeolas, a conducir, a disparar... A todo. Su actitud en la vida era esa: «Eres una ganadora. No espero menos de ti».

Así que apreté los dientes y conté: una, dos y...

Salté como si mi vida dependiera de ello (¿no era así, más o menos?). Me di con el pecho en la madera y clavé los codos con decisión. Dolió un poco, pero lo había conseguido. Me quedé colgada con las piernas en el aire. Me balanceé hasta que logré subir una pierna. Unos segundos para recobrar el aliento y subí la otra. Ya estaba arriba.

«Bien».

La ventana-mirador del dormitorio bucólico era en realidad una puerta que daba a un balconcito. La abrí con cuidado, salí y cerré a mi espalda. El aire nocturno estaba preñado de salitre, de espuma de olas. Las copas de las coníferas del seto quedaban justo debajo de la barandilla y al otro lado... Era incapaz de ver lo que había al otro lado, pero no me quedaban más opciones que fiarme.

«Eres una ganadora. No espero menos de ti».

Me subí en la barandilla con cuidado. Podía oír conversaciones remotas por detrás del granero. Miré hacia el oscuro horizonte y pensé: «Bueno, aquí ya solo queda romperse la crisma o que todo salga bien».

Tomé aire y conté: uno, dos y...

6

Gorka Ciencia, Orizaola y Jon Hurbil estaban junto a la máquina de café charlando y tomándose la primera taza de la mañana. Al verme entrar cojeando por el pasillo de la oficina, detuvieron su conversación y me observaron mientras avanzaba hacia ellos.

—¿Qué coño te ha pasado, Arruti? —preguntó Ori.

—La tontada más grande. No quiero decirlo, porque os vais a reír de mí.

—Ahora tenemos todavía más ganas de saberlo —bromeó él.

—Vale, pero a cambio de un capuccino de la máquina de Hurbil.

—¡Hecho! —dijo Hurbil.

La comisaría tenía un *vending* de café terrorífico, por lo que Hurbil se había llevado su propia máquina de café JURA. Era un objeto de lujo y controversia en la oficina. Todo el mundo intentaba escaquearse de pagar los veinte céntimos que Jon el *hurbiltzaile* pedía por taza. Unas veces lo conseguíamos, otras no. Hurbil se enfadaba y durante un par de días escondía una de las piezas de la máquina (lo que no sabía es que Ori había comprado la pieza en AliExpress).

—Anoche pisé un bordillo, nada más salir de aquí.

—¿Un bordillo? —preguntó Gorka—. ¿Qué tienes?

—Esguince, pero bueno, un vendaje plástico y andar con cuidado.

—Pues hoy te quedarás sin show —replicó Ori—. Vamos a detener a Dani, el pequeño de los atracakioscos.

—¿Ya? ¿Y el mayor?

—No ha aparecido por la casa en las últimas veinticuatro horas. Además, sabemos que la madre está preocupada. Ha llamado a varios hospitales preguntando por Javi y al 112. Así que tenemos luz verde... Pero me parece que tú te quedarás al calorcito.

—Bueno..., tengo cosas que hacer —dije enigmática.

Me refería a esa visita a la gasolinera de Okondo para preguntar por «la mujer» que alguien había visto junto a Kerman. Cuartango había dejado muy claro que no quería que el dato saliera de la puerta de su despacho, y pensé: «De hecho, mucho mejor ir sola».

Hurbil me trajo uno de sus codiciados capuccinos mientras allí, junto a la máquina de café, se improvisaba un último *briefing* para planear la detención de Dani Carazo. Habían reclutado a un He-Man rubiales para respaldar a Ori en caso de que el chaval se revolviera. El tipo no me quitaba ojo. En otras circunstancias, el jugueteo hubiera sido hasta agradable... pero no esa mañana. Me hice la concentrada mientras escuchaba hablar a Cuartango con el Google Maps abierto en la pantalla.

—El piso de los hermanos tiene ventanas al sur, así que las patrullas pueden esperar aquí...

Y mientras hablaba, yo me preguntaba por la noche anterior. ¿Cómo terminó todo en la casa de la playa?

En cuanto a mí: había saltado desde la barandilla y volado por encima de los setos. La caída no fue tan mala, dadas las circunstancias. Podría haberme estrellado en un saliente de hormigón que había junto al seto, pero lo esquivé por unos pocos centímetros y caí en la duna. Eso sí, no logré rotar el cuerpo a tiempo y me llevé el esguince de regalo. Pero al menos estaba fuera.

Rodé por la arena y me mordí el labio para no gritar de dolor. Me quedé parada, esperando una posible reacción de Cuartango o Patricia, pero no parecía que me hubiesen oído. Después rodeé la casa y crucé la playa hasta una ladera bastante inclinada. Durante quince minutos la remonté penosamente, sin mirar atrás, con el tobillo doliendo como una bolsa de agujas, hasta que por fin me topé con el sendero por el que había descendido una hora antes. Desde allí podía ver la playa y la casa. Había luces en su interior. Me imaginé que Cuartango la habría registrado de arriba abajo antes de dar paso a Patricia. ¿Achacarían lo del portón a un descuido de Kerman? ¿Echarían de menos la llave del candado del granero?

Llegué a mi Peugeot una hora más tarde. El dolor del tobillo era casi insoportable. Conduje de vuelta a Gernika y fui directa al hospital. Iba vestida con la ropa de monte, así que les conté una historieta sobre un paseo a deshoras y un tropiezo. «¿A quién se le ocurre salir una noche como esta?», me recriminó la enfermera.

Cuartango terminó el *briefing* y, a las siete y media, el equipo partió en comitiva a detener a Dani Carazo. A mí me tocaba cuidar el fuerte, junto con Ciencia, que siempre se quedaba en la base dando respaldo con el ordenador y los teléfonos. Al menos, Hurbil me había dado permiso para tomar todos los capuccinos que quisiera de su máquina. Me preparé el segundo y volví a mi escritorio.

Cuartango estaba en su despacho; Gorka, detrás de sus tres pantallas, con los auriculares puestos, atento a cualquier llamada. Por lo demás, estábamos tranquilos aquella mañana. Saqué el USB que había encontrado escondido en el granero de Kerman y lo coloqué sobre la mesa.

Era de color azul, sin ninguna marca exterior. Extraje la capucha y asomó un conector normal y corriente. Solo esperaba que el ordenador no se infectara con ningún virus ultrapoderoso... pero si soportaba los USB de Orizaola, con sus toneladas de basura bajada de internet, creo que podría soportar cualquier cosa.

Vi aparecer el icono del USB en la pantalla. Todas estas memorias externas tienen un nombre. Normalmente es el de fábrica, aunque los usuarios pueden cambiarlo. En el caso de Kerman, lo había cambiado a una sola palabra:

BELEA.

Un nombre con significado en euskera: «Cuervo».

Hice doble clic en el icono y se abrió una ventana con el contenido. Había dos archivos, ambos con la extensión .zip, que indicaba que eran archivos comprimidos. Sus nombres no podían ser más crípticos.

«30610761S.zip».

«10102019.zip».

Levanté la vista para comprobar que continuaba a salvo de miradas indiscretas. Gorka seguía a lo suyo, y podía oír a Cuartango hablando por teléfono. Bien.

Hice doble clic en el primero y comenzó a descomprimirse en una carpeta con el mismo nombre que el archivo. Al cabo de unos segundos, ya había terminado. Entré en la nueva carpeta y allí había una lista de archivos JPG etiquetados «30610761S_01», «30610761S_02»... Así hasta diecisiete imágenes. Abrí la primera y la impresión me hizo apartar los ojos de la pantalla. Por supuesto, ya había visto antes fotos de cadáveres, pero estar preparada es una parte importante del efecto que esas cosas producen en una. Y aquella mañana, ver un muerto sin previo aviso me revolvió las tripas.

En mi pantalla apareció un rostro desfigurado por un golpe tremendo. El único ojo que se distinguía estaba perdido en algún punto en lo alto de la cúpula ocular. La carne de los bordes de la herida había adquirido un extraño tono azulado. La lengua asomaba por una esquina... Podía verse el resto de la cara: un mentón pronunciado, hoyuelo en la barbilla. Parecía tener el pelo rubio y, en general, no aparentaba más de veinte o veintiún años.

En la siguiente foto aparecía desnudo, boca arriba, sobre una mesa de autopsias. La piel extremadamente blanca, con algunas zonas azuladas, mostraba arañazos, pequeñas abrasiones. Por lo demás, era un chico delgado, con un cuerpo fibroso, trabajado. Tenía el pene largo, caído hacia un lado, el vello púbico rojizo. Sin pelo en el pecho.

Pasé por encima de los diecisiete archivos. Había fotos generales del cuerpo, detalles de manos, pies, cuello... Me detuve en algunas fotos de sus tatuajes, que le cubrían los brazos y parte de la espalda. Un pendiente en uno de los pezones. La mayoría de las imágenes se centraban en la herida de la cabeza y había algunos ángulos realmente perturbadores en los que se podía ver cómo asomaba la masa encefálica.

¿Quién era ese chico? Las fotos se habían tomado en una

de las salas de autopsia del instituto forense de Barroeta Aldamar. Se distinguía la balanza colgante que usaban los forenses para pesar órganos, y la camilla con desagües para los fluidos que emanaban durante las diferentes exploraciones, cortes y extracciones. Eran fotos técnicas, de las que se suelen adjuntar en una autopsia. Pero ¿qué hacían escondidas tras un panel falso en el granero de Kerman?

Fui a por el otro archivo, el denominado «10102019.zip», hice doble clic y emergió una ventanita con un mensaje: ESCRIBIR CONTRASEÑA DE APERTURA.

Vaya, la cosa mejoraba. Lo que se esconde tras una contraseña siempre es algo interesante. El archivo pesaba 12 GB. ¿Quizá eran más imágenes? O quizá un vídeo. En todo caso, el nombre del archivo me pareció curioso: «10102019»... ¿Una fecha?

Coloqué el cursor en la caja de la contraseña e hice un intento traduciendo al castellano la palabra BELEA que daba nombre al archivo, pero nada: el recuadro se meneó con un mensajito en rojo: «Contraseña incorrecta». Probé con la fecha de nacimiento de Kerman; también en el sentido inverso. Nada. Después con las palabras «arkotxa», «granero», «illumbe» y así hasta una docena de términos que podían tener alguna relación con Kerman. La cajita me sacaba el dedo una y otra vez. Finalmente revisé el calendario y descubrí que la fecha en cuestión, el 10 del 10 de 2019, era un «jueves». Último intento. Nada.

Bueno, una contraseña se puede romper, el propio Ciencia era un experto en eso, aunque no podía recurrir a él así como así. Tendría que pensar en cómo acercarme sutilmente, sin llamar la atención, y pedirle el favor. Pero, por ahora, mejor mantenerse fuera del radar.

Volví sobre el otro archivo. El nombre era una cadena de nueve cifras, una más que el encriptado: «30610761S». Un momento... Me incliné hacia la pantalla. De pronto había caído en la cuenta de que me estaba equivocando: el último carácter era la letra «S», no un cinco como me había parecido a simple vista. Una letra al final de un número de ocho cifras. ¿Un DNI?

Había maneras de comprobarlo. La letra del DNI es un sistema de control que se valida con una operación matemática muy sencilla. Pero más rápido que eso era teclear el DNI en la base de datos de la policía. Así lo hice. Y... bingo: correspondía a un tal Eleder Solatxi Ortiz de Zárate.

Me puse a leer aquella ficha. Lo primero que saltaba al ojo era la palabra FALLECIDO y la fecha: el 10 de octubre de 2019. La misma que Kerman había utilizado para titular el archivo encriptado. Justo al lado leí su fecha de nacimiento, en 2000. Joder, solo tenía diecinueve años cuando murió.

¿Eleder era el chico de las imágenes?

Había una fotografía suya en la ficha. La amplié y, en efecto, era él. Lo supe por el hoyuelo de su barbilla. Un chaval rubio, de ojos verdes y un tupé que le confería un aire de James Dean de baratillo. Tenía esa mirada de chico listo que había visto tantas veces. Cerebro brillante, rápido... pero mal enfocado.

Seguí revisando la ficha policial de Eleder: dos detenciones por conducir borracho. Posesión de drogas, peleas y una acusación por robo sin violencia. La última línea de la ficha decía FALLECIMIENTO y remitía al informe de un atestado. Lo abrí. Databa de un par de años atrás y en la cabecera se podía leer el nombre completo de Eleder, la fecha de su muerte y una conclusión general.

En esa primera página también aparecían los nombres de Aitor Orizaola y Gorka Izaguirre como autores del atestado.

Empecé a leer.

Un pescador había dado el aviso por teléfono, en la madrugada del día 11 de octubre, para informar de que había «algo flotando en el laberinto de rocas de Deabruaren Ahoa». Parecía un cuerpo, pero no podía acercarse con el bote. Esa zona de Ondartzape, llamada la «Boca del Diablo», es una trampa de arrecifes de pedernal, tan afilados como colmillos.

El informe indicaba que una patrulla se había acercado al lugar y había confirmado la presencia de un cadáver. Se llamó al equipo de rescate de la Ertzaintza y también a un equipo de la Policía Judicial: Ori y Gorka Ciencia, que en esos tiempos eran compañeros.

Un par de buzos sacaron el cuerpo del agua, vestido de los pies a la cabeza. La conclusión, de un primer vistazo, era que el chico se habría caído en una zona peligrosa. «Se observan traumatismos en el cráneo y rasgaduras en la ropa, quizá por efecto del choque contra las rocas», escribieron en el informe. «Se ha encontrado un cinturón y una chaqueta en un punto cercano a la ermita de Santa Catalina. También una motocicleta aparcada que pertenece al fallecido. Contemplamos la posibilidad de que haya sido autolisis por precipitación».

O sea, suicidio.

Debido al estado de la mar y la meteorología en el punto de rescate, el cadáver se trasladó directamente al Instituto de Medicina Legal de Bilbao. Allí, como en cualquier otra muerte violenta, se le practicó una autopsia. El informe policial solo adjuntaba la hoja de conclusiones, resumidas en que Eleder presentaba politraumatismos compatibles con un impacto fuerte contra el pedernal. «Causa probable de la muerte: traumatismo craneoencefálico».

La autopsia venía firmada por las iniciales del forense: «K. S.».

Kerman Sanginés.

—¿Arruti?

Cuartango se había acercado sin hacer ruido, o quizá yo estaba tan metida en el informe que no me di cuenta. Di un respingo y me giré rápidamente, tratando de tapar la pantalla con mi cuerpo.

—¿Sí...?

—¿Qué tal va el pie? ¿Puedes moverte?

—Bien... Sí, claro. En realidad, no ha sido mucho.

Me arremangué un poco el vaquero y le mostré el extremo del vendaje plástico. Cuartango bajó la vista y yo aproveché para hacer clic con el ratón y cerrar el PDF del informe, aunque no parecía que mi superior estuviese demasiado interesado en mi pantalla.

—No puedes conducir con ese pie. Anda, vamos. Tengo una hora libre.

—¿Adónde vamos?

—A la gasolinera de Okondo. Ya sabes...

Noté que me sonrojaba. Estaba tan tranquila con la idea de ir sola, pero ahora, para más inri, tendría que presentarme allí con mi jefe.

—Okey, dame dos minutos que cierro esto.

Todavía con la imagen de Eleder y el informe de su suicidio en la retina, me dio el tiempo justo de sacar el USB y lanzarlo dentro de mi bolso, ponerme la chaqueta y salir cojeando hacia el pasillo que daba a la zona del garaje. No podía dejar de preguntarme lo obvio. ¿Por qué Eleder? ¿Por qué la fecha de su muerte para ponerle nombre a un archivo encriptado? ¿Algo relacionado con su autopsia? Y en ese caso, ¿por qué esconderlo?

Antes de bajar al garaje, entré un segundo al lavabo. Me encerré en una cabina y me hice una coleta. La noche del domingo llevaba el pelo suelto y prefería ofrecer un aspecto diferente esa mañana. Al salir, me miré en el espejo. «Tranquila. Es imposible que te viera. Estaba superoscuro».

¿Estaba tan segura de eso?

7

—Anoche hablé con Patricia Galdós...

Íñigo Cuartango era de esos tíos que conducen rápido aunque les sobre tiempo. Parecía decidido a hacerme vomitar los dos capuccinos que temblaban en la boca de mi estómago.

—¿Con Patricia? —Me hice la tonta.

—No le mencioné nada de esto, claro. Me llamó desde la playa de Arkotxa. Había ido a comprobar la casa y se encontró una puerta abierta. Pensaba que alguien la había forzado.

—Vaya.

—No había nadie, ni echó nada en falta. Creemos que la puerta del garaje se había quedado abierta, pero el caso es que estuvimos allí un rato, mientras registrábamos todo. Y de pronto nos vino algo a la cabeza. Un tema escalofriante...

—¿El qué?

—Hace un par de meses, Patricia recibió algunas llamadas telefónicas muy raras. Al principio no quiso hacerles caso, pero después terminó llamándome. Dijo que creía que alguien los estaba amenazando.

—¿A Kerman y a ella?

—No lo sabe con seguridad. Lo achacó a algunos problemas que tuvo en la empresa y no le dio importancia, pero a la vista de lo ocurrido...

—¿Quieres decir que tenéis dudas sobre el accidente?

Cuartango tomó una curva cerrada y las ruedas rechinaron. Joder, ¿lo hacía para impresionarme? Porque estaba a punto de regarle sus bonitos asientos con «café gastriccino».

—Bueno, Patricia ha hablado con gente del instituto forense y le han dicho lo que ya sabemos: la autopsia no aclara demasiado y los coches no arden así como así. Ha empezado a montarse una idea en la cabeza... Creo que se quedaría más tranquila si lo investigamos un poco.

Estábamos ya en el tramo de carretera donde comenzó todo, y Cuartango redujo la velocidad. Al pasar por el punto del accidente, frenó y detuvo el coche.

—Fue aquí —me informó.

Yo no dije nada. Hice como que observaba por la ventanilla. Él se había quedado callado, pensativo. Arrancó de nuevo sin decir palabra.

Llegamos a la gasolinera unos diez minutos más tarde, aparcamos junto a la tienda y salimos. Según nos dirigíamos a la entrada, me fijé en las dos cámaras de vigilancia situadas en dos altos mástiles, en ambos sentidos. Eran modernas, con buenos objetivos, y eso me preocupó.

Había una clienta comprando pan y dando cháchara al encargado. Este era un tipo parlanchín, delgado, medio calvo, con perilla y un aro en la oreja. Nos vio llegar, pero no pareció importarle demasiado. Siguió hablando y riéndose con su clienta mientras nosotros aguantamos dos largos minutos en silencio. De vez en cuando notaba su mirada en nosotros. En mí. ¿Me reconocería?

Al final, Cuartango le preguntó si le «quedaba mucho» y el tipo se puso tieso, como si le hubiéramos ofendido. Despachó a su clienta y puso la peor cara que pudo para atendernos. Yo le miré fijamente. Él no me miró...

—Todo tuyo —dijo mi jefe.

Saqué la placa, la coloqué sobre el mostrador y pronuncié la palabra mágica: «Ertzaintza».

—¿Llamó usted ayer para dar parte de algo relacionado con el accidente del domingo por la noche?

Asintió.

—¿Y mandan a la secreta para esto?

—No somos de la «secreta», solo investigadores. ¿Nos puede repetir lo que contó al agente por teléfono?

—Claro. A ese tío, Kerman, yo lo conocía de otras veces. Era un vecino de la zona. Venía a comprar leña, propano, cosas de esas. Bueno, y que a mí me gusta enrollarme y hablo con todo el mundo.

«Ya lo hemos notado».

—El domingo pasado, estaba ya a punto de cerrar cuando aparcó su coche allí, en el surtidor cuatro. —Señaló por la ventana a la fila de surtidores más alejada—. Llenó el depósito y vino a pagar. Mientras le pasaba la tarjeta, hice el típico chiste de «se acabó lo bueno, mañana ya lunes» y el tipo me siguió un poco el rollo. Entonces me fijé en su coche, un Hyundai Kona. Es un SUV coreano... Yo estoy pensando en cambiar de coche, así que le pregunté por los consumos, etcétera, y según lo estaba haciendo, me fijé que había alguien más con él. Era una chica. Estaba sentada en el asiento del copiloto.

Tragué saliva y le miré fijamente.

—¿Cómo lo pudo ver? —preguntó Cuartango—. Estaría oscuro.

—Hay luces. —Señaló la marquesina—. Además, ella estaba mirando su móvil.

Cuartango se quedó callado.

—¿Puede describirla?

El encargado guardó silencio unos segundos que a mí se me hicieron eternos. Miró hacia el surtidor cuatro, después de vuelta a nosotros. Noté que centraba la mirada en mí y me temblaron un poco las piernas.

—Sería más o menos de su edad, morena...

—Morena —repetí.

«¿Morena?».

—Sí. O de pelo negro. No sé. Solo le vi un poco la cara. Y tampoco me quedé mirando, ¿eh? Aunque me pareció más joven que él... y guapa.

«Vaya, gracias».

—En fin. El lunes a la mañana, vi pasar el camión de bomberos, la policía, la ambulancia. Pero no hice la conexión hasta el martes, cuando leí la noticia y salía el modelo del coche. El SUV coreano. Me dije: «¡Coño, si era ese tío!». Leí con atención y me extrañó que no se mencionara a ninguna chica. Aunque pudo haberla dejado en el camino, claro, pero no sé dónde. No hay ningún pueblo entre esta gasolinera y el sitio donde se la pegó. Por eso pensé que debía llamar y hablar con alguien.

—Hizo bien —repliqué fríamente.

Cuartango se adelantó y sacó un folio donde había seis fotos impresas a color. Una de ellas era de Kerman. Colocó el folio sobre el mostrador.

—¿Puede reconocer al hombre del Hyundai Kona?

El gasolinero recorrió las fotos rápidamente. Apuntó a Kerman con el dedo.

—Está un poco más mayor.

—Okey —dijo Cuartango—. Hablemos de las grabaciones. ¿Las tiene?

—Se graban en bloques de cuatro horas. Lo del domingo entre las ocho y las doce se lo he copiado aquí —sacó un USB—, pero ya lo he mirado. A ella apenas se la distingue.

Nos hizo una señal para que pasáramos a una pequeña trastienda, donde, sobre un mostrador, había un portátil encendido. Introdujo el USB e hizo doble clic sobre el único archivo que contenía. Se abrió una ventana con una imagen fija. Era la «cámara norte» y un reloj sobreimpresionado marcaba las 20.00.

El hombre parecía haberse preparado para el momento. Avanzó por la grabación hasta que el reloj marcó las 21.57. A partir de ahí, dejó el vídeo a velocidad normal.

—Aquí llega.

Vimos los faros de un vehículo que entraba por la gasolinera, de frente. La matrícula (lo importante en estos casos) se veía con nitidez. El coche se detenía junto al surtidor.

Yo tenía los ojos fijos en mí, en la versión feliz y despreocupada de mí misma aquel domingo por la noche, pero el techo del SUV me tapaba el rostro. Solo se podía ver mi regazo, parte de mis pantalones, mis manos.

Kerman se apeaba, abría el depósito y cogía la manguera. Se ponía a rellenar el depósito mientras se percibía claramente cómo yo sacaba el móvil de mi bolso («Mierda, el bolso se ve») y me ponía a mirarlo.

—Estuvieron unos ocho minutos y eso es todo lo que se ve de ella —dijo el tipo—. Lo he comprobado.

—Vale. Le echaremos un vistazo en comisaría. —Extendí la mano, y él sacó el USB y me lo entregó.

—Cuando terminen, me lo traen de vuelta, por favor. Que eso es mío, no de la empresa.

—Okey. Está claro.

Salimos del despachito y, tras dar los buenos días, nos dirigimos al exterior.

—Ah, por cierto —dijo de pronto el encargado—, ya he leído la esquela esta mañana. Casado y con un hijo, ¿eh? —Torció la sonrisa como una invitación a cuchichear sobre el tema.

Entonces Cuartango se giró y, desde la distancia, le habló con un tono grave:

—El dato que nos ha proporcionado usted es parte de una investigación. Espero que entienda lo que eso significa. Buenos días.

No significaba nada, en realidad. No había secreto de sumario porque no había sumario, pero era una manera de acojonarle para que se lo pensara dos veces antes de hablar con nadie sobre el tema.

Volvimos al coche, a la carretera. Cuartango estuvo callado un buen rato hasta que, al final, se soltó.

—Me parece increíble. —Negó con la cabeza y repitió—: Increíble. ¿Qué pinta Kerman metiéndose en algo así? Con la mujer que tenía. Hay hombres que matarían por Patricia, y él...

Yo me quedé pensando. Tenía que jugar mi propio juego.

—Quizá no sea lo que parece —dije—. Puede que la recogiera en alguna parte y la estuviera llevando a otro punto. Una autoestopista, por ejemplo.

—¿Un domingo por la noche?

—No sería tan extraño. El Bizkaibus tiene muy poco servicio en esta zona. Menos aún en domingo...

—Me parece muy bien lo que estás intentando. Pero eso no tiene ningún sentido. Lo que ha dicho el gasolinero es cierto: entre Okondo y el lugar del accidente no hay ni una casa, ni un barrio, ni el comienzo de ningún caminillo. ¿Dónde se bajó ella? En ninguna parte... Te diré lo que estoy pensando: es bastante probable que Kerman volviera con esa chica de la casa de la playa. Joder, blanco y en botella: justo el fin de semana que Patricia estaba en Madrid.

Curva. Ruedas rechinando. Tragué saliva.

Cuartango siguió:

—... entonces tuvieron el accidente. Ella salió del coche y se escapó. Lo dejó allí, inconsciente... o no, mientras todo aquello empezaba a arder. Quién sabe: igual ella provocó el accidente. Lo mismo era una puta. O una ladrona. O las dos cosas.

—¿Una ladrona?

—Hemos tenido gente a la que desvalijan después de una cita por Tinder.

—¿Crees que Kerman era de los que usan Tinder?

—Yo qué sé. También podía ser un ligue de una noche. El caso es que esa chica se acaba de convertir en un objetivo. Hay que encontrarla, ¿vale? Quiero que tú y Ori os centréis en esto. Y quiero discreción.

—Vale. —Traté de controlar el temblor de mi voz, aunque no sé si lo conseguí.

—Si el gasolinero está en lo cierto, la chica usó el móvil desde el coche. Quizá también lo usó en la casa. Puedes empezar por ahí. Panelando antenas.

Casi podía notar cómo el cerco se estrechaba.

Llegamos a comisaría, Cuartango se bajó del coche y se despidió con una última orden: que le fuera informando puntualmente. Ah, y recalcó lo de la discreción. Nada de cotilleos en la máquina de café o se nos caía el pelo. Eso no lo dijo, pero se podía adivinar por su tono de voz. Cuartango sentía devoción por Patricia. ¿O era algo más? Pertenecían al mismo club. La esferita de la gente rica de las colinas. Jugaban la Copa Otoño, celebraban su Gran Gala de Navidad y juntaban a sus retoños para que amigasen desde la más tierna infancia. Endogamia. Hipergamia. Cuartango había dejado muy claro que iba a proteger a los de su especie.

Y las cosas habían empezado a complicarse para mí. Y mucho.

Fui directa al aseo, me senté en la cabina y revisé mi histórico de llamadas. ¿Había llamado a alguien desde la gasolinera el pasado domingo? No. Seguramente estaba viendo el Insta o mi WhatsApp. Pero había una llamada, al sanatorio de Santa Brígida, el sábado por la mañana. Llamé desde la playa para decirles que no visitaría a mi tío ese día. Era algo que me había costado un esfuerzo moral: no ir a verle como cada sábado. Y temía que, de algún modo, él lo notara. ¿Quién sabe lo que ocurre dentro de un cerebro perdido como el de mi tío Ignacio? Quizá contase los días a su manera. Por eso llamé, para avisar, y para pedirle a alguna de las monjas que le diera una vueltecita por el jardín, bien abrigado, como solía hacer yo cuando iba a verle.

Esa llamada me pesaba ahora. Si comenzábamos a panelar, mi número terminaría saliendo. Aunque solo fuera una vez. Una aguja en un pajar quizá no tan denso. ¿Cuántos teléfonos se conectarían desde ese lugar en la costa un sábado por la mañana?

Según me dirigía a la planta de arriba, escuché un pequeño alboroto en la zona de calabozos. Pude ver un reguero de gotas de sangre junto a la puerta. ¿Qué había pasado? Vi salir al patrullero grandote, ese que antes me había echado un par de miraditas en el *briefing*. He-Man tenía cara de pocos amigos y ni me saludó al pasar. Al fondo estaba Orizaola.

Dani Carazo, sentado en la enfermería, recibía una cura en la nariz, que alguien le había reventado.

—El musculitos ese, el rubiales —dijo Ori, enfadado—. Se ha puesto nervioso y lo ha tumbado de un golpe contra el suelo. Es un menor... ¡Joder!

Entendía su enfado: por culpa de eso nos tocaría rellenar mil papeles.

—La madre está arriba —continuó—, en la sala de espera. ¿Puedes ir a hablar con ella un segundo? A ver si arreglo este desaguisado. Encima es que no para de sangrar...

—Vale.

Eché un último vistazo a Dani. Estaba quieto, con las esposas puestas, y le temblaban las dos manos. Ahora lo pondríamos al fresco un rato, en una celda de detención. Un sitio en el que no es agradable pasar ni diez minutos. Eso le ablandaría un poco antes del interrogatorio.

Subí arriba, directa a mi escritorio para coger un nolotil que tragué con agua. El tobillo había empezado a dolerme en la gasolinera. Quizá solo habían sido los nervios.

Escuché a Blanco, Hurbil y Gorka Ciencia echarse unas risas en la máquina de café.

—Creo que es fan de Chuck Norris.

—Solo le ha faltado darle una patada voladora.

Se cachondeaban del He-Man rubiales y su actuación pasada de vueltas. Bueno, un mal día lo tiene cualquiera, y cuando eres novato siempre te precipitas un poco. Además, ¿qué hay mejor que unas buenas risas para soltar los nervios después de una intervención?

Pasé de largo y fui a la sala de espera, donde aguardaba la madre de Dani Carazo, Susana Elguezabal. Era una mujer de cincuenta y dos años, pero aparentaba menos. Una bonita melena negra, vaqueros ajustados y un rostro muy atractivo pese a que tenía los ojos hinchados. Hablaba con alguien por teléfono y le hice un gesto.

—Te tengo que dejar —dijo—, luego te llamo.

Me presenté y la invité a que pasara a una de las salas de interrogatorios. La pobre estaba deshecha. Le ofrecí agua, café, no quería nada.

—¿Cómo está Dani? ¿Ha dejado de sangrar?

—Está bien, le han hecho una cura. Un poco nervioso, claro. Están metidos en un buen lío. Se les acusa de tres atracos a mano armada.

Una de cal y una de arena. Que quedase muy claro que aquello no era un hospital ni un convento. Ella apretó el bolso con las dos manos.

—¿Dani también? —le tembló la voz—. No me creo que Javi le haya podido hacer esto a su hermano...

Rompió a llorar. Le acerqué una caja de pañuelos y le volví a ofrecer agua. Esta vez, le puse una mano en el hombro y le dije una de esas frases mágicas que ayudan en los interrogatorios.

—Tranquila, mujer. Todavía se puede arreglar.

Ella cogió el pañuelo, se limpió, me miró en silencio.

—¿Cómo?

—De entrada, sabiendo dónde está Javi.

—No lo sé. Si lo supiera, se lo decía ahora mismo. Pero no lo sé.

—Pero vive con usted, ¿no?

—Sí, aunque lleva diez días sin pasar por casa.

—¿Eso es normal?

—Normal... no. A veces se me ha marchado dos días o tres... con alguna novia o de fiesta. Pero esta vez hay algo raro... he preguntado a sus amigos y nadie sabe nada. Y lo peor es que veo a mi Dani preocupado. No me quiere decir nada, pero cuando dije que iba a llamar a la policía, él me pidió que no lo hiciera, que Javi iba a volver pronto. Le pregunté cómo lo sabía... y se calló... y pensé «estos dos algo traman». Yo no sé... No sé qué he hecho mal... ¡Toda la vida trabajando y ahora esto! ¿Por qué a mí?

Otra vez las lágrimas. Lo había visto tantas veces... Padres y madres rotos, incapaces de comprender cómo habían llegado sus hijos a ese punto. Cómo se les habían podido «descontrolar» las cosas de esa manera. Yo no tenía hijos, pero Orizaola sí, y él siempre decía que me abstuviera de juzgar a ningún padre. «A veces es verdad, te sale un hijo bala y ya está. Te podía haber salido enfermo, pero te sale delincuente...».

Sin embargo, yo no podía evitar que mis prejuicios asomaran un poco.

Me senté frente a ella, bajé la mirada y entrecrucé los dedos de las manos.

—No se culpe, Susana... Lo importante ahora es arreglarlo, ¿vale? Ahora es cuando puede hacer algo por corregirlo. Quizá no sea tarde para sus hijos. He visto casos peores salir adelante...

—Gracias —dijo entre sollozos—. Es que Javi es una calamidad, como lo era su padre. Siempre buscando el pelotazo rápido y trabajar lo justo. Listo como el que más... pero nunca quiso sentarse en una silla o abrir un libro... y después, las amistades del pueblo. Pacho Albizu... ese fue su veneno. Seguro que le conoce...

Era un nombre familiar en comisaría, un habitual del pasillo de calabozos. Pero llevábamos una buena temporada sin saber de él.

—Voló hace tiempo. Creo que a Londres, quién sabe... El caso es que a Javi, unos días antes de desaparecer, le dio por hablar de irnos de vacaciones a Canarias y no sé cuántas cosas más. Que mirase hoteles buenos. Yo le pregunté si por fin iba a empezar a trabajar y él dijo que «algo así». Después se fue a la cama y desde aquella noche no he vuelto a verle. Y por eso le digo que estoy preocupada. Creo que está metido en un lío bien gordo.

Lo dejé ahí. No era necesario exprimirla con más preguntas. La mujer estaba hecha un flan por su hijo y haría cualquier cosa por traerlo de vuelta, incluso colaborar con nosotros. Le di mi número y le pedí que tratase de recordar cualquier detalle. O si veía algo en casa que pudiera ser de utilidad. Tíquets de compras, reservas de avión o autobús... ¿El ordenador de Javi? Dijo que no tenía, solo móvil, y que había desaparecido con él. Le informé sobre las condiciones de la detención de Dani y cómo iba a ocurrir todo a partir de ahora. Me dijo que ya tenían un abogado. Su novio, el dueño del club Bukanero, le había conseguido uno.

—¿Rubén?

—¿Le conoce?

Los ecos del caso de Lorea Vallejo seguían resonando en nuestra pequeña comarca.

—Un poco.

Regresé a la oficina. Ori estaba en el ordenador, tecleando con los auriculares puestos. Se los quitó según me vio sentarme.

—¿Y?

—Javi Carazo está metido en algo. Antes de desaparecer, le dijo a su madre que se irían de vacaciones a Canarias. Por cierto, ha mencionado a Pacho Albizu. ¿Sabías que estaba en Londres?

—Sabíamos que se había largado, pero no a Londres. ¿Te lo ha dicho ella?

—Sí..., lo ha mencionado como el mentor de Javi.

—Pacho ha sido el mentor de mucha gente, un liante de cuidado. Y también fue informador nuestro.

—¿En serio? ¿Y por qué se largó?

—Le pisaban los talones. Hace dos años hubo un robo en una plantación de marihuana en Murueta: alguien muy listo que sabía dónde buscar se llevó un montonazo de esquejes. El problema es que los dueños eran unos tíos malos malos, ucranianos. Aparecieron por Illumbe rompiendo caras, puertas... Y eso coincide con las fechas en las que Pacho decidió irse a aprender inglés. Una pena, porque era un gran recurso. Conocía todo lo que se movía en el subsuelo.

—Pues ahora nos vendría de perlas... Aunque Susana ha insinuado que Dani sabe algo. ¿Cuándo vamos a hablar con él?

—Déjale hasta mañana. Que la celda le haga efecto.

—Okey, esperaremos.

—Otra cosa —dijo Ori—. Me ha dicho Cuartango que habéis visitado la gasolinera de Okondo y que tenemos la grabación.

Asentí con la cabeza. Habría preferido revisar el vídeo a solas, por lo menos una vez, para asegurarme de que realmente no se me veía nada, pero ya no tenía escapatoria. Saqué el USB de mi bolso.

—¿Sala de reuniones?

El fragmento «interesante» del vídeo duraba ocho minutos en total, desde que el coche de Kerman frenaba junto al surtidor hasta que volvía a salir de la gasolinera y se montaba en su Hyundai Kona. En todo ese tiempo, la «morena guapa y joven» apenas se movía de su asiento y yo di gracias a Dios por ello.

Cogía mi móvil, lo miraba, lo dejaba... Lo volvía a mirar, pero mi cara no llegaba a asomar por debajo del techo. Solo se veía algo de la ropa que llevaba esa noche: una blusa clara, unos vaqueros, un bolso que podría ser negro, un móvil de pantalla grande.

—No tiene anillo de casada.

Ori escudriñaba los detalles y yo intentaba mostrarme todo lo colaborativa que era capaz.

—¿Seguro que era morena? —preguntó—. No le pega ser morena.

—¿Por qué?

—No lo sé... Me pega más una rubia, fíjate.

Yo intentaba comportarme con naturalidad, lo cual no era nada fácil dadas las circunstancias. Cuartango no había captado nada familiar en la mujer, pero Ori era mi compañero. Me veía todos los días. Y esa blusa, aunque no era de las que llevaba habitualmente al trabajo, me la había puesto en alguna ocasión. En cualquier caso, él no pareció hacer la conexión. Vimos el fragmento tres veces y había apuntado muy pocas cosas en su libreta.

—Lo único que está claro es que no es una autoestopista —dijo Ori—. Entre la playa y el punto del accidente apenas habrá quince kilómetros. Nadie se quita la chaqueta por tan poco.

—Cierto —dije, maravillada por las artes deductivas de mi compañero.

—Aunque tampoco parece una prostituta... Bueno, no es que sea yo un entendido, pero la chica va vestida en plan bien.

«Gracias», pensé.

—Todo esto tiene pinta de lo que es —siguió diciendo—, Kerman tenía una amante. Ahora bien, Cuartango tiene razón. El mosqueo con el accidente ahora se convierte en un supermosqueo. En cualquiera de sus vertientes.

—¿Qué quieres decir?

Aitor se levantó y fue a la pizarra, cogió un marcador y escribió una letra «A» seguida de la palabra «Infarto».

—La primera teoría que nos ha... digámoslo así, convencido a todos. Kerman sufrió un infarto conduciendo. Se cayó por el barranco. Chocó, el coche comenzó a arder, pero él ya estaba muerto. ¿Qué hizo la chica? Huir, porque no podían pillarlos juntos.

—Exacto. Aunque quizá el coche no había empezado a arder cuando ella se fue —defendí yo a la supuesta amante a la fuga.

—Puede. En ese caso, solo estamos hablando de una omisión de socorro. Un delito menor, vale, pero un delito. Además, ¿cómo concluyó que Kerman estaba muerto? Ni siquiera lo sacó del coche. Es raro. Lo normal hubiera sido arrastrarlo fuera... tumbarlo en la hierba. Intentar reanimarlo.

—Eso sería un atenuante.

—Justo. Pero esa es solo la primera teoría.

Ahora escribió una «B» seguida de otras dos palabras que me helaron el corazón: «Accidente / Incendio provocado».

Estuve a punto de decir algo como «exageras», aunque tuve miedo de que mi garganta seca me traicionara. Carraspeé y crucé los brazos.

—Suena un poco gore, lo sé —dijo Ori—. Pero hay que tirar de todos los hilos, y las amenazas que ha recibido Patricia, hasta que sepamos de quién provienen, son un hilo negro y grueso.

—Pero ¿provocar un accidente en el coche en el que viajas?

—Vale, sí, es raro, pero podría haber pasado. Un acto espontáneo como una pelea en el coche o algo más calculado. El caso es que se caen al fondo del barranco. El coche se golpea contra un tronco. Un Hyundai Kona, con todos los sistemas de seguridad del mundo. Y, de acuerdo, el depósito lleno. Pero sabemos lo raro que es un incendio, y más en un coche moderno... ¿Y si pasó algo más? ¿Y si el incendio estaba destinado a borrar huellas de algo?

—¿Algo como qué?

—Un estrangulamiento, por ejemplo. Eso hubiera salido en la autopsia. Sin embargo, quemando el cadáver se emborrona todo. Los órganos internos se cuecen y se deforman. No hay manera de establecer si la tráquea estaba hundida, o qué sé yo. Y tampoco quedan marcas en la piel.

—Sugieres que la morena guapa lo estranguló, ¿y después qué?, ¿metió un trapo en el depósito y le prendió fuego?

En el informe de los bomberos hablaban de que el depósito reventó. Aunque, claro, eso es lo más normal del mundo.

—La pregunta es: ¿quién quería matar a Kerman? ¿Y por qué?

Me vino a la mente el USB escondido. Las fotografías de la autopsia. Los fajos de billetes...

—Eso es lo que tenemos que resolver —respondí.

Le sonó el teléfono. Lo cogió y yo me quedé pensativa. El domingo de madrugada, Kerman estuvo en su granero por alguna razón. ¿Estaba todo conectado con su muerte?

Orizaola colgó y se me quedó mirando.

—¿En qué piensas?

—No lo sé... —Me pasé la mano por el cuello, lo notaba cargado—. Definitivamente tenemos que hablar con Patricia sobre las amenazas.

—Estoy de acuerdo. Esta tarde es el funeral, habrá que ir con los ojos bien abiertos. Es posible que *la otra* se presente por allí, ¿no?

«No lo dudes», pensé.

8

Faltaban quince minutos para la misa funeral y el pórtico de la iglesia de San Miguel de Illumbe estaba abarrotado de gente. Para colmo, una pequeña borrasca llegaba en esos momentos desde el mar, lo cual provocaba que el personal se apretujase aún más.

Emocionaba ver la cantidad de gente que venía a decir adiós a Kerman, todos sumidos en un murmullo de conversaciones.

—Dicen que fue un infarto...

—¿Mientras conducía?

Instalada detrás de unas gafas oscuras, yo escuchaba todo tipo de razonamientos a mi alrededor: «El corazón, por mucho que lo cuides, tiene su propio calendario». «Cuarenta y un años son ya años. ¿Estaba gordo? ¿Fumaba?». «Nada de eso, pero son esas cosas que pasan. Además, no está del todo claro que fuera la patata. Un patinazo en esas carreteras tan oscuras donde no llega una brizna de sol, ¿es que nadie piensa arreglarlas?».

Ori estaba por allí, contabilizando morenas. Había detectado tres candidatas al puesto de presunta amante. Una de ellas era una mujer espectacular que iba de luto riguroso; otra, una chica que me sonaba de los juzgados, y la tercera resultó ser Ana Suárez, la auxiliar de Kerman en el instituto forense. Me acerqué a ella.

—Ana... ¿Qué tal?

Tenía los ojos y la nariz enrojecidos.

—Bien... Tirando. Esto va a ser cuestión de tiempo. Todavía no me lo puedo creer, yo... —La congoja le impidió seguir hablando.

Le puse la mano en el hombro y respeté el momento, aunque me pareció que Ana estaba profundamente tocada.

—He visto tu e-mail —dijo al cabo de unos segundos—, el de la autopsia. La hicimos nosotros, pero hace dos años ya.

Se refería a la autopsia de Eleder Solatxi que yo le había pedido esa mañana por correo electrónico. Uno de esos «pequeños favores» que no necesitan mayor explicación, tan solo una línea: «Estoy revisando un viejo caso, ¿puedes enviarme el informe de la autopsia de este chico?».

—Sí, es puro trámite. Estoy terminando de archivar algunas cosas.

—Okey. Te la mando mañana, ¿vale? Es que no he tenido la cabeza para nada.

—Claro, tranquila. Cuando puedas.

Uno de sus compañeros del Instituto de Medicina Legal le dijo que entraban ya, y Ana se despidió.

—Deshecha en lágrimas —comentó Ori mientras la veía caminar hacia la iglesia—. ¿Quizá demasiadas?

—Ana y Kerman eran muy buenos amigos —dije—, pero no creo que hubiera nada más.

En ese instante, un silencio sobrecogedor recorrió la plaza

como un viento frío, empujando las conversaciones como si fueran hojas secas. Un Mercedes negro avanzó hasta la entrada del templo.

Con una mezcla de emoción y curiosidad, vimos apearse a Patricia y a Iker, a quienes enseguida rodearon sus amigos más cercanos. Íñigo Cuartango, su mujer... y también apareció por allí Enrique Arriabarreun.

—Mira —dijo alguien a nuestra espalda—, ahí va el futuro *lehendakari*.

—Debía de ser íntimo amigo de Kerman.

«Y de Patricia», terminé mentalmente.

Ver a Enrique tan de cerca, después de dos décadas, me produjo una suerte de reacción nerviosa. Iba caminando junto a una mujer muy atractiva, me imaginé que su esposa, y pasó a pocos metros de mí. Yo me oculté tras la espalda de Ori y le miré por encima del hombro de mi compañero. Estaba perfecto: guapo, un poco moreno, con un traje azul oscuro que le caía maravillosamente bien.

Casi sin darme cuenta, estaba respirando a toda velocidad.

«Cálmate, joder, Arruti».

Fue una ceremonia corta pero emotiva. Iker, el hijastro de Kerman, leyó una carta de despedida. Se le fue la voz un par de veces, y a mí se me hizo muy difícil respirar.

Después subió Enrique a leer un pequeño texto. Ahora las emociones eran diferentes. Hace dos meses, cuando Kerman me invitó a la fiesta de antiguos alumnos del Urremendi, pasé un par noches en blanco imaginándome el momento en el que me encontraba con Enrique y la conversación que surgiría entre nosotros. «Hey, ¿qué tal? Estás igual». «Tú también». «Cómo pasan los años, ¿eh?». «Ah, por cierto, hay una cosa que te debo desde hace mucho tiempo: una patada en la entrepierna, ¿te importa?».

Pero Enrique no apareció en aquella ocasión. Tenía un compromiso de trabajo en Madrid, donde ahora desarrollaba una intensa carrera política. Y yo, sinceramente, respiré aliviada.

Era una cara conocida, que salía en la televisión a menudo. Un tipo amable, querido, al que todo el mundo auguraba un brillante futuro. Esa tarde, en la iglesia, a la gente le maravilló su texto. Enrique habló de Kerman como ese viejo amigo de la infancia. Mencionó el Urremendi, el equipo de futbito y las regatas a vela. Kerman siempre había sido ese modelo de hombre modesto, callado, pero fiel. «Era, sobre todo, un grandísimo profesional, un hombre admirado y respetado allí donde desempeñó su labor», dijo. Me costó contener las lágrimas ante ese bonito recuerdo. Hubo incluso algunos aplausos que enseguida se apagaron, bajo la grave mirada del párroco.

A la salida, Patricia e Iker, bien rodeados por amigos y familiares, se quedaron en el pórtico a recibir el caluroso abrazo de la gente. Éramos demasiados, pero, como también suele ocurrir, nadie quería perderse la oportunidad de ser amable y decirles unas palabras.

—Lo siento muchísimo, Patricia. ¿Cómo estás? —Le estreché las manos entre las mías mientras Orizaola permanecía a mi lado en silencio.

—Ahora mismo, no me entero de demasiado. —Sonrió—. Gracias por venir, de verdad. ¿Conocéis a Iker?

El chico nos saludó. Yo sabía muchas cosas de él; diecinueve años, una cabecita privilegiada que ahora estudiaba Química Física en la UPV/EHU, los ojos azules de su madre, pero el cabello negro y liso de su padre, el fallecido Luis Garai. Y eso me hizo pensar en la vida de mierda que había tenido aquel chaval.

—Siento mucho tu pérdida, Iker —le dije—. Ha sido muy bonito lo que has dicho sobre Kerman.

—Nerea también es una antigua compañera del Urremendi —añadió Patricia.

—Un buen cole —dije sin demasiada convicción.

En ese mismo instante, apareció por allí una chica rubita y esbelta. Se acercó a Iker y le puso la mano en el hombro.

—¿Estás bien? —Le besó en la mejilla—. Ha venido la gente de nuestra antigua clase, ¿te apetece saludarlos?

Iker asintió con la cabeza. Se disculpó y se dirigió hacia un grupo grande de chicos y chicas que esperaban al fondo del pórtico. Lo rodearon entre abrazos y palmadas en el hombro.

—Tiene una buena cuadrilla de amigos —observó Ori.

—Son un piña, todos del Urremendi —dijo la madre—, gracias a Dios. Iker estaba tan unido a Kerman... —Le tembló la voz, en uno de esos momentos de flaqueza que se tienen, pero respiró hondo y volvió en sí—. ¿Sabes? Esa chica es Naia, la hija de Enrique. —Sonrió—. Cómo es la vida, ¿eh?

—Sí —dije—. Parece una chica fantástica.

—Para un chico fantástico —interrumpió una voz a mi espalda.

Supe quién era sin girarme. Esa voz profunda, bonita, que sonaba como un acorde afinado. Según me daba la vuelta ya era unos cuantos centímetros más pequeña. Y cuando por fin lo tuve delante, fue como mirar a una gran pirámide.

Maldita sea, tengo casi cuarenta tacos, disparo armas de fuego y me rompo la cara con quien haga falta, pero hay espinitas clavadas tan adentro que da igual lo fuerte que seas. Te hacen temblar como si fueras una niña de seis años.

Y Enrique Arriabarreun era una de esas espinitas.

—Nerea —dijo sonriendo—, Nerea Arruti, ni más ni menos.

—La misma —le saludé yo—, vivita y coleando.

Me di cuenta de lo inoportuna que era esa frase en un funeral. Enrique lo pasó por alto. Sonrió y estrechó la mano de Ori, que se presentó con educación. Después volvió a dirigirse a mí:

—Me alegro de verte aunque sea en estas circunstancias. He oído que te hiciste ertzaina...

—Así es.

—Te pega —dijo él.

Yo me quedé callada, tratando de entender qué significaba ese «te pega».

Apareció entonces la mujer que había visto antes, a la entrada del funeral. Alta, delgada, con ojos azules como piedras engarzadas en dos nidos negros de gruesas pestañas. Pero en sus ojos había algo más. Una especie de aire ausente...

—Mi mujer, Virginia —presentó Enrique—. Esta es Nerea Arruti, una antigua compañera del Urremendi. Y su compañero, Aitor Olaizola.

—Orizaola —corrigió él.

—¿Otra de la secta del Urremendi? —bromeó Virginia extendiendo la mano.

—Solo estuve tres años —dije—, pero supongo que podéis considerarme de la secta.

Entonces Virginia estalló en una carcajada. Había algo

excesivo en esa risa y todos nos quedamos en suspenso. Enrique pareció violentarse, aunque enseguida sonrió e hizo un chiste rápido mientras rodeaba a Virginia por la cintura y la pegaba a él.

Aparecieron otras personas que esperaban para saludar a Patricia, a Enrique... y esa fue la excusa perfecta para salir de allí.

—Bueno, nos vamos. Me alegro de verte, Enrique. Ha sido bonito eso que has dicho sobre Kerman —le dije.

—Era mi amigo... Uno de los mejores.

Abracé a Patricia y aproveché para pedirle, en un susurro, que buscase un hueco esa semana para charlar un poco.

—Cuando te veas con fuerzas —añadí.

Salimos de allí con viento fresco, nunca mejor dicho, porque en ese momento soplaba un aire gélido desde el mar. Yo estaba aterida, temblando. Cojeé con paso lastimero mientras cruzábamos la plaza.

—Un matrimonio interesante los Arriabarreun —dijo Ori—. Me ha encantado la mezcla de vodka y enjuague bucal de la señora.

—¿Qué dices?

—¿No te has dado cuenta? Yo estaba a su lado cuando se ha reído, y más vale que no me hagan un test de alcoholemia ahora mismo. Por cierto... ¿Estás bien? Te he visto bastante tensa al hablar con ese Enrique.

—Vaya... ¿tanto se me notaba?

—Te conozco un poco, Nerea. Mueves la pierna cuando te pones nerviosa. Y si estás muy muy nerviosa, se te cierra un párpado. Bueno, pues hace un minuto parecías una discoteca móvil.

Me reí.

—Es una larga historia.

—A mí me apetece una birra con historia. —Señaló el bar del puerto—. Y una tortilla también.

Al fondo del Portubide, unos señores jugaban al mus y una pareja de enamorados se besaba como si se fuera a acabar el mundo. Ori me trajo una cerveza. No suelo beber entre semana, pero había roto esa regla desde el mismo lunes con tres vinos para acompañar la ensalada, y me dije a mí misma que esta semana no contaba. Tenía que darme cuartelillo, y además necesitaba recobrar un poco el color, que me dijo Aitor que también lo había perdido un poco.

—Bueno —dijo trinchando su tortilla—, soy todo oídos.

—¿En serio quieres oír una historia patética y penosa?

—Somos compis, ¿no? Yo te he dado la brasa mil veces con mi divorcio. *Quid pro quo.*

Bebí un trago. En fin... no solía hablar de este tema con nadie.

—¿Tú sabes cómo terminé viviendo con mi tío?

—Algo he oído sobre tu madre —dijo con la boca llena de tortilla—, que era un poco hippie...

—Mi madre sufría de depresión. Vivíamos en el sur y nuestra vida era un desastre. A los catorce años, mi tío me trajo a vivir con a él, a Illumbe. Y entré en el Urremendi. Era el mejor colegio de la zona, muy caro, pero mi tío tiró de contactos y allí aterricé, con catorce añitos recién cumplidos y una cara de boba que ni te imaginas. Recuerdo la primera reunión con la directora en su despacho entarimado. La biblioteca gigante. El uniforme. El escudo... Aquello era como entrar en Hogwarts, solo que sin magia.

—Qué vértigo, ¿no?

—Imagínate. Todos aquellos chicos de buena familia hablando de sus salidas a vela, de ir a esquiar a Candanchú o del año que habían pasado estudiando en Estados Unidos. Y yo... Bueno, les conté que mi madre era pintora y que estaba de viaje por el mundo. Era más o menos verdad y eso pareció convencer a todos. Además, lentamente fui encajando en la maquinaria del cole. Ya sabes cómo soy. Me encanta el orden. Las normas. Supongo que es una especie de TOC que desarrollé después de vivir entre pinceles y botellas unos años. Me sentaba en aquella maravillosa y silenciosa biblioteca durante horas. Leer y leer sin que nadie me molestara.

—Vamos, que eras una empollona.

—Sí. Y en esos coles se valora a las empollonas.

Bebí un poco. Ori se estaba liando un cigarrillo.

—Y ahora llega el *plot twist*, ¿no?

Sonreí.

—Ya ves... Me iba bien, fantásticamente bien, hasta que un día eché a correr para coger el bus.

—¿Correr? ¿El bus?

—Sí... Un día se me hizo tarde y estaba a punto de perder el último autobús del colegio. Salí corriendo a toda leche por el patio. Yo siempre he corrido bastante, aunque no le daba importancia. Bueno, pues pasé junto a una de las pistas y alguien del equipo de atletismo debió de verme. A la semana, recibí una invitación para unirme. Y así fue como conocí a Enrique.

—Ajá. En mallas. Eso lo explica todo.

—No seas cabrón.

—Anda, bebe. Quiero pedir otra ronda.

Lo hice. Me terminé la caña.

—Tenía quince años, era mi segundo curso en el Urremendi y nunca me había enamorado de nadie. Al principio
pensé que era un dolor de tripas. Que se me pasaría.

—Pero no se te pasó.

—Qué va. Fue a más, y lo peor es que Enrique también
empezó a hacerme caso. «Arruti la Gacela» comenzó a lla-
marme. Bromeaba conmigo. Me retaba y yo no me dejaba
avasallar. Eso, según me dijo después, le volvía loco. Creo que
estaba acostumbrado a que todo el mundo le dorase la píldo-
ra. En fin... que los días de entreno se convirtieron en mis días
favoritos de la semana. Cada vez más miradas. Cada vez más
excusas para quedarnos solos unos minutos y charlar... Solo
había un pero: Enrique salía con Patricia.

—¿Con Patricia Galdós?

—La misma.

—Joder, qué embrollo.

—Y lo peor es que Patricia y yo éramos amigas. Ella fue
de las primeras personas que se me acercaron cuando llegué
al cole. Era repetidora y también estaba un poco colgada en
esa clase, así que nos sentábamos juntas, estudiábamos juntas
en la biblioteca.

—¿Qué hiciste?

—Yo... Enrique me aseguraba que iba a dejarla... que solo
estaba esperando a que pasaran los exámenes... y justo nos
salió una competición en Zaragoza. Ya te imaginas lo que
pasó: nos liamos. En secreto. Con nocturnidad y todo eso.
No era mi primer chico, pero sí fue «el primero», no sé si me
entiendes.

—Como un libro abierto, querida mía.

—Estuvimos dos meses viéndonos a escondidas. Después,
él rompió con Patricia, pero seguimos sin contárselo a nadie.

Entonces, nunca olvidaré que estábamos en mayo, tuve un retraso en la regla. Era algo relativamente normal en mí, pero, claro, antes nunca había existido un motivo para asustarse. Y me asusté. Ni siquiera sabía muy bien qué debía hacer. No tenía demasiadas amigas y estaba muerta de vergüenza... Así que hablé con él. Fue horrible. Entró en pánico. Empezó a gritarme, a culparme... Insinuó que yo había provocado la situación, que... lo estaba buscando.

—¿Quedarte embarazada? Qué cabrón.

—Sí, imagina lo que supuso eso para una chica de dieciséis años recién cumplidos, con una madre medio pirada a la que no ve, y que vive en la casa de su tío, un hombre callado y soltero con el que no habla de estas cosas.

—¿Qué hiciste?

—No tuve que hacer nada. No estaba embarazada. O quizá tuve un aborto, ni idea, pero sangré. Fue el momento más feliz de mis dieciséis años, ¿te lo puedes creer? Sentir que volvía a recobrar mi vida. Que no tendría que contárselo a nadie. Solo quería volver al colegio, olvidarme de Enrique, seguir estudiando... pero eso tampoco fue posible. Al día siguiente, en clase, empezaron los cuchicheos, las miradas... Pensé que era una paranoia. Pero el viernes de esa semana leí el primer «Arruti buscabraguetas» escrito con tiza en una pared. Y los mensajes. Y las risitas a la espalda.

—Qué hijo de puta.

—Pues sí. El secreto corrió como la pólvora, de aquí para allá, aunque convertido ya en un rumor. La pobretona que pincha condones para pegar un pelotazo y todo eso... y mi feliz estancia en el Urremendi llegó a su fin. Yo, que nunca había dicho una palabra más alta que la otra. Que solo me dedicaba a esforzarme... Me tuve que largar. No pude con ello.

—¿Nadie te apoyó? ¿Ni un profesor? ¿Ni una amiga?

—La cosa tiene su gracia, porque Patricia fue de las pocas personas que hablaron conmigo e intentaron comprender lo que había pasado. Después, cuando anuncié que terminaría mi bachillerato en un instituto de Gernika, mucha gente vino a decirme que no me fuera, incluidos algunos profesores. A lo mejor podía habérmelo pensado, porque Enrique iba dos cursos por delante de mí y al año siguiente él ya pasaba a la universidad, pero no me vi con fuerzas. Solo quería alejarme de allí. Lo peor que puedes hacerle a una persona de dieciséis años es destruir su imagen. Y la mía había quedado por los suelos.

En ese mismo instante, noté que me vibraba el móvil.

—Un segundo.

Lo cogí y leí el nombre del SANATORIO SANTA BRÍGIDA en la pantalla. Inmediatamente me puse en tensión. Me levanté de la mesa.

—¿Sí?

—¿Nerea Arruti?

—Sí... Soy yo. —Me temblaba la voz.

—Es tu tío Ignacio. Ha tenido un pequeño ataque, nada grave, pero tenemos recado de avisarte.

—Sí. Voy para allá.

—¿Segura? Él está bien, ¿eh? Lo hemos metido en la cama. Ya está más tranquilo.

—No, no... Voy ahora mismo —insistí antes de colgar.

—¿Tu tío? —preguntó Ori.

—Sí... No es nada, pero... —Sentí que se me cortaba la voz.

—Vamos. Te llevo.

Fuimos callados en el coche. En este caso, Ori ya conocía toda la historia y las preguntas sobraban.

Una suave llovizna llegaba desde el mar, casi en horizontal, cuando bajamos del coche. Había pasado el horario de visitas en Santa Brígida y en el edificio quedaban pocas ventanas iluminadas. Subí las escaleras del brazo de Ori, cojeando de mala manera, con lágrimas en los ojos.

Allí me estaba esperando Neskutz, una de las cuidadoras. Me acompañó hasta la habitación mientras Aitor se quedaba fumando fuera.

Mi tío estaba acostado en su cama, con la sábana hasta el cuello y la mirada perdida en el techo. Tomé asiento a su lado y le cogí la mano. Aquella mano grande y fuerte a la que me había aferrado desde los catorce años... y de la que no podía soltarme aún.

—Tío... ¿Cómo estás? —le dije dulcemente—. Espero que no te haya dolido nada.

Él no respondió. Mi tío Ignacio fue diagnosticado de alzhéimer prematuro, con solo sesenta años. Conseguimos resistir dos más en casa, pero llegó un punto en el que fue imposible y Santa Brígida se convirtió en la única opción. Allí llevaba ocho largos años decayendo lentamente. Primero fue el habla. Después la silla de ruedas. Al menos, todo había ido ocurriendo sin mayor dramatismo... hasta el año pasado. Era algo que había comenzado durante el invierno, cuando se vio envuelto —sin quererlo— en aquel viejo caso sin resolver de Lorea Vallejo. Su gran fracaso como policía había regresado a por él... y eso dio pie a una serie de convulsiones que llegaron para quedarse. Nadie sabía qué era exactamente. Los médicos hablaban de microinfartos. Los psiquiatras, de un trauma derivado de las emociones que le había provocado ver al asesino de Lorea veinte años más tarde.

Fuese lo que fuese, sufría. Y eso me torturaba.

Desde hacía cuatro años parecía sumido en un pozo sin fondo, cada vez más profundo. Aunque yo me resistía a ello. Era incapaz de detener mis recuerdos y mi imaginación cuando estaba a su lado. Así que conseguí que él me mirara y sonriera (una cosa insólita en Ignacio Mendiguren) y que, después de un guiño, me dijera:

—No es nada, Nere. El tipo se ha revuelto un poco y me ha acertado con una botella.

No era real, claro. Mi tío no había abierto la boca. Esa escena tuvo lugar cuando yo tenía dieciocho y estábamos en el hospital de Galdakao. Esa tarde, durante una detención, le habían dado un golpe en la cabeza. Mi tío había acorralado, él solo, a un criminal que todo el mundo había descartado como sospechoso.

—Al final tenías razón —le dije maravillada—, era el que tú dijiste.

Mi tío sonrió, modesto como siempre.

—No existe el crimen perfecto, existe una mala investigación... Y no todos los policías tienen la paciencia necesaria para los detalles.

Ignacio Mendiguren, apodado «Zorro» por su gran capacidad de análisis, su paciencia y su tesón. Había resuelto muchos de los casos más complejos a los que se había enfrentado la Ertzaintza.

¿Cómo podría haber elegido yo otra profesión?

—¿Policía? ¿Estás loca?

Eso fue lo que me dijo cuando le conté que quería entrar en la academia. Según mi tío, mi destino debía ser más ambicioso que hacerme patrullera en una comisaría de pueblo.

—Pero ¿y si es todo lo que quiero? Quiero ser como tú.

—Mira tus notas, Nerea. Mira lo que dicen los profesores... Puedes llegar muy lejos, ¡no hagas locuras!

Pero las hice.

El fantasma de mis recuerdos se desvaneció. Mi tío volvió a quedarse quieto, sin habla, mirando al techo de su habitación de Santa Brígida.

«¿Qué consejo me darías esta noche? ¿Qué me dirías si te contara lo que he hecho?».

Neskutz tocó a la puerta. El reglamento era estricto: una visita extraordinaria estaba limitada a media hora, aunque ella siempre me permitía unos minutos más.

Bajé a la recepción un poco más calmada.

Aitor no se había movido en todo ese tiempo. Estaba sentado en un banco, leyendo una revista atrasada.

—¿Qué haces aquí? Podía haber cogido un taxi.

—Lo sé, pero tampoco tengo nada mejor que hacer. ¿Qué tal está Ignacio?

—Bien. Tranquilo.

—¿Y tú?

—Pfff... —Qué más podía decir.

—Anda. Te invito a cenar si quieres. El Hotel Resplandor nos queda a mano.

Volviendo por la misma carretera que nos llevaba a Santa Brígida, llegábamos a una de las playas más populares de Illumbe: Ispilupeko. Un largo arenal que también era una zona de veraneo muy famosa. Un sitio en el que, durante los años setenta, a alguien le permitieron construir unos cuantos monstruos de hormigón «en primera línea de playa» y que fuera de temporada recordaban bastante al Hotel Overlook de *El resplandor*.

Aitor se había alquilado un piso allí. Era el precio más ajustado que había logrado encontrar tras su divorcio y aquello parecía una nevera, con paredes de cartón y malas ventanas... pero era todo lo que se podía permitir para seguir pagando su otra hipoteca y la pensión de sus dos niñas.

Aparcamos frente a un bar que había debajo de su casa. Entramos y pedimos un par de raciones, unas birras. Había una actuación. Un chaval tocaba con su acústica para una docena de parroquianos. Todo estaba sumido en una atmósfera de aburrimiento.

—¿Sabes que he empezado a tocar yo también? Creo que les voy a pedir un bolo. Tengo algunas canciones y todo.

—No fastidies, Ori. ¿En serio?

—Ya te he dicho que tengo mucho tiempo libre.

—Deberías echarte una novia.

—¿Novia? Las que me gustan no me hacen caso, Arruti. Y las que me hacen caso no me convienen.

Me reí.

—¿Y qué hay de ti? —preguntó.

—¿De mí?

—Eres una tía guapa, en edad de merecer. ¿No tienes nada que contar?

Casi se me sale la cerveza por la nariz.

—¿Contar? ¿Yo? Poca cosa.

—Vaya... Ha habido algún que otro viernes que te he visto ponerte más guapa de lo normal. He llegado a creer que tenías novio y todo.

—A veces una mujer se quiere poner guapa porque sí, Ori. No necesita tener ningún príncipe azul esperándola.

—Es cierto —dijo él—, y yo soy el vivo ejemplo de que los matrimonios fracasan. Pero es igualmente cierto que el noventa y nueve por ciento de las personas necesitan darse alguna alegría de vez en cuando.

Bebí de mi cerveza. Por lo visto, el tema de la noche iba de parejas.

—He tenido algún que otro novio, ¿vale? Lo que pasa es que no me han funcionado. Soy una tía rara. No quiero tener hijos y eso ha espantado a más de uno.

—Qué idiota es la gente. Lo siento.

—No hay nada que sentir. Es algo que acepté hace mucho tiempo. Quizá es que tuve una infancia complicada y no quiero arriesgarme a que nadie pase por lo mismo.

—¿Lo pasaste tan mal? Alguna vez me has contado cosas, lo de tu madre... Por cierto, ¿la ves alguna vez?

—Poco. Es una persona decepcionante... Y se ha comportado fatal con mi tío. Ha pasado de nosotros en moto. Ahora vive en Menorca con un alemán que, básicamente, la mantiene mientras ella sigue con su delirio de que es una gran artista. Solo me alegro de que no tuviera más hijos. No me gustaría tener una hermana desgraciada de la que hacerme cargo también.

Aitor ya se sabía mi historia. Mi madre me tuvo muy joven, con veinte años. Fue un lío de una noche con un trabajador de la planta de gas que no quiso saber nada de mí, ni falta que hizo. Mis abuelos dijeron que ellos se harían cargo y que no necesitábamos a nadie más. Me pusieron Arruti como primer apellido. En realidad, era el apellido de soltera de mi abuela. Todo para evitar habladurías. Todavía me pasa: si alguna vez sale el tema con alguien que no sea de total confianza, siempre digo que mi *aita* murió cuando yo era niña. Supongo que lo tengo interiorizado.

A la muerte de mis abuelos, mi madre y mi tío se quedaron con una buena herencia y cada uno emprendió su propio camino. El de mi tío Ignacio fue opositar para la Ertzaintza y quedarse a vivir en Gernika. El de mi madre, hacer las maletas, marcharse al sur y llevarme a mí con ella. Ella soñaba con ser artista, pintora, y pensó que la inspiración le vendría con la luz de la costa tropical de Granada. Así que terminamos recalando en Almuñécar, en una casa rodeada de palmeras donde mi madre no hizo más que quemar su herencia. Todavía recuerdo aquel lugar, siempre con una mezcla de cariño y tristeza. Cariño porque fue el lugar de mi infancia, donde hice buenos amigos y donde, por momentos, fuimos muy felices. Pero al cabo de unos años, a mi madre se le acabó el dinero y no encontró compradores para sus cuadros. Recuerdo sus ataques de ira, sus depresiones... verla vagando en camisón, sin peinar, llorando en la cocina porque otro galerista la había rechazado. Yo tenía once años. Nos vimos obligadas a dejar «la casa de las palmeras» y nos mudamos al piso de unos amigos en Málaga. Mi madre estaba tan absorta en su fracaso que se olvidó hasta de buscarme un colegio. Menos mal que uno de sus amigos, con bastante sentido común, me ayudó con eso. Así que más o menos logré seguir estudiando, mientras mi madre se pasaba el día en la playa vendiendo cuadros, pulseras o lo que fuera. Por las noches, siempre había fiesta en la casa. Botellas, vasos, un verdadero desastre. Y al día siguiente, sola, en aquella cocina desastrosa, me improvisaba un desayuno y me marchaba al colegio.

De alguna manera, nunca supe cómo, la historia de ese desmadre llegó a oídos de mi tío Ignacio. Recuerdo el día que apareció por allí. Vestido con una gabardina, en pleno día primaveral en Málaga. Recuerdo sus ojos negros observando la casa con gravedad. Sacó a mi madre de la cama y la obligó a vestirse. A mí me mandaron a dar un paseo, y a la vuelta, mi madre estaba deshecha en lágrimas.

«Nerea», me dijo. «¿Te acuerdas de la casa de los abuelos en Gernika? ¿Te apetece pasar una temporada allí?».

El tipo de la guitarra se puso a tocar una versión muy mala de «Knockin' On Heaven's Door» y Orizaola opinó que dejaban subirse a cualquiera a aquel escenario. Bueno. Nos habíamos bebido ya la cuarta birra. Esa noche necesitaba atizarme un poco y Ori siempre estaba por la labor. Total, que a la medianoche estábamos los dos algo entonados... y a mí se me escapó una cosa de la que me iba a arrepentir casi al instante.

—¿Te suena el nombre de Eleder Solatxi?

Ori arrugó el gesto. Noté que se le oscurecía la mirada.

—Un chaval que se mató en Illumbe. ¿Por qué?

—Ese caso lo llevaste tú, ¿verdad?

—No había mucho que llevar —respondió—. Apareció flotando entre las rocas. ¿Conoces el arrecife de Deabruaren Ahoa?

—Sí, donde está la cruz del fraile.

Aitor asintió.

—La autopsia dio positivo en drogas. Éxtasis, coca..., de todo. Quizá se cayó haciendo el idiota o quizá se lanzó al mar. Hubo una pequeña investigación, claro.

—¿Qué quieres decir?

—Ahora no recuerdo bien, pero había algunos cabos sueltos, ya sabes. De entrada no era el perfil de un suicida. Un tipo guapo, extrovertido... y metido en algún que otro lío. Pero la autopsia dio todo normal. Se había roto la cabeza contra las rocas, punto. Pudo ser un resbalón, aunque... ¿qué hacía allí a esas horas una noche helada de octubre? En fin, nunca llegamos a nada, y además, casi a la vez se nos cruzó el asesinato del escritor aquel.

—¿De Félix Arkarazo?

—Sí. Ya sabes cómo se ponen los mandos con los casos «mediáticos». Bueno, qué te voy a contar. Tú te estrenaste como investigadora gracias a ello.

—Cierto...

Félix Arkarazo, autor del *best seller El baile de las manos negras*, había aparecido asesinado en la fábrica Kössler en noviembre de 2019, hacía ahora dos años. El tipo se había hecho famoso por airear los trapos sucios de medio pueblo en su primera novela y, al parecer, estaba utilizando sus malas artes para conseguir nuevos secretos. Solo que una de sus víctimas se adelantó y terminó con el proceso de escritura de una pedrada.

—Pero ¿a qué viene sacar ese muerto del armario? —dijo entonces Ori.

Yo me quedé callada.

«Vaya... ahora que lo preguntas, no creo que pueda decírtelo».

—¿A qué viene? Pues... —Cogí la cerveza y le di un trago para ganar tiempo.

Pero no hizo falta.

—No me lo digas. Lo ha mencionado Susana, la madre de los hermanos Carazo. Era muy amiga de la madre de Eleder, claro...

Aquella frase me pilló bebiendo e intenté no atragantarme. Posé el vaso en la mesa y me limpié la espuma de los labios. No dije nada.

—Creo que se llamaba Verónica. La última vez que estuvo en comisaría montó un pollo y casi tuvimos que detenerla.

Nos echó en cara que no investigásemos mejor la muerte de su hijo, y en el fondo quizá tenía razón. Había algo sobre el caso... Ahora no lo recuerdo bien... En fin, la gente se imagina que la policía tiene todo el tiempo y el dinero del mundo para hurgar en cada caso... pero por desgracia no es así. A veces tenemos que ir a por lo que funciona, y lo difícil se queda aparcado.

—¿Dices que era amiga de Susana?

—Sí, vivían puerta con puerta. Espero que lo de sus hijos se resuelva mejor que lo de Eleder.

El tipo de la guitarra terminó de destrozar a Bob Dylan y recibió unos pocos aplausos, entre ellos los de Aitor. Entonces, el chico ofreció el micrófono a «algún artista en la sala».

—Es tu oportunidad —dije en plan broma.

Pero Orizaola se levantó y dijo que tocaría una canción. Yo no daba crédito: un hombre hecho y derecho de cincuenta tacos y grande como un armario gabanero cogiendo una guitarra, acercándose al micro y diciendo:

—Esta canción se titula «Playa solitaria».

Me bebí la cerveza mientras le oía entonar, bastante bien, una canción inspirada en sus días solitarios en su piso de divorciado, con su «amiga la cerveza» y «la tristeza que se levanta siempre cinco minutos antes que yo». Bueno, no sé si por su gallardía o porque era realmente bueno, Ori arrancó unos cuantos aplausos al término de la canción. Después volvió a la mesa y nos bebimos la espuela para celebrar su debut en los escenarios. Se le notaba eufórico, quiso pedir otra ronda, pero yo estaba cansada y bastante borracha. Había sido un día demasiado emocionante.

Salimos a la calle los dos algo mareados, el viento soplaba

gélido y Aitor, definitivamente, no podía conducir. Así que saqué el móvil y me puse a buscar el número del taxi.

—Oye, si quieres te puedes quedar a dormir —dijo él—. Tengo un sofá y una tonelada de mantas.

Yo le miré y de pronto se me cruzó por la cabeza: «¿Me quiere pillar con la guardia baja?». Creo que Ori también intuyó aquello.

—¡Eh! ¡No es una proposición deshonesta, lo juro!

Me eché a reír.

—Prefiero mi cama. Mañana hay mucho curro. Y además, no quiero ir vestida de funeral todo el día.

—Okey, lo entiendo. ¿Tienes el número? Espera... —Se echó las manos al torso—. ¡Mi teléfono!

Entró corriendo al bar y salió al cabo de dos minutos.

—Me lo había dejado encima del amplificador de guitarra.

—Me alegro de que no te lo olvides...

Entonces Ori se quedó en silencio, como si algo le hubiera venido a la mente.

—¡Eso era! Su teléfono.

—¿Su teléfono? —pregunté.

—El cabo suelto de la investigación de Eleder. Nunca encontramos su teléfono.

—Bueno, pudo hundirse en el mar, ¿no?

—Sí. Pero la madre de Eleder aseguraba que le había llamado un par de veces por la mañana, preocupada, y que el teléfono daba señal. Ningún teléfono aguanta horas encendido bajo el agua. Por eso pensamos que quizá había algo más... Pero bueno. El caso, como te digo, se congeló.

El taxi llegó y nos despedimos hasta el día siguiente, yo todavía con el frío en las venas pensando en ese teléfono desaparecido. El del chico cuya fecha de su muerte utilizó Kerman para nombrar el archivo encriptado que escondía en su granero.

Las cosas comenzaban a conectar... pero ¿en qué dirección?

9

Hace unos cuantos años salí con un escritor. Ganaba dinero con sus novelas, pero vivía verdaderas neurosis cada vez que se bloqueaba. Uno de sus trucos cuando todo fallaba era salir de juerga una noche entera. Su teoría pseudocientífica era que una buena cantidad de alcohol mata las neuronas «más lentas» y solo las «rápidas» logran escapar. Y eso provoca que el cerebro sea más ligero y dinámico al día siguiente. Y que las ideas, por tanto, resulten brillantes.

Recordé todo eso a la mañana siguiente, cuando me asomé al espejo de mi cuarto de baño a las seis y media de la mañana, recién levantada y con el estómago revuelto.

«Tienes cara de estar a punto de tener una idea genial», pensé.

Pero en vez de una idea brillante, me entraron náuseas y vomité.

Fui volviendo a la vida con el primer café y una tostada con mantequilla. En la radio sonaba «Lisboa», de Anne Lukin y Gorka Urbizu, una canción que Kerman y yo habíamos escuchado juntos, bajo las estrellas, en cierta ocasión.

Tenía algunos mensajes en el teléfono. Neskutz, de Santa Brígida, me había escrito para decirme que mi tío había pasado una buena noche. También tenía un e-mail de Ana Suárez, del instituto forense: «Te adjunto informe completo tal y como me has pedido». Se despedía con «un beso».

La autopsia de Eleder. Tenía media hora para echarle un vistazo y prefería hacerlo en casa, donde estaría a salvo de miradas curiosas. Fui al salón, cogí mi viejo portátil Lenovo y lo llevé a la cocina. Era tan lento que me dio tiempo a prepararme una segunda tostada y comérmela antes de que terminara de arrancar. Después entré en mi correo y descargué el PDF que me había enviado Ana. Me rellené la taza de café y me puse a leer.

Un informe de autopsia no se parece en nada a un informe policial. Es un documento técnico, lleno de pesos y medidas, párrafos trufados de terminología médica bastante densa en ocasiones.

Dr. Kerman Sanginés Sáez, médico forense adscrito al Servicio de Patología Forense, manifiesta que en el día de la fecha y por orden del Juzgado arriba referenciado, ha practicado la autopsia al cadáver identificado como Eleder Solatxi Ortiz de Zárate. [...]

Se trata de un varón de 19 años edad, 185 cm de altura y 78,6 kg de peso. [...] En el examen externo presenta abundantes restos hemáticos faciales con herida contusa frontal derecha de 6 cm. Se palpa fractura estallido craneal. [...] Estallido globo ocular derecho. [...] Posición anómala de brazo derecho compatible con luxación de hombro. Fractura de ambas extremidades inferiores [...]

La exploración continuaba por la «apertura cadavérica», un análisis pormenorizado de los órganos internos. Pesos, medidas, sangre, vísceras y demás. Lo leí todo sin entender prácticamente nada. Y por fin, diez páginas después, llegué al apartado de las conclusiones.

Se trata de una muerte violenta.
Nada se opone a una etiología suicida de la misma.

La conclusión de Kerman estaba clara: la muerte de Eleder no presentaba ningún indicio de criminalidad. Era un suicidio.

El informe se completaba con un anexo de fotografías y enseguida me di cuenta de que eran las mismas que había visto en el USB hallado en el granero. Estaban dispuestas en orden, a una por página, y con la misma nomenclatura. Comenzaba por la «30610761S_01», la imagen del rostro desfigurado, el ojo perdido en algún punto en lo alto de la cúpula ocular, la lengua asomando por la comisura de la boca.

Fui avanzando por las páginas del PDF hasta la última fotografía, «30610761S_15», que ilustraba una herida en el omoplato, junto a uno de los tatuajes de Eleder.

Ahí terminaba todo.

Apuré el café mirando esa última fotografía, concretamente el nombre del archivo: «30610761S_15.jpg».

Volví a la primera y fui pasando una por una de nuevo hasta llegar a la última. Quince fotografías. Algo hizo toc-toc en el fondo de mi cabeza. Posiblemente estuviera equivocada, pero...

Me levanté y fui a mi habitación. Debajo de un montón de ropa, en la butaca que había junto a mi cama, estaba mi bolso.

Lo abrí y hurgué hasta encontrar el USB de Kerman. Regresé con él a la cocina y lo inserté en el ordenador.

Allí, en el explorador, aparecieron los dos archivos: la carpeta de fotografías y el ZIP protegido con contraseña. Lo primero fue hacer una copia de seguridad de ambas cosas en mi ordenador, y acto seguido abrí la carpeta de las imágenes. Seleccione la lista de archivos y miré en la parte inferior de la ventana. El contador de elementos indicaba una cifra: «17».

Había diecisiete fotos en la carpeta de Kerman, pero en su informe solo había incluido quince. ¿Un error?

No fue difícil dar con las que faltaban. Eran concretamente la 16 y la 17. Las abrí. Mostraban un detalle de las manos y las muñecas. El día anterior había pasado por encima de ellas sin prestar demasiada atención, pero ahora me detuve a observarlas. ¿Por qué las habría omitido Kerman en su informe? Amplié la ventana a pantalla completa sobre la 16. Mostraba la mano derecha apoyada sobre la camilla de autopsias, con la palma volteada hacia arriba. También se veía su antebrazo y allí fue donde me pareció detectar algo, una forma recta más o menos a la altura de la muñeca.

En el visor de imágenes, pulsé sobre el zoom y escruté la zona ampliada. No tardé en confirmar mi sospecha: había una especie de línea morada rodeando la muñeca como un fino hilo púrpura.

Pero no era un hilo, ni una pulsera. Era el rastro de una atadura.

En la 17, la huella era todavía más intensa y oscura.

Sentí que el estómago me daba un vuelco, pero logré contener las náuseas. Bebí un sorbo de café y me centré en aquello que tenía delante. Volví al informe de la autopsia y revisé todas y cada una de las páginas... En ninguna se hacía mención de marcas de ataduras, por supuesto, de otro modo Kerman no hubiera podido concluir que aquello tenía la etiología de un suicidio.

No, ni mucho menos. Esas marcas eran dos indicios criminales claros. Aquello habría dado pie a una investigación en profundidad, por lo que Kerman había mentido en su autopsia.

Había escondido la verdad... ¿Por qué?

Una hora más tarde entraba por la puerta de la comisaría. Orizaola me metió prisa para realizar el interrogatorio a Dani Carazo.

—Vamos, llevo media hora esperando a que llegues, hay que saber beber.

Agradecí tener trabajo por delante. Necesitaba concentrarme en otra cosa. Necesitaba que mi cabeza tuviera tiempo para respirar y ordenar todo lo que acababa de descubrir sobre Kerman.

Fuimos a recoger a Dani al calabozo. Después de una larga noche en la celda de detención, el chico tenía otra cara. Digamos que la garganta se tonifica ahí dentro, te entran unas ganas terribles de cantar.

Su abogado había llegado puntual por la mañana y nos fuimos todos a tener una bonita y productiva charla en la sala de interrogatorios (yo, con un capuccino de emergencia amablemente cedido por Hurbil a cambio de los consabidos veinte céntimos).

El abogado era un chico joven con un traje demasiado nuevo. Todo en él era demasiado nuevo.

—Lo primero que debo decir es que interpondremos una

denuncia por los golpes recibidos durante la detención. Es inaceptable que...

—Muy bien, pon la denuncia —le cortó Ori—. Fue un poli novato que se sobrepasó, ya nos hemos disculpado. ¿Podemos empezar? Tu cliente está acusado de dos asaltos a mano armada.

El abogado tragó saliva. Miró a Dani, que todavía tenía la nariz un poco perjudicada, ojeras de no haber pegado ojo y cara de frío.

—¿Quieres un café? ¿Un colacao? —le dije, con voz templada.

El chico negó con la cabeza. Tenía los brazos cruzados sobre el pecho, actitud defensiva.

—Antes que nada, queremos que conste que las armas no eran reales. Eran dos réplicas. Y que parte del dinero sustraído se puede devolver de inmediato.

—Muy bien —dijo Ori, poco sorprendido. No es que pudiera negar el atraco: al chaval se le veía tan claro en las grabaciones de la gasolinera de Murueta que casi parecía que estaba posando.

Yo seguía mirándole. Dani se mantenía callado, con la mirada perdida. Ahí dentro había algo más, pensé.

—¿Y Javi? —le pregunté sin rodeos—. Llevar diez días desaparecido no es normal, Dani. Tu madre está muy preocupada por él.

Esa alusión a la madre le hizo reaccionar levemente. Noté un brillo en sus ojos. Deshizo el nudo de brazos. Bien.

—Es mejor que hables ahora —añadió Ori en otro tono—. A partir de este momento, el tiempo cuenta. Y mucho.

Miró al abogado y este asintió. Un menor, sin antecedentes, metido en una refriega idiota con armas de mentira. El juez podía ser benévolo con Dani si nos ayudaba a encontrar a su hermano. Eso era lo que Ori estaba sugiriendo y el abogado lo sabía. Nos pidió unos minutos y se los concedimos. Salimos fuera, al pasillo.

—Creo que lo hemos aflojado. Vamos a darle cinco minutos. ¿Quieres otro café, aunque sea de máquina?

—Sí.

El *vending* quedaba allí mismo. Ori sacó unas cuantas monedas y se puso a meterlas.

—Vaya liada anoche. ¿Llegaste bien?

—Llegar sí. Otra cosa ha sido despertarse esta mañana...

—¿Con leche?

Asentí. Apretó el botón y el café comenzó a llenar el vaso.

—Oye, Ori... Te parecerá que estoy loca, pero sigo dándole vueltas al caso de ese chico, Eleder Solatxi. Tú estuviste en el levantamiento del cadáver, ¿verdad?

—¿Otra vez con eso?

—Bueno, ya sabes cómo me gusta leer informes.

El café estaba listo. Lo cogí y él metió otra moneda. Apretó la opción de espresso.

—Creo recordar que no hubo levantamiento del cadáver. El chico estaba flotando y hacía un día de mierda. Vino a recogerlo una patrulla de rescate, que certificó la muerte allí mismo. Lo llevaron a Barroeta Aldamar esa misma mañana.

—¿Y nadie hizo una inspección del cadáver?

—No, que yo recuerde. Pero pregúntale a Ciencia... Él estaba con la patrulla de rescate mientras yo investigaba la zona... Pero ¿a qué demonios viene esto, Arruti? ¿Qué estás tramando?

—Nada, en serio... Simple curiosidad.

Ori me miró fijamente y yo conocía esa mirada. Era la misma que les ponía a muchos de los que entraban en la sala de interrogatorios. Era la mirada de «no te creo». Antes de que pudiera decir o hacer nada más, apareció el abogado de Dani y nos hizo un gesto para que entrásemos. Lo hicimos.

Dani empezó por pedir ese colacao.

—Okey —dijo Ori—, marchando un colacao. Pero ahora te lo tienes que ganar, campeón.

—Mi hermano aceptó un trabajo.

—¿Un trabajo? ¿De qué tipo?

—No lo sé. No he vuelto a hablar con él desde el lunes de la semana pasada. Me llamó... Me dijo que iba a estar fuera un par de días.

—Pero ya van diez. ¿Has intentado localizarle?

—Sí. Dos o tres veces, pero tiene el móvil apagado.

A nadie se le escapó la voz quebrada y los ojos llorosos que asaltaron a Dani en ese momento. Justo entonces tocaron a la puerta: era Hurbil con el colacao. Ori lo cogió y se lo plantó en la mesa.

—Dinos todo lo que puedas sobre esa llamada, sobre ese trabajo. No te quiero preocupar, pero tu hermano podría estar en peligro, Dani.

Tomó aire. Lo expulsó. Estaba a punto de echarse a llorar, pero aguantó entero.

—Lo de las pistolas fue una chorrada, una apuesta que hicimos, a que la gente se acojonaba. Queríamos comprarnos un par de tablas nuevas... y bueno, podemos venderlas y devolverlo todo.

—Okey —dije mirando a Ori.

—Vale. Sigue. El trabajo.

—Ya he dicho que no sé demasiado. Javi me dijo que era algo gordo y que iba a ganar mucha pasta. Tenía que estar fuera dos o tres días. Le vi hacer una mochila pequeña por la noche. Y al día siguiente, cuando me desperté ya se había ido.

—Pero te llamó.

—Sí... Para despedirse. Me pidió que le mandara un beso a la *amatxu*. Estaba en algún sitio cerca de la carretera, sonaban coches a toda velocidad. O motores..., como si fuera una carrera. Es todo lo que recuerdo de la llamada.

No dijimos nada. El silencio suele alargar las respuestas, pero no fue el caso.

—Vamos a intentar localizar su teléfono —terminó diciendo Ori—, aunque será difícil si está apagado. ¿No tienes idea de cómo consiguió el trabajo? ¿O si estuvo con alguien diferente esos últimos días?

Dani se quedó pensativo, y de pronto se le iluminó una lucecita.

—Bueno, sí. Sé que habló con Pacho.

—¿Pacho Albizu?

—Sí, una semana antes de marcharse me contó que Pacho le había llamado desde Londres. Le había contado que ahora se ganaba la vida haciendo de DJ en fiestas y que sacaba hasta mil libras por noche. Eso es lo único raro que pasó esa semana. Había buenas olas y estuvimos casi todos los días en el mar.

—¿No tenía novia o algo así?

—¿Javi? —preguntó casi riéndose—. No.

—Okey.

Dejamos a Dani bebiéndose el colacao en la sala de interrogatorios y salimos fuera un minuto.

—¿Qué hacemos? —dije señalando hacia la puerta—. Parece que el chaval dice la verdad, pero no da para mucho. Un sitio junto a la autopista, ruido de motores... ¿Se te ocurre algo?

Ori negó con la cabeza.

—Voy a meterme con el teléfono de Javi. Quizá haya una geolocalización. Y también voy a tratar de localizar a Pacho. No me extrañaría que estuviese enredado en esto.

—¿En Londres?

—Bueno. Se ve que está llamando a sus amigos de Illumbe. No será difícil dar con su número.

—Yo le haré una visita a Susana Elguezabal. Quizá me deje pasar y pueda echar un ojo en la habitación de Javi.

—Okey —dijo Ori—, nos llamamos al mediodía para ver cómo vamos.

Susana me recibió en albornoz, con cara de recién levantada, o de no haber pegado ojo en toda la noche. Lo primero que hizo fue preguntar por Dani.

—¿Está bien?

—Sí. Acabo de hablar con él. Está actuando de forma inteligente, Susana. Nos ha contado que lo de los atracos fue una bobada y que devolverán el dinero. Si sigue así, es posible que esta misma noche vuelva a casa.

La mujer suspiró.

—También nos ha comentado algo de Javi. Una llamada que tuvo...

Me quedé callada a propósito. Seguía en el rellano, cumpliendo estrictamente con la ley que me impide poner un pie en la casa de un sospechoso si no es con la aprobación del dueño de la vivienda o con una orden judicial. Dejé que el suspense de mi frase actuase en Susana.

—¿Quieres pasar? Acabo de hacer café.

Que me tutease era buena señal. Era un piso de alquiler, antiguo, desmadejado. Paredes con gotelé. Cuadros feos y muebles de madera oscura. Todos los esfuerzos por «decorarlo» se reducían a algunos pósteres de Ikea y alguna planta de interior de gusto dudoso. Por lo demás, la casa estaba en orden. Dije que no al café, tampoco me quería sentar.

—Dani dice que Javi había conseguido un trabajo.

—¿Un trabajo? No le pega mucho.

—Al parecer, habló con Pacho Albizu una semana antes de desaparecer —continué.

—¡Ese bala perdida!

—Después de la llamada, le dijo a su hermano que iba a ganar dinero. El lunes de la semana pasada le llamó desde un lugar en la autopista, o cerca de la autopista. Había ruido de motores. ¿Te dice algo todo esto?

—No...

Me quedé unos segundos callada, pero no hubo más.

—¿Te importa si echo un vistazo a su dormitorio?

—No, te acompaño, vamos.

Al fondo del pasillo, a la derecha, una habitación con una cama deshecha. Una *shisha*, un par de bongos, pósteres de olas y de tías en bañador. Una tabla su surf cruzada contra una pared. Un armario empotrado cubierto de pegatinas. También había una foto enmarcada en una estantería, con una vela encendida a su lado. Me acerqué y la cogí. En el retrato se veía a Dani, unos años más joven, y el que lo abrazaba supuse que era Javi. Cara un poco más ancha, ojos verdes, un pelín más bajo pero más ancho que su hermano. Iba sin camiseta y mostraba un torso bien esculpido. Detrás estaba Susana, con gafas de sol y una copa en una mano.

—El día del cumpleaños de Dani —dijo Susana a mi espalda—. Hace dos años. Me he pasado la noche mirándola... He rezado por primera vez en mi vida, ¿sabes?

Asentí con seriedad. La cosa no era para menos.

—¿Y su padre?

—Vive en Ibiza. Rompimos cuando los chicos eran todavía pequeños y no han querido saber nada de él. Le he llamado de todas formas. No sabe nada, y le creo.

Me giré. Miré al armario, al escritorio.

—Dani también ha dicho que vio a Javi hacer una mochila. Al parecer, la cosa implicaba marcharse unos días, pero no tantos, claro. ¿Has echado algo en falta? Quizá lo que se llevó nos pueda ayudar.

—No soy de ese estilo de madre. Mis hijos son independientes desde hace mucho tiempo... Les doy dinero y se compran su propia ropa.

«O la mangan», añadí para mí.

—Sé que falta su cartera. La he buscado por todas partes. Quizá algo de ropa también, no sé. Lo tiene todo hecho un desastre.

Me acerqué al escritorio y eché un vistazo al caos de objetos que había por allí. Mecheros, monedas, postales, posavasos... Después, casi de oficio, mis ojos exploraron la pequeña papelera que había junto al escritorio. Las papeleras suelen ser sitios interesantes. Me agaché y miré en su interior: una cáscara de plátano ennegrecida, el envoltorio de una chocolatina... también algo roto a pedazos. Una especie de tarjeta de visita. Eso me llamó la atención inmediatamente. Un tío que almacena capas de polvo y mierda en su escritorio, ¿por qué rompería esa tarjeta en concreto?

Los trozos estaban posados sobre el resto de las cosas.

Los recogí y los junté. Lo primero que me entró por el ojo fue el dibujo de una moto Harley Davidson. Y debajo, el siguiente rótulo:

MOJO MOTOR & TATTOO SHOP

Motores y tatuajes. Leí la dirección: «Polígono Varona, junto a la salida 10 de la autopista». Al instante recordé que Dani había hablado de motores y de un ruido de carretera en el interrogatorio. Y sobre los tatuajes... Hacía muy poco que yo había visto unos cuantos en unas fotos terribles.

Le di la vuelta a la tarjeta. Había una palabra escrita: «Abraham».

Susana se había sentado en la cama, con la foto entre las manos.

—¿Javi tenía algún tatuaje? —pregunté.

—¿Javi? No..., no le hacen gracia esas cosas.

—¿Y moto?

—Tampoco. ¿Por qué?

—Por nada —respondí guardándome los trozos de la tarjeta con disimulo; era mejor mantenerse en silencio sobre ciertas cosas.

Susana volvió a invitarme a café, pero yo tenía otros planes para esa mañana. Me despedí. Llegamos al vestíbulo.

—¿Verónica Ortiz de Zárate sigue viviendo en el barrio?

—¿La madre de Eleder?

—La misma.

—Sí, en el siguiente portal, tercero derecha. Pero ahora estará en el trabajo. Es recepcionista en el Hotel Kaia.

—Okey, gracias por la información.

—¿Tiene alguna relación con...?

Pude ver el terror asomando por sus ojos. El caso de Eleder llevaba de inmediato a pensar en un final terrible. Me apresuré a cortarlo:

—No... Son dos asuntos independientes.

—¿Tú tienes hijos? —me preguntó mientras abrazaba la foto de los suyos.

—No.

—Vale... Aun así. Supongo que te imaginas por lo que estoy pasando. Haz todo lo que puedas, por favor. Encuentra a Javi.

Respondí con un escueto «estamos en ello», pero intenté no dar nada parecido a un mensaje esperanzador. El caso de Javi comenzaba a tener una luz oscura encima... Me sentía al borde de un agujero estrecho y muy profundo.

El Hotel Kaia era una *mansionette* el siglo XIX reformada, situada en el centro de Illumbe, frente a la plaza de la iglesia. Tenía una cafetería muy popular en la planta baja, con una terraza acristalada con vistas (y acceso) a la pequeña playa de Illumbetxu.

Entré en el mismo instante en que un grupo de seis personas estaban haciendo el *check-in* en la recepción. Detecté a una mujer rubia, guapa, de unos cincuenta años, en el mostrador. ¿Verónica? Tenía cierto aire al Eleder que había visto en la fotografía del informe policial.

Estaba ocupadísima, así que pasé de largo. Pensé que podía esperar tomándome un café y un vaso de agua mirando a la playa. Aunque el tobillo iba mejor, la resaca seguía doliendo como un clavo en mis sienes. Crucé la cafetería y salí a la terraza.

La marea estaba baja. Un par de jubilados echaban un partido a palas sobre la arena mojada y, a lo lejos, un *paddler* recorría el estuario sobre un mar que parecía un embalse.

Vino el camarero. Pedí el café y miré el teléfono. Tenía un mensaje de Patricia Galdós:

Hola, Nerea. Esta tarde me vendría bien quedar para charlar. Si es que puedes... Preferiría que estuviésemos a solas.

Patricia no mencionaba las amenazas, pero supuse que se trataba de eso, aunque me mosqueó ese cierre pidiendo una entrevista «a solas». En cualquier caso, le respondí al momento. ¿Le parecía bien después de comer?

Luego aproveché para llamar a Ori. Me dijo que la geolocalización del teléfono de Javi Carazo no estaba dando ningún resultado.

—Debe de tenerlo apagado. Lo cual es mosqueante.

—Lo es —coincidí.

Me dijo que había movido sus contactos y hablado con sus informadores para obtener el teléfono de Pacho Albizu en Londres...

—Todavía nada, pero lo conseguiremos. ¿Y tú? ¿Qué tal la visita a Susana?

Le hablé de la tarjeta rota en la papelera de Javi. Saqué los trozos y los reconstruí sobre la mesa del café.

—«Mojo Motor & Tattoo Shop» —leí—. ¿Te suena?

Ori tecleó el nombre y, en unos segundos, tenía algunos datos en su ordenador.

—Es una especie de taller, tienda de motos y estudio de tatuajes. Lo lleva un tal Abraham Mendieta, un caco de poca monta. Parece el clásico tugurio de moteros, aunque eso de las motos, ruidos de motores... ¿No es lo que ha mencionado Dani?

—Exacto.

—¿Cuándo vamos?

—He quedado con Patricia Galdós después de comer. Me ha pedido que vaya sola. No sé muy bien por qué.

—Quizá quiera contarte algo muy íntimo.

—Quizá...

—De acuerdo. Cuartango está metiendo presión con lo de rastrear las llamadas desde la playa, así que igual me cojo a Gorka Ciencia y nos vamos a antenear por Arkotxa mientras tú estás con Patricia. El primero que acabe que avise al otro, ¿okey?

Bebí agua y noté la ansiedad llameando en mis tripas. Volví a pensar en mi llamada del sábado pasado. ¿Cuántos números iban a aparecer en el listado de llamadas del fin de semana en un área tan pequeña? Solo me quedaba confiar en que el mío pasase inadvertido... Tenía un par de nueves seguidos, por lo demás era un número normalito que esperaba que ninguno de mis compis recordase.

Terminé el café y me dirigí otra vez al interior del hotel. La recepción estaba vacía y la mujer rubia miraba el ordenador.

—¿Verónica Ortiz de Zárate?

—¿Sí? —respondió con una amable sonrisa.

Era una mujer elegante, educada, muy diferente de Susana Elguezabal que, por decirlo de una manera fina, era la típica chica de barrio que termina trabajando en un bar toda la vida.

Me presenté.

—Soy Nerea Arruti, de la Ertzaintza... Me gustaría charlar con usted un minuto, si es posible.

Aquello le borró de golpe la sonrisa y noté que le recorría una sacudida nerviosa. Me sentí horrible por fastidiarle el día, pero eso es parte de mi trabajo.

—¿De la... policía? —preguntó temblorosa—. ¿Qué es lo que quiere?

—Charlar un minuto —repetí—. Si puede.

Tragó saliva. La tensión había marcado las venillas de sus ojos. Le tembló la mano mientras cogía el telefonillo y pedía a alguien que bajara.

—¿Es por Eleder?

—De veras que siento molestarla.

—Da igual. No me molesta.

Llegó otro empleado y ella le habló en euskera, muy rápido, aunque pillé la mitad. «Nire semeari buruz da» («Es sobre mi hijo»). El otro me miró con un gesto grave. Entonces Verónica me señaló un pasillito al otro lado de la recepción. Llegamos a un despacho de administración. Cerró la puerta y permaneció de pie, con los brazos cruzados.

—Dígame.

Yo había elaborado una mentirijilla para empezar a hablar del tema, pero aquella mujer, con ese coraje, me desarmó por completo.

—¿No quiere sentarse?

—Ha dicho un minuto.

—Verá... Estoy revisando el caso de Eleder —dije—, no le puedo dar demasiados detalles, y tampoco es que haya un avance concreto en nada. Solo quería hablar con usted, si le parece bien, claro. No querría robarle mucho tiempo.

Ella se me quedó mirando en silencio. Sí que era guapa, tenía unos bonitos ojos, pero lo que se leía en su mirada era furia, dolor.

—¿Cómo se atreve?

—¿A qué...?

—A hablarme así. Aparece de buenas a primeras, menciona el caso de mi hijo... y ahora resulta que no puede darme más detalles. ¿De qué va?

Su reacción me dejó helada. Debería haberme preparado algo mejor... pero ya era tarde. No quería hablarle de las fotos omitidas en la autopsia. ¿Para qué? Esas fotos no existían oficialmente. No valdrían como prueba de nada y solo servirían para hacer que esa mujer sufriera aún más.

Bueno, a veces hay que quitarse la coraza. Lo hice.

—Te pido disculpas, Verónica —la tuteé por primera vez—. Siento mucho haberte molestado... pero no es algo banal. Hay un hilo, una sospecha. Algo que no encaja en su autopsia...

Eso le hizo parpadear y me arrepentí un poco de haber soltado lo de la autopsia, pero necesitaba jugar alguna carta para ganármela. Verónica se lo pensó unos segundos. Después tomó asiento en una butaca y me señaló otra, al otro lado de la mesa.

«Bien».

—¿Qué es lo que no encaja?

—Dejémoslo en que ha habido un pequeño movimiento en torno al caso. En las investigaciones, a veces deben pasar años para que algo se mueva. Muchas cosas se resuelven «por descongelación».

—Como lo de Lorea Vallejo, ¿verdad?

«Vaya, estaba al día de las noticias».

—Habría estado bien que un famoso cantante estuviera involucrado en lo de Eleder. Quizá así le hubierais prestado más atención... En fin, ¿en qué puedo ayudar?

Me tomé unos segundos para pensar la respuesta.

—Supongo que es una pregunta muy abierta, pero me vendría bien saber quién era Eleder, en qué ámbitos se movía... He leído el informe. Dijiste que esa noche había ido a una fiesta, ¿no?

—Sí.

—¿Dónde?

—No lo sé... Tenía diecinueve años. Se limitaba a decirme: «Salgo. Voy a una fiesta». Aunque supongo que era en una de las casas de las colinas. Había empezado a frecuentar esos ambientes.

—¿Las colinas? ¿Te refieres a la zona de Kukulumendi?

La parte rica del pueblo. La llaman «Beverly Hills». Me pareció extraño que Eleder asistiera a una fiesta ahí arriba.

—Supongo que te preguntas qué pintaba un chico del barrio de Ikuskiza codeándose con los pijos de Kukulu, ¿no?

—Lo cierto es que sí —dije sin ambages.

—Es una historia un poco larga. Jorge, mi marido, el padre de Eleder, heredó una empresa de accesorios navales y vivimos muchos años en una casa de Kukulu.

Asentí.

—Éramos una familia bien, como suele decirse: vacaciones en Mallorca, viajes de esquí... —Arqueó las cejas, con una especie de amargura muy ácida—. Pero un día la empresa de mi marido se fue al traste. Eleder tenía once años y de pronto caímos en picado. ¿Sabes lo que es eso? Malvender la casa familiar, irnos a vivir a un pisucho... Eleder cambió de colegio. Y mi marido... Jorge no lo soportó: se buscó un trabajo en el extranjero y nunca regresó.

—Dios..., lo siento mucho.

Verónica respiró hondo un par de veces. Ahora entendía el origen de esa delicada elegancia que había detectado antes.

—Eleder creció con esa obsesión. El recuerdo de nuestra casa, de aquellos días felices. Su sueño era que algún día lo recuperaríamos todo: «Algún día, mamá, volveremos ahí arriba».

Verónica tuvo que parar un momento.

—Pero la vida te arrastra como una marea viva. El barrio, el colegio... Todo eso comenzó a erosionarle lentamente. La frustración, el desencanto, terminaron imponiéndose. A los catorce ya salía con los chicos de la zona: tatuajes, porros y demás, y yo era incapaz de pararlo, ¿sabes? Desde lo de Jorge, vivía sumida en una especie de shock. ¿Cómo controlas algo si no puedes ni contigo misma? Entonces, a los diecisiete, mi chico me dio una sorpresa agradable: había encontrado un trabajo en el Club Deportivo. Limpiando, recogiendo toallas. Dijo que quería sacarse un dinerillo. Y una cosa llevó a la otra. Allí se encontró con algunos antiguos amigos y conocidos de su primer colegio... Claro, ellos eran clientes, pero Eleder debió de causarles buena impresión.

—¿De qué colegio? —pregunté casi adivinando la respuesta.

—Del Urremendi. ¿Lo conoces?

Asentí mientras sentía que el frío me recorría el gaznate.

—Sigue, por favor.

—Bueno, como te decía, comenzó a alternar con esos chicos. Creo que tenía una novia, aunque nunca me la presentó. Pero se le notaban cosas: cambió su forma de vestir, empezó a cuidarse el pelo... Además, de pronto tenía dinero.

—¿De pronto?

—Sí. Esa es una de las cosas que siempre me llamaron la atención. Me había contado lo que ganaba en el Club y eran migajas, pero un día apareció con un teléfono muy caro; otro día, con una chaqueta de marca. Esto ocurrió más o menos en el último año. A mí no me encajaba. Intenté hablar con él un par de veces para ver de dónde salía ese dinero, pero Eleder era como una ostra. No soltaba prenda. A veces le oía hablar por teléfono en su habitación... Susurrando, muy bajito. Sé que no es precisamente algo ejemplar... pero empecé a poner un poco la oreja. Le oí decir frases raras. «Lo intento», «Es muy difícil», «Quizá esta noche...», como si estuviera metido en algún lío. Comencé a temerme lo peor. Reconozco que una tarde registré su habitación de arriba abajo.

—No te preocupes, es muy comprensible. ¿Encontraste algo raro?

—Condones, un poco de hachís... Nada del otro mundo. Pero había algunas cosas inesperadas. Una cámara de caza, por ejemplo.

—¿Una cámara de caza?

—Sí... Investigué un poco: son cámaras que se activan cuando algo se mueve y tienen visión nocturna.

—¿Para qué quería eso Eleder?

—Ni idea. Nunca llegué a preguntárselo. No quería admitir que había estado hurgando en su cuarto. Supongo que de alguna manera fue un alivio que no estuviera enredado en drogas. Pensé que eran juguetes...

—¿La tienes todavía?

—¿La cámara? No... Supongo que la vendió antes de... su accidente.

—¿Le hablaste de ella a la policía?

—No. Nadie me preguntó lo que me estás preguntando tú hoy. Solo querían saber si Eleder había mostrado antes alguna tendencia suicida. O si tenía problemas en el cole... Ya les dije que no, que esa noche se había puesto de punta en blanco. Su cuarto de baño olía a colonia. ¿Quién se echa colonia antes de lanzarse por un risco?

—Sobre la fiesta. Dices que no sabes nada.

—Así es. Hice mis pesquisas. Hablé con sus amigos del barrio, con algunas personas del Club que conocía de mis tiempos. Dejé el recado en todas partes, por si alguien sabía dónde estuvo mi hijo esa noche. Y hasta hoy.

—Eso es... curioso. ¿Estás segura de que fue a una fiesta?

Ella se encogió ligeramente de hombros.

—Es lo que me dijo. Aunque, bueno, también podría haberme contado una trola. No era su estilo, pero... —Se calló. En sus ojos vi un pensamiento correr a primera línea y después esconderse.

—¿Hay algo más, Verónica? Cualquier detalle puede ser importante...

—Sí, en fin. Había un hombre.

—¿Un hombre?

—Sí. Un señor con el que tenía algún tipo de relación. Decía que era un amigo, pero había algo raro.

Entonces fui yo quien guardó silencio, y esta vez no era ninguna técnica, sino que un escalofrío me recorría la espalda.

Verónica continuó hablando:

—Una noche estábamos cenando y alguien le llamó por teléfono. Eleder me dijo que bajaba un segundo y le vi en la calle con ese hombre. Era un señor hecho y derecho... No sé. Aquello me pareció extraño. Le pregunté quién era y me dijo que un cliente del Club que a veces le prestaba libros, pelis... Esa noche me imaginé todo tipo de teorías, algunas muy oscuras, lo tengo que admitir. ¿Has visto alguna foto de Eleder?

«Sí. He visto algunas fotos terribles de él».

Verónica sacó su móvil y abrió la aplicación de Instagram. Buscó un nombre de usuario: «ele85.illumbe».

—Su cuenta de Instagram sigue activa. Y sus últimas fotos están aquí.

Hizo scroll por un muro lleno de las típicas fotos de adolescente. Selfis. Paisajes. Alguna que otra con amigos. Memoricé el nombre de usuario para buscarla más tarde.

—Era guapísimo. —Verónica se detuvo en un bonito selfi con una puesta de sol de fondo—. Y bueno, ese señor tan mayor me dio muy mala espina.

—Te dio mala espina —repetí como azuzándola a hablar.

—Nunca le faltaron admiradoras... Pero sí, llegué a pensar que quizá era algo de carácter sexual. No lo sé. El caso es que no me dio tiempo a hablar de esto. Solo una semana más tarde, salió de casa para no volver. —Tragó saliva y noté que por primera vez los ojos se le llenaban de lágrimas.

Me tomé unos segundos.

—Ese hombre... ¿podrías describirlo? —pregunté al fin.

Verónica negó con la cabeza.

—Solo le vi aquella vez... Desde la ventana de mi cocina, y cuando pasaban bajo una farola. Vestía una gabardina. Traje y zapatos...

—¿Y la cara?

—Poca cosa. Pelo oscuro, nada más. El día que fui al Club Deportivo, pregunté por alguien que pudiera haber establecido una amistad con Eleder. Se me cerraron en banda. Buenos son por ahí arriba para estas cosas...

—Comprendo.

Alguien tocó a la puerta en ese instante. Era el hombre que había bajado a relevar a Verónica en la recepción. Le dijo una frase rápida en euskera, básicamente que la necesitaban ahí fuera.

—Gracias por todo. ¿Puedo contactar contigo si surge alguna otra pregunta o novedad?

—Como si necesitas que baje a los infiernos. La muerte de mi hijo no fue normal. Nunca me tragué la historia del suicidio... Si encuentras algo, llámame.

Salí del Hotel Kaia con la sensación de que iba a explotar. Era como si el mundo entero se hubiera mirado al espejo y todo estuviera cambiado de sitio para peor, para mucho peor.

Crucé la plaza de la iglesia, la misma plaza donde nos habíamos reunido para despedir a Kerman un día antes, para llorar su pérdida. Recordé las palabras de Enrique Arriabarreun: «Era, sobre todo, un grandísimo profesional, un hombre admirado y respetado allí donde desempeñó su labor».

Y solo podía pensar en esas fotos que Kerman «olvidó» incluir en su informe. El hombre admirado y respetado había cometido un gravísimo delito de ocultación de pruebas, y con ello había evitado una investigación policial. Ese pobre chico... Su madre... Víctimas de un crimen que Kerman había permitido que quedara sin resolver.

La pregunta era por qué lo hizo.

¿Por qué ocultó las fotografías en su informe?

¿Por qué, no obstante, se guardó una copia privada?

Todo esto se me hacía una montaña demasiado alta de escalar aquella tarde.

Me monté en el coche, me tragué dos pastillas para el dolor del tobillo y me preparé para la siguiente visita: Patricia Galdós.

10

Llovía sobre un mar oscuro y rugiente según conducía hacia la casa de Patricia. Se podían ver las olas estallar en espuma entre las rocas a los pies del faro Atxur. Era como si el océano se hubiera enfadado y se dedicara a soltar latigazos a diestro y siniestro.

Paré frente a las verjas de la casa a hacer una llamada. Me había dado cuenta de que necesitaba saber algo antes de entrar.

—No —respondió Cuartango—. No sabe nada de la chica y así va a seguir la cosa.

—Lo entiendo... pero ¿qué hacemos?

—Continuar un poco más. Quiero identificar a esa persona antes de hablarlo con Patricia. Y si gano algo de tiempo, mejor. El funeral fue ayer mismo, Arruti.

—Lo sé...

Alguien debió de ver mi coche desde la casa y las verjas comenzaron a abrirse.

—Llámame con lo que sea. Creo que Izaguirre y Orizaola están en la playa sacando las antenas. Vamos a ver si sale algo de todo eso, ¿vale?

—Vale.

Habían pasado tres días desde la última vez que pisé la casa de Kerman y Patricia y, en esta ocasión, todo fue muy diferente. Subí y aparqué el coche frente a la entrada, donde María Eva esperaba debajo de un paraguas de golf. Me saludó, le pregunté qué tal, y ella respondió discretamente que «la casa está triste». Después entramos en aquel espacioso hall que distribuía la vivienda entre un balcón interior en el que estaba la primera planta y un salón interminable, con muebles largos, gigantescos, que no obstante parecían pequeños en aquel vasto espacio.

Patricia estaba sentada frente a una imponente pared de cristal con vistas al océano. Miraba la pantalla de un portátil ultrafino mientras bebía de una tacita de porcelana. La visión de semejante lujo me trajo a la cabeza el estrecho y oscuro pisito de alquiler de Susana Elguezabal, y la historia de Verónica y Eleder, desterrados a ese humilde barrio de las afueras de Illumbe.

Patricia estaba guapa, dentro de lo que cabe. Llevaba unas gafitas que disimulaban un poco sus ojeras, el pelo recogido y un sencillo jersey de lana azul marino. Se levantó y vino a abrazarme. No me lo esperaba, pero nunca digo que no a un abrazo.

—¿Quieres tomar algo? ¿Has comido?

Eran las tres de la tarde y sí, había comido; una mierda, pero había comido.

—Un café solo. —Me senté.

—Yo a lo máximo que llego es al té verde —dijo Patricia sentándose también, antes de dar otro sorbo a su taza—. El café me excita demasiado.

María Eva salió hacia la cocina y a mí se me escapó la mirada al ordenador: lo tenía abierto en el gestor de correo.

—¿Cómo lo llevas? ¿Duermes?

—Unas cuatro horas y con pastillas. Pero bueno... algo es algo.

—¿Qué tal Iker?

—Ha vuelto a la facultad. Nos dijeron que era lo mejor para él. Allí tiene mucho trabajo y eso le ayudará a distraerse... En cuanto a mí... tenía planeado un viaje, pero no estoy segura de que pueda hacerlo.

—¿A vela?

—Una vuelta a África. Pero me iba a llevar más de tres meses y no quiero alejarme tanto de Iker. Y tampoco puedo llevármelo... Aquí estoy —señaló el ordenador—, tratando de arreglar el desaguisado.

Kerman me había hablado de la empresa de «experiencias a vela» de Patricia. Viajes de aventura capitaneados por una bicampeona mundial: cruzar el Atlántico o recorrer los mares del Sur por el módico precio de seis mil euros, que incluía un camastro estrecho, ampollas en las manos y una ración diaria de sopa de pescado.

—Tus clientes podrán esperar, ¿no?

—Esto era otra cosa, un viaje esponsorizado con dos influencers a bordo. Era buena publicidad y justo ahora la necesitamos. —Levantó la mano y me mostró su muñeca. Tenía un reloj y dos pulseras—. Ya sabes...

—Perdona, estoy un poco *out* sobre tus negocios.

—Haizea. Una marca de ropa deportiva, de vela... La lanzamos hace un año.

Kerman me había hablado de ello, precisamente el fin de semana pasado. Al parecer, Patricia estaba en Madrid en un viaje de negocios por su nueva firma.

—Es que no estoy muy puesta en el tema —respondí.

—Tranquila. Yo solo soy una parte de la inversión, y la cara visible del proyecto.

Llegó María Eva con una bandeja. Taza de café solo, azucarillos, vaso de agua, servilleta y dos minicookies. Lo dispuso todo sobre la mesita mientras guardábamos silencio. El viento envió una ráfaga de lluvia contra los imponentes ventanales que teníamos delante. Podías ver la hierba agitándose, los árboles goteando agua... y aun así hacía calor dentro de aquel gigantesco salón.

—Pero vayamos al grano —dijo Patricia cerrando la tapa del portátil—. Íñigo me dijo que convenía tratar esto cuanto antes. En realidad, no tengo ninguna evidencia de nada. Solo fueron algunas llamadas.

—Hablamos de las amenazas, ¿verdad?

Ella asintió.

—Sí, de las amenazas. Aunque ahora me arrepiento un poco de haber comentado nada. Creo que me dejé llevar por los nervios.

—¿A qué te refieres?

—El otro día, cuando visité la casa de la playa, me dio la sensación de que alguien me observaba. Fue como un sexto sentido. Y al ver la puerta del garaje abierta, llamé a Íñigo... Ese mismo día había hablado con Ana Suárez, la compañera de Kerman. Fue una conversación un poco tensa sobre la autopsia... Me dijo que no podía asegurarse nada a ciencia cierta, y yo empecé a darle vueltas a la idea. Una idea horrible.

—Que la muerte de Kerman no fue accidental.

—Eso es. Recordé las amenazas y se lo solté todo al pobre Íñigo según entró por la puerta... pero ahora me doy cuenta de que es una tontería. Todo fue una especie de elaboración mental. Yo no estaba precisamente muy en mi sitio ese día...

Di un sorbo al café. Estaba exquisito: afrutado, fresco, penetrante. Seguramente era un café de importación con un precio escandaloso. O quizá uno que traía Patricia de sus viajes.

Saqué una libreta.

—Bueno, ya que he venido, hablemos de esas amenazas. ¿Cuándo recibisteis la primera?

Patricia dio otro sorbo al té mientras lo pensaba.

—A finales del verano. Diría que era septiembre. Yo estaba en casa, sola. Kerman e Iker se habían ido al cine y María Eva acababa de salir. Llamaron al fijo... —Señaló un teléfono inalámbrico sobre una repisa—. Lo cual me resultó extraño porque muy poca gente lo conoce. Lo cogí y entonces... nada. No decían nada. Pero se oía una respiración. Así que le dije que muy gracioso y colgué. Al momento empezó a sonar otra vez... —Hizo una pausa. Respiró hondo—. No soy una tía que se asuste fácilmente, pero tampoco soy idiota. Vivo en una casa lujosa y aislada. Tomé mis precauciones. Puse la alarma y encendí las luces del jardín.

—¿Y?

—Nada.

—¿No avisaste a la policía?

—Aquella primera noche no. Pensé que era algún graciosillo jugando con los números del teléfono al azar y ni siquiera se lo conté a Kerman. Pero volvió a ocurrir. Casi un mes después, ya en octubre.

—¿Otra vez a ti?

—Sí. Y reconozco que ahí sí me puse nerviosa cuando sonó el teléfono. Lo cogí. De nuevo, esa respiración. Le pregunté con quién quería hablar, pero no hubo respuesta... Así que volví a colgar y a repetir todo: alarma, luces. Iker había salido con sus amigos, Kerman estaba trabajando en la casa de su familia en Arkotxa. Había empezado a reformar un viejo granero... •

«Octubre», pensé. «Quizá no estaba reformando ningún granero esa noche».

—El caso es que el fijo volvió a sonar y, en lugar de cogerlo, llamé a Íñigo. Para algo tiene que servir tener un vecino comisario de policía, ¿no? Vino a casa, revisó todo y me pidió que lo denunciara..., que solo así podrían monitorizar el teléfono.

—¿Lo hiciste?

—No. Justo en ese momento tenía mil cosas en las que pensar. Así que lo arreglé de otra forma.

—No me lo digas: cancelaste la línea.

—Exacto.

«Mal hecho», pensé, pero no lo dije.

—¿Volvieron a llamarte?

—No. Las llamadas terminaron ahí, pero a las dos semanas llegó una carta. Fue Kerman quien la encontró en el buzón, pero no me dijo nada al principio. Era un anónimo.

—¿La tienes?

Negó con la cabeza.

—Kerman la rompió en pedazos. Creo que deberías saber que hemos estado metidos en un asunto un poco desagradable con un empleado de Haizea. Era uno de los monitores de la escuela de vela. Estábamos a punto de despedirle cuando cogió una baja por depresión. Sabemos que es un fraude y hemos intentado demostrarlo... Ahora nos lleva a juicio por un supuesto *mobbing*.

—¿Cómo se llama?

—Txus Ugalde.

Lo apunté.

—¿Y crees que puede estar detrás de las llamadas y la carta?

—Podría ser. Lo contraté solo porque había sido amigo de Luis, el padre de Iker, pero me salió rana. Un tipo con muchos problemas. Con el alcohol... y con las manos.

—¿Las manos?

—Las tenía muy largas con algunas clientas. Sobre todo con las más jóvenes.

Asentí. Subrayé su nombre.

—¿Dirías que podría ser violento?

—Un tipo así..., sí.

—Vale. Vamos a darle una pequeña vuelta a todo esto. Por cierto, ¿sabes qué ponía en la carta?

—Una palabra: «Culpable». Kerman la abrió en la mesa del desayuno, se quedó blanco y yo pude leerla. Estaba escrita a máquina, en mayúsculas... «CULPABLE». Yo estaba pasando una mala época con el asunto de Txus Ugalde y Kerman actuó impulsivamente, la rompió. Después se arrepintió de haberlo hecho.

—Fue un mal paso. Destruir una posible evidencia.

—Lo sé.

Apuré el café mientras pensaba en esa palabra. «Culpable». A la luz de lo que ahora sabía —la autopsia de Eleder, las pruebas que Kerman había ocultado al respecto—, esa palabra cobraba nuevos significados. ¿Y si la carta no estaba dirigida a Patricia, sino a Kerman?

Era una posible línea de investigación, pero Patricia se me adelantó.

—Hay algo más que quería comentarte, Nerea. Ni siquiera se lo he mencionado a Íñigo... Es algo sobre Kerman.

No dije nada. Solo tragué saliva.

—Últimamente estaba actuando de forma extraña. Creo que me ocultaba algo... He llegado a pensar de todo, incluso que tenía una aventura...

Yo aún sostenía mi tacita de café de importación entre los dedos. Respiré y la posé con la mayor suavidad posible en su plato. Cogí una minicookie y me la llevé a la boca. Prefería tener algo que hacer con los dientes.

—¿En qué te basas... —la cookie se me atascó en la garganta— para decir eso?

—Bueno... Las relaciones pasan por altibajos... La nuestra no estaba lo que se dice en un buen momento. No sé. Creo que Kerman se había desilusionado conmigo.

—Siento oírlo —dije.

Ella sonrió con un toque de amargura.

—Igual te parece grotesco que hable así de mi marido muerto, pero necesito desahogarme con alguien y es un tema demasiado personal como para tratarlo con mis amigas, no sé si me entiendes...

—Perfectamente.

—Además, no sé si tiene o no alguna relación con nada.

—Eso ya lo veremos, tranquila —dije apretándola un poco.

—Gracias, Nerea. Mira..., cuando perdí a Luis pensé que nunca más me enamoraría de nadie. Tardé mucho en volver a la vida después de aquello.

Bebí un trago de agua para bajar la maldita galleta. Patricia hablaba de su primer marido, Luis Garai, el padre biológico de Iker, dando por hecho que yo conocía la terrible historia. El caso es que así era. Fue una de esas noticias que coparon los titulares de la prensa local y de algún que otro periódico nacional en su día. Luis era otro loco de la navegación como Patricia. Hace doce años, en el transcurso de una vuelta al mundo en vela, su barco volcó en algún punto cerca del cabo de Hornos. Patricia se quedó inconsciente a causa de un golpe y cuando despertó, Luis había desaparecido. Ella sobrevivió cuatro días sobre el casco de su velero. Estaba prácticamente deshidratada cuando la rescataron. El cuerpo de Luis nunca se encontró y ella se quedó viuda con solo veintiocho años y con un niño de siete.

—Entonces un día apareció Kerman en mi vida. Recuerdo cuando nos encontramos, precisamente en la casa de Kike... Ese chico alto en el que nunca me fijé demasiado, el gran amigo de Enrique... Pues resultó que me chispearon los ojos al verle otra vez. La americana le quedaba de fábula, y su barbilla...

Ella perdió la mirada y yo di otro sorbo de agua para brindar por el dolor en mis entrañas.

—¿Quieres más agua? —dijo Patricia dándose cuenta de que me había terminado el vaso.

—No, tranquila, sigue.

—Yo empezaba a salir de mi luto, casi cinco años después del accidente... Iker también iba superándolo poco a poco, y Enrique estaba empeñado en buscarme pareja. «No puedes estar sola», me repetía una y otra vez. Bueno, creo que él fue el artífice del encuentro, ¿sabes? El soltero de oro y la viuda rica. Lo único que me daba pánico era la reacción de Iker... Pero entonces Kerman se lo llevó a bucear un día, a Arkotxa, y volvieron con dos lubinas y una sepia más dura que un zapato, que aun así nos supo a gloria. Y ese día supe que debía casarme con él... Era una buena pareja, ¿entiendes? Quizá no estaba locamente enamorada de él, pero era un buen hombre, me atraía y se llevaba bien con mi hijo. Y yo... necesitaba compartir mi vida con alguien.

Tragué saliva.

—Espera —dijo—, te traeré más agua.

Se levantó y caminó hasta la cocina. Yo me quedé observando el mar a través de aquella gigantesca ventana. Casi había parado de llover y el sol rompía las nubes en gruesas diagonales de oro que incendiaban el océano. Una gaviota solitaria sobrevolaba esa maravilla y la seguí con la mirada. Quería distraer mi mente con cualquier cosa, porque todo lo que tenía eran ganas de llorar.

Patricia regresó con una botella de agua y otra de prosecco y dos copas.

—¿Y eso?

—Seguro que te arrepientes de haber venido... —bromeó—. Menuda chapa.

—Para nada, Patricia. Estamos para esto.

—Bueno, a mí me apetece un vino. ¿Sabes qué? Es extraño, pero me siento cómoda hablando de esto contigo. Puede que los tres cursos que compartimos en el Urremendi todavía tengan algo de peso.

—Puede.

—¿Estás de servicio o te tomas una copa?

—Ambas dos. No voy a perder la placa por una copa. —«Y esta semana no cuenta», me repetí, igual que la tarde anterior en el Portubide.

Patricia abrió el vino y sirvió para las dos. No brindamos por nada. Era un prosecco estupendo. El café, el prosecco. Todo estupendo.

—Lo que quería decirte, en resumen, es que tuvimos una buena época. Fuimos una pareja conveniente, funcional...

pero quizá no era suficiente para él. Hace ya un año que empezó a dormir en otra habitación, no le apetecía hacer nada conmigo, incluido *eso*.

Otro trago.

—Ni siquiera venía a las regatas o al Club... Enrique habló con él. Yo pensé que quizá había pasado algo entre ellos, pero no. Kerman estaba diferente. Se pasaba horas recluido en la casa de su familia, reformando ese granero. Yo empecé a hartarme de que todos los fines de semana quisiera escaparse un rato... Ni me había planteado que todo esto pudiera ser por otra razón... hasta hace unas pocas semanas. Kerman jamás había asistido a una conferencia y de pronto dijo que se marchaba a Barcelona a un ciclo de psicología forense. El caso es que había algo en su tono de voz que me hizo dudar, aunque supongo que no me lo quería creer.

—¿El qué?

—Que mentía. Que me estaba ocultando algo. Lo primero que le pregunté era si iba solo o con Ana Suárez, ya sabes, su auxiliar. Reconozco que me sentía celosa de ella, pero me dijo que iba solo. Se pasó el fin de semana fuera... Me mandó algunas fotos por WhatsApp. El caso es que volvió feliz de la vida. Dijo que le había sentado genial romper un poco con la rutina, juntarse con otros compañeros que no veía desde sus años en Málaga. —Se encogió de hombros—. Eso se lo concedo: trabajar todo el día rodeado de muertos debe ser angustiante.

Asentí mientras una ráfaga de imágenes se colaba en mi mente. El hotel de Barcelona, aquella escena, digna de una película de espías, en el centro de conferencias. «Habitación 411, te espero a las diez». Y después nuestro encuentro furtivo. Aquel sexo apasionado, entre risas. Desayunar dónuts y una botella de cava. Decidir que no saldríamos de la habitación en todo el día... Barcelona me encantó, sobre todo el techo del hotel.

—Debes de pensar que estoy como una chota, ¿eh?

Yo estaba sin palabras, presa de un dilema interno. Era un momento idóneo para hablarle de «esa mujer» a quien estábamos persiguiendo, pero Cuartango me había pedido discreción. ¿Qué hacer?

—Seguro que todo esto no son más que paranoias... —terminó respondiéndose a sí misma.

—No —atajé—. Todo puede ser importante. —Después intenté llegar a un compromiso con mis propias dudas—: ¿Hablaste con Kerman sobre esto?

—No... Si tengo que ser honesta, me aterraba la idea de ofenderle si le insinuaba lo que estaba pensando. Además, he estado tan entregada al tema de la nueva marca de ropa. No sé... Siempre piensas que tienes más tiempo... y entonces, un día..., zas.

Se terminó su copa y rellenó las dos. No le dije nada. En realidad, yo también necesitaba algo de alcohol. Y hubo un minuto de silencio perfecto. Las dos nos quedamos mirando el cielo. Las nubes que se iban desmembrando sobre el mar. Esos gigantes pilares de luz entrando desde lo alto. Era bonito. Era sanador.

—Aún no me creo que se haya ido. Es todo tan irreal. Como si fuera a aparecer por la puerta en cualquier instante.

—Te entiendo —dejé escapar.

—¿Sabes? Me alegro mucho de que te encontrara y te trajera de vuelta —dijo de pronto.

Yo la miré, sin entender muy bien.

—En el cole siempre me pareciste una persona más madura que el resto. Se notaba que venías de una vida complicada, por lo de tu madre y todo eso. Tenías esa mirada de no aguantar gilipolleces. Todavía la tienes.

—Es muy útil de vez en cuando.

—Nosotros éramos una panda de niños ricos e idiotas. Educados para competir y ganar a cualquier precio. A mí me ha costado toda una vida darme cuenta de que soy una privilegiada. Y eso intento transmitirle a Iker. Que «empatía» no es un nombre de diosa griega. Cuando yo me quedé embarazada con veinte años estaba muerta de miedo, y eso que Luis siempre estuvo a mi lado y entre los dos decidimos... —Negó con la cabeza y me cogió la mano—. No puedo ni imaginar cómo te sentirías tú cuando... —Otra vez dejó la frase en el aire—. No sé cuántas veces tendríamos que pedirte perdón por lo que pasó, Nerea.

—Con una basta. Y ya lo hiciste, Patricia. Yo también te debía una disculpa.

—¿Por lo de Enrique? Es agua pasada. Además, Kike era irresistible. Y todavía lo es... En todos los sentidos. Un tipo arrollador, siempre consigue lo que quiere.

—Eso parece.

—Pero él también ha madurado. El otro día, después del funeral, hablamos un poco sobre ti. Me confesó que se había puesto nervioso al verte.

—¿Nervioso? Vaya. Pensaba que era yo la que estaba como un flan.

—Pues ya ves. Supongo que esas heridas de la juventud no acaban de curarse tan fácilmente. Creo que siente que te debe una disculpa formal... Algún día, quizá...

El teléfono empezó a sonar dentro de mi bolsillo y casi que lo agradecí. Me disculpé un segundo, antes de que Patricia siguiera por ese lindero. ¿Qué iba a proponerme? ¿Una cita con Enrique para hablar de los viejos tiempos?

Vi que la llamada era de Ori, me levanté y la cogí.

—¿Dónde estás? —Su voz sonó a urgencia.

—En la casa de Patricia, pero casi acabando.

—Vale. Tienes que venir a la playa. A Arkotxa. Creo que tenemos algo sobre la mujer que estuvo con Kerman el fin de semana pasado.

—¿Qué es?

—Ya verás —dijo con suspense—. Te espero aquí, en la puerta de la casa.

Colgué. De pronto se me había secado la garganta. ¿Qué era eso que había encontrado Ori? «Bueno, desde luego no tiene la identidad de la morena guapa», pensé.

—¿Todo bien? —preguntó Patricia desde el sofá.

—Sí, pero tengo que marcharme.

—Claro. Espero que nos veamos otra vez muy pronto, Nerea. Aunque sea para acabarnos la botella de prosecco. Gracias por venir y escucharme.

—Es mi trabajo, Patti.

—Patti... —Sonrió ella—. Hacía tiempo que nadie me llamaba así.

Salí de la casa más o menos con la misma información con la que había entrado. Las amenazas eran algo intangible, difícil de rastrear. Solo tenía un nombre: Txus Ugalde, pero me parecía una pista algo trivial. Quizá sí estaba detrás de esas llamadas, incluso de ese anónimo, pero a simple vista no daba el perfil de alguien capaz de cometer un asesinato. Además, no conseguía imaginármelo el domingo por la noche en el fondo del barranco.

Esa idea me devolvió a una cuestión que había quedado

pendiente desde el primer día: la llamada que Kerman hizo esa noche en cuanto le dejé solo en el coche. Sabía que no fue al 112... Entonces ¿a quién pidió ayuda?

Ahora, con el caso ya oficialmente abierto, entraría dentro de lo normal que pidiese una orden judicial para investigar su teléfono. Esa llamada podía conducirnos a la única persona (aparte de mí) que conocía el paradero de Kerman.

Y que, por lo tanto, podría haber ido hasta allí, asesinarlo y prender fuego a su coche para borrar las huellas.

Pero antes de encargarme de eso, tenía que ver lo que Ori había descubierto en la playa.

El cielo se había despejado por completo cuando llegué a Arkotxa. La carretera que descendía hasta la playa estaba iluminada como si fuera una autopista de oro. Orizaola daba vueltas en medio de la carretera, fumándose un cigarrillo. Solo.

—¿Dónde está tu coche? —pregunté al llegar donde él.

—Se lo ha llevado Gorka. Le he dicho que tú me llevarías de vuelta.

Aparqué frente a los portones de la casa de la playa. Bajé. El aire del mar venía templado. Se oía un griterío de gaviotas en la arena, quizá peleándose por algún pescado muerto que había arrastrado el oleaje.

—Qué bonito es esto, ¿no? —Ori perdió la mirada en el horizonte—. Siempre he soñado con una casita junto al mar.

—¿Habéis sacado las antenas? —fui al grano.

Mi compañero se quedó callado unos segundos. Me miró con una sonrisa enigmática y después arrancó a hablar.

—Sí, lo tiene todo Ciencia en su maquinita. Esta misma tarde pedirá los registros de llamadas. ¿Qué tal con Patricia?

—Bien, nada nuevo, en realidad. Oye, pero me tienes en ascuas: ¿qué es lo que habéis descubierto?

—¡Ah! —dijo como si se le hubiera olvidado por completo—. Bueno, vamos. Es ahí arriba... —Hizo un gesto hacia lo alto de la carretera.

—¿Adónde?

—Al número 34. Es ese chalecito con tejado de pizarra de ahí. —Señaló una casa cuyo tejado se elevaba entre las copas de los árboles, medio kilómetro montaña arriba—. La mujer me ha dicho que nos estaría esperando.

Una ansiedad burbujeante comenzó a ganar terreno en mis tripas. Tuve que respirar hondo.

—¿Una mujer? ¿Qué mujer?

—Te lo explico de camino. Vamos.

Nos pusimos en marcha, aunque yo sentía como si los zapatos se me fueran pegando en el asfalto. Aitor en cambio iba tan campante.

—Ha sido todo una carambola —empezó a decir—. Estábamos aquí fuera con el radar de antenas, terminando, cuando he visto a esa mujer paseando a su perro. Acababa de parar de llover. Nos ha saludado y ha pasado de largo, hacia la playa. Y de pronto se me ha encendido la bombillita, he ido detrás, me he presentado y le he preguntado si vive por aquí... Resulta que sí. Se llama Kristine Hansen, es escultora y vive todo el año en la playa.

El fuego se había desatado ya con fuerza en mis intestinos. Recordaba a aquella mujer de rasgos nórdicos que nos vio salir del agua helada el sábado pasado. Me vio de frente. Yo la vi a ella. Estuvimos a poco más de un metro de distancia durante unos segundos. Joder.

Cada paso me costaba más.

—Entonces le pregunto si estaba aquí el fin de semana pasado y me dice que sí. Vuelvo a preguntar: ¿sacó a pasear al perro?, ¿vio a alguien? Y adivina lo que me dice...

—Que sí.

—En efecto. Una «pareja de enamorados» bañándose en el mar en pleno noviembre. Le he mostrado la foto de Kerman, pero no ha hecho falta. Ha dicho que le conocía de verle por el jardín y la playa. En cuanto a su acompañante, dice que no la había visto nunca. La vio de frente. Era un poco más joven que Kerman. Y ahora, agárrate que vienen curvas: la chica... era rubia.

—¿Sí? —Me ardía la garganta. Estábamos ya a unos cien metros de la casa—. Vaya..., tenías razón.

—¿No te lo dije? Tengo un sexto sentido para estas cosas. Le he explicado a Kristine que estamos investigando el caso y que esto podría ser importante, así que nos espera para que le tomemos una declaración completa. Un segundo. Creo que es este camino. —Señaló una pista asfaltada que se abría a nuestra derecha.

Entramos por él. Yo sentía el corazón a punto de salírseme por la garganta. Los pasos, cada vez más pesados. La respiración, cada vez más difícil. ¿Qué podía hacer ahora? En cuanto nos abriese la puerta, ella me iba a reconocer. Me dirigía como un carnero al sacrificio. Esto se había acabado.

Enfilamos hacia la casa. Era uno de esos chalets de los años ochenta con el tejado de pizarra. Las puertas del jardín estaban abiertas. Me detuve en seco. Me quedé quieta. No sé ni de dónde salió esa orden, pero mi cuerpo la obedeció.

Ori se giró y me clavó la mirada.

—¿Qué?

—Ori, yo... Tengo que volver un segundo al coche.

—¿Al coche?

—Me he dejado el móvil. Ve yendo. Yo vuelvo en un minuto.

Me giré, empecé a andar. Ni en un minuto ni en mil años. Le llamaría desde el coche con alguna otra mentira, me las arreglaría para escapar. Y justo entonces me sonó el teléfono en el bolsillo.

—Arruti —le oí decir a mi espalda—. Se acabó. No hace falta.

—¿Qué?

Me giré. Ori tenía su móvil en la mano. Era él quien me estaba llamando.

—Que no hace falta. Que ya sé quién era la chica que estaba con Kerman. Eras tú.

11

—¿Qué quieres decir? —Me costó pronunciar cada palabra. Notaba las mejillas encendidas, los ojos llorosos.

Aitor se acercó lentamente.

—Lo sé todo, Nerea. Deja de disimular.

—¿Qué dices?

—Por si fuera poco, has caído en la trampa más fácil de todas. Llegas, aparcas y ni siquiera preguntas por la casa de Kerman.

—¿Qué?

—Que conoces este sitio como la palma de tu mano, nena.

Era cierto. En teoría era la primera vez que yo pisaba esa playa. Había llegado allí sin preguntar la dirección, había salido del coche y ni siquiera hice un comentario sobre la casa. Bueno, podría decir que...

—Te veo pensando. No pienses. Lo entendí mucho antes.

—No sé a qué te refieres. —Yo seguía negando la mayor. Ganar tiempo, pero ¿para qué?

—El lunes, cuando te abrazaste a Patricia... Joder, estabas destrozada. Y tu careto del día siguiente. Ni gripe ni leches, tenías los ojos hinchados de llorar. Aunque lo que me dio la confirmación fue el vídeo de la gasolinera de Okondo.

—Pero...

—No... no se te reconoce, tranquila. Fue tu pierna derecha, que no paraba de moverse debajo de la mesa mientras veíamos el vídeo en la sala de reuniones. Estabas como un flan. Y desde luego, esa blusa y esos pantalones te encajan, son de tu estilo. Chica guapa. Y rubia. El otro día te pregunté si tenías algún lío porque sabía positivamente que lo tenías. Se te notaba en todo. Eras feliz, Nerea. Y de pronto, un pozo de lágrimas. Ahora vas a explicarme qué demonios pasa aquí. Qué cojones ocurrió con Kerman. Convénceme para que no llame inmediatamente a la central.

Se levantó algo de viento en aquel pequeño caminillo doméstico. La brisa azuzó las copas de las coníferas, trajo algo de arena. «Vale, tiene todas las cartas en la mano, es mejor que hables», me dije.

—De acuerdo. Tenía un lío con Kerman. Tuvimos un accidente. Decidimos que yo me tenía que ir, pero él estaba vivo cuando le dejé allí. Te lo juro por mi vida, Aitor.

Se echó las manos a la cara, murmuró cuatro o cinco tacos, después sacó un cigarrillo del paquete y se lo encendió. Se volvió a pasar la mano por el pelo. Volvió a decir un montón de tacos. Me miró. Consternado.

—Pero ¿cómo... has podido ser tan gilipollas? ¡Precisamente tú! Me lo esperaría de cualquier otro, pero ¿de ti? ¿Qué hago yo ahora?

—No me quedaron opciones. Déjame que te lo explique... pero no aquí. ¿Es cierto lo de la mujer? —Señalé la casa.

—Todo cierto, excepto por un detalle. No fue Kristine, sino su madre la que os vio salir del agua. Se llama Lottë y estaba de visita el fin de semana. Fue ella la que sacó a pasear al perro... y a la vuelta le contó a Kristine que había visto una escena «propia de Dinamarca»: dos personas bañándose en la playa en el mes de noviembre. Kristine cotilleó un poco más. La vecindad por aquí no es que sea precisamente abundante. Así que Lottë le describió un poco a la pareja. Ella está de vuelta en Copenhague, pero hemos conseguido enviarle la foto de Kerman por WhatsApp y lo ha reconocido.

—¿Hemos?

—Gorka estaba presente en todo momento.

—Joder.

—Vale, vámonos de aquí. Y empieza a contarme todo desde el principio.

Lo hice y no me ahorré ni un detalle. Estuvimos como media hora en el coche. Yo hablando, él escuchando, sin hacer una sola pregunta, apagando un cigarrillo para encender otro. El viento empujó más nubes, volvió a cerrarse el cielo y se oscureció la tarde. Comenzaba a llover de nuevo cuando le hablé del USB, de la autopsia de Eleder y de las fotos que Kerman había omitido en su informe. No sé si era el viento o la situación, pero me dijo que estaba helado y que necesitaba entrar en calor, así que arranqué y salimos de allí con una lluvia cada vez más intensa.

Terminé de contarlo todo frente a un vino, en el apartamento de Ori, en Ispilupeko.

—No me había dado cuenta de lo mucho que necesitaba soltarlo.

Aitor se había mostrado distante en todo momento, desde que tuvimos la conversación en el sendero de la casa de Kristine. Entonces, por primera vez, tuvo un gesto y me cogió la mano por encima de la mesa.

—Lo siento mucho, Nerea. Siento mucho que hayas perdido a ese hombre... Joder... Lo has tenido que pasar mal sin decir nada.

Como única respuesta, rompí a llorar. Él se levantó y me rodeó con sus brazos gigantes y yo me aferré al abrazo, agradecida, aliviada de haber podido hablar con alguien al fin.

—Estaba seguro de que te pasaba algo. Joder. Pero ¿es que no tienes a nadie de confianza para hablar de esto?

Negué con la cabeza.

—Mi tío Ignacio.

Aitor torció los labios.

—Podrías probar, quizá consiguieras que te soltase una buena colleja.

Tras las copas de vino llegó algo de calma. Me ofreció un cigarrillo y lo acepté; yo, que solo fumaba cuando iba muy borracha. Esa semana todo estaba permitido. Ori, con las manos en los bolsillos, dio dos vueltas por su minúsculo salón de alquiler.

—Ahora hay que pensar qué hacemos con todo esto.

—Haz lo que debas —me limité a responder—, no espero que me cubras. Yo lo he hecho por un motivo absolutamente personal, pero eso no te atañe.

Y lo decía de corazón. Si era el final de mi carrera, de acuerdo. Me buscaría algún trabajo. Aunque ¿qué coño sabía hacer además de ser poli?

—Me saqué el título del IVEF —pensé en voz alta—. Mi tío estaba obsesionado con que estudiase algo más.

—¿Darías clases de gimnasia en un cole?

—Si no me quedan más bemoles...

Ori dio otra vuelta más. Cogió la copa de vino.

—Vamos por partes, ¿vale? Necesito pensar, y para pensar

tengo que separar todo esto en pequeños fragmentos. La primera cuestión: ¿qué le pasó realmente a Kerman? Tenemos que considerar muy en serio la posibilidad del asesinato.

La palabra resonó con dureza en mis oídos, pero me di cuenta de que yo misma había sospechado eso desde el minuto cero. Otra cosa era que me negase a aceptarlo.

—¿Asesinado por quién?

—Quizá por alguien en quien confiaba. Y me refiero a esa persona a la que Kerman llamó por teléfono mientras tú te alejabas por el barranco esa noche. Una persona que conocía su localización exacta, que pudo ir allí, matarlo y después provocar un incendio para borrar las huellas.

—¿No hubiera salido eso en la autopsia?

—No soy experto, pero un veneno raro o un estrangulamiento son cosas que podrían pasar desapercibidas en un cuerpo en tan mal estado.

Me acordé de que ya había dejado caer esa teoría ayer mismo, después de ver el vídeo de la gasolinera conmigo. ¿Y se supone que Ori ya sospechaba que yo era la mujer del coche? Preferí no darle vueltas.

—Muy bien —asentí—. Alguien lo mató. Por qué.

—¿El USB? Es lo único que tenemos, ¿no? Parece que Kerman tenía boletos en un juego muy oscuro. Falseó una autopsia para hacer pasar un asesinato por una muerte natural. Nos engañó a todos. Ese es el hilo del que tenemos que tirar, ¿por qué lo hizo?

—Quizá alguien le presionó.

—Es una teoría benevolente hacia él...

—Sí, pero encaja con el hecho de que tuviera el USB escondido, ¿no te parece? Hubiera sido mucho más sensato destruirlas. Suena como a un seguro de vida.

—O a un chantaje —replicó Aitor—. No te olvides del dinero en metálico que encontraste. Eso, además, nos daría el motivo para eliminarle.

Nos quedamos callados mascando esa posibilidad.

—¿Tienes aquí el USB?

—No —dije—, está en casa.

—Bueno. Debes protegerlo bien. Podría ser una prueba.

—¿Una prueba? ¿De qué? La he pifiado desde el momento en que lo saqué de su escondite. Además, las fotografías son absolutamente independientes. No hay manera de relacionarlas con el resto del cuerpo.

—Quizá no valgan ante un juez, pero a nosotros sí nos valen. ¿Qué es lo que tenemos?

—¿Quieres decir que estás dispuesto a investigar esto de tapadillo?

—Sí, al cien por cien. Yo redacté el informe de Eleder. Me hubiera tocado a mí investigar el caso. De acuerdo, tarde y mal, pero hagámoslo.

—¿Sabes a lo que te comprometes?

—Ya soy mayorcito, Nerea. Digamos que sé correr riesgos: yo te ayudo a encontrar al asesino de Kerman y luego tú confiesas tu cagada. Es tu única baza en todo esto. Quizá alguien en la central se apiade de tu alma, compense una cosa con la otra y te dejen seguir siendo poli, aunque después de una buena sanción.

—¿Hablas en serio?

—Muy en serio. Creo que cometiste un error, pero no por eso vas a asumir todos los cargos. Ahora mismo, tu cuello está en liza. Gorka Ciencia está rastreando teléfonos y, por otra parte, en cuanto Cuartango sepa que Kerman estuvo con su amante en la casa, irá en busca de ADN.

Tragué saliva.

—Tenemos poco tiempo, así que no lo malgastemos. Vuelvo con mi pregunta: ¿qué es lo que sabemos hoy por hoy?

Yo respiré hondo, aliviada por un lado y preocupada por otro. Algo había dejado de pesar en mi interior. La carga de mi culpa se había atenuado al hablar con mi compañero. Pero él tenía razón: esto terminaría saliendo a flote y debía prepararme.

—Vale —dije—. Sabemos que Eleder Solatxi tenía marcas de ataduras en las muñecas. Eso indica que esa noche pasó algo más, alguien lo tuvo retenido durante un tiempo antes de que se «cayera» al mar. Kerman ocultó esa prueba junto con otro archivo, protegido con una contraseña.

—¿Y crees que esa es la clave de todo?

—Podría ser. La historia de Eleder tiene algunos puntos curiosos: un teléfono que nunca se encontró, así como una cámara de caza.

—¿Qué hacía ese chaval con semejante material?

—Verónica me ha dicho que Eleder había empezado a tener «demasiado dinero». Todo a raíz de un trabajo en el Club Deportivo y de un hombre adulto, con gabardina, que le visitaba de vez en cuando.

—Hay que tirar de ese hilo.

—Pero ¿cómo? Es un caso de hace dos años.

—No, si la muerte de Kerman está relacionada con la de Eleder.

—Eso es lo que hay que determinar. Pero de todos modos, ¿por dónde avanzar con lo de Eleder?

—Si todo comenzó a raíz de su trabajo en el Club Deportivo, quizá ese sea el primer sitio a donde ir a husmear. Busquemos sus conexiones allí. Quién le conocía, con quién hizo migas.

Entonces recordé lo que Verónica me había contado.

—Al parecer se reencontró con algunos antiguos compañeros del Urremendi.

—Vaya. Otra vez ese colegio.

Me quedé callada un segundo. De repente, una idea se presentó con luz propia ante mis ojos.

—Espera... —dije—. Eleder tenía diecinueve años cuando murió...

—¿Y?

—Joder, ¿cómo no lo había pensado?

—¿El qué?

—Que no había tanta diferencia de edad con Iker, el hijo de Kerman.

Nos quedamos en silencio. Quizá los dos estábamos visualizando lo mismo en ese instante: esa cuadrilla de amigos del Urremendi que habían abrazado a Iker el día anterior en el funeral. «Son una piña», había dicho Patricia. ¿Y esa piña se ampliaría a amigos del Club con raíces comunes?

—¿Tienes Instagram?

Aitor arqueó las cejas.

—No. Eso es para jóvenes. Yo soy un *boomer*: tengo Facebook.

—Pues Eleder tenía una cuenta y sigue activa. Verónica me la ha enseñado esta mañana.

—Bien, ya tenemos por donde empezar a buscar.

Eran casi las ocho y ya había oscurecido cuando salimos del apartamento de Orizaola. El día no había terminado aún, porque yo quería darme una vuelta por el garaje motero de la tarjeta que había encontrado en la casa de Javi Carazo.

—¿Estás segura? Quizá no tengas el cuerpo...

Después de haber confesado un pecado del calibre del mío, sentía la necesidad de hacer algo a derechas. Y encontrar a Javi Carazo, traerlo de vuelta a casa, aunque fuera con unas esposas en las manos, era una manera de equilibrar la balanza.

Condujimos bajo una noche fría y seca en dirección al polígono Varona. Estaba junto a una de las salidas de la autovía, un sitio que nos sonaba de alguna actuación.

—Hay locales de ensayo para bandas, y un skate park cubierto justo al lado. Al parecer se molestan mutuamente, ruido, coches, principios filosóficos... no lo sé. Un día hubo una pelea entre skaters y heavies. Los melenudos con sus guitarras y los skaters con sus tablas. Verlo para creerlo.

Entramos en la autovía y en solo cinco minutos volvimos a salir por el barrio de Varona. Era uno de esos puntos donde eclosionan los polígonos y los laberintos industriales del País Vasco, y donde a esas horas de un jueves quedan ya las últimas almas.

El GPS nos llevó a través de varios pabellones con los clásicos negocios de tamaño mediano que te puedes encontrar en un sitio así: fábricas de maquinaria, logística, suministros industriales para peces más grandes. Después llegamos a una zona de naves algo más pequeñas ocupadas por empresas de lo más variopintas: una fábrica de muebles, un taller de señales. Oímos un estruendo a uno de los lados. Era un aquelarre de guitarras eléctricas y una batería tocando a toda pastilla en alguna parte, sin ningún tipo de complejos. Podíamos oír la voz del cantante reverberando en los muros: «FURIAAAAAA FUEGOOOOOO DESTRUCCIÓÓÓÓÓÓN»...

—Los heavies —apuntó Ori.

Justo al lado, casi cubierto de grafitis de arriba abajo, estaba el Varona Skate Park. Tenía su gran portón abierto y había unos cuantos chavales fumando fuera. Yo llevaba la ventanilla bajada y nos llegó el aroma del hachís. Se estaban desorinando con las letras de la canción. Uno de ellos hacía poses de guitarrista en el aire para que la comedia fuese todavía más delirante.

—Hey, buenas tardes —saludé.

Devolvieron el saludo con una media sonrisa en los labios. Jueves noche, patinando con los colegas y echando un porrillo. ¿Puede haber algo mejor? Sí, coño: hacer deporte y estudiar.

—¿Os suena un sitio de tatuajes y garaje de motos?

Uno de ellos, con cara de malo y ataviado con un gorro de pescador de Calvin Klein (con logo XL), se acercó y señaló en el sentido de nuestra marcha.

—Creo que hay algo así detrás de esos pabellones.

—Ah... vaya, ¿y sabéis si son buenos?

—Ni idea. No conozco a nadie que se haya hecho un tatu allí.

—Okey, gracias.

Nos despedimos y avancé unos metros.

—Un poco raro que no sean conocidos, ¿no? —dijo Ori.

—Sí. Quizá sean más de otro palo. O quizá es que no hacen tatus.

—Vamos a dar una vuelta.

Avanzamos con el coche hasta un punto en el que teníamos que girar a la izquierda o a la derecha para rodear otra fila de pabellones. Era una zona un poco más oscura y solitaria que la anterior. A un lado había un muro blanco donde alguien había pintado DESGUACE VARONA con letras grandes. Fuimos avanzando muy despacio por ese escenario un tanto fantasmagórico. Los pabellones que aparecían a la derecha estaban apagados, sin vida, con apenas algún coche o furgoneta aparcado fuera. Todo esto nos subió el nivel de alerta un par de puntos. Ori apretó el botón de la radio y pasamos a escuchar la emisora de la Ertzaintza. Un patrullero estaba informando sobre una intervención en una violencia de género en Bermeo y, joder, se lo estaba tomando con toda la calma del mundo. Cambiamos a la otra frecuencia, que también estaba ocupada con un robo en un supermercado que había terminado con una pelea en el parking.

—Vaya con la noche del jueves.

Dejamos la emisora abierta a la espera de un hueco para informar sobre nuestra excursión. Mientras tanto seguimos mirando puerta a puerta hasta que encontramos un letrero bastante pequeño, junto a un portón cerrado, que decía: MOJO MOTOR & TATTOO SHOP.

Paré el coche.

—No —dijo Ori—, sigue.

—¿Qué?

No esperé a ninguna explicación. Ori era un veterano y lo había dicho claramente. Aceleré un poco.

—Vamos a dar otra vuelta. ¿Dónde llevas el arma?

—En el bolso, atrás. ¿Por qué?

—No me gusta este sitio. Pinta mal.

En la emisora, en ambos canales, seguía la cháchara del patrullero dando datos de DNI y pidiendo información.

—Y este pesado que no se calla.

—Podemos llamar por el móvil a Ciencia.

—Espera un segundo. Me bajo y les toco la puerta. A ver si puedo mirar dentro.

—¿Cómo lo vas a hacer?

—Pues con una trola. Les digo que estoy pensando en regalarle un tatuaje a un amigo y que me digan precios. Tú eres mi hermana. Eres demasiado guapa para ser mi novia.

—Qué tonto.

Rodeamos la nave. No había ventanas en la parte de atrás. Ni tampoco más coches. Solo un cuadrado de hierba mal cuidada y algunos escombros. A lo lejos, se escuchaba el eco de los acordes del grupo heavy.

Volvimos a entrar en el callejón. Aitor había sacado su HK USP Compact de trece disparos. Comprobó el cargador, volvió a enfundársela en la cintura, por debajo de la chaqueta.

—Aparca ahí mismo. —Señaló un hueco a unos quince metros de la puerta.

Lo hice y, acto seguido, eché mano a mi bolso para sacar la Glock 17 y dejarla sobre el asiento del copiloto. La emisora seguía ocupada, pero cogí un talkie de la guantera y lo dejé junto a la Glock.

Aitor salió del coche y cerró la puerta. Caminó tan tranquilo hasta el portón de garaje, observó en busca de algún timbre, pero no debió de ver nada, así que pegó un par de toques en la chapa. No hubo movimiento durante un buen rato. Dio unos pasos atrás, miró hacia arriba, después volvió a acercarse y golpeó otra vez la puerta, en esta ocasión con más fuerza.

Yo esperaba con la ventanilla bajada, la emisora a poco volumen, controlando a mi compañero en la distancia. Pensaba que seguramente no habría nadie en el taller de motos. Nos tocaría montar una vigilancia para ver quién entraba y salía, revisar sus cuentas, rebuscar hasta dar con algo sospechoso que nos permitiera tirar del hilo.

Pero no. Todo iba a ser más rápido. Y empezó en aquel mismo instante.

Ocurrieron dos cosas al mismo tiempo. Lo primero es que detecté algo que se movía a varios metros por delante de mí. A través de las lunas de un Volkswagen Touran, vi una luz encenderse en el siguiente coche. Era un móvil. Había alguien sentado a oscuras en un coche aparcado en un lugar así de solitario. Bueno, eso no era necesariamente alarmante, pero me puso en guardia.

A continuación, solo unos segundos después, oí un ruido y vi que se abría la puerta a la que había llamado Aitor. Un cuadrado de luz iluminó aquel callejón industrial y lo vi saludar y ponerse a contar su historia a quien fuera que estuviera allí.

Ahora sí que me puse nerviosa. Podía ser una casualidad, pero era una casualidad demasiado grande. Miré a Aitor, seguía charlando con el tipo y estaba de espaldas a ese coche donde alguien acababa de recibir una llamada.

Cogí la Glock. Cogí el talkie. Salí del coche muy despacio y recordé algunos protocolos y leyes sagradas del cursillo de intervenciones y situaciones de riesgo. Mirar hacia atrás, hacia arriba, y controlar el entorno. No había coches a mi espalda, y todos los pabellones estaban cerrados. Tampoco vi nada raro en el muro del desguace.

La Glock 17 es una pistola sin seguro. Se hacen así para evitar que, con los nervios de una situación expuesta, te olvides de quitarlo y le regales al malo diez preciosos segundos para agujerearte. La monté con cuidado y apunté al suelo según rodeaba mi coche por detrás.

Estaba a punto de interferir en la emisora para informar de nuestra posición. Lo iba a hacer con mala educación, pero el patrullero que se encargaba de la violencia de género se merecía un caponazo por ocupar la emisora de esa forma. No obstante, eso no llegó a ocurrir.

Lo oí yo, y lógicamente Orizaola también. Lo oímos por encima del estruendo de las guitarras heavies.

Un grito. Alguien pedía ayuda.

Entonces Ori dio dos pasos atrás, se llevó las manos a la espalda y saco su HK. Sin apuntar directamente, pero mostrándola, gritó:

—¡Policía, levante las manos y salga muy despacio!

Miré al coche, donde alguien acababa de usar su móvil. Y de pronto me di cuenta de que todo iba mal.

Ni me lo pensé. Apreté el botón rojo del walkie durante tres segundos. Es la forma de enviar un mensaje de alarma a la central, junto con nuestras coordenadas. Después, dejé el talkie en el techo de mi coche y empuñé la Glock con ambas manos.

—¡Cuidado, en el coche! —grité según echaba a correr.

Pero no fui lo bastante rápida.

Ori se dio la vuelta al verme llegar, pero o no me entendió o todo estaba pasando a mucha velocidad. El tipo que acababa de salir del garaje se tiró al suelo como un títere al que le hubieran cortado los hilos. Y en ese mismo instante sonó un disparo. Alguien disparaba desde el interior de coche.

Lo vi girar como una peonza. Vi cómo Aitor levantaba el brazo derecho como si estuviera bailando y soltaba la pistola. Después cayó al suelo, al lado del tipo que acababa de echarse cuerpo a tierra, posiblemente porque lo vio venir.

Me quedé sin respiración. Grité como un animal, pero no me dio tiempo a procesar demasiadas emociones. El coche arrancó. Estaba aparcado en el sentido opuesto al mío.

—¡Alto! —grité mientras lo encañonaba.

Entonces empezó a sonar una verdadera traca de disparos. El tipo del coche me estaba friendo a tiros, aunque con bastante mala puntería, tal vez porque había asomado la mano por la ventanilla y así es bastante difícil acertar. Me tiré al suelo y pude oír los balazos abriendo agujeros en la puerta de metal, en mi coche, en la pared del desguace. Disparó siete u ocho veces seguidas que quizá no tenían por objetivo alcanzarme, sino solo permitir a su compañero llegar al coche y montarse.

Devolví el fuego sin pensarlo. Un barrido en las ruedas. Mientras lo hacía, escuché otro disparo, un sonido diferente. ¿La HK de Ori? Se oyó un quejido. Alguien acababa de resultar herido.

No tuve mucho más tiempo. El conductor encendió las luces y aceleró en mi dirección. Rodé a un lado para evitar que me atropellase y le descargué cinco tiros que impactaron en el radiador, en un foco y otro que rompió la luna, pero que no impidió que el coche siguiera avanzando a toda velocidad hacia mí. Tuve que rodar debajo del Touran, ya que el muy cabrón venía a por mí. Aplastó el lateral y volaron los espejos, pero no se detuvo. Salió a toda velocidad por el callejón y ya se había alejado mucho para cuando salí de mi protección. Me quedé con lo que pude de la matrícula y el modelo: un Seat León blanco, antes de apuntar y disparar una última tanda. Pero era un coche rápido y llegó al final del callejón en cuestión de segundos.

Me giré hacia Ori. Estaba tumbado en el suelo con la pistola en la mano, y el tipo que había salido del pabellón, despatarrado frente a él.

Me acerqué con cuidado, apuntándole a la cabeza y controlando la puerta. El tipo estaba quieto. Tenía los ojos abiertos y la mirada puesta en el cielo.

—¿Está muerto? —me preguntó Ori.

—Sí —dije—. Y tú ¿cómo estás?

—Me ha dado en el culo. Nada más.

Lo rodeé. Me agaché. Le habían acertado en la parte baja de la cadera, por decirlo finamente.

—Hay alguien más ahí dentro. Ha gritado cuando estaba hablando con este —dijo por el muerto—, creo que pedía ayuda.

—Voy.

—Cuidado, Nerea.

Sí, iría con cuidado, pero también tenía prisa. Quería que fuera Javi Carazo. Quería devolvérselo esa misma noche a su madre.

Atravesé la puerta con la pistola por delante. Pensé que me quedarían dos o tres balas como mucho, así que tendría que ser muy certera. El otro cargador, con los nervios, se me había quedado en el coche.

—¡Policía! ¡Voy a entrar! —grité.

Mis palabras reverberaron en la penumbra metálica que se abría después del hueco iluminado de la puerta. El aire estaba viciado. Olía a gasolina, a metal, a tabaco... También a sudor, a orina, y a algo muerto.

Alguien respondió con un lamento.

—Aggghhhnnn.

Me adentré en aquella gran nave que estaba a oscuras. Respiré hondo para intentar relajarme, pero notaba el corazón golpeando más fuerte que ninguna banda heavy que hubiese oído nunca.

—Voy armada —grité a la negrura—. ¿Quién está ahí...?

—Agnnn... agnn.

Una voz apagada. Débil y lastimera. Con una mano, me puse a buscar un interruptor en la pared hasta que di con él. Unos tubos de neón restallaron en el techo e iluminaron el lugar. Había motos, un coche subido en un elevador, herramientas. Lo normal en un garaje.

Lo que no era normal era lo que vi sentado en el centro de la sala, atado a una silla, amordazado.

Un hombre cubierto de sangre.

Era él quien estaba pidiendo ayuda, o al menos intentándolo.

Fui precavida. Ya había visto una trampa desarrollarse ante mis ojos esa noche. Empecé a rodearle y, según lo hacía, detecté un perro tumbado en una esquina, muerto. Un precioso pastor alemán al que habían estrangulado con un cable que aún rodeaba su cuello. De ahí provenía el tufo a putrefacción. Llevaría días así.

Seguí registrando todo mientras el hombre de la silla gemía bajo una mordaza. Pero no iba a acercarme sin verle las manos. El suelo a su alrededor estaba cubierto de gotas de sangre. Había una botella de agua a un metro. Colillas. Una tenaza. Un destornillador.

Justo a su espalda había una puertecita. La abrí, daba a un cuarto de baño vacío. Por lo demás, no había otra puerta, ni otra salida.

Me acerqué al tipo por detrás y, según lo hacía, vi que tenía las muñecas atadas con una abrazadera. También me fijé en que le faltaban algunos dedos. Los encontré más abajo, al pie de la silla. Parecían minisalchichas cubiertas de kétchup.

Supuse que se los habían cortado con la tenaza. Entonces, cuando estuve más cerca, vi otros despojos sangrientos en el suelo. Enseguida me di cuenta de qué eran.

También le habían sacado un ojo y varios dientes.

Cuando crees que lo has visto todo, que tu nivel de dureza ya resiste lo que sea, va algo y te sorprende. Y te ves a ti misma corriendo al baño a vomitar. No pude contenerlo y la idea era no manchar demasiado el escenario de aquel macabro crimen. Así que me apresuré a soltarlo todo, me limpié un poco y volví donde ese hombre, que agonizaba. No era Javi Carazo, eso lo tenía claro. Era un tipo de unos cincuenta o sesenta años, con una barba larga como la que lucen muchos moteros. Tenía un párpado desfigurado, tapándole el hueco del ojo que le habían sacado. Con el otro, me miró por un instante.

—Tranquilo, ahora viene la ambulancia. —Es todo lo que se me ocurrió decir.

Tenía un trapo grasiento pegado a la boca con cinta de embalar. Se lo quité rápidamente y el tipo escupió un chorro de sangre que retenía en la boca. Se le cayó la cabeza y el cuerpo le empezó temblar. Yo no soy médico, pero el instinto me dijo que ese hombre se me estaba muriendo allí mismo.

—Aguanta, aguanta.

Comenzó a convulsionarse y su único ojo se abrió de par en par. Hizo ademán de decir algo, pero era difícil de entender. Tenía las encías hinchadas, la lengua también.

—Hijioz de pudaaaaa.

—¿Quién ha sido? ¿Quién te ha hecho esto?

Se puso a gemir y a temblar otra vez... durante unos segundos. Después, se quedó quieto. El tío se me iba y tenía que hacerle la RCP sin perder un minuto, pero para eso necesitaba soltarle cuanto antes de esa silla. Tenía los pies atados a las patas con abrazaderas de plástico y las manos entre sí, pero no quería tocar las tenazas del suelo. No quería tocar nada. Me levanté, fui corriendo a una mesa llena de herramientas y encontré un cúter. Volví y corté las abrazaderas de los pies. El hombre ya ni emitía sonidos y, aun liberados, vi que los pies se quedaban muertos en el sitio. Hice lo mismo con las manos. Había tardado unos tres minutos en soltarlo. Lo tumbé en el suelo. Me agaché y acerqué la oreja a su boca, en busca de su respiración...

Entonces noté que su mano me aferraba la muñeca.

Di un grito, me zafé y salté hacia atrás como si hubiera visto una puta serpiente entre las sábanas de mi cama. Me quedé tendida en el suelo, mirándole desde una distancia de un metro.

El hombre estaba temblando, se moría.

Me acerqué otra vez y vi su ojo bien abierto, mirándome.

—Be...

Quería decir algo, me agaché otra vez a su lado.

—El Cuer... vo... Ha si... do Belea...

—¿Belea? —repetí.

El tipo no dijo nada más. Tembló durante otros diez segundos y luego se detuvo. Su cuerpo. Su respiración. Su corazón. Tragué saliva y comencé con la RCP allí mismo. Una sirena ululaba a lo lejos mientras yo le aplicaba un masaje cardiaco y pegaba mis labios a los suyos intentando no pensar demasiado e insuflándole aire. El manual decía que había que hacerlo hasta que llegara la ambulancia o un compañero que pudiera relevarme. Y así lo hice. Aunque sabía que ese hombre estaba muerto sin remedio, continué con la RCP sin que esa última palabra dejase de resonar en mi cabeza. «Belea», el Cuervo...

La palabra con la que Kerman había renombrado el USB que encontré en su granero.

Golpe. Golpe. Golpe. Inspiración.

Y aquellos dos puzles se convirtieron en uno.

Golpe. Golpe. Golpe. Inspiración.

Un gigantesco y macabro enigma llamado BELEA.

SEGUNDA PARTE

12

Pasaron varios días y muchas cosas. ¿Por dónde empezar a resumirlo todo? Entre chequeos, entrevistas e informes por triplicado, el parón obligatorio se alargó cuatro días y, de alguna manera, lo agradecí. Mi cabeza. Mi cuerpo. Una marea viva de trámites, declaraciones, reuniones y más reuniones lo absorbió todo desde la noche del jueves hasta la mañana del martes. Se trataba de un intento de homicidio contra un agente de policía. En nuestro mundo, algo así es capaz de detener un tren de mercancías lleno de acero.

Y eso es lo que sucedió.

El tiroteo tuvo lugar cerca del fin de semana, así que, en cierto modo, lo del parón estaba dentro de la lógica. Salí de un extenso reconocimiento médico a las tres de la tarde de un viernes en el que, como dicen en Irlanda, llovían gatos y perros. No había nadie esperándome en la puerta, pero tampoco quería volver a casa.

Cogí un taxi y me marché a ver a mi tío al sanatorio.

Estuve sentada con él unas cuatro horas, hablándole de todo, contándole los detalles del caso y el asunto del tiroteo.

Él me escuchaba (quizá) con la mirada perdida en alguna parte. A veces parecía despertarse ligeramente y le veía mover las pupilas, como si regresara de una profundísima caverna y quisiera comprobar que el mundo seguía allí fuera. En esos momentos yo guardaba silencio y le observaba. Sabía que era casi imposible que hablase, pero sus dedos, sus ojos, la expresión de sus labios... ¿Acaso quería enviarme algún mensaje desde el fondo de ese lago en el que parecía flotar inánime?

«Ten cuidado, cariño. Las balas no tienen ojos».

«Estás dejando pasar un detalle fundamental en todo esto».

«Vuelve a leértelo todo. Un buen investigador es el que repasa una y otra vez hasta encontrar el hilo que asoma».

El eco de sus frases resonaba en mi mente durante un rato. Después se quedaba otra vez quieto. Su alma volvía a sumergirse y yo continuaba hablando con él.

«Me imagino que ahora mismo la zona seguirá llena de policías...».

Y así era. El apartado callejón del polígono Varona estuvo copado de gente durante días. Científica, Asuntos Internos, Policía Judicial, forenses. Los heavies y los skaters, unidos por una vez en sus vidas, hablaron ante las cámaras de televisión: habían observado el trasiego de coches, sirenas y ambulancias que hubo aquella noche después del tiroteo. Fueron también los primeros testigos y declarantes. El chico del gorro de pescador con el que habíamos hablado unos minutos antes de llegar al callejón contó que él y sus amigos se habían tenido que lanzar al interior del local para evitar que el coche a la fuga los arrollase. «Venía dando tumbos, con una rueda pinchada. Se chocó contra otro coche... No sé ni cómo seguía funcionando el motor».

En realidad, el Seat León aguantó poco más, ocho kilómetros exactamente. Apareció escondido tras una tienda de maquinaría de jardín. El tipo que lo conducía, que nadie pudo describir, lo había abandonado dejando unos cuantos casquillos de Parabellum 9 mm, envases de sándwiches y latas de Coca-Cola en su interior. Se tardó menos de una hora en saber que el coche lo habían robado en Madrid una semana atrás. Tampoco se tardó demasiado en averiguar quién era el muerto de fuera, el tipo que abrió la puerta.

—Tony Andrés Ortiz, colombiano, un asesino a sueldo.

—¿Un sicario colombiano en Illumbe?

Cuartango había desplegado un informe de varias páginas sobre la mesa de la sala de reuniones, donde estábamos sentados Gorka, Hurbil, yo y un tipo apellidado Manzarbeitia, que venía de la central.

—Los envían desde Madrid, según la Guardia Civil. Tienen allí su «oficina». Y no es coña, las llaman así. Son pequeñas empresas que dan servicio a las mafias: externalización de asesinato, extorsión y tortura. A este en concreto lo detectaron entrando en Barajas hace dos semanas, procedente de Bogotá. Parece que vino solo para este encargo.

—¿Torturar al dueño de un garaje? —preguntó Jon, el *hurbiltzaile.*

—Estos tipos no suelen equivocarse —respondió Cuartango—. Quizá Abraham no fuese un honrado mecánico... Cumplió un año de cárcel por robar y revender vehículos.

Hizo un gesto a Gorka, que se aclaró la garganta antes de hablar.

—El coche que encontramos en el elevador estaba modificado. Tenía compartimentos ocultos en los bajos, para transportar algo. Seguramente drogas.

—Joder —dijo Jon—, así que la prensa tenía razón.

Resultó que la noticia sobre el macabro asesinato en el taller mecánico había tenido un montón de clics, y los medios se habían lanzado como moscas a la miel. Algún patrullero debió de filtrar que el primer muerto tenía rasgos sudamericanos y de ahí salió la teoría del narcotráfico. Después, de alguna manera —suponemos que desde el mismo instituto forense—, se supo que el hombre había sido abatido con un disparo «por la espalda» y eso elevó la temperatura muchos grados. Un muerto por la espalda es un muerto por la espalda, lo pongas como lo pongas, incluso cuando un agente tiene un balazo en el culo y otras ocho balas han intentado agujerear a una poli de servicio.

Nos guía un principio de proporcionalidad en la respuesta, y nuestros disparos y nuestros muertos se miran con lupa.

Algunas ONG y grupos antirracistas habían emitido un mensaje público expresando su preocupación por los hechos. La respuesta desde la Ertzaintza había sido que se estaba llevando a cabo una investigación interna. Y era cierto. Aitor Orizaola y yo teníamos el foco sobre la cabeza.

Ori aún seguía en el hospital. Allí, entre otras muchas visitas, había recibido a los chicos de Asuntos Internos, que después vinieron a por mí, me llevaron a un aparte y me hicieron (supongo) las mismas preguntas que a él. Querían saber, segundo a segundo, cómo se había desarrollado la escena del tiroteo. Yo conté lo que había visto, y en el caso del disparo de Ori, lo que había oído. Solo un disparo.

Esa mañana Cuartango me había convocado para una «declaración» formal con Gorka Ciencia, Hurbil y el tal Manzarbeitia, que eran los encargados de hacer las diligencias del tiroteo. A mí y a Ori nos habían dejado fuera del caso, de momento. Un cordón sanitario hasta que se aclarase que todo había ocurrido conforme a las normas y la proporcionalidad, y que la historia de Aitor y la mía concordaban.

Cuartango quería saber qué pista habíamos seguido para llegar al taller mecánico aquella noche. Yo les conté (de hecho, se la mostré) lo de la tarjeta hecha pedazos que había sacado de la papelera de Javi Carazo. La escena del tiroteo ya estaba recogida en el informe de Asuntos Internos, así que pasé a hablar de cuando entré en el taller y me encontré con Abraham, todavía con un hilo de vida. Sentado en una silla, atado de pies y manos, amordazado, Abraham Mendieta, natural de Donosti, cincuenta y siete años, sin antecedentes, había sido torturado con una extrema crueldad. Según el forense, sus últimos dos días de vida fueron un infierno. Extracciones dentales, mutilaciones, cirugía ocular básica, todo para sonsacarle una información que o no conocía o se negaba a dar. Esa era la primera teoría que se barajó: la tortura.

—Lo empiezo a dudar —dijo Cuartango—. Muy pocos hombres aguantarían ese calvario sin hablar.

—Quizá era otra cosa.

—¿Como qué?

—Un castigo ejemplar. Tal vez Abraham metió la mano donde no debía.

—La cuestión es quién está detrás —intervino Gorka Ciencia—. ¿Alguien de la zona?

Cuartango y Manzarbeitia se miraron en silencio.

—No tenemos ningún pez tan grande en el radar —admitió Cuartango—. La Guardia Civil tampoco. Y no parece cosa de una pandilla de cosechadores de marihuana. Esos no contratan asesinos a sueldo ni utilizan coches para transportar nada... Los coches y los sicarios suenan a otro mundo.

—Heroína, coca... —añadió Gorka.

—Exacto. Pero ya digo que no hay nadie bajo sospecha. Quizá Abraham preparaba los coches, pero los entregaba en otra parte.

—Arruti —Manzarbeitia me miró—, queríamos volver sobre algo que contaste en tu declaración. Una palabra más bien. Eso que Mendieta dijo antes de morir.

Yo asentí, casi visualizando el instante en el que aquel muerto viviente abrió los labios por última vez para decir esa palabra. La misma palabra que había visto escrita en el USB de Kerman.

—Belea.

Noté un pesado silencio en la mesa. Miradas entre ellos. Manzarbeitia, el tipo de la central, era perro viejo. Tendría la edad de Cuartango. Tal vez se trajeran algo entre manos.

—¿Estás segura de que dijo eso? —preguntó con el ceño fruncido—. Le faltaban algunos dientes y...

—Segura. De hecho, también mencionó la palabra «cuervo», que es...

—*Belea* en euskera —me interrumpió Cuartango—, lo sabemos.

Otro silencio. Miradas cómplices.

—Pero ¿qué pasa? —terminé diciendo—. ¿Quién es ese Belea?

Allí nadie parecía dispuesto a aclararme nada, y me alegré de que Gorka rompiera el hielo, porque empezaba a sentirme como una idiota que hubiera hecho la pregunta más obvia del mundo.

—Nadie sabe quién es Belea —explicó—. De hecho, ni siquiera sabemos si existe o es una invención. Su nombre ha aparecido aquí y allá, asociado a asesinatos, desapariciones, sobre todo entre gente del hampa. Pero siempre como un rumor... como el coco que asusta a los niños. En la central pensamos que es una especie de jerga criminal para desviar la atención. Para hacernos buscar donde no hay nada. Pero claro, que sea la última palabra que un hombre pronuncia en su vida...

—... es raro.

—Quizá no sabía que estaba a punto de morir —dijo el *hurbiltzaile.*

—Jon, te aseguro que sabía que estaba muriéndose —le repliqué.

Quise defender lo que había sostenido en mi declaración, que el hombre dijo esa palabra entre estertores. Había decidido no ocultar nada, aunque por supuesto no iba a mencionar el USB de Kerman. Ahora tenía más razones que nunca para cerrar el pico.

—En cualquier caso, esto se nos va de las manos —Cuartango retomó el hilo—. Los coches nos hacen pensar en una red que mueve droga a larga distancia. La central quiere coordinar una investigación conjunta con la Guardia Civil. Gorka, vas a dejar tus tareas una temporada y formarás equipo con Manzarbeitia.

—¿Y lo de Javi Carazo? —pregunté.

—Eso está incluido —contestó Cuartango.

—Pero era nuestro.

—Lo hablamos ahora, Arruti. —Hizo un gesto que acompañó con una sonrisa, y dio la reunión por terminada.

Los otros tres hombres se levantaron y salieron. Cuartango me mandó cerrar la puerta y me quedé sola con él.

—Mira, Arruti. Ahora mismo hay una investigación interna en marcha. Y tenemos a la prensa encima. He mirado tus horas y te debemos un montón de tiempo.

—¿Me estás mandando al banquillo? —protesté—. Nos hemos jugado el pellejo en este caso.

—No me lleves la contraria en esto. —Levantó una mano para frenar mis quejas—. Tenemos muy poca gente en Judicial y tú eres de lo mejorcito, pero no me queda otra. Os tengo que apartar un poco de todo este lío. Hay más trabajo, ¿eh? ¿Hablaste con Patricia sobre lo de las amenazas?

—Sí —dije intentando reprimir una bocanada de puro fuego.

—¿Y?

—Tenemos un nombre: Txus Ugalde. Un exempleado de su empresa de viajes de aventura. Aunque, sinceramente, creo que es una vía muerta.

—Compruébalo. Vamos a eliminar lo que podamos. Gorka me ha hablado de la mujer danesa que vio a alguien en la playa. Quiero que te encargues de eso también. Habla con ella, necesitamos una declaración.

—Vale. ¿Y qué va a pasar con Aitor? —pregunté.

—Nada. Ha declarado que disparó al conductor del coche para protegerte a ti, que el otro tipo se puso en medio. Balística y la Científica van a emitir un informe positivo. Todo se quedará en agua de borrajas, pero esto necesita tiempo. Y tú también, lo digo en serio. Un tiroteo no es algo que pase todos los días. Quizá te venga bien descansar.

Aitor Orizaola había recibido el alta en el hospital y ya estaba en su piso de la playa. Fui a verle ese mismo martes, con una caja de trufas. Me abrió vestido con un albornoz demasiado elegante para él, luego volvió a la cama y se sentó sobre unos cojines. Estaba gracioso con su vendaje de culo.

—Hala, expláyate: llevo escuchando bromitas desde el quirófano. Mira.

Me enseñó una postal que había recibido de los compañeros de la comisaría: «¡Os deseamos (a ti y a tu nuevo agujero) una pronta recuperación!».

—¿Quieres un café? Hay una mokka encima de los fogones y una lata de café en la nevera.

Le dije que vale y fui a la cocina, que estaba hecha un desmadre. Había una tarta desmigajada, cajas de pizza y de lasaña, latas de cerveza... Hice de buena amiga y lo recogí todo un poco. Después preparé café, puse dos tacitas en una bandeja, las trufas en un plato... Una pizca de clase en medio de tanto caos.

Era la primera vez que Aitor y yo nos veíamos desde la noche del tiroteo, cuando la ambulancia se lo llevó y yo me quedé haciendo la primera declaración. Desde arriba nos habían pedido que nos mantuviéramos separados antes de las entrevistas con Asuntos Internos, pero ahora por fin podía darle las gracias y preguntarle por el disparo.

—¿La verdad? Le apunté a la pierna, pero tuvo la mala fortuna de agacharse para meterse en el coche. La bala le entró por un costado, le perforó el pulmón... Joder. Son cosas que pasan.

—Era un mal bicho. Si vieras lo que le hizo al tipo de dentro, no te sentirías tan mal.

—Me lo han contado por encima. ¿Cómo estás?

—¿En qué sentido? No tengo pesadillas ni nada por el estilo... Bueno, a veces me viene esa cara... y la sensación de que alguien me persigue. Pero, curiosamente, me ha sentado peor la investigación de Asuntos Internos. Que nos traten como a delincuentes después de habernos jugado la vida. —Resoplé, bastante frustrada—. Nos han apartado del caso. De lo de los hermanos Carazo también.

Aitor suspiró. Cogió una trufa y se la metió en la boca.

—Qué buena está —dijo mientras la saboreaba—. Siempre me he preguntado cómo las hacen.

—Me alegro de que esto no te afecte —repliqué con sarcasmo.

—No es eso, pero estoy acostumbrado. La prensa ha entrado a fondo. Los políticos se han asustado, quieren controlar la situación y lo están midiendo todo al milímetro. Cada palabra, cada gesto.

—Pero si era un puto asesino a sueldo.

—Eso da igual. El disparo por la espalda es un *casus belli*. Una forma de abrir un melón mediático. ¿Está la policía actuando de manera proporcional? ¿Vivimos en una sociedad fascista?

Me reí, probé el café y resultó que me había quedado bastante bien, ni muy denso, ni muy suave; en su punto.

—Me han contado que hoy te ha tocado reunirte con Cuartango, Ciencia y un tipo de la central.

—Y con Hurbil también, sí. ¿Quién te lo ha contado?

—Tengo mis espías, nena. La parte positiva es que esto retrasará el rastreo de los teléfonos de Arkotxa. Vas a ganar algo de tiempo.

—Sí... Aunque Cuartango me ha pedido que siga moviéndome. Quiere que recoja la declaración de esa mujer danesa. —Me señalé con los pulgares—. ¡Yo!

—Como poner al zorro a cuidar el gallinero —bromeó—. ¿Qué vas a hacer?

—Mi trabajo. Aunque quizá no sea demasiado precisa en mis preguntas.

Él sonrió mientras masticaba una segunda trufa.

—También he oído lo de la última palabra que dijo el tío al que torturaron. Tienes a toda la comisaría conmocionada con eso.

—Pues aquí hay algo que seguro que no te han contado. —Saqué un USB de mi bolso.

—¿El USB de Kerman?

—Hay algo más. ¿Tienes un ordenador?

Aitor señaló su escritorio.

—Debajo de ese montón de ropa. Estoy seguro al 99 por ciento de que no hay ningún gayumbo.

Me levanté, pensé en ese 1 por ciento y barrí la montaña de ropa sobre la silla. Debajo apareció un portátil ultrafino. Lo cogí y regresé al lado de la cama, metí el pendrive y al cabo de unos segundos el escritorio mostró un icono con una palabra debajo:

BELEA

—¿Qué?

—Es el nombre que le puso Kerman al pendrive.

Aitor se quedó callado unos segundos.

—¿Les has hablado del USB? —preguntó al fin.

—No me ha parecido adecuado.

—Correcto. Eso habría sido terrible a estas alturas.

Hice clic en el icono y los dos archivos aparecieron en pantalla. La carpeta con las fotos y el archivo «gordo» y cifrado. También, casi como una maldición, se podía leer esa palabra encabezando el listado de «discos conectados»: BELEA.

—Si esto es lo que parece, creo que estamos ante algo muy heavy. Aunque puede ser un error, una casualidad, claro.

—¿De verdad piensas que puso este nombre al azar?

—Sí... Bueno, es una palabra más, ¿no? Hay gente que usa nombres de montañas, de pájaros... Supongo que la otra explicación es mucho más compleja.

—Que Kerman tenía algo que ver con Belea.

—Exacto.

—¿Pero ese tipo es real? En la comisaría dicen que es como un fantasma.

—Nadie lo sabe. Pero si existe, se ha escondido muy bien durante un montón de años. Y eso es muy difícil, casi imposible.

—Casi...

—Siempre hay margen, Arruti. Le pasa a todas las policías del mundo. Estás enfocado en lo que conoces y, de pronto, un día explota una bomba, o unos tíos aparecen con metralletas en plena calle. ¿Cómo pudo cocinarse eso sin que te enterases? La primera respuesta es: porque no te afectaba. No estaba en tu camino y por lo tanto no lo veías. Y lo mismo podría pasarnos con Belea. Apenas es un eco. La primera vez que oímos hablar de él fue en un interrogatorio a un etarra. Te estoy hablando del año 1999. En aquellos tiempos, ETA tenía una cruzada contra el narcotráfico y Belea aparecía entre sus objetivos, pero ni siquiera ellos tenían mucho más que ese apodo. Era un nombre que se oía en la calle. Algunos dicen que era un ángel caído de las mafias gallegas. Otros cuentan que era un traficante de armas ruso. Alto, bajo, gordo, flaco... En cualquier caso, nunca hemos dado con ninguna pista que nos llevase hasta él. Solo algunos rumores que además provienen de las alcantarillas. Traficantes, estafadores, granujas de medio pelo..., sospechosos habituales. Y siempre es una historia de «alguien que conoce a alguien».

—¿Nunca se ha abierto una investigación?

—Nunca ha habido de dónde tirar, Arruti. Como con Eleder.

—Como con Kerman.

—En efecto. Si fueron asesinatos, estaban atados y bien atados.

—Salvo por este detalle. —Señalé las dos fotos que mostraban las marcas de ligaduras en las muñecas de Eleder.

—Exacto. —Ori las amplió y dio unos toquecitos en la pantalla con un dedo—. Quizá esto sea un hilo que nos lleve a Belea. Otra cosa es lo que pase si tiramos de él... Ya has visto cómo se las gasta.

El piso de Ispilupeko, tan desabrigado, se hizo un poquito más frío ante esa perspectiva. La cara torturada de Abraham, su ojo extraído en el suelo, sus dientes... todo eso volvió a mí como una toalla húmeda y fría sobre la nuca.

—La pregunta sigue siendo por qué un tío como Kerman, un funcionario de carrera al que no le falta de nada, se metería en semejante berenjenal —añadió Ori.

—Para mí cada vez está más claro: presiones.

Él torció el gesto.

—Eleder sabía algo y fue asesinado por eso. Pero Belea no quería que se abriera una investigación. Quizá le amenazó y Kerman se vio forzado a ocultarlo todo. No obstante, guardó la prueba... y Belea lo mató para eliminar el rastro.

—¿Dos años más tarde?

—Es raro, lo sé.

—¿Y qué podría saber Eleder, un chaval del pueblo, sobre Belea?

Yo señalé el otro archivo, de varios gigas, protegido con contraseña:

—Por el tamaño parece un vídeo. ¿Y si todo está ahí?

Aitor hizo doble clic y emergió la caja pidiéndonos la contraseña.

—¿Has probado a escribir «Belea»?

—No.

Lo hizo. En euskera. En castellano. En mayúsculas. En minúsculas. Con escritura leet (poniendo números en vez de vocales: b3l34), pero nada.

—Se lo mandaré al Hijo del Byte.

—¿Quién?

—Un tipo que colabora con nosotros en estas cosas. Un hacker, pero de los de fiar. Eso sí, la factura tendrá que correr de nuestra cuenta.

—Por supuesto. Aunque seguro que podemos confiar en él?

—No nos quedan muchas más opciones, ¿no? Pero tranquila, esta gente vive de su reputación.

Aitor me pidió que le dejara el pendrive y me preguntó si tenía copias. Le dije que sí, por supuesto. Después nos terminamos el café y le hablé de la oferta de Cuartango de tomarme vacaciones. Y de lo molesta que me sentía por eso.

—Pues no te vendrían nada mal —me replicó—. Desde que entraste en la Judicial no te he visto cogerte ni un día.

—No me gustan las vacaciones, ¿es un pecado?

Se me incendiaron los pómulos. Odiaba ese tema de conversación. Me llevaba a una reflexión horrible sobre mi vida: una vida en la que mi única familia era un enfermo de alzhéimer y una madre a la que no quería ver. Una amiga, en singular, que vivía en Madrid, y mi mejor relación sentimental de los últimos ¿diez años? había sido con un hombre casado, que además estaba muerto y enterrado.

—No sé qué hacer en vacaciones. Eso es todo. No sé a dónde ir. No me gusta tomar el sol.

—Vale, vale... Arruti, tranqui. Todos somos raros a nuestra manera, ¿okey? A mí me gusta componer canciones románticas. Me gusta el apio. Y tampoco soy alguien que tenga muchos amigos. Bueno, eso salta a la vista, ¿no?

Me entró una risa tonta y se me empañaron los focos delanteros.

—Gracias, de verdad... Todavía no te he agradecido que me salvases el culo. Que confíes en mí en todo esto...

—No hay de qué, Nere. —Puso su mano sobre la mía.

Nos miramos un segundo. Esos ojos grandes, sinceros y un poco infantiles de Aitor —ojos puros montados en un chasis grande y poderoso— brillaban de una forma especial y yo retiré la mano casi sin darme cuenta.

—Bueno, tengo que seguir con lo mío. Cuartango quiere que hable con el exempleado de Patricia, Txus Ugalde. No creo que vaya a ningún lado, pero hay que hacerlo. Después intentaré seguir con lo de Eleder. Voy a pasarme por el Club Deportivo. Vi algunas fotos de Eleder en su cuenta de Instagram.

Había estado revisando la cuenta «ele85.illumbe» los días anteriores. Eran casi ochenta fotos en las que principalmente aparecía Eleder haciéndose selfis, y también posando —muy guapo— en algunas de estudio. Parece ser que había entrado en la cartera de una pequeña agencia de representación de actores, pero no había llegado a conseguir nada, según pude informarme. Las últimas dos fotos estaban fechadas una semana antes de su muerte. En la primera aparecía junto a un portón de madera cubierto de hiedra. El texto rezaba: «#Home».

En la otra se le veía sonriente, en una mesa llena de cañas

de cerveza y con una cancha de tenis de fondo. Eleder la había geolocalizado en el Club Deportivo de Illumbe. El texto decía: «En muy buena compañía» y había una chica a su lado, aunque solo se le veía media cara y llevaba unas gafas de sol muy grandes.

—A ver si tienes suerte —dijo Ori.

Me puse en pie.

—¿Quieres que te traiga alguna otra cosa antes de marcharme?

—Tranquila, en una hora viene mi ex con las niñas. —Aitor se rascó la barbilla—. Voy a seguir trabajando en esto. Tengo que encontrar la manera de obtener el registro de llamadas de Kerman esa última noche. Mientras tanto, hablaré con el Hijo del Byte, veamos si podemos abrir este archivo.

—Okey, te dejo con eso.

—Oye, Arruti, una cosa —dijo Aitor cuando ya me encaminaba hacia la puerta—. Me imagino que el otro sicario ya habrá volado muy lejos, pero ten cuidado, ¿vale?

Yo sonreí, metí la mano en el bolso y asomé la Glock.

—Aquí le espero.

Txus Ugalde vivía en el centro de Illumbe, pero no estaba en casa. Su mujer, una rubia muy guapa con una profunda mirada azul, me recorrió de arriba abajo con escepticismo y me preguntó para qué quería hablar con él. Saqué la placa y le dije que era un asunto de la policía.

—Nada grave, una formalidad.

—Está en el puerto, tiene una lonja de reparación de botes —respondió muy seca.

Allá que fui.

Lo encontré en la lonja, un espacio oscuro, húmedo y herrumbroso donde hibernaban algunas motoras y lanchas a las que Txus daba servicio de mantenimiento. También, por lo que se leía en un cartel, alquilaba tablas de surf, piraguas y daba clases de vela.

—¿Txus Ugalde?

—A mandar —respondió al tiempo que salía a la luz.

Un tipo con buena mandíbula, fuerte, pelo canoso. Pantalones cortos, descalzo en pleno mes de noviembre, incluso un poco moreno. Le faltaba un loro y una pata de palo para ser la imagen de un pirata.

Me recorrió con la mirada, descaradamente.

—¿Quién lo pregunta?

Saqué la placa y me presenté. Después mencioné a Patricia Galdós y a Txus se le apagó la sonrisa.

—Eso lo llevan mis abogados.

Pasó de largo y se dirigió a la rampa, donde había un gasolino montado en un remolque, un taburete y varios productos de limpieza.

Le seguí con cuidado por aquel suelo resbaladizo.

—No he venido para hablar de sus problemas laborales, Txus. Kerman, el marido de Patricia, falleció en un accidente hace varios días...

—¿Y qué tiene eso que ver conmigo?

—Bueno, estamos investigando ese accidente. Patricia mencionó unas amenazas anónimas que empezó a recibir hace un par de meses. Piensa que podría haberlas enviado usted.

—¿Yo? —Prorrumpió en una carcajada—. ¿Me está acusando de algo?

—No hay acusación. Solo estamos investigando. Con que me diga dónde estaba el domingo por la noche...

—Esa maldita niña de papá —murmuró con la mirada puesta en el gasolino que había sobre el remolque—. Ya solo le faltaba acusarme de asesinato. Qué hija de la gran...

Se sacó un paquete de tabaco del bolsillo de la camisa y encendió un cigarrillo mirando al puerto. El olor del tabaco negro se mezcló con el intenso tufo del salitre.

—El domingo salí a pescar de madrugada. Fui hasta la planta de gas, más o menos cuatro horas. Pesqué dos bonitos y volví para el almuerzo. Después, por la tarde fui con Isabel, mi mujer, al cine a Bermeo. Nos quedamos tomando una cerveza hasta las diez con unos amigos. Luego a casa. ¿Quiere que le cuente los detalles de la noche?

—No hace falta. Mientras me diga que alguien puede dar fe de ello.

—Mi señora esposa. Y también la vieja bruja que vive al lado, que siempre tiene la oreja pegada a la pared.

—Okey, eso queda claro. Volviendo a lo de las amenazas... Patricia dice que recibió algunas llamadas anónimas y una carta. Eso coincidió con la época en la que ustedes tenían algún tipo de conflicto laboral...

—¿Conflicto? —Lanzó una flecha de humo—. Un conflicto es cuando dos partes tensan la cuerda para conseguir lo que desean. Lo mío fue más bien una patada en el culo.

Justo en ese instante, una gaviota vino a posarse en la proa del gasolino, como si quisiera poner la antena en nuestra conversación.

—Fue un golpe a traición. Yo estaba en Haizea desde el principio. Era muy amigo de Luis, su primer marido. De hecho, fue él quien tuvo la idea de la empresa de viajes a vela. Patricia solo es una niña rica que puso algo de dinero y la fama de los campeonatos mundiales, pero no sabe gestionar, no sabe llevar a la gente. Eso lo hacía Luis estupendamente. Pero entonces, bueno, no sé si conoce la historia.

—La conozco.

—Ella cambió mucho desde el accidente. Se volvió extraña. Yo creo que nunca se ha recuperado del todo, ¿me explico? —dijo llevándose el dedo a la sien—. Además, en esa época se le torcieron otras cosas. La empresa de sus padres acababa de irse al guano y empezó a dar bandazos. De pronto, un montón de gente de Haizea le sobrábamos. Yo me salvé porque estuve tres años navegando sin descanso. Hemisferio sur en invierno, hemisferio norte en verano. Sin parar, como si la empresa fuera mía... Hasta que les pedí un descanso, un destino en la escuela de vela. Yo a ella no le gustaba y aprovechó la mínima oportunidad para echarme. Por supuesto que le monté una guerra. Y ahí sigo. Quiero sacarle hasta la última gota de sangre...

Quizá se dio cuenta de que esa expresión no era muy adecuada hablando de un caso de amenazas, pero tampoco es que se diera demasiada prisa en corregirse.

—Mire, agente, yo conocí a Kerman una vez, en una fiesta. Me pareció un buen tipo, pero nunca he tenido trato con él. En cuanto a Patricia: le dije las cosas a la cara. No necesitaba llamarla o mandarle cartitas, ¿entiende? Me acosté con una alumna, es cierto. Pero ¿qué quiere que le diga? Ella era mayor de edad, yo también, y la única que podría pedirme cuentas por eso es mi mujer, y oiga, en todos los matrimonios cuecen habas —se defendió Txus.

«Si tú supieras...», pensé al oírlo.

—Además —añadió—, en este trabajo, eso es rutina. Te pasas muchas horas navegando a solas, conviviendo en un sitio pequeño. Se forma un nexo muy especial... y de vez en cuando saltan chispas y se enciende el fuego...

Me sonrió mostrando una dentadura amarillenta, como el teclado de un viejo piano, con funda de oro incluida.

Yo torcí los labios y le di las gracias por todo. Allí no había donde rascar, tal y como me temía.

—¿No le interesan unas clases de navegación? —preguntó según enfilaba la rampa—. Le haría un precio especial... —Acompañó la oferta con un guiño y otra sonrisa.

«El Jack Sparrow de Urdaibai», pensé mientras me alejaba.

Txus Ugalde sonaba grotesco hablando de los líos amorosos con sus clientas, pero sobre todo sonaba sincero. El personaje daba el perfil, estaba claro. Un guaperas aventurero. Un tipo intenso que era capaz de meterse en juicios por un despido. Pero ¿matar? No me dio esa impresión, ni mucho menos...

Volví a por mi coche y puse rumbo a la playa de Arkotxa. La segunda visita de esa tarde era algo inquietante: la casa de esa mujer danesa, Kristine, cuya madre nos había visto a Kerman y a mí bañándonos en el mar el sábado. Cuartango me había pedido «una declaración» y yo estaba sopesando la forma de hacerlo sin verme comprometida. ¿Quizá con una sencilla llamada telefónica bastase?

De camino a la playa, mientras conducía por lo alto de la montaña, me topé con una niebla fantasmal posada sobre el bosque. Era el mismo tramo donde habíamos sufrido el accidente. Los árboles se asomaban como espíritus difuminados. La carretera casi desaparecía a pocos metros de mí. Levanté el pie del acelerador y avancé muy despacio, en segunda, mientras observaba el lugar... Era como zambullirse en un sueño, sin tiempo ni distancias... y quizá por eso volvió a mí un recuerdo.

De Kerman.

Qué frágil es la memoria. Y qué difícil es recordar a los que han muerto. Sus caras comienzan a desaparecer en cuanto se han ido. Quizá sea por mero instinto de supervivencia. El cerebro intenta ocuparnos con otras cosas para sobrellevar el duelo. Pero entonces, algo se rebela en nuestro interior. Bien sea por un sueño, bien por un minúsculo detalle como un aroma o una canción, conseguimos recordar su sonrisa, el tacto de su cabello.

Recordé aquel último beso. Ahí abajo, en algún lugar de ese pozo sin fondo que se abría a mi izquierda.

Oye... Dame otro beso antes de irte.

Un largo y bonito beso que... ¿tenía un extraño sabor a despedida? ¿No había algo trágico en la voz de Kerman esa noche?

Empecé a descender y a salir de la niebla, a despertar de mi sueño, sintiéndome rastrera y mezquina. En el fondo de mi cabeza había algo que no había querido confesarle a Aitor: un temor, una sospecha remota. Kerman y Belea... ¿Y si había otra relación entre ellos dos? ¿Y si falseó la autopsia por motivos más oscuros?

¿Cuánto le conocía, a fin de cuentas?

Apareció de la nada, después de pasarse muchos años en Málaga, sin más pasado que su profesión y sus antiguos amigos del colegio. Cuando le preguntabas por sus años en el sur decía que fueron «fáciles», que «pasaron rápidamente». ¿Novias? Algunas, pero nada formal. Y siempre me pareció que Kerman tenía un aura de misterio sobre él, sobre su pasado... A la luz de lo que estaba descubriendo, se ve que no iba tan desencaminada.

Había luz en la casa de Kristine. Unas volutas de humo blanco surgían de una pequeña chimenea en su tejado de pizarra. Aparqué a unos diez metros, en el mismo lugar donde Aitor me había desenmascarado días atrás. El suelo estaba lleno de *aspigarri* y arena. Olía a madera quemada y salitre. El mar rugía más abajo, en la playa.

Me acordé del perro, un labrador muy hermoso y con unas buenas mandíbulas. Hice un poco de ruido con la puerta del coche para ver si salía, pero después de un largo minuto de espera decidí que o estaba sopa, o estaba dentro de la casa, o no estaba.

Me bajé y me acerqué muy despacio, mientras llegaba a mis oídos algo de música mezclada con un viento que azuzaba las coníferas y los arbustos de aquel jardín silvestre, donde la maleza crecía con cierta clase.

La canción me sonaba muchísimo, pero ¿qué era?

Por la gran ventana de la casa, pude ver un elegante salón, una chimenea, una alfombra color borgoña, un sofá de cuero rojizo y una alta librería de madera de palisandro atiborrada de libros. En la alfombra había una mujer tumbada, con los ojos cerrados y las manos entrelazadas sobre el vientre. Me fijé en unas cuantas pilas de cuadros apoyados en el suelo. La escena me recordó a mi niñez en Almuñécar.

Toqué el timbre y escuché las patas de un perro que corrían acercándose desde alguna parte («Estaba dentro», pensé), y luego un par de ladridos nada hospitalarios. Retrocedí un paso, no fuese que el querido guardián de la casa decidiera saltar sobre mí como gesto de bienvenida.

Esperé algo más antes de volver a asomarme por la ventana. Entonces vi a la mujer sentada sobre la alfombra, como si la hubieran despertado de un profundo sueño. Temí que pensase eso: que todo había sido un sueño, así que llamé de nuevo y esta vez conseguí que me abriera la puerta.

Supuse que era Kristine. Tenía la mirada clara, unos pómulos grandes y coloreados por el calor del fuego, el pelo entre rubio y blanco y facciones escandinavas. Llevaba una camisola sin sujetador. El perro no salió; en vez de eso, de la casa emergió una oleada de marihuana que podía competir con la peor callejuela del Barrio Rojo de Ámsterdam.

—¿Sí?

—Hola, eres Kristine, ¿verdad?

—Sí.

—Me llamo Nerea Arruti, soy... inspectora judicial de la Ertzaintza.

Kristine llevó la mano a la puerta y la entornó casi por instinto.

—No te preocupes —le dije—. El consumo propio no es ilegal.

—Ya, perdón, es que yo... lo uso para las migrañas.

—Claro, tranquila.

—¿Es por lo de mi vecino? —preguntó.

—Eso es.

—¿Quieres pasar?

Sonreí.

—Sí, gracias.

Abrió la puerta y me presentó a Gordon, que me lamió la mano para establecer que me dejaba pasar. El aroma de la hierba provenía de un cenicero de barro con forma de diosa de la fertilidad. La habitación estaba plagada de cuadros, algunos colgados en las paredes, otros apilados en el suelo. Recordé que Aitor me había contado que Kristine era artista. Escultora, dijo. Quizá él lo entendió mal.

—Vendo principalmente en Dinamarca y Suecia —dijo cuando le pregunté al respecto—. Pero lo pinto todo aquí, en el País Vasco. El clima es un poquito mejor.

—Solo un poco —bromeé.

—¿Quieres un té? ¿Cerveza? ¿Vino?

—Nada, gracias. Pero me sentaré cerca de esa chimenea si puedo. Por cierto, ¿qué canción es esa? Me suena un montón.

—Diego León, el último disco... ¿Lo conoces?

¿Que si lo conocía? No iba a ponerme a hablar de él y del terrorífico caso que había logrado resolver él solito (bueno, con ayuda de su banda de rock) el año anterior.

—¿Es bueno? —pregunté.

—A mí sí me lo parece. Dicen que es lo mejor que ha hecho en años —respondió Kristine—. Por lo visto grabó varias canciones en un estudio que tiene por Illumbe. En fin, que seguro que no has venido por la música...

Se sentó en la butaca de enfrente. El porro humeaba en el cenicero. Lo cogió con algo de cuidado y dio una calada.

—Sufro migrañas bastante potentes desde que era niña. Este es el único remedio natural que funciona. Lo demás es todo química, pero eso me fríe la cabeza, no me deja pintar...

—Entiendo —me apresuré a decir, para dejarle claro que no me importaba lo más mínimo—, ¿y vives con alguien aquí?

—Ahora vivo sola —respondió—. Compartía esta casa con el hombre que me trajo aquí, en realidad. Un vasco que conocí en Dinamarca. Y mira, lo nuestro no funcionó, pero me enamoré del sitio y aquí me quedé. No es el Mediterráneo, pero la luz le pega bastante a mis cuadros.

Observé su obra. Era oscura. Hice un par de comentarios sobre los toques a lo Lucian Freud o Bob Ardlan.

—¿Sabes de pintura?

—Un poco, mi madre es pintora, aunque nunca ha logrado vender nada. Bueno, sí, un mural a un ayuntamiento, y eso fue por la corrupción.

Ella se rio.

—¡Oh! No hables así de tu mamá, pensará que no la quieres.

Sonrisa gélida.

—En fin, yo quería preguntarte por tu madre. Lottë, ¿verdad? —dije leyendo en mi cuadernito—. Ella es la que vio a tu vecino con esa otra mujer, ¿no?

—Eso es. Y estáis de suerte, mi madre es una gran fisonomista. Trabajó durante treinta años en el Departamento de Inmigración y tiene un don para quedarse con las caras. Me ha dicho que puede describirla a la perfección...

Tragué saliva e intenté no mover el culo demasiado en el sofá.

—Vaya, qué bien. En ese caso, quizá lo mejor sea que grabemos la llamada para pasársela a los de la Científica.

Kristine torció el gesto.

—¿Grabar? ¿Por qué? Ella ya ha comprado el vuelo.

—¿El vuelo?

—Sí. He llamado hace una hora a la comisaría. Se lo he dicho a un tal Gorka.

Yo tragué saliva, pero la garganta no acababa de aclararse. Tuve que soltar un carraspeo.

—¿Qué es lo que le has dicho?

—Bueno, mi madre está jubilada y creo que se aburre soberanamente con papá. No es culpa suya, pero mi padre se pasa el día en su invernadero y... Resumiendo: se ha emocionado un montón al saber que ella podría ser la testigo clave en un caso de asesinato. Porque es eso, ¿verdad? —Dio una calada y yo deseé tener el porro entre mis dedos.

—Es demasiado pronto para decirlo.

—Está bien, lo entiendo. Lo llaman secreto de sumario, ¿no? Pero es que mi madre es una grandísima lectora de novela negra y ha hecho sus propias cábalas. Incluso ha traducido las noticias de los periódicos que ha encontrado en internet. Sabe que el hombre murió solo en ese incendio. Y que su mujer asistió al funeral con su hijo. Ella vio la foto y dijo: «No es esta». Entonces ¿quién era esa chica de la playa? ¿Y por qué la busca la policía?

Yo me reí. Eso es lo que hice: reírme. Porque toda la situación empezaba a tornarse casi cómica. Ahora también tenía a una jubilada danesa tras mis pasos.

—Sí, sí. —Me acompañó Kristine riendo también—. Está emocionadísima. Así que tiene ya un vuelo. Le ha costado porque no hay buenas combinaciones en esta época del año, pero llegará el viernes...

—En tres días.

—Eso es.

Noté la vibración del teléfono en mi bolsillo. Aposté a que era un mensaje de Gorka contándome todo esto pero con una hora de retraso. En efecto. Lo era.

Arruti, ha llamado la mujer de la playa. Que su madre viene para Bilbao el viernes. Quiere reunirse en persona con los de la Científica. Dice Cuartango que es para ti. ¿Te encargas?

Todo mejoraba por momentos.

—Confío en que no lleve demasiado —seguía diciendo Kristine—. Me encanta que me visite, ¿eh?, pero dos veces en un mes es un poco demasiado...

Decidí disculparme y salir a la calle antes de que me diera un ictus y me cayera muerta allí mismo. Además, la densidad de cannabis por metro cúbico en aquel salón me estaba empezando a afectar.

—Te dejo mi teléfono para el viernes. Vendré con alguien de la Científica o quizá sea mejor que vayáis a la central. Allí hay ordenadores para estas cosas... En fin, hablaremos.

—De acuerdo —dijo Kristine mientras retenía a Gordon en el umbral de la puerta.

Llegué al coche y tuve que sujetarme la mano para acertar con la llave. Entré, me senté, cerré la puerta e insulté a la novela negra escandinava. Insulté a las personas jubiladas con aficiones detectivescas. Después insulté a Kerman por haberme convencido para bañarme en el mar. ¿De verdad era tan buena fisonomista aquella mujer? Yo tenía el pelo pegado a la cara, iba en sujetador y bragas... Insulté a los buenos fisonomistas.

Salí de allí.

Eran las seis de la tarde y ya empezaba a oscurecer. Llegué al cruce con la carretera de la playa y miré a ambos lados antes de salir. Al fondo, un atardecer grisáceo se alzaba sobre el majestuoso escenario del mar. Entonces, por el rabillo del ojo, vi una luz encenderse pegada a la casa de Kerman. Había alguien ahí abajo, junto a la puerta.

13

Los faros de mi coche iluminaron una moto. Iker, el hijastro de Kerman, estaba tratando de arrancarla sin mucho éxito.

—¡Hey! —saludé tras bajar la ventanilla.

—¡Hola! Creo que es la batería. ¿Tienes pinzas?

—No lo sé. Espera.

Aparqué a su lado, con el motor en marcha. Me fijé en que el chaval tenía el pelo húmedo. Había una bolsa grande a sus pies, de la cual sobresalían las puntas de dos aletas y un fusil de pesca submarina. Kerman me había dicho que Iker solía venir a hacer submarinismo a Arkotxa.

Busqué unas pinzas en el maletero, pero no tenía.

—¿No puedes arrancarla empujando?

—No lo sé... —dijo—. Se joden los motores así.

—Bueno, te puedo llevar donde quieras. ¿Te acuerdas de mí? Soy Nerea Arruti. Tu madre nos presentó en el funeral.

—Sí —dijo Iker—. Eras la compañera del Urremendi. La poli, ¿verdad?

—Exacto.

—¿Vienes por lo de mi madre?

«Lo de su madre», pensé sin saber muy bien a qué se refería. ¿El asunto de la puerta del garaje y el posible robo? Desde luego no iba a contarle que había venido para seguir la pista de una mujer con la que vieron a su padrastro el fin de semana del accidente.

En esos casos lo mejor es dejar unos segundos al aire, sin decir nada. Y funcionó.

—Si quieres ver el portón, te abro —continuó diciendo—. Aunque ya le expliqué a mi *ama* que suele quedarse abierto. El mecanismo de cierre está mal y el viento hace el resto.

—Bueno, le echaremos un vistazo —respondí sin darle más vueltas—. Puedes meter la bolsa en el maletero.

Lo hizo. Cargó con aquella enorme bolsa y la dejó caer en el maletero. Aunque sabía lo que contenía, lo normal era preguntar por ello, así que lo hice.

—¿Es un equipo de buceo?

—Sí... En realidad, no vengo a pescar nada. Solo a desconectar. Me gusta la soledad de la playa. Era una de las aficiones de Kerman, él me enseñó los trucos de este sitio.

—Os llevabais muy bien, ¿verdad?

Iker apretó los dientes mientras asentía con la cabeza.

—Era un buen tío. Un amigo. Nunca pretendió sustituir a mi padre, pero casi lo consigue el muy cabrón. —Sonrió como quien está a punto de llorar y logra esquivarlo en el último instante.

Le acaricié el brazo, casi sin querer.

—Lo siento mucho, Iker. Muchísimo.

Cerré el maletero y nos dirigimos a la puerta. Iker la abrió.

—Espera. Tengo que avisar de que tardaré un poco.

—Vale. No te preocupes.

Iker escribió algo en su teléfono. Yo caminé hacia el interior de la finca embargada por un montón de sensaciones y recuerdos. Pero, una vez más, tenía que mantenerme firme, hacer mi papel. Además, ese encontronazo con Iker era providencial. Tenía que aprovecharlo para sacarle el tema de Eleder de alguna manera.

Iker subió la moto hasta el garaje, abrió la puerta y la dejó aparcada en una esquina. Disimulé un poco con el asunto de la cerradura. Inspeccioné el mecanismo. Le pregunté por la alarma de la casa, por si habían visto algo raro en la verja. Trivialidades para consumir unas briznas de tiempo y, sobre todo, colocar a Iker en un estado mental hablador y colaborativo.

—¿Tú crees que pasó algo más? —dijo de pronto—. Me refiero al accidente de Kerman. —Hizo la pregunta con ese tono de voz de «preferiría no saberlo», y yo opté por una respuesta cómoda.

—Lo más probable es que no haya nada más. Pero nuestro trabajo es asegurarnos.

—Claro —dijo el chaval—. Ah, por cierto: hoy me he dado cuenta de algo. El candado del granero estaba cerrado, pero sin echar. Y falta la llave.

—¿El candado?

—Ven, te lo enseño.

Fuimos hasta ahí abajo e Iker me mostró el candado que colgaba junto a la puerta.

—¿Lo ves? —dijo—. Es raro que lo dejase así.

Me di cuenta del terrible error que había cometido cuando volví el martes siguiente al accidente. La superficie plana y metálica de un candado es perfecta para imprimir huellas dactilares, yo fui la última que manipuló ese candado. Me apresuré a «meter la pata»: lo cogí entre los dedos y lo miré, como si lo estuviera inspeccionando.

—No parece forzado.

—No —dijo Iker, que o no se dio cuenta de la cagada que suponía aquello, o no quiso decir nada.

—¿Has notado si falta algo en el interior?

—No hay nada realmente valioso. Material de obra, madera, losetas... No he podido encontrar la llave...

Abrí la puerta y me asomé dentro. Recordé la pequeña escaramuza nocturna de hacía una semana. Todo seguía igual. El suelo estaba lleno de pisadas, entre ellas las mías, pero no me preocupó demasiado.

—Kerman lo estaba reformando para crear una cabañita-txoko. Ahora ya veremos si lo terminamos o qué hacemos —dijo Iker con pesadumbre—. Era su ilusión. La casa de su familia.

—Bueno, quizá puedas terminar lo que él empezó, ¿no?

—No lo sé... A mi madre este sitio nunca le ha hecho gracia. Creo que intentará venderlo. Kerman tenía unos primos en San Sebastián que podrían estar interesados...

«¿Y perder este paraíso?», pensé. «No, Iker, debes decirle a tu madre que lo quieres. Para ti. Para tu buceo. Kerman hubiera querido que así fuera».

Pero no lo dije, claro. Yo solo era una agente de policía sin ningún vínculo con ese lugar.

—En fin, te recomiendo que compres un candado nuevo y se lo pongas.

—Sí, eso había pensado.

Salimos otra vez, Iker cerró los portones del jardín y yo me preparé para sacarle el tema. Era mejor ahora, antes de meternos en el coche.

—Oye, Iker, aprovechando que nos hemos encontrado, quizá me puedas ayudar con un asunto. No tiene nada que ver con Kerman...

«De hecho, sí tiene mucho que ver con Kerman».

—Se trata de un chico que se quitó la vida hace un par de años, creo que tenía tu edad más o menos. Eleder Solatxi.

A la luz mortecina de la tarde se sumaba el débil resplandor de los farolillos del jardín, pero bastó para observar la expresión de sorpresa en la cara de Iker.

—¿Le conocías?

—Yo... no. Bueno, un poco.

Voz ronca, una leve contradicción en la respuesta. Vaya, había encontrado petróleo a la primera, pensé. Estábamos parados al lado de mi coche y podía apretarle antes de subirnos, pero decidí jugar a otro juego. Le abrí la puerta.

—Anda, monta, que empieza a hacer frío.

Arranqué y puse la calefacción. Un ambiente agradable siempre ayuda. Saqué un paquete de chicles de menta, le ofrecí uno. Lo aceptó.

—Brrr... La humedad aquí te cala hasta los huesos, ¿eh?

—Sí. Es una casa muy fría.

Hora de volver a la carga.

—Entonces ¿de qué conocías a Eleder?

Preguntas abiertas, evitar la posibilidad del «sí o no», quería que esa maquinita de hablar empezase a girar.

—Estuvo en mi colegio de niño, iba un curso o dos por delante de mí, aunque a veces nos juntábamos en los recreos, si necesitaban más gente para algún partido y eso. Pero se marchó. Nos dijeron que a su padre lo habían trasladado a Madrid, aunque después resultó ser otra cosa. Creo que tuvieron problemas económicos.

—Ajá.

Silencio. El motor al ralentí, la calefacción a tope, yo tamborileé con los dedos en el volante.

—¿Y no volviste a verle nunca más?

Iker se mantuvo en silencio. Por alguna razón, le costaba ese tema.

—Pero ¿es que pasa algo con él? Quiero decir. Ya has dicho que murió hace dos años.

—Sí, bueno, estamos volviendo a revisar el caso. Hay algunas evidencias nuevas. Es pura rutina —dije al final, y el cedió casi a regañadientes.

—Eleder volvió a aparecer años más tarde, en el Club Deportivo. Había empezado a trabajar en la recepción, un poco como chico para todo. Yo no le había reconocido, pero una amiga nuestra, Andrea, comenzó a andar con él. Lo trajo un día a la mesa del café y nos dijo: «¿Os acordáis de Eleder?».

—¿Andrea, la hija de Íñigo Cuartango?

—Sí —dijo Iker—, la misma.

Tragué saliva.

—Vaya... No tenía ni idea.

—Andrea es de las que siempre andan con algún malote y Eleder lo era. Con sus tatuajes, sus pendientes...

—O sea, que empezaron a salir.

—Algo así. Se liaron. Fueron solo unas semanas.

«Vaya, vaya», pensé. «Esto marcha».

—¿De qué fechas hablamos exactamente?

Iker reaccionó ante la pregunta. Se dio cuenta, supongo, de que aquello se estaba pareciendo a un interrogatorio (lo era). Además, había algo en el fondo de esta cuestión que le ponía muy tenso. Reaccionó como cabía esperar:

—¿Nos vamos yendo?... Es que he quedado para cenar.

—Perdón —dije—, claro, no sé en qué estoy pensando. Dame solo un segundo, que quiero apuntar esto que me dices. ¿Era el año 2019 por casualidad?

—Sí. Creo que sí.

—Vaaale. 2019. El mes, ¿te acuerdas?

—En agosto. Recuerdo que no había mucha gente por el club y empezó a sentarse con nosotros en la mesa del bar, después del trabajo. Tenía enchufe y nos sacaba cervezas por la cara. Pero, de verdad, es que tengo prisa. He quedado en media hora.

—Vamos. —Aceleré el coche muy despacio, cuesta arriba—. Entonces, ¿me decías que Eleder empezó a andar con vosotros?

—Bueno, al principio fue más como una tontería. Andrea no quería que sus padres la viesen a solas con él, así que fingíamos que era amigo de algún otro, y por eso venía a sentarse en nuestra mesa. Te puedo decir que no a todo el mundo le hacía gracia, pero a mí no me importaba demasiado. Era un tío de barrio, pero con estilo, y estaba bastante bien educado a pesar de todo.

—Ya... —Aplaqué una llamarada de fuego que saltó desde mis tripas en ese momento—. Bueno ¿y qué pasó?

—Nada, en realidad. Estuvo alternando con nosotros unas semanas, mes y pico como mucho, después Andrea cortó con él y punto.

—¿Cuándo fue eso? Agosto más mes y pico nos lleva a octubre... Y Eleder se quitó la vida en octubre.

Noté la tensión que producían mis palabras en Iker. Su cuerpo removiéndose en el asiento. Culpabilidad. Había algo ahí abajo, joder, estaba segura. Tenía que seguir rascando.

Conduje muy despacio.

—Era un tío con muchos problemas —dijo al fin Iker—, y me dio mucha pena. Pero no tuvimos nada que ver.

—Nadie ha dicho que tuvierais nada que ver.

—Yo no me refería...

Iker estaba cada vez más nervioso, se estaba liando él solo, como una mosca atrapada en una telaraña que comienza a revolverse y lo empeora todo.

Yo me callé, como buena tarántula que soy.

—Lo que quiero decir es que... A ver..., empezó a venirse de fiesta con nosotros. Era un tío divertido, en serio, de los que te hacen reír hasta que te duele la tripa. Quizá por eso no vimos que estaba lleno de problemas. Problemas serios.

—¿Como cuáles?

—Bueno, él siempre contaba lo dura que había sido su vida desde que su padre se marchó de casa. Y que su sueño era ser millonario, hacer mucho dinero y comprarle una casa en las colinas a su madre. Se presentaba a castings en Madrid, y cosas por el estilo. Al principio todo esto molaba, era como estar con James Dean en *Rebelde sin causa*. Tenía un montón de amigos. Conocía los sitios más *cool*... Se pasaba de fiesta toda la noche y al día siguiente estaba como una rosa, listo para ir a navegar o el plan que saliera. Claro, le daba a todo, no sé si me explico.

—Puedes hablar tranquilamente. ¿Se drogaba?

—Sí. Y los porros eran lo más suave que se metía. Pastillas, coca... de todo. Además, trapicheaba.

—¿A vosotros?

—A mí no —se apresuró a responder Iker—. Pero no te voy a engañar. Había algunos de la cuadrilla que le compraban. Aunque la gente controlaba. Quiero decir, se divertían, se echaban unas risas y punto. Pero Eleder era un salvaje. El clásico tío que lleva las cosas al límite.

—¿Como qué?

—Joder... No sé. —Miró unos segundos por la ventanilla, como haciendo memoria, y por fin añadió—: Se metía en peleas, conducía su moto como un loco... Un día estábamos en la casa de Naia, se bajó los pantalones y empezó a tocar el piano con su... Nos moríamos de la risa. Pero a Andrea cada día le hacía menos gracia. Nos confesó que tenía miedo de decírselo. Así que, entre todos, le aconsejamos que rompiera en seco. Que le dijera que no podía seguir viniendo con nosotros.

—¿Cómo lo encajó?

—Mal. Se puso violento.

—¿Con ella?

—No... Andrea quedó con él y parece que todo fue muy tranquilo. Aceptó las cosas pacíficamente. Pero entonces, un viernes en el club, llegó y nos invitó a una ronda de cañas. Creo que estábamos unos diez en la mesa, era la final de la Copa Otoño. Se sentó en plan provocador y dijo algo como: «Bueno, ya sabéis que Andrea y yo hemos roto, pero espero que podamos seguir siendo todos colegas». Fue muy embarazoso. Nadie sabía muy bien qué decir... Hasta que Fran, el mellizo de Naia, se lo dijo a las claras.

—¿Qué le dijo?

—Pues que éramos un grupo de amigos muy cerrado, que nos conocíamos todos desde niños y que le habíamos aceptado porque salía con Andrea, pero ahora ella no se sentía cómoda con él. Le pidió que por favor respetase eso.

—O sea, le echasteis de vuestro grupo.

Asintió y yo pensé inmediatamente en esa última foto del Instagram de Eleder, sonriente, con la cancha de fondo.

—Y la semana siguiente apareció flotando en el mar... Fue un buen golpe para todos. No te voy a engañar.

Llegamos al cruce con la carretera general y puse el intermitente a la derecha.

—No —dijo Iker—, a la izquierda.

—Pero ¿no vamos a tu casa?

—No, vamos a la casa de Naia. Esta noche la paso allí.

Ahora, posiblemente sin darse cuenta, Iker me había devuelto la bola que yo le había estado lanzando. ¿A la casa de los Arriabarreun?

—Bueno, ya me indicas por dónde —dije, según giraba el volante y pisaba el acelerador.

—Es aquí al lado.

Subimos atravesando un denso pinar con varias curvas de herradura a derecha e izquierda. Iker me dijo que era un atajo rápido, ya que los Arriabarreun vivían en una casa a pocos kilómetros de allí.

El tiempo se consumía y yo intentaba recapitular toda la historia que Iker acababa de trasladarme. Todo parecía encajar, pero había algo más, estaba segura. Su primera reacción había sido decir que «no conocía a Eleder», ¿por qué?

Llegamos a la cumbre del monte Izki, y allí tomamos una desviación entre árboles. Estábamos cerca de Illumbe, pero «por el otro lado», por la parte interior. Las colinas. La zona de los residentes adinerados. Una sucesión de lomas muy suaves en las que chalets y caseríos de todo pelaje aparecían salpicados como setas. A partir de ese momento, la carretera discurría a través de urbanizaciones, caminos privados y grandes setos que se erguían como murallas. No muy lejos de allí, calculé mentalmente, estaba el Club Deportivo, donde Eleder se había sacado aquel último selfi.

Iker me indicó un camino de acceso privado que surcaba un bonito hayedo. Entramos y recorrimos unos trescientos metros antes de toparnos con un majestuoso portón de madera, enmarcado por unos pilares recubiertos de lajas de piedra caliza. Iker ya había enviado un mensaje conforme nos acercábamos y las puertas comenzaron a abrirse casi en el mismo instante en el que pisé el freno.

Escondida y bien disimulada en el corazón de ese bosque, la parcela de los Arriabarreun tendría no menos de veinte mil metros cuadrados. Era sorprendente que semejante extensión de terreno no pudiera apenas adivinarse desde el exterior.

Conduje por una carreterilla de asfalto que surcaba un amplio prado de hierba perfectamente segada. Había paseos de piedra cruzando aquí y allá, algunas farolas, pero solo al fondo se observaban las copas de unas altas coníferas. Por lo demás, aquello era una oda al espacio. La casa, que ocupaba el centro, era un antiguo caserío reformado, ampliado con un garaje y lo que parecía otra vivienda aparte. Llegamos a una bifurcación, Iker me indicó que tomara el giro a la derecha y yo enfilé hacia la casa, cuyas ventanas estaban todas iluminadas.

El plan era dejar al chico, darme la vuelta y salir de allí antes de sufrir un encontronazo accidental, pero entonces distinguí una silueta esperando frente a una plazuela que servía de aparcamiento y rotonda.

—¿Les has dicho que te traía yo? —pregunté nerviosa.

—Sí, claro. ¿Te importa?

Llegamos al final del camino y las luces de mi coche iluminaron a esa figura que había salido a recibirnos. No iba de traje, como en el funeral, sino con unos vaqueros y un jersey de color verde. Enrique Arriabarreun saludó sonriente al vernos.

«De araña a mosca en solo quince minutos», pensé.

—¿No crees que ha sido cosa del destino? Después de casi veinte años... y nos vemos dos veces en cuestión de días.

Tras darme las gracias «por el paseo», Iker entró en la casa. Yo seguía en el coche con el motor en marcha y Enrique acababa de invitarme a pasar un segundo. Le había dicho que no, por supuesto. Tenía prisa... o algo parecido.

—Quisiera hacerte un par de preguntas sobre la investigación de Kerman —insistió—. Te prometo que será un minuto.

La puerta estaba abierta y pude ver a Iker abrazándose a Naia, la chica rubia que había visto en el funeral. Supuse que Fran, su hermano mellizo, no estaría muy lejos. Esos chicos que andaban con Eleder en las fechas en que murió y que ahora parecían querer olvidarlo.

Por poco que me apeteciera la idea, me convenía entrar en esa casa y acercarme a esa familia.

—De acuerdo. —Apagué el motor.

Un caballo de madera con cobre repujado guardaba la entrada de la mansión. Una talla exquisita, «comprada en Kerala, en la India», según explicó Enrique de pasada, antes de señalar un tapiz de idéntica procedencia sobre una preciosa cómoda nepalí.

—Nos fascina el arte étnico —dijo con naturalidad—. Virginia decidió redecorar toda la casa y empezar una colección... y bueno, ahí vamos.

Pasamos a un salón inmenso que estaba distribuido en varias alturas. Vi un gran piano de cola. Un larguísimo tren de sofás frente a un ventanal de casi cuatro metros de altura. Una chimenea flotante permitía disfrutar de las vistas y del calor del fuego al mismo tiempo. O ver una buena peli en la superte-levisión instalada en un tabique separador, tras el cual atisbé una cocina tan grande como un apartamento.

—Una casa preciosa —dije por decir algo, aunque no mentía.

—Sí... La compramos hace diez años. Los chicos empeza-ban a crecer y yo a necesitar espacio —bromeó—. Fue una buena oportunidad.

No había nadie en el salón. Supuse que Iker y Naia se habrían perdido por el ala norte del castillo. Yo seguí a En-rique por un tramo muy corto de escaleras que enlazaba con un corredor aéreo. Fui observando una colección de máscaras procedentes de Amazonas, Centroamérica, Chi-na, Mongolia... Hasta que llegamos al *boureau*: una pieza de casi cincuenta metros cuadrados donde el elemento cen-tral era un escritorio apostado frente a un ventanal y flan-queado por dos librerías tan altas que incluso tenían aco-plada una escalera corrediza. Un soldado-cascanueces a tamaño real «procedente de Rusia, siglo XIX», guardaba la entrada.

—¿Un zumo? ¿Refresco? —Enrique me hizo un gesto ha-cia un sofá estilo Chester.

—Nada, gracias.

Tomé asiento. Era uno de esos sofás en los que te sientas y ya no quieres tener otro.

—También tengo un café delicioso, té...

—No, de verdad. Para un minuto que vamos a hablar... —dije cortante.

Enrique sonrió. «Que nada te borre la sonrisa», suelen decir. La alegría es el arma de la gente inteligente.

Se sentó frente a mí, entrelazó los dedos, me miró con una profundidad que me puso un poco nerviosa.

—He oído que estuviste involucrada en el tiroteo de Varona. ¿Cómo estás? No te hirieron, ¿verdad?

Negué con la cabeza.

—La bala fue para Orizaola, mi compañero. Le conociste en el funeral. Pero no es grave, gracias a Dios.

—Me alegro. Uno piensa que esas cosas ocurren en otra parte, no en nuestra pacífica comarca hobbit. —Se rio.

—Pues hay bastantes orcos por la Comarca, eso te lo aseguro —dije.

Volvió a mostrarme esa sonrisa tan atractiva. Casi sin quererlo, me vino una imagen a la cabeza: él y yo a solas, en un botecito junto a la isla de Izar-Beltz, hace más de mil años... Yo tenía quince... y era una noche muy cálida de mayo.

Enrique comenzó a decir algo sobre los «índices de criminalidad y una gran preocupación al respecto».

Pero yo seguía en Izar-Beltz. Habíamos desembarcado en una playita en la parte sur de la isla, cubierta por un tejado de encinas. Pusimos unas mantas en la arena e hicimos una pequeña hoguera con palitos.

—... aunque la inversión pública en seguridad ciudadana es mayor que en otras regiones...

Desnuda, montada sobre él, me daba igual todo. Que subiera la marea, que se soltara el bote y nos tuviéramos que quedar allí para siempre. Estaba enamorada hasta el tuétano de ese tío. Por mucho que quisiera negarlo, olvidarlo, evitarlo...

—... pero bueno, ya veo que te aburro con mi discurso político.

—Un poco —dije tranquilamente—. Escucho lo mismo todas las mañanas en la radio.

Se rio de nuevo.

—En fin. —Me miró a los ojos y noté un escalofrío—. Quería hablar contigo porque me ha llegado un chismorreo sobre una mujer que estáis buscando...

—¿Una mujer?

—Sí. Por lo visto estaba con Kerman en el coche, cuando tuvo el accidente. Por supuesto, no me refiero a Patricia.

Estuve a punto de preguntarle de dónde había sacado la información, pero me imaginé que vendría de Cuartango o de cualquier otro contacto en la jefatura. Le dije que así era. «Había una mujer», y añadí que, al parecer, había pasado el fin de semana con Kerman en la casa de la playa. Cada vez me era más fácil hablar de «esa mujer» en tercera persona.

Enrique se recostó y se dejó abrazar por el sofá. Cruzó los brazos, pensativo. Negó con la cabeza, murmuró que «no se lo podía creer».

—¿Pensáis que fue provocado? Me refiero al accidente de coche, al fuego.

—No se puede descartar nada.

Otro silencio.

—¿Alguien se lo ha dicho a Patricia? Lo de la mujer.

—La verdad es que no. Cuartango prefiere avanzar más en el caso antes de revelar nada. Comprensible.

—Hasta cierto punto. ¿Os habéis planteado qué pasaría si esto llega a la prensa?

—¿A la prensa?

Me quedé callada. Esa posibilidad no se le había ocurrido a nadie. Pero de pronto visualicé a aquel tipo de la gasolinera de Okondo, tan parlanchín. Aunque Cuartango le había amenazado, ¿cuánto tardaría el cotilleo en llegar a los oídos equivocados? Y eso convertiría la historia del accidente en algo más sabroso, sobre todo si la esposa era una excampeona mundial de vela.

—Me cuesta imaginar a alguien tan mezquino como para publicar eso.

—No subestimes a la prensa —respondió Enrique—. Si consigue clics, es una buena noticia. Además, Patricia es empresaria y, como tal, tiene sus enemigos.

Inmediatamente pensé en Txus Ugalde. Y como él, seguro que habría unos cuantos más con razones de peso para atacar a Patricia.

—¿Qué propones? —Carraspeé; le había dicho que no quería tomar nada, pero ahora notaba la boca seca—. Podrías hablarlo con Cuartango. Sois amigos, ¿no?

—Prefiero no meterme donde no me llaman. Es un tema de apariencias. Soy político y no debo inmiscuirme en la forma de trabajar de la policía. Aunque quizá puedas darle un mensaje de mi parte.

—¿Cuál?

—Que me ofrezco para hablar con Patricia. Mejor enterarte por un amigo que por un artículo de prensa, ¿no? Además, sin que salga de aquí, no creo que la noticia le vaya a coger por sorpresa.

Patricia ya me había desvelado sus sospechas sobre el *affaire* de Kerman, así que ni parpadeé.

—Veo que no te sorprende en absoluto.

—Bueno, a nuestra edad pasan estas cosas. ¿Sospechaba Patricia de alguien en concreto?

—Nunca lo supo a ciencia cierta, pero las apuestas sobrevolaron a Ana Suárez una temporada. Se llevaban muy bien.

Eran viejos conocidos... y bueno, ya sabes, el roce hace el cariño.

«Sí, una sala de autopsias es el lugar perfecto para que nazca el amor», pensé.

—Pero Ana no era su tipo —siguió Enrique—. Yo conocía los gustos de Kerman. Al menos los que tenía hace veinte años.

—¿Y?

—Teníamos gustos parecidos. Mujeres esbeltas, inteligentes, con un toque de frialdad aristocrática. Como Patricia. Ana, en cambio, es demasiado sensiblona. Y demasiado bajita.

—Entiendo. —Me quedé pensando si yo encajaba en eso de «la frialdad aristocrática».

—Tú también le gustabas —soltó entonces Enrique, sin ambages, sin anestesia—. De hecho, le gustabas mucho.

Antes de que pudiera hacer algo por evitarlo, mis manos me traicionaron y salieron volando hacia mi cara. Conseguí desviarlas en el último instante y hacer como que me frotaba la frente. Sonreí. Me puse colorada y guiñé un ojo sin darme cuenta. Aitor tenía razón, joder: parecía una discoteca móvil cuando me ponía nerviosa.

—Qué bobada —dije—. Nunca me dijo nada.

—Bueno... Kerman era muy reservado con sus sentimientos. Reservado hasta el punto de ser infeliz. Pero a veces uno no puede evitar que se le note. Te tenía muchísimo aprecio. Siempre hablaba bien de ti.

Yo había conseguido que la pierna no se me moviera, pero no sabía qué hacer con las manos.

—¿Sabías que estuvo meses sin dirigirme la palabra por lo que pasó en el Urremendi?

No dije nada. ¿Íbamos a sacar ese tema?

—Me costó bastante que me perdonara, pero consiguió que me diera cuenta de que fui un cobarde, Nerea. Un egoísta. Un gilipollas.

Yo había visualizado este momento muchas veces, pero nunca me había imaginado a Enrique fustigándose voluntariamente. De todas formas, no iba a dejar pasar la ocasión así como así.

—Lo fuiste —coincidí con él—. Ya que sacas el tema...

Me miró.

—El otro día, cuando volví a verte en el funeral, me hice la promesa de intentar hablar contigo sobre este asunto —añadí—. Llevo todos estos años sintiéndome culpable por aquello, aunque no lo creas.

—Bueno, yo llevo todos estos años sintiéndome una mierda, así que estamos empatados. O no... creo que lo mío es mucho peor.

Bajó la cabeza, tardó unos segundos en volver a mirarme.

—Tenía dieciocho años... Ya sé que no es disculpa, pero me asusté mucho. Solo quería decírtelo, aunque sea veinte años más tarde. Me asusté.

—Asustarse era lo normal. Otra cosa es lo que hicisteis. Contarle a todo el colegio que yo lo iba buscando. —La voz había comenzado a temblarme, así que respiré hondo un par de veces antes de continuar—: Yo también he esperado para decirte algo: convertiste mi vida en un puto infierno, Enrique. Quiero que sepas que pensé incluso en quitarme de en medio.

La bomba hizo su efecto. Enrique se quedó seco. Boquiabierto. «¿Querías hablar de esto? Pues ahí tienes una verdad incómoda», pensé.

—¿Lo... dices en serio? —titubeó.

—Mi vida era muy pequeña. Solo tenía a mi tío y el colegio, donde estaba empezando a ser alguien. Una buena estudiante que pasaba desapercibida, y entonces desataste el infierno sobre mí. ¿Sabes lo que es eso con dieciséis años?... Durante unos días no fui capaz de ver otra salida. Me lo planteé. Como muchos chavales a esa edad, me lo planteé. Pero tuve suerte de que mi tío fuera muy listo y se diese cuenta de que algo me pasaba. Y no paró hasta sacármelo. De alguna manera, le debo la vida. Unos días más y quizá habría reunido el valor de hacerlo.

Enrique acusó el golpe que suponían aquellas palabras. Yo, por mi parte, suficiente tuve con retener las lágrimas.

—Es cierto que me acojoné y lo hablé con algunos amigos —dijo él—. Pero no sé de dónde salió aquel rumor. Te juro por mi vida que no fue cosa mía.

—Eso da igual —dije con toda la frialdad que pude—. Tendrías que haberme ayudado, pero te alejaste. Me trataste como si fuera una apestada, tío. Me hundiste.

Una lágrima demasiado gorda se escapó y resbaló por mi mejilla. Quería añadir mucho más. Decirle que mi vida quedó marcada. Que desde entonces me daba miedo involucrarme con nadie, con nada. Una vida inútil por la que pasaba de puntillas, sin querer hacer demasiado ruido, sintiendo que no me merecía gran cosa.

Pero no dije nada. Tenía miedo de romper a llorar.

Además, Enrique retomó la palabra:

—Mi familia, mis amigos... Todo el mundo se cerró a mi alrededor. Me dijeron que eras una chica con muchos problemas, que quizá estabas confundida, que buscabas en mí la familia que no tenías... Yo... me dejé influir, reconozco que fui un cobarde. Lo admito. No sé qué más puedo hacer...

«Coger un Delorean y regresar al baile del encantamiento bajo el mar», pensé. «Decirme que me acompañarás a hacerme el test de embarazo, que iremos juntos, de la mano. Y que pase lo que pase, no te moverás de mi lado. Hacerme sentir segura, valiosa...».

—Nada... —dije yo—. Tristemente no hay nada que hacer ya.

Nos interrumpieron en ese instante. Golpes en la puerta, bastante acelerados. Enrique ni siquiera dijo «adelante». La puerta se abrió y apareció un chico vestido con ropa de deporte, cubierto de sudor.

—*Aita* —dijo sofocado—, es *ama*...

Entonces Enrique hizo un gesto con la mano, el chaval se dio cuenta de que yo estaba allí y moderó su tono:

—... dice que quiere salir —terminó.

Enrique se levantó como un resorte y, solo unos segundos después, cayó en lo extraño que tenía que estar pareciéndome aquello.

—Un segundo, Nerea, ahora vuelvo —dijo forzando una sonrisa.

—Claro —respondí sin perder de vista al muchacho. Le calculé diecinueve años, cuerpo de nadador, todavía más ancho y poderoso que el que tenía su padre a su edad. Supuse que era Fran, el mellizo de Naia.

El chico parecía agobiado, como si estuviera a punto de echarse a llorar. Yo no podía dejar de mirarle. Era el vivo retrato del Enrique que había guardado durante años en mi memoria.

Salieron y entornaron la puerta. Pude escuchar el eco de una conversación muy tensa en el pasillo. Pasos que se alejaban a toda prisa.

Luego el rugido de un motor rompió la quietud de esa arcadia de coníferas y prados que rodeaban la casa. Alguien aceleraba un coche en algún lugar del jardín. La frase de Fran en la puerta («dice que quiere salir») conectó rápidamente con ese motor acelerado, y yo me pregunté qué tenía de malo querer salir.

Pero había algo malo, eso era obvio, porque Enrique ni siquiera se asomó para disculparse conmigo. Sencillamente, terminó de cerrar la puerta. Oí cómo salían a toda prisa por el corredor aéreo mientras el motor volvía a rugir en alguna parte.

Me levanté del Chester y pensé en salir del despacho y seguirlos, pero no lo hice. Aquello tenía aspecto de ser algo embarazoso y no era cuestión de apretar las tuercas. Sin embargo, no voy a mentir, la curiosidad me mataba. Me acerqué a la ventana y miré por si veía algo. Podía oír voces en el exterior, un coche. Pero todo quedaba fuera de mi ángulo. Tardé uno poco en darme cuenta de que la ventana era en realidad una puerta de cristal. La abrí.

Me recibió una noche fría, el olor de los árboles y la hierba. Y otro rugido de ese motor. El *timming* fue casi perfecto. Llegué a tiempo de ver a Fran y a su padre en el centro de la carreterita de asfalto que conducía a la salida de la casa. Hacían aspavientos, supuse que al coche que se acercaba en esos instantes hacia ellos. El coche de los acelerones —un pequeño Audi deportivo— se detuvo con las luces encendidas. Sonaron dos bocinazos con mucha mala baba, como pidiendo que se apartaran. Fran se quedó quieto, como un obstáculo humano, con los brazos en alto, mientras Enrique caminaba hacia la ventanilla del conductor y trataba de iniciar una conversación. Entonces, sin mediar palabra, la conductora (a esas alturas ya me imaginaba que era Virginia) giró el volante y aceleró a fondo. El coche se salió del camino, invadió el césped y dibujó una trayectoria digna de un número de circo. Intentó pasar por entre dos árboles, pero el dios de la puntería debía de estar en otra parte esa noche. No iría a más de veinte kilómetros por hora, pero el tronco del abeto canadiense le hizo un bonito roto. Se oyeron ruidos de cristales, a lo que siguieron los gritos de Fran y Enrique.

Decidí que aquello era demasiado gordo para fingir que no lo había visto ni oído. Así que yo también salí corriendo.

14

El tronco del abeto se había partido un poco y olía a resina mezclada con gasoil. Virginia se encontraba en el asiento del conductor, pero con las piernas fuera. Enrique estaba arrodillado ante ella y Fran observaba el morro del coche. Nadie se dio cuenta de que me acercaba, y reconozco que tampoco me hice notar.

—¿Te das cuenta de que podrías habernos atropellado? —le decía Enrique a su mujer.

Ella respondió, y su voz tenía el espesor de una buena borrachera:

—Soy una idiota. Todo lo hago mal.

Fran fue el primero en detectar mi presencia. Solo podía verle iluminado por el foco del Audi que seguía encendido, pero noté que se le congelaba el rostro.

—*Aita...* —Hizo un gesto de barbilla hacia mí.

Enrique se giró y pude sentir su abatimiento.

—¿Está bien? —me apresuré a decir—. ¿Se ha hecho daño?

—No lo creo —murmuró.

—No he matado a nadie —protestó Virginia—. Eso es lo que importa. Lo único que importa.

—¡Cállate, *ama*! —gritó Fran.

Me acerqué a donde estaba Enrique, ya actuando de oficio, como en la escena de un accidente. Cuatro años de patrullera en Tráfico debían servir para algo.

Virginia tenía todos los síntomas de una intoxicación etílica severa. Era imposible saber cuánto había bebido, pero no eran dos copas, ni tres ni cuatro. El coche seguía en marcha con el contacto puesto. Lo primero que hice fue apagar el motor y sacar la llave.

—¿Quién eres tú, preciosa? —preguntó ella.

—Me llamo Nerea Arruti. Soy policía. Nos conocimos en el funeral de Kerman... —«Aunque ahora mismo tú no te acuerdas ni de dónde tienes la cabeza», completé para mí—. Te voy a ayudar a salir de aquí, ¿vale? ¿Te duele algo?

—¿Policía? —Se echó a reír—. ¿Esssstoy detenida?

—Escucha, Nerea —Enrique cogió las riendas—, no te molestes. Entre Fran y yo lo hacemos en un segundo. ¡Fran!

Me aparté sin decir palabra. En esas situaciones, cuanta menos tensión metas, mejor. Retrocedí unos pasos y dejé que padre e hijo sacaran a Virginia del coche y la llevaran entre los dos hacia la casa. Le pregunté a Enrique si quería que llamase a un médico.

—No... No hace falta.

Los seguí a unos buenos cinco metros de distancia. Naia e Iker habían oído el jaleo y en ese momento salían por la puerta de la casa. La chica se acercó corriendo, nerviosa.

—¡Otra vez! Pero ¿cómo ha podido coger el coche?

Enrique le hizo un gesto para que bajase la voz. Claramente, le preocupaba mi presencia allí. Después le pidió algo en voz baja y ella asintió. Naia e Iker me miraron y me imaginé que le había dado alguna instrucción respecto a qué hacer conmigo.

La chica se me acercó con los brazos cruzados, gesto de no tener demasiadas ganas de hacer aquello.

—La acompaño a la casa —dijo con una frialdad sorprendente, teniendo en cuenta que todavía tenía lágrimas en la mejilla—. Mi padre me ha dicho que ahora la atiende.

En realidad, estaba a punto de marcharme, pero supuse que Enrique querría darme alguna explicación.

Iker se quedó con los chicos y volvimos, Naia y yo, caminando en silencio por el jardín, hasta la terracita del *boureau* por la que yo había salido. Ella iba callada, envuelta en un halo de tristeza. Podía imaginarlo. Yo tuve una madre medio alcohólica, depresiva...

Llegamos al despacho. Naia fue amable y me invitó a sentarme. También me preguntó si quería tomar algo.

—Un té, por favor.

Fue al pequeño bar, encendió el calentador de agua y preparó una taza, con su platillo, su cuchara y azúcar. Después me trajo la cajita de infusiones.

—Aquí tiene para elegir.

—Gracias, Naia.

—De nada.

—De verdad, espero que tu madre se ponga bien.

La chica me miró. Dudó entre un frío gracias o hablar más. Al final, se decidió por lo segundo.

—No es lo que parece. Mi madre está enferma.

—Lo sé. Mi madre también lo estuvo —respondí—. Cuando yo tenía trece, algunas tardes me tocaba llevarla a rastras a la cama.

Creo que conseguí ganármela con aquello. Pero aun así seguía callada.

—¿Os ha pasado más veces? —pregunté—. Conducir en ese estado es peligroso.

—Iker me ha dicho que es usted policía —replicó.

—Lo soy.

—¿Le va a pasar algo por lo del coche?

—No. Esto es un terreno privado. Sería muy diferente si hubiera llegado a la carretera, pero eso no ha pasado. En realidad, solo ha sido un accidente doméstico. Aunque, como digo, es muy peligroso. Para ella y para vosotros.

—Pfff —dijo con los ojos llorosos—, lo sé... Pero, en fin. No podemos hablar mucho de esto. Mi padre, ya sabe...

—Claro, tranquila. —Barrí el aire con la mano, como dándolo por sentado—. Yo soy poli y eso es como ser un cura. Estamos acostumbrados a guardar secretos.

Logré arrancarle una sonrisa. Entre tanto hombre, seguro que esa chica agradecía algo de conexión femenina.

—¿Te ha contado Iker de qué hemos hablado antes de venir aquí?

Ella negó con la cabeza y la creí.

—Estoy investigando un caso de hace un par de años. Eleder Solatxi.

—¿Eleder? —Parpadeó por la sorpresa.

—Sí. Erais amigos, ¿no?

—Lo siento —dijo ella—, pero no sé de qué me habla.

En ese instante saltó el *kettle*.

—Ya está el agua. Sírvase usted misma, si no le importa. Yo... voy a ver cómo va todo.

Salió con bastante prisa y me quedé pensando en su respuesta: «No sé de qué me habla». Aquella reacción resultaba todavía más elocuente y reveladora que las reticencias de Iker. Ahora ya no tenía dudas de que esos chicos ocultaban algo.

Me bebí la taza de té sin moverme del Chester. Pasó media hora y en ese tiempo escuché un timbrazo dentro de la casa, un coche circular por el sendero. Alguien que venía. ¿El médico? Conversaciones en el salón. Todo muy sosegado y tranquilo, dentro de lo que cabe. Después, ruidos de pisadas en la gravilla. Y por fin, casi cuarenta minutos después del accidente, Enrique Arriabarreun entró por la puerta. Tenía el pelo alborotado, la frente ligeramente sudada, y su cara denotaba un terrible cansancio, o quizá fuese tristeza.

—Gracias por esperar.

—Será mejor que me vaya —dije—, no quiero ser una molestia.

—Para nada. Yo siento haberte secuestrado —replicó él mientras se dejaba caer en el sillón, derrotado.

—¿Cómo está Virginia?

—Mejor. Dormida. Una enfermera va a quedarse velándola toda la noche. Habíamos bajado un poco la guardia, pero en fin...

Se quedó pensativo unos instantes, tomó aire y lo descargó lentamente.

—Verás, Virginia sufre un trastorno bipolar —me informó con tono telegráfico—, a lo que hay que añadir un trastorno de consumo alcohólico. Eso ya lo habrás notado.

—Lo siento mucho, Enrique —dije—. ¿Desde cuándo...?

—Diagnosticada, solo hace un par de años —contestó—. Antes de eso, creíamos que se trataba de un problema de alcoholismo.

—Pero ¿no está en tratamiento? ¿Cómo ha conseguido...?

—¿El alcohol? No lo sé. No está encerrada ni nada por el estilo. Tiene una vivienda acondicionada para ella. Puede salir, hacer su vida. En teoría, la medicación debería ser suficiente, pero... ya sabes cómo son estas cosas, avanzas un paso y retrocedes dos...

Resoplé. No sabía qué decir. De pronto, ese dibujo perfecto se emborronaba. Le había salido moho al caballo de madera de Kerala. Brotaban raíces negras en ese césped perfecto. La casa olía a cerrado, a desinfectante y a medicinas. Y a Enrique se le oscurecían las ojeras...

—Te ruego que seas discreta con esto —añadió—. Por mis hijos, sobre todo. Ellos son los que más están sufriendo. Y sé que al ostentar un cargo público, una información como esta podría usarse en mi contra.

—Tranquilo, Enrique. De mí no va a salir nada.

—Gracias, Nerea. Qué vueltas da la vida, ¿eh?

Le sonó el móvil en ese instante. Se levantó y, en esta ocasión, yo hice lo mismo.

—Sí —dijo—. Voy, voy inmediatamente.

Colgó.

—Se está despertando.

—Bueno, es mejor que me vaya. —Señalé la puerta.

—Claro, te acompaño.

Salimos al exterior, al aire de esa plácida noche de otoño. Los árboles se movían con suavidad alrededor de la casa. El Audi de Virginia seguía empotrado contra el tronco y los dos nos quedamos callados.

—No hace falta que te diga que eso podría ser muy peligroso —insistí—. Esto ya te lo digo como poli.

—Cuando se pone depresiva, se convierte en otra persona. —Enrique suspiró, negó con la cabeza—. A veces le da por querer largarse... Cree que la persiguen, o que la tenemos encerrada... Creía que la medicación estaba funcionando... pero vamos a tener que empezar de nuevo.

—Lo siento mucho —le repetí mientras abría la puerta de mi coche—. Tiene que ser duro.

—Lo duro es que después tiene buenas rachas. Se convierte otra vez en esa mujer de la que estoy enamorado. En la madre orgullosa de sus hijos. Y por un tiempo, durante unos días o unas semanas, somos una familia feliz. Y volvemos a tener esperanza...

Ninguno de los dos fue capaz de añadir una sola palabra.

Entré en el coche, arranqué y aceleré muy despacio. Vi a Enrique dirigirse al fondo del terreno. A esa otra vivienda que se atisbaba a lo lejos, y frente a la cual había aparcado un coche que no había visto antes; de la enfermera, imaginé.

Aún tenía el cuerpo revuelto por lo que acababa de presenciar. Los ojos trastornados de Virginia, su risa casi diabólica. Y el evidente sufrimiento de todos los que la rodeaban. De alguna manera, Enrique Arriabarreun también estaba sufriendo una penitencia en vida.

Me dio lástima.

Llegué al portón, que comenzaba a abrirse automáticamente según me acercaba. Un par de horas antes, cuando entré con Iker, estaba atenta a ese interior que se iba desvelando detrás de las puertas de madera. Ahora, en cambio, me fijé en los pilares que sostenían cada una de las hojas, recubiertos por lajas de caliza, ligeramente tapados por la hiedra.

Y fue eso, la combinación de esa hiedra, la madera oscura, la forja... Quizá fue por culpa del té. De la teína. O del influjo de las experiencias surrealistas de esa tarde. El caso es que mi mente hizo sus conexiones.

Crucé y detuve el coche al otro lado. Me quedé parada, mientras el portón, tras un breve lapso, empezaba otra vez a cerrarse. Saqué el teléfono móvil, abrí la aplicación de Instagram y fui a la cuenta de Eleder Solatxi.

Enrique me había dicho que llevaban diez años viviendo en esa casa. «Fue una buena oportunidad».

Salí del coche.

Muy probablemente habría alguien observándome a través del videoportero. ¿Qué hacía yo delante del portón con el teléfono móvil en la mano?

Miraba una foto. La penúltima foto de Eleder, posando sonriente con un fondo de hiedra, piedra caliza y un fragmento de madera de color rojizo en el que se veía una barra de hierro forjado negro.

Una foto que había titulado con una sola palabra: «#Home».

«Hogar».

Diez años. Los mismos diez años que, echando cálculos, habían pasado desde que Eleder y su madre fueron expulsados del paraíso.

De esa casa a la que Eleder siempre quiso regresar.

«Era su casa. La casa donde vivió».

—Así es —dijo Verónica Ortiz de Zárate al otro lado del teléfono—. La compraron los Arriabarreun. Bueno, sus abogados. Ellos nunca dieron la cara.

Eran casi las nueve y media de la noche pero no pude evitar hacer la llamada. Estaba segura de que no podría dormir si no tenía la respuesta a esa pregunta.

—¿Sabías que Eleder se hizo una foto junto a la puerta de la casa, solo una semana antes de fallecer?

—Lo sabía —dijo Verónica—. ¿Es importante?

—Podría serlo —admití—. ¿Qué te contó Eleder de esa foto?

—Bueno, un par de meses antes de su accidente, una noche volvió a casa muy tarde, con los ojos rojos de llorar, empapado. Al parecer, uno de sus nuevos amigos le había invitado a una reunión en su casa. Tenía solo once años cuando nos fuimos de allí y la casa estaba muy cambiada, pero no tuvo ninguna duda. Era nuestra casa familiar. Me dijo que se había quedado congelado al verla..., que se tuvo que marchar porque no aguantaba... Y por lo visto tuvo un pequeño altercado con ellos.

—¿Un altercado?

—Bueno. Debió de decirles algo sobre cómo habían conseguido esa casa sus padres... y claro, fue desagradable.

—Vale, Verónica. Necesito que me cuentes más a fondo todo esto.

Al otro lado del teléfono se hizo un breve silencio. Quizá estuviera atendiendo a un cliente. Me había dicho que tenía turno en la recepción del hotel.

Se disculpó conmigo y me dijo que iba a buscar un sitio más privado para poder hablar. Al cabo de un minuto, retomó la narración:

—Aquello fue muy doloroso para mi marido. Esa casa había sido el gran logro de su vida, pero la crisis de 2008 le cortó las alas, a él y a muchos como él. Resistimos un tiempo, aunque cada vez era más complicado y de pronto nos vimos ahogados por las deudas. Proveedores, empleados... Mi marido no pegaba ojo. Perdió el pelo. En serio. Nadie le perdonó nada. Ni Hacienda, ni los empleados. Nadie...

Se interrumpió un segundo. ¿Por la rabia?, ¿la congoja?

—A principios de 2011 ya necesitábamos liquidez como fuera, y Jorge terminó aceptando la única oferta que había sobre la mesa. Era bajísima, no daba ni para empezar, y luchó para que la subieran un poco. Sabía que había una familia de dinero detrás de esos abogados. Pero ellos no cedieron ni un céntimo. Después, cuando descubrimos quiénes eran los compradores, fue como un latigazo. Los Arriabarreun eran uno de los proveedores que nos asediaban. Sabían de sobra por lo que estábamos pasando, y fueron a por la casa como unos malditos buitres...

Yo iba conduciendo de regreso a Gernika por la carretera del bosque, que a esas horas estaba sumida en la oscuridad. Llovía y llevaba los limpias a tope. Intentaba no pegármela mientras tomaba las curvas con una mano y sujetaba el móvil con la otra.

—Si hubiera sabido que los mellizos Arriabarreun estaban en esa nueva cuadrilla, hubiera prevenido a Eleder... pero así son los jóvenes. No te cuentan nada. Y aquello le afectó mucho más de lo normal. Después de aquel día, estaba como obsesionado con la casa. Marcharnos de allí fue algo muy doloroso..., irnos a vivir a un pequeño apartamento... Tuvimos que dar en adopción a nuestro perro... y su padre nos abandonó poco después. Supongo que Eleder lo relacionaba todo. Empezó a obsesionarse con la casa. Miraba fotos. Tenía un plano del jardín... Cosas así.

—No me dijiste nada de esto la otra vez.

—Lo sé. Es un tema difícil para mí... Incluso un poco vergonzoso. Es que pasó algo...

Otra curva más. El retrovisor reflejó las luces de un coche que se me acercaba a lo lejos.

Verónica continuó:

—Enrique Arriabarreun me llamó un día al hotel. Dijo que se había enterado de dónde trabajaba por un conocido común y que me llamaba «de buenas», pero por algo muy grave. Me dijo que su hija había visto a Eleder merodeando por el jardín de su casa y que se había asustado. Al parecer, Eleder se había colado por alguna parte...

—¿Qué?

—Enrique se mostró comprensivo. Estaba al tanto de la escenita que había montado Eleder unas semanas antes. Me prometió que no iban a poner denuncia, siempre que no volviera a repetirse. Puedes imaginarte cómo me quedé. Esa misma tarde fui a casa, cogí a mi hijo por las orejas y le obligué a contármelo todo. Me aseguró que no había ido a hacer nada malo, que solo se estaba dando un paseo por allí. Hay un bosque en la parte norte y había un árbol que plantó junto a su padre. El caso es que se topó con el viejo agujero por el que Lagun solía colarse.

—¿Lagun?

—Nuestro perro. A veces se escapaba por la noche para darse una vuelta y tenía ese truco para volver a entrar por la verja. Bueno, al parecer nadie lo había arreglado y Eleder, medio jugando, se coló por allí. Ya te imaginas el resto. Estuvo merodeando por el jardín... y alguien terminó viéndole. Lógicamente le prohibí que volviera a hacer nada parecido.

Intentaba encajar esa nueva pieza en el rompecabezas mientras seguía muy despacio por la carretera del bosque, con el teléfono en la oreja y la lluvia cayéndome como el diluvio universal. Eleder, ese chico que Iker y Naia casi negaban, se había colado en la casa de los Arriabarreun...

Entonces me di cuenta de que tenía un coche pegado al culo. Pero aquella carretera no tenía casi arcén para echarme a un lado. Reduje la velocidad, para facilitar el adelantamiento. Había muy poca visibilidad y estaba claro que no se atrevía, pero yo no quería correr más.

—¿Por qué me llamas a estas horas para preguntarme todo esto? —quiso saber Verónica entonces—. ¿Tiene algo que ver con tu investigación?

—Puede que sí —contesté, con la atención dividida entre la conversación, el retrovisor y la carretera—, estoy siguiendo un hilo aunque me faltan muchas cosas. Necesito responder a una pregunta fundamental. ¿Dónde estuvo Eleder esa última noche? ¿Cuál era esa fiesta a la que Eleder asistió? ¿Se te ocurrió que podría haber ido a la casa de Enrique?

—Se lo pregunté directamente a él. Me había quedado con su número de teléfono.

—¿Y?

—No... Dijo que sus hijos habían estado haciendo una barbacoa, pero que Eleder no estuvo allí. «Vale», pensé.

—Me dijiste que tenía otros amigos además de los chicos del Urremendi, ¿verdad?

—Bueno, sí —dijo Verónica—. Tenía sus amigos del barrio. Es curioso...

—¿El qué?

El de atrás no se decidía a adelantarme, a pesar de que estábamos en una recta de unos treinta metros. Menudo fitipaldi. Yo iba ya a cuarenta. Puse el intermitente derecho, para dejarle claro que le ayudaría a pasarme, pero nada. Lo llevaba pegado al parachoques... ¿Quizá quería que le sirviera de locomotora?

Verónica seguía hablando:

—... no me gustaban nada. Andaban siempre metidos en algún asunto. Pacho Albizu y todos esos chicos de la barriada...

Di un respingo, todos los sentidos en alerta de golpe.

—¿Pacho Albizu era amigo de Eleder?

Ese nombre volvía a salir en menos de una semana, pero esta vez relacionado con un chico muerto dos años antes.

—Eran colegas, sí, muy a mi pesar. Y también Javi Carazo, el hijo de Susana... Durante una temporada fueron muy amigos... pero esos dos siempre andaban metidos en líos. Aunque creo que eso ya lo sabes. Estoy al tanto de las noticias...

De pronto unos fogonazos iluminaron el interior de mi coche. El de atrás, no contento con ir pegado, había comenzado a lanzarme largas.

—Pero ¿de qué va?

—¿Qué ocurre?

—Nada. Voy conduciendo y tengo a uno pegado que no me pasa.

Puse los *warning* y frené aún más; despacio, para que no me golpeara. Era una bajada y al fondo distinguí una zona para echarme a un lado. Pensé que podría detenerme ahí y dejarle pasar.

—Volviendo a lo de Javi y Pacho —intenté centrarme, ese dato quizá fuera importante—. ¿Hablaste con ellos sobre la última noche de Eleder?

—Con Javi sí, pero no sabía nada. A Pacho no pude localizarle. Creo que se marchó al extranjero.

Llegué al fondo de la cuesta y me aparté a la derecha esperando que el otro coche me pasase, con una sonora pitada o un insulto, me daba igual. Pero para mi sorpresa, no me adelantó sino que se salió de la carretera. Se quedó parado detrás de mí, con las largas encendidas.

No podía ver gran cosa. Llovía a mares y sus luces me deslumbraban.

—Ahora te tengo que dejar —le dije a Verónica—. Pero te llamaré.

—Claro. Para lo que quieras —dijo ella.

Colgué sin perder de vista el espejo. ¿Qué demonios le pasaba a ese imbécil? ¿Tendría algún problema? Me había dado un par de ráfagas mientras bajaba la cuesta. Quizá era eso: que necesitaba ayuda.

Tenía la mano ya en la manilla de la puerta. Dispuesta a abrir y salir bajo la lluvia, a entender lo que fuera que estuviera pasando allí.

Entonces me detuve.

Fue como si mi tío estuviera sentado de copiloto y me susurrara: «Cuidado».

¿Dónde tenía la pistola? Había lanzado el bolso al asiento de atrás para que se montara Iker. Me giré y lo busqué a tientas en la oscuridad. Y en ese preciso instante escuché que se abría una puerta. Alguien se bajaba del otro coche, en completo silencio.

No me lo pensé dos veces. Me olvidé del bolso y de la pistola. Quité el freno de mano, metí primera y aceleré a tope. Las ruedas resbalaron un poco antes de morder el asfalto y salir de allí.

Intenté ver algo por el retrovisor, pero la oscuridad y los faros del otro coche no me permitieron distinguir gran cosa.

Recorrí unos cien metros, tomé una curva en la que estuve a punto de salirme y después aceleré por otra recta. En cuestión de minutos me había vuelto a quedar sola en la carretera, bajo la lluvia, sin rastro del otro coche.

¿Me había dejado llevar por la paranoia? Bueno, una tiene derecho a estar un poco loca después de haber esquivado ocho balazos.

Me detuve en cuanto tuve oportunidad. Salí del coche, miré la carretera: vacía. Abrí la puerta de atrás y encontré mi bolso. Saqué la Glock y la monté. Después me parapeté detrás de mi Peugeot y esperé allí, bajo una manta de agua, a que apareciese el otro vehículo.

Un minuto, dos, tres. La lluvia me chorreaba por el pantalón. Se me metía hasta las bragas. Había pasado tiempo suficiente para que el coche hubiera recorrido esa distancia. Comencé a pensar que quizá sí que era alguien en apuros.

Bueno. Vale. Iría a echar un vistazo.

Me monté en el coche. Giré el volante en redondo y di la vuelta. Con la Glock en una mano, conduje hasta la pequeña hondonada donde nos habíamos parado.

No había nadie.

—Has hecho bien —dijo Ori cuando se lo conté, ya de camino a Gernika—. Aunque quizá solo era un turista que no encontraba el camino a su hotel.

Yo todavía estaba nerviosa, revuelta. Iba con un ojo puesto en el retrovisor, mirando los otros coches que me seguían por la general... Pero ¿de qué me servía? Ni siquiera había logrado distinguir la marca del vehículo.

—¿Qué tal tú?

—Tengo la pistola debajo de la almohada, si es lo que te preocupa.

Cruzamos algunos chistes, nos reímos y poco a poco me fui relajando. Yo, que estaba tan segura de que el tiroteo del polígono no me había pasado factura, y ahí estaba la factura: una paranoia bien montada. ¿Justificada? Imposible saberlo.

Decidí cambiar de tema y le hablé a Ori de mi nochecita en la casa de los Arriabarreun.

—¿No te dije que apestaba a vodka en el funeral? —replicó él.

Le expliqué también el extraño comportamiento de Iker y de Naia cuando les pregunté por Eleder. Estaba claro que se callaban algo.

—¿Y dices que la hija de Cuartango se lio con Eleder?

—Sí. ¿Recuerdas que lo mencionase?

—Jamás. Ni una palabra.

No dijo nada más, pero no hacía falta. La cosa empezaba a apestar. Un chico obsesionado con la casa de una familia poderosa. El comisario jefe y una autopsia falseada.

—Por cierto, he recibido un mensaje de nuestro amigo el Hijo del Byte.

—¿El hacker? ¿Ha conseguido abrir el vídeo?

—No, solo lo ha metido en su «lavadora», como lo llama él. Una nube de miles de ordenadores que se pasan las veinticuatro horas intentando descifrar la palabra clave. Pero ha hecho un comentario que me ha parecido curioso... Dice que el tipo de cifrado le recuerda a otro encargo que le hicimos hace dos años. ¿Recuerdas aquellos discos que se encontraron en la casa de Félix Arkarazo?

—¿Félix Arkarazo? Pero ¿qué pinta Félix Ark...?

Me quedé callada porque, de alguna manera, ya tenía la respuesta.

«Claro...».

Estaba entrando en Gernika y tiritaba de frío.

—Ori, estoy calada hasta los huesos y además me muero de hambre. Dame veinte minutos y te llamo.

Aparqué en el primer hueco que encontré en la calle Berrojalbiz. Eran las diez de la noche de un martes y las aceras estaban desiertas. Seguía lloviendo con intensidad. Metí la Glock en el bolso y entré en mi edificio. Subí los seis pisos andando y saqué la pistola cuando llegué al último tramo de escaleras. Comprobé la cerradura. La puerta estaba cerrada, pero eso no significaba nada: un asesino profesional puede abrirla sin causar daños, colarse dentro y esperarte en las sombras.

Abrí con cuidado. Sin encender las luces, repasé la casa. Tres dormitorios. Dos baños. Un salón. Un despacho. Nadie.

Me di una ducha rápida (la pistola sobre el bidé, a mano) y me puse un pijama de algodón. Llamé a Ori mientras me preparaba algo de comer: huevos fritos y beicon. Estaba muerta de hambre y le dejé hablar.

—Félix Arkarazo. Supongo que no necesitas que te refresque ese caso.

No. Fue mi primer caso como policía judicial. Yo era una novata que no quería cagarla, así que me leí los informes hasta casi tatuármelos en la memoria. Arkarazo era un escritor (bastante mediocre, por otra parte) que había revolucionado el mundo literario con una escandalosa ópera prima: *El baile de las manos negras*. Un libro donde se revelaban los *affaires*, negocios sucios y todo tipo de secretos jugosos de un montón de vecinos de un pequeño pueblo... que resultó ser un sucedáneo bastante reconocible de Illumbe.

Arkarazo estaba recopilando nuevas historias para su segunda novela cuando murió asesinado por una de sus víctimas potenciales. Durante la investigación, descubrimos que el tipo se valía de vídeos y grabaciones de toda clase para presionar y conseguir nuevos informadores. Era una suerte de vampiro que mordió la arteria equivocada. Y lo más jugoso es que esta segunda novela iba a centrarse en los habitantes de las colinas.

—Según su agente, Félix afirmaba que había encontrado un filón: el Club Deportivo.

—... donde Eleder había comenzado a trabajar —completé.

—Exacto. Y donde es más que probable que se conocieran. Eleder era un tío guapo, extrovertido y que empezaba a estar bien conectado. Además, necesitaba dinero y de eso Félix tenía un montón... ¿Sabes por dónde voy?

—Verónica habló de un señor... —pensé en voz alta mientras masticaba una tira de beicon—. Un tipo con el que Eleder se encontraba de vez en cuando. Ella llegó a sospechar que se trataba de algo sexual porque su hijo de pronto tenía dinero. Un móvil nuevo...

—¿No mencionó también una cámara con visión nocturna o algo así?

Se hizo un largo silencio.

—¿Sigues ahí? —lo rompió Ori.

—Estaba pensando. La teoría, entonces, es que Félix Arkarazo fichó a Eleder para que grabase algo, un secreto de alguien. Eleder lo hizo, pero le pillaron y lo mataron por ello.

—Correcto. Ahora la pregunta es: ¿a quién espiaba Eleder? ¿Qué tiene que ver Belea con todo el asunto? ¿Y Kerman?

—Puede que el vídeo nos dé la respuesta —dije—. Crucemos los dedos para que esa lavadora funcione.

—Desgraciadamente, el algoritmo de cifrado que usaba Arkarazo era muy potente.

—En ese caso, nos queda una posibilidad: Eleder tenía otros amigos. Pacho Albizu entre ellos. ¿Te suena el nombre?

—¿Nuestro Pacho?

Asentí con la cabeza aunque nadie me viera.

—El mismo que, además, habló con Javi Carazo solo unos días antes de que desapareciera.

—¿Crees que todo este barullo está conectado?

—No lo sé, Ori... pero puede que sea nuestra única baza. Hay que averiguar dónde fue Eleder aquella última noche. Seguir sus pasos. Hacer lo mismo que él y encontrar lo que él encontró...

—Buen plan. Solo espero que no acabemos como él, en el fondo del mar.

15

La Glock durmió conmigo esa noche, aunque estaba tan cansada que alguien podría haber roto mi puerta a hachazos y no me hubiera despertado.

Soñé con miles de cosas que olvidé casi de inmediato, pero a primera hora de la mañana, justo cuando empezó a sonar la alarma de mi móvil, estaba sumida en una fantasía erótica.

Kerman y yo hacíamos el amor sobre la alfombra del salón de su casa de Arkotxa, frente a la chimenea. Era algo frenético, casi desesperado. En mi sueño, yo sabía que él iba a morir. Y él también parecía saberlo. Yo estaba tumbada boca arriba, fundida a él, que me penetraba entre dulces besos y suspiros. Entonces yo giraba la cabeza y veía a Félix Arkarazo sentado cómodamente en uno de los sofás, grabándolo todo en vídeo.

—¿Usted de nuevo? Le he dicho que es de pésima educación lo que hace.

—Lo sé —respondía el fantasma—, pero firmé un contrato editorial.

Me desperté.

Una densa lluvia regaba los tejados de Gernika. Me preparé un café negrísimo y me lo bebí observando la iglesia de Santa María, la Casa de Juntas, el parque Europa... y en lo alto, vigilante y hermosa, la torre de San Pedro de Lumo, que siempre me contaron que era de donde provenían los Arruti.

La cafeína despertó todos mis sentidos, la enorme calculadora de datos y conexiones, pero también ese recuerdo acre y doloroso de Kerman. Diez días después de su muerte, el polvo comenzaba a asentarse. Los repentinos ataques de llanto estaban dejando paso a una fría y persistente tristeza. Ahora comenzaba a darme cuenta del vacío que había dejado en mí.

Kerman y yo éramos dos grandes desconocidos, pero había algo que nos unía. Una fuerza incomprensible. Una afinidad que ni siquiera podría describir con palabras. Su cuerpo. Su voz. Sus ojos observándome en silencio. Arrebujarnos desnudos bajo el edredón, oyendo ese mar rugiente y frío que rompía a pocos metros de la casa... Apoyarme en su pecho y dormirme escuchando el latido de su corazón. Era un hombre tranquilo, cerebral, introvertido y respetuoso con mis reservas. ¿Qué hubiera sido de nosotros? ¿Se habría separado de Patricia? A veces, en lo más recóndito de mi imaginación, me atrevía a fantasear con una pequeña boda, en alguna iglesia no muy llena. Con un día feliz a su lado. Un viaje largo para apartarnos de este mundo. Aprender a vivir el uno al lado del otro. Recuperar todo ese tiempo perdido.

Pero era demasiado doloroso pensar en eso. Lo rechacé todo de un manotazo. Apuré el café.

«Venga, al trabajo».

Me lavé la cara dos veces y me pinté un poco antes de salir de casa. Cuartango me había puesto una reunión a primera hora. Pensé que querría conocer los avances con Lottë, la danesa que me había visto en la playa con Kerman el día antes del accidente. Yo ya había decidido escabullirme de alguna manera. Kristine dijo que su madre aterrizaba el viernes en un vuelo desde Estocolmo. Pues bien, quizá aceptase la oferta de tomarme unas vacaciones. Desaparecer justo a tiempo, con la esperanza de que esa mujer no fuese tan buena fisonomista como presumía su hija.

Llegaba con todo eso en mente cuando, al entrar en su despacho, supe que algo iba mal. Muy mal. Cuartango tenía el rostro desencajado, unas leves ojeras... Me hizo un gesto para que cerrase la puerta. Se podía palpar una tensión eléctrica en el aire.

—Eleder Solatxi —dijo secamente—. ¿Por qué? ¿A cuento de qué?

La sorpresa inicial dio paso a un frío silencio. «Bueno, esto tenía que pasar», pensé para mis adentros.

Me senté. Cuartango estaba en modo jefe: hinchado y con un tono de voz que dejaba traslucir su cabreo. No hacía falta ser muy lista para entender que bien Iker o bien su novia habrían elevado «una queja» ante mis preguntas.

—¿Y bien? —insistió.

—Creo que podría estar relacionado con el caso de Javi Carazo. Es una hipótesis, lo reconozco. Pero la muer...

Un golpe sobre la mesa cortó en seco la frase.

—¡No puedes hacer eso! —gritó tan fuerte que me imaginé al resto de la comisaría mirándose entre ellos—. ¡Esto es un equipo, Arruti! No puedes empezar algo porque te dé la gana. Las cosas se comparten, se hablan, se planifican.

—Bueno, yo... Lo siento. Fue todo casi accidental. Me encontré con Iker y se me ocurrió preguntarle.

—Dicen que se sintieron acorralados. Que estabas presionándolos. Y que les dijiste que había una investigación en marcha, con «algunas evidencias nuevas».

—Esa es su interpretación —me defendí—. Solo les pregunté por su relación con Eleder y si sabían a dónde fue la noche que murió.

Cuartango se echó para atrás en la silla mientras murmuraba «joder, joder, joder». Se acarició el cabello. Le había visto hacerlo otras veces, cuando estaba de muy mal humor por algo. Respiró hondo, clavó los dos codos en la mesa, entrelazó los dedos.

—De acuerdo, explícame esa teoría.

«Bien, vale, ha llegado el momento de elegir. No hay escapatoria. Puedes optar por contar la verdad. Rendirte y desembuchar ahora mismo. Desde el principio. Vomitar todos y cada uno de esos pecados que llevas atravesados en el alma...».

Abrí los labios y los cerré con una mueca mientras negaba con la cabeza, como en la antesala de una confesión. Noté que se me cerraba ligeramente el párpado. Mi pierna se agitaba ya sin control.

Estaba a punto de soltarlo. ¿Qué iba a hacer si no? ¿Mentirle a la cara?

—Belea.

Los ojos de Cuartango se abrieron de par en par.

—¿Qué?

—Creo que esa es la conexión entre ambos casos. Y que uno puede llevarnos al otro.

Bueno, había un término medio. Podía contar la verdad hasta cierto punto. Enseñar solo algunas cartas...

Noté que había desbaratado el ataque de mi jefe. Ahora yo tenía el control de la conversación, pero solo durante unos segundos. Debía actuar con la delicadeza de un artificiero delante de una bomba lapa.

—Verónica Ortiz de Zárate me contó que, en sus últimos días, Eleder se comportaba de manera extraña. Ella cree que estaba trabajando para alguien, un tipo que apareció por su barrio. Un hombre.

—¿Un hombre?

—No ha sido capaz de identificarlo, pero Eleder de pronto tenía mucho dinero. Un móvil caro. Y le dijo a su madre que algún día volverían a vivir bien...

—De modo que has estado hablando con la madre de Eleder. ¿Por qué?

—Casualidades de la vida: es vecina de Susana Elguezabal. El caso me llamaba la atención, me parecía que podía haber una conexión entre ambos... y la hay. Eleder también era amigo de Javi Carazo. ¿No ves la relación? De un día para otro, los dos empezaron a hablar de hacer mucho dinero y mencionaron un trabajo.

Esto último no era del todo cierto en el caso de Eleder, pero dudaba que Cuartango fuera a comprobarlo.

—Por Dios, Arruti... —Mi jefe dejó caer la mano sobre un montón de papeles—. Qué ensalada tienes en la cabeza.

—¿Qué?

Resoplo. Sonrió, parecía relajado de nuevo.

—Vamos a ver... Puedo entender que hayas visto una «conexión» entre ambos chicos y no te censuro por ello. Hay que seguir el instinto y todo eso. Pero te has lanzado de cabeza a una piscina vacía, y además sin informar a nadie. Entiendes que eso es una cagada, ¿verdad?

—Sí —respondí, porque era lo que se suponía que debía decir.

—Te aseguro que son casos aislados, créeme. —Hablaba con aplomo, como si fuese una verdad manifiesta—. Eleder era un camello de poca monta. Un listillo que tuvo una vida complicada y muchas ambiciones. Sé de lo que hablo. Creo que Iker ya te contó que Eleder estuvo enredado con mi hija Andrea, ¿verdad?

—Sí, me lo dijo.

Cuartango se echó las manos a la nuca, se recostó contra el respaldo.

—Y te puedes imaginar los dolores de cabeza que me produjo eso. «En casa del herrero...», pues va mi hija y se enrolla con un macarrilla.

Se rio buscando que yo también lo hiciese y no le decepcioné. Me había jodido profundamente que le llamase así, pero yo también puedo ser una zorra si hace falta. Y ahora tocaba lanzar un arpón a ver si pinchaba hueso.

—Iker me contó que lo dejaron poco antes del accidente de Eleder.

Cuartango se quedó callado durante unos segundos.

—A ese chaval solo le importaba una cosa —dijo al fin—: pertenecer a la cuadrilla del Club Deportivo. No sé si conoces la historia de su familia.

—Sí. Su madre me la contó por encima.

—Verónica es una mujer muy elegante. Yo la traté en su día. Una tía con clase y con los pies en la tierra. Su marido, en cambio, era un soñador peligroso. Se metió de lleno en ciertas apuestas muy complicadas y le salió todo mal. Y lo siento mucho, pero no se puede culpar de ello a nadie. Eleder, al parecer, lo hizo. Llamó de todo a los mellizos Arriabarreun.

—¿Cuándo?

—Un día Naia invitó a la cuadrilla a su casa. Nada más entrar, Eleder comenzó a comportarse de una manera muy extraña. Desapareció durante media hora y cuando volvió al salón, empezó a insultarles. Les dijo que esa era la casa de su familia, que los padres de Naia habían sido unos carroñeros y que «por culpa de ellos tuvieron que marcharse de allí»... Ya puedes imaginarte lo desagradable que fue todo. Fran, el hermano de Naia, le invitó a largarse con viento fresco y Eleder lo hizo. Esa misma noche, Andrea nos lo contó todo y por fin logramos convencerla de que esa relación no le convenía en absoluto. Al día siguiente, lo dejó con él... aunque parece que al chico no le importó demasiado. En cambio, quiso hacer las paces con el resto del grupo, pero le cortaron el paso... y creo que eso le terminó de desestabilizar.

»Sinceramente, no me extrañó cuando apareció flotando... Tenía un catálogo de drogas en la sangre y nunca descarté que pudiera deberse al desengaño que había tenido con la cuadrilla del Club. Pero hay una distancia muy grande entre eso y acusarlos de nada.

—Nunca se me ocurriría acusarlos de nada, Íñigo, de verdad —me apresuré a asegurarle con gesto inocente—. Siento mucho que se lo hayan tomado así.

«Bufff... Les habría puesto un foco en la cara si hubiera podido», pensé.

Cuartango se quedó pensativo unos segundos.

—Vale. Vamos a olvidarlo, ¿okey? En cualquier caso, quería decirte que Asuntos Internos está terminando con el informe del tiroteo. Tal y como pensábamos, todo va a quedar justificado como defensa propia y quiero que vayas reincorporándote. ¿No querías volver al caso?

—Pues... En realidad, estaba a punto de pedirte esas vacaciones que me ofreciste ayer.

Justo entonces llamaron a la puerta. Cuartango sonrió como diciendo «salvado por la campana». Eran Gorka y Blanco, para avisarnos de que tocaba el *briefing*.

Fuimos a sala, que esa mañana estaba especialmente concurrida. Había algunas caras nuevas, supuse que la gente que la central había enviado para coordinar el caso. El tema más importante del día —de la semana— seguía siendo el tiroteo y el rastro de los coches que, al parecer, se preparaban en el taller de Abraham. Gorka Ciencia nos comentó que había novedades interesantes.

—La Científica ha encontrado un listado de matrículas y modelos en un ordenador propiedad de Abraham Mendieta. Hemos cruzado la información con los registros de estaciones de peaje y tenemos una coincidencia. Un Nissan Qashqai que pasó el día 2 de noviembre por el peaje de la autopista de Navarra.

—Bingo.

—No solo eso. Hemos introducido esa matrícula en la base de datos nacional y tenemos otra coincidencia, muy curiosa. En Jaca, ni más menos.

—¿En Jaca?

—Sí. La Policía Nacional tiene registrada una denuncia por el robo con violencia de un Qashqai con esa matrícula. Aunque el dueño está desaparecido. Creemos que puede tratarse de Javi Carazo.

Se oyó un murmullo de excitación en la sala. Yo misma me moría de ganas por saber más. Gorka se lo tomó con calma. Un trago a su botellita de agua. Sonrisa de satisfacción.

—Eric Fau es el dueño de un pequeño café en las afueras

de Jaca. La denuncia en realidad la presentó él. Cuenta que la mañana del 3 de noviembre fue a abrir la cafetería y se fijó en un coche aparcado, dentro había un chaval durmiendo. Fau había sufrido algunos atracos y robos y le dio mala espina, así que memorizó la matrícula por si acaso. Media hora más tarde el chico, cuya descripción coincide con Javi Carazo, entró a desayunar. Pidió un café, un zumo y unas tostadas y se fue al baño, donde, según el dueño, aprovechó para acicalarse un poco. Después de un rato, el chico pagó, salió del café y se subió al coche. En ese mismo instante apareció a gran velocidad una furgoneta color cereza. Frenó detrás del Qashqai, cortándole el paso, y de ella se bajaron tres individuos con pasamontañas. Sacaron al chico a punta de pistola, lo obligaron a arrodillarse con las manos en la nuca... Eric Fau corrió a esconderse detrás de la barra y llamó al 112, pero para cuando logró explicar lo que estaba pasando, los otros ya habían salido a toda mecha con el coche robado y la furgoneta. Javi Carazo estaba en la calle en estado de shock. Fau le ofreció entrar al café y esperar a la policía. Este lo hizo, pero en un despiste del dueño, el chaval desapareció. Por fortuna, Fau recordaba la matrícula y se la dio a la Nacional. Se abrieron diligencias de robo a mano armada de un vehículo y se distribuyó la descripción de Javi. Pero tanto el coche como él se han volatilizado. Hace dos semanas de todo esto.

—En Jaca. Bastante cerca de la frontera —apuntó Hurbil.

—Sí. Ya hemos dado aviso a la Europol y enviado la foto de Javi a la Police Nationale. Además, estamos coordinando toda la información con la Guardia Civil y la Policía Nacional.

—Del coche, es mejor olvidarse —intervino Cuartango—. Es un robo profesional, posiblemente de alguna mafia. Lo tendrán a buen recaudo. O lo habrán vaciado antes de hacerlo chatarra.

—¿Creéis que eso puede tener relación con la muerte de Abraham? —pregunté yo.

—Es bastante probable —respondió uno de los hombres de la central—. Abraham trabajaba para alguien escondiendo mercancía en esos coches. Quizá también se encargaba de reclutar a los conductores y daba los destinos de cada convoy. Es lógico que el dueño de la mercancía haya ido a por él en primer lugar. Sospecharían que Abraham había montado el robo.

—Aunque fuese inocente —apuntó Blanco.

—Exacto. Quizá no tenía culpa de nada, pero ya sabemos cómo funciona esta gente. Es posible que otra mafia supiera de dónde salían los coches. Quizá le colocaron un rastreador GPS o sencillamente siguieron a Javi por la autopista.

—O quizá fue el propio Javi Carazo quien se fue de la lengua —intervino Gorka.

—Eso explicaría por qué ha desaparecido —opiné—. Debe de estar muerto de miedo.

—¿Cómo seguimos? —dijo Cuartango.

—A nivel estatal, la operación ya está en manos de la Guardia Civil y nos han pedido colaborar con la Local —dijo Gorka—. Os toca la familia de Javi, su entorno, sus amistades... Dani Carazo está en libertad condicional y con vigilancia. Hablando de esto, Arruti, hemos localizado a Pacho Albizu.

—¡Vaya!

—¿Quién es ese? —preguntó el tipo de la central.

—Un amigo de Javi Carazo —respondí—. Su nombre salió en el interrogatorio a Daniel, el hermano de Javi. Parece ser que Pacho y él estuvieron hablando la semana anterior a la desaparición de Javi y quizá haya alguna conexión.

Noté la mirada de Cuartango sobre mí. Seguramente pensaba: «Arruti y sus conexiones».

—De acuerdo, no pasa nada por intentar charlar con él. ¿Tenemos un teléfono o algo? —preguntó mirando a Ciencia.

—No. Solo una dirección postal en Londres.

—¿Londres? Eso queda un pelín fuera de nuestra jurisdicción, ¿no? —dijo el *hurbiltzaile*, que ya se temía algún charco imprevisto en sus relaciones institucionales.

Se hizo un pequeño silencio en la sala. Pintaba a que nos íbamos a olvidar de Pacho, pero entonces me di cuenta de que era una oportunidad perfecta para alejarme de la comisaría esa semana en la que iba a aterrizar Lottë.

—Se puede plantear como una visita informal —dejé caer.

—¿En Londres? ¿No es un poco lejos?

—Puedo ir —respondí mirando a mi jefe—. De todas formas, me apetecía tomarme unas minivacaciones.

Cuartango asintió medio convencido.

Después del *briefing*, nuestro jefe nos reunió a Ciencia y a mí en su despacho.

—El viernes llega la mujer danesa —dijo—. Habría que acompañarla a hacer el retrato robot a la central. ¿Podrías ir tú, Gorka?

—Estoy liado, pero bueno... —asintió a regañadientes.

—Vale. En ese caso, Arruti, tienes vía libre con lo de Londres. Pídete las vacaciones si quieres.

—¿Avisamos a la Europol? ¿A Coordinación? —pregunté.

—No... Vayamos en plan informal, como has dicho antes

—replicó Cuartango—, y si vemos que Pacho puede saber algo, entonces hacemos palanca con la policía de allí y pedimos permiso para interrogarle.

—¿De verdad creéis que Pacho va a ponerse a hablar con una ertzaina así como así?

—No —dijo Cuartango—, pero confío en que Arruti encuentre la manera.

Gorka comentó que sería conveniente que me acompañase otro agente, pero yo insistí en que no hacía falta. En mi fuero interno, prefería ir sola y de paso hablar también un poco sobre Eleder. Cuartango apoyó la moción: Ori seguía de baja y andábamos escasos de investigadores. No le gustaba la idea de prescindir de dos agentes por un tema «un tanto improbable».

Me dieron la tarde para preparar el viaje: comprar los billetes, reservar un hotel y hacer un pequeño *planning* de mi aproximación a Pacho. Habíamos conseguido su dirección a través de uno de nuestros informadores. Al parecer, alguien le había enviado «Cola Cao, jamón serrano y cosas de aquí» la Navidad pasada, a una dirección en el *borough* de Hackney, en el nordeste de Londres. También teníamos un número de teléfono, pero no podíamos confirmar que fuera suyo. No sin hacer una llamada demasiado sospechosa, y nadie quería ponerle sobre aviso. Se trataba de caer sobre él por sorpresa.

Cogí un vuelo para el día siguiente, jueves, ¿para qué esperar? También rellené una petición de vacaciones de dos días, y pillé la vuelta el domingo, de ese modo mi historia de la escapadita tenía toda la consistencia del mundo. Estaba feliz, aliviada, por haberme librado de lo de Lottë. Gorka se encargaría de recibirla en el aeropuerto y llevarla a la sección de la Científica, en la central, donde prestaría declaración con uno de los técnicos de los programas de retratos robot. Yo confiaba en que saliese un retrato aproximado de una mujer rubia, pero sin un parecido determinante. En realidad, nos habíamos cruzado durante diez segundos. Y el viernes habrían transcurrido casi dos semanas de aquello. ¿Cómo iba a ser capaz de describirla con precisión?

Había dos cosas más que hacer antes de preparar la maleta. Tal y como había dicho Gorka, no podía pretender que Pacho Albizu me abriese las puertas de su corazón de buenas a primeras. Tenía que presentarme con algo más que una placa; que, por otra parte, no valía para nada en Londres, y estaba segura de que él lo sabía.

Así que cogí mi coche y conduje hasta Illumbe. Susana Elguezabal no estaba en casa y tampoco respondía al teléfono, y me imaginé que la encontraría trabajando en el Bukanero, el *beach-club* propiedad de su novio, Rubén Santamaría, a quien, por cierto, no había vuelto a ver desde el juicio por el asunto de Lorea Vallejo.

Era un día feo y tristón, pero la costa conserva su encanto incluso en días así. El aparcamiento estaba medio vacío y el local más o menos igual. Gente desocupada tomándose un café solitario frente a los ventanales, ejecutivos cerrando algún trato entre copazos... Susana estaba en la barra charlando con un cliente. Era todo sonrisas. Yo aproveché que ella no me había visto para observarla desde un lateral. Parecía relajada, tranquila... y eso me sorprendió un poco. Me acerqué hasta la barra y me parapeté detrás de una nevera de zumos tropicales. El cliente tenía buena planta, guapo, moreno. Un cincuentón de buen ver, con aspecto de encantador de serpientes. Y Susana estaba entregadísima. Ser simpática con los clientes era parte de su trabajo; coquetear, como hacía ahora, era harina de otro costal. Sobre todo cuando tenía un hijo en libertad vigilada y otro en paradero desconocido.

Carraspeé como si tuviera una espina de bacalao atravesada en la garganta.

—¡Nerea!

Susana dejó a su Romeo entrado en años y vino a mi encuentro. La observé con detenimiento mientras se acercaba. El lenguaje corporal dice muchísimo de las personas, y el de Susana Elguezabal me tenía muy mosca.

Por eso decidí jugar una carta un tanto malvada.

—He pasado por tu casa y no estabas —dije—. Pensaba que empezabas más tarde.

—Rubén está de viaje y me ha pedido que me haga cargo del chiringuito. Dice que se fía de mí... ¿Qué te parece?

Me quedé callada unos segundos.

—¿Qué tal Dani? —pregunté al fin, sin quitarle ojo.

—Bien... Bueno, en casa. Está haciendo un currículo para presentarlo en algunos sitios. Creo que el susto le ha venido bien para espabilarse, ¿sabes?

Preferí no decirle que en su casa no me había abierto nadie y que, lejos de estar escribiendo un listado de «diez pasos para dejar atrás la delincuencia», me jugaba media nómina a que Dani estaba con la tabla en la playa cogiendo olas.

Entonces su gesto se oscureció un poco. Cambió el tono de voz:

—¿Hay algo de Javi?

«Qué mal mientes», pensé.

—Avanzamos —dije—. Hemos localizado a Pacho Albizu en Londres. Creemos que puede decirnos algo sobre ese trabajo que Javi aceptó, así que le haremos una visita.

—De acuerdo.

—Bueno, no va a ser fácil hacerle hablar. Pero he pensado que quizá un mensaje tuyo, algo que tú le dijeras...

—Claro. Hagamos lo que sea —dijo ella.

Le pedí que me enviase un mensaje de audio por Whats-App. Algo destinado a ablandar al amigo de Javi para soltarle la lengua. Susana dijo que lo haría esa misma noche, desde casa.

—¿Dónde está Rubén? —pregunté—. ¿Volverá pronto?

—No lo sé. Ha ido a visitar a un familiar que está enfermo. Grave. Supongo que será cuestión de días...

—Okey. Dile que he preguntado por él. —Sonreí.

Susana me preguntó si quería tomar algo y acepté un café con leche. Me senté en una de las muchas mesitas vacías que había junto a los ventanales. Desde donde estaba, podía seguir viéndola hablar con ese tipo con aspecto de comercial de bebidas. Llamé a Ori.

—¿Cómo va tu trasero?

—Mejorando. Ya me levanto y todo. ¿Qué tal tú?

—¿Sabes quién se va a pasar el fin de semana a Londres? Gastos pagados por la Ertzaintza S. A.

—Ya me he enterado. «La chica de pueblo visita la City». Me reí.

—Es por lo de Pacho, ¿verdad?

—Exacto.

—No me puedo creer que Cuartango no haya aprovechado para irse él con su mujer.

—Tendrá planes. Por cierto, esta mañana me ha dado un bonito tirón de orejas a cuenta de mis preguntas sobre Eleder a Iker y Naia. Dicen que se sintieron acorralados.

—Con la Iglesia hemos topado. ¿Le has contado algo?

—No. He dado un rodeo conectando a Eleder con Javi

Carazo y esos «trabajos» en los que andaban metidos. Cuartango me ha reprochado que no compartiera nada, y ha dejado bien clarito que no siga por ahí. Así que tendremos que buscar otra manera de acercarnos... Ojalá Pacho Albizu nos dé alguna información.

—Ojalá. Lo de Javi empieza a ser un tomate muy feo. Ya he oído lo del robo en Jaca. Tiene mala pinta...

—La tiene... Creo que el chaval se ha visto envuelto en un lío sin comerlo ni beberlo. Hablando de eso. —Hice una pausa, con los ojos fijos en Susana—: Estoy en el Bukanero y acabo de hablar con la madre de los Carazo. ¿La recuerdas?

—Claro.

—Pues me ha sorprendido verla tan tranquila. Está..., cómo definirlo..., aliviada.

—¿Aliviada?

—Cuando he entrado, estaba charlando tan feliz con un cliente. Después, al verme, se ha acercado sin preguntarme nada de Javi. ¡Nada! Lleva días sin verle, aparezco y ni le tiembla el pulso.

Ori tardó un poco en sumar dos más dos.

—Sabe dónde está.

—Exacto —dije yo—. Y espera a escuchar lo más divertido: Rubén Santamaría, su novio, está de viaje, según ella visitando a un familiar enfermo.

Ori se empezó a reír.

—¿Rubén? Claro, y lo siguiente será irse de misionero a África.

Conocíamos a Rubén. Había sido una pieza clave en la investigación del caso de Lorea Vallejo y pudimos profundizar un poco en su persona. De todas las cosas que podías imaginarte sobre él, visitar a un familiar enfermo era lo último que se te ocurriría, al mismo nivel que enrolarse en el Rainbow Warrior para salvar pingüinos en la Antártida.

No encajaba.

—Si hay algo que un hijo, por cabrón que sea, no puede resistir, es que su madre sufra. Esté donde esté, Javi se ha puesto en contacto con ella para decirle que está bien, pero que necesita ocultarse. Y posiblemente también necesite dinero, ropa, cosas así... Susana es lo bastante lista como para saber que la estaremos observando. Así que ha mandado a su chorbo.

—Pues vamos a por él —dijo enseguida Aitor.

Teníamos su coche, las bases de datos de los peajes, su teléfono...

—Hazme un favor —le dije—, mete esto en otra carpeta. Algo que no tenga que ver con Javi Carazo. Solo por un tiempo... Quizá necesite encontrarle yo primero.

—Okey —me concedió—. Dame unos días, quizá lo tenga a la vuelta de tu viaje.

—Gracias.

—Cuídate en Londres. No hables con extraños y tráeme unos *after eight*.

—Eso te lo puedes comprar en el Eroski. Te traeré algo auténtico.

16

Llevaba mucho tiempo sin salir de viaje. La última vez, en Barcelona, fue algo extraño. Me pasé toda una mañana vagando por la ciudad y aguardando el momento de reunirme con Kerman. Pero esta vez iba sin ningún objetivo más allá de encontrar a Pacho y lograr que se tomara un largo café conmigo. ¿Qué hacer después? Londres estaba lleno de atracciones, así que aproveché las horas de espera para mirar algunas páginas de sugerencias.

Ya había estado allí vez, con mi tío, recién cumplidos los dieciocho. Fue una especie de «viaje de estudios» que me organizó al terminar la selectividad. Una gira por las islas británicas: Londres, Escocia, Irlanda y Gales, que más tarde completamos con un viaje por Francia. Tenía algunos recuerdos bonitos en la ciudad: cuando asistimos al cambio de guardia en Buckingham Palace, cuando almorzamos un wok en Covent Garden mientras veíamos actuar a un mago callejero... En aquellos días, mi tío intentaba quitarme de la cabeza la idea de entrar en la academia de la Ertzaintza. Supongo que pensó que un viaje era lo mejor para ampliar mis horizontes y agrandar mi perspectiva del mundo. Yo podía ser «cualquier cosa», según él. El problema era que yo solo quería ser una cosa: como él.

Llovía en el aeropuerto de Loiu cuando despegamos y nos elevamos sobre las nubes para descubrir que es verdad lo que dice la leyenda: hay una bola de fuego ahí arriba, por encima de las nubes, algo llamado sol...

Disfruté del espectáculo del cielo durante un rato y después me concentré en la lectura de los antecedentes de Pacho Albizu, que era lo más parecido a una novela ligera de aeropuerto. Tenía varias fotos suyas producto de varias detenciones y dediqué un rato largo a observar su rostro para almacenarlo en mi memoria. Era muy posible que tuviera el pelo diferente, usara gafas o se hubiera dejado crecer la barba, pero su rasgo más característico era una gran nariz apepinada, dos ojos marrones muy bonitos, una mirada entrecerrada, rodeada de oscuras ojeras. Decidí que tenía un aire a Ringo Starr.

Pasó el carrito de bebidas y me pedí una Coca-Cola y una baguette de jamón serrano. Me lo sirvieron a precio de zafiro, pero estaba de vacaciones y el sol alumbraba mi fila de butacas, donde por cierto iba sola ese jueves por la mañana. Salir de mi rutina, de Illumbe, de la comisaría... De pronto parecía la mejor idea que había tenido en años. Me embargó una sensación de optimismo que era como ese sol que llevaba demasiado tiempo tapado por las nubes.

Antes de subir al avión me había descargado un mapa del área donde vivía Pacho, en el distrito de Hackney. La vía principal de esa zona era Hoxton Street y la casa de Pacho estaba en una callejuela aledaña llamada Nassau Street, cerca de un pub cuyo nombre memoricé, Howling Hops, y de una tienda de pollo frito estilo brasileño (mmm, pollo-frito-estilo-brasileño). Mi hotel quedaba al sur, entre la City y el distrito de Hackney, y aunque en el mapa parecía muy poca distancia, imaginé que tendría que investigar cómo llegar en transporte público.

Una hora más tarde, comenzamos el descenso y dije adiós al sol. Allí también debía de ser una leyenda urbana, porque el avión se introdujo en un grueso manto de nubes donde además relampagueaba una tormenta. Cuando salimos, por debajo nos esperaba la lluvia. Sobrevolábamos la inmensa y oscura ciudad de Londres, cuyas luces se extendían más allá del horizonte.

«La chica de pueblo visita la City», sonreí al recordar la broma de Orizaola. «Solo espero que no me estafen».

Viajaba con una pequeña mochila, así que salí muy rápido de Heathrow. Iba a gastos pagados y mi sentido de la responsabilidad me hizo desechar el taxi como primera opción. Eran las doce del mediodía y pensé que tenía toda la tarde para perderme en el transporte público y llegar a Hackney. Y vaya si me perdí.

Londres es una ciudad inmensa, sobrepasada, que siempre parece a punto de estallar, sobre todo en un día de lluvia y viento. Me sumergí en aquella multitud, en aquella velocidad despiadada de cientos, miles de personas moviéndose tan deprisa como sus deportivas les permiten. Llegué a una oficina de información donde le pregunté el trayecto a una mujer india, malhumorada, que hablaba inglés demasiado rápido. Lo intentó dos veces hasta que me dio por perdida y me entregó un mapa del metro mientras me decía lo primero que entendí en Londres ese día:

—*Welcome to London and good luck.*

Comencé montándome en un autobús que tardó cincuenta minutos en dejarme en Paddington, pero al menos me acercaba al este. Llovía a mares y la ciudad estaba sumida en el fervor de la hora del almuerzo. Ejecutivos, trabajadores y gente en general se apretujaban en restaurantes y *takeaway*. El aroma de mil tipos de comida enardeció mis hambrientos intestinos, pero decidí aguantar un poco más. Soñaba con esa tienda de pollo frito cerca de la casa de Pacho. Aunque eso era un error. En una ciudad así hay que comer cuando se tiene hambre.

Bajé al Tube con un plan de líneas y transbordos muy claro, pero el programa tardó solo unos minutos en irse al traste. Primero fue una línea averiada. Salté del tren y me pasé un rato recalculando mi nueva ruta. Cambié de andén, me subí en otra línea, pero una voz avisó de algo por megafonía. Solo entendí *«modified service»* y entonces el tren paró y vi salir a todo el mundo. Seguí a la multitud por el laberinto de túneles hasta otro andén, pensando que eso me reconduciría, pero me vi metida en un convoy hacia el oeste. ¡Iba en sentido contrario! Rediós, casi me tuve que reír de lo pazguata que era. Me habría encantado tener a Orizaola allí al lado para escuchar un ácido comentario sobre mis habilidades en la gran ciudad.

Salí del tren y volví a la superficie, resignada a coger un taxi, pero ni siquiera eso iba a ser fácil. Había un único taxi en la parada. Cuando le pedí al taxista —un tipo con una boina y gafas de culo de vaso— que me llevara a Hoxton Street, me soltó algo que no entendí y no hizo el menor gesto de arrancar el coche. Me señaló una calle y me dijo (creo) que era todo recto por ahí. Supongo que no quería perder su puesto en la parada por una carrera tan corta, así que salí de allí frustrada, enfadada, soltándole un amago de insulto inglés.

Me puse a andar bajo la lluvia y llegué a Hoxton Street casi cuarenta minutos más tarde. Muerta de hambre y con los pies helados.

«Welcome to London and good luck».

Bueno, al menos estaba allí. Caminé a lo largo de Hoxton, el día oscurecía por momentos y la lluvia no daba tregua, pero logré disfrutar de ese cambio de aires tan brutal que es Londres. A la puerta de una deli, una mujer con burka charlaba amigablemente con un punk de cresta rosada. Los cocineros de un restaurante fumaban en la calle, vestidos con sus pantalones a cuadros y sus gorros, con cara de cansancio. Un hombre negro vestido con traje y bombín cantaba una versión muy arrastrada de «Ain't Too Proud to Beg» debajo de un paraguas de golf.

No quise parar hasta localizar la callejuela de Nassau, que era un sitio mucho más oscuro y solitario de lo que parecía en Google Street View. El Howling Hops estaba abierto, pero la tienda de pollo frito brasileño era ahora un centro de masajes vietnamita. Decepción. Pensé que más me valdría comer algo antes de tocar el timbre al bueno de Pacho. Di marcha atrás y me metí en un café donde sonaba nada menos que «Starman» de David Bowie. Era un lugar con suelo de madera, mesitas pequeñas y paredes forradas de pósteres de bandas de poprock. Pedí un café extralargo y un sándwich de carne, pepinillos y mostaza. Empapada, me senté al lado de la ventana, junto a un viejo radiador de acero, y por fin, de una maldita vez por todas, tuve un paréntesis de agradable descanso en Londres. El café estaba delicioso, con el punto justo de crema, y el sándwich era de otra galaxia.

Estuve allí viendo llover, con los pies pegados al radiador, casi quemándome, mientras me comía hasta la última patata frita. El mantelito de papel sobre el que descansaba el plato tenía impresa la agenda cultural del café. El lugar, al parecer, era una sala de conciertos por la noche. También había sesiones de DJ:

BOLLYWOOD NIGHT WITH DJ DALAAL
BACK TO LOVE (funk night) WITH DJ JOE CARTER
BEATNIK SOUND CLASH WITH DJ PATXO

¿DJ Patxo?

Ahora que lo recordaba, Dani Carazo había mencionado que Pacho se ganaba la vida pinchando por las noches. Bueno, pues era cierto y era una buena noticia. Una de las cosas que me habían preocupado durante el viaje es que Pacho hubiera cambiado de piso en este tiempo, pero, aunque ese fuera el caso, podría localizarle a través de la escena DJ londinense.

El teléfono vibró justo al lado de mi taza. Era Patricia. Estuve a punto de responder, pero entonces me lo pensé dos veces. Si era por lo de Iker y las preguntas acerca de Eleder Solatxi, ya me había caído el correspondiente chorreo el día anterior, así que decidí esquivarla. Colgué la llamada y le escribí un wasap inmediatamente después:

Patri, estoy en Londres y no te cojo para evitarnos una llamada cara. ¿Es urgente?

Eran las cinco de la tarde y ya era prácticamente de noche. El café empezaba a llenarse de gente. Aparecieron algunos músicos con maletas. Aparcaron sus instrumentos y sus amplis en una esquina. Yo ya me encontraba bastante recuperada y lista para ir a por Pacho.

Me estaba levantando cuando el teléfono se iluminó de nuevo. Un audio de Patricia:

«No es urgente. Solo quería decirte que me he enterado de lo de *esa chica*. Enrique y Cuartango han pasado por casa esta mañana y... solo necesitaba hablar con alguien, con una amiga, pero no me siento capaz de llamar a mi gente de confianza. No sé ni qué sentir ahora. Es todo tan extraño... Pero tal y como te conté el otro día, de algún modo, no ha sido ninguna sorpresa. En fin. Solo espero que la encontréis pronto... Disfruta de Londres».

Volví a sentarme con el teléfono entre las manos. Una pareja que había dado un paso hacia mi mesa se quedó justo al lado.

—*Are you leaving?*

—*One minute* —les pedí.

Debería llamarla, pero me temía que sería una conversación demasiado larga. Opté por un mensaje de compromiso:

Lo siento muchísimo, Patricia. Teníamos orden de no decirte nada hasta estar muy seguros. Estoy a punto de entrar en el metro, pero intento llamarte esta noche con calma. Te mando un beso muy fuerte.

Después de enviarlo, inflé los carrillos y solté el aire como si estuviera apagando una vela. La pareja sonreía a mi lado. Yo esbocé una sonrisa también. Me levanté. El café estaba ya abarrotado. Los músicos comenzaban a preparar su *show*, pero yo tenía bolo en otro sitio esa noche.

Crucé Hoxton Street bajo la lluvia y caminé cien metros hasta la esquina con Nassau. Mucha gente salía del trabajo y corría a por su primera pinta. Enfrente, el salón de masajes vietnamita ofrecía una atmósfera absolutamente opuesta: flores de loto, palitos de incienso y una recepcionista que miraba aburrida en una tablet.

Me interné en aquel callejón que albergaba los accesos traseros de varios negocios, contenedores de basura y algunos portales, pero ninguno era el 118. Seguí caminando hasta el fondo de la calle, que se cortaba en un parque enrejado y una cancha de baloncesto. A la izquierda se abría una especie de acceso-parking a un conjunto de bloques con sus portales. No había muchos coches por allí. El 118 estaba al fondo.

Miré hacia arriba. De las tres plantas del edificio, dos de ellas tenían luz. Sonaba algo de música en alguna parte. Con la mano un poco temblorosa, volví a chequear la dirección que habíamos conseguido de forma tan peregrina: «118, Nassau Street, apartamento 2B». Bueno, si había que meter la pata, era mejor hacerlo cuanto antes.

Pulsé el botón y no hizo ningún ruido. Esperé unos segundos. Miré otra vez hacia arriba, pero nadie se asomaba. Entonces, un zumbido eléctrico desbloqueó la puerta. Entré.

El recibidor era un pequeño rectángulo con una caja de buzones. Un pasillo avanzaba hasta las puertas de la planta baja y había unas cuantas bicicletas apoyadas junto a una escalera enmoquetada. Subí por ella. En el primer descansillo me encontré unos tiestos en el suelo. En el segundo, la puerta estaba entreabierta y había una chica esperando en el umbral. Era alta, con dos trenzas de pelo teñido de rojo cayéndole por los hombros. Iba vestida con un pantalón deportivo y un top sin mangas que dejaba a la vista un cuerpo musculoso.

—*Yes?* —me saludó mirándome de arriba abajo.

Vaya, yo que me esperaba una puerta fría con Pacho y mil explicaciones. Ahora tocaba desempolvar mi inglés.

—*Hello! It's Pacho at home?*

—*Who is asking?* ¿Hablas español? —terminó diciendo con un fuerte acento.

Menos mal.

—Sí. Soy Nerea Arruti. Una amiga del pueblo. De Illumbe. —Sonreí.

—¡Ah, Illumbe! —Me devolvió la sonrisa—. ¡Pasa!

Todo era una gigantesca improvisación pero, por algún motivo, yo estaba la mar de tranquila. Aquello era como el primer día del Erasmus que nunca hice. Llegar a Londres, comerme un sándwich, conocer a mis nuevos compañeros de piso. Tenía ese aire de viajera encima y me colé en el apartamento sin ningún pudor. La chica me guio hasta el salón-cocina-comedor. Era el clásico apartamento de alquiler enano, comprimido hasta la sinrazón, tarima de imitación roble, muebles de Ikea, un sofá horrible color chocolate... La música que había oído en la calle provenía de un HomePod en el que sonaba una especie de reguetón a bastante volumen. Y el salón estaba invadido por un kit de entrenamiento: unas minipesas, un banco de abdominales... Parece que la chica se estaba poniendo en forma. Y la verdad es que tenía un par de buenos brazos.

—Yo soy Erica, la compañera de Pacho. ¿Tú eres su novia?

—No —me reí—, solo una amiga del pueblo.

—Pues creo que no te esperaba.

—Le dije que vendría por estas fechas, igual se ha olvidado. ¿Dónde está?

—Vendrá en nada. —Miró su reloj de muñeca, uno de

esos que miden pasos, calorías y hasta si te has levantado con el pie izquierdo—. Suele llegar sobre las seis.

Le hubiese preguntado dónde trabajaba, pero no lo hice. Si yo era su amiga, en teoría debería saberlo. Al mismo tiempo, esa pregunta de si yo era la novia de Pacho me dio a entender que Erica no llevaba demasiado tiempo como compañera de piso.

—¿Llevas mucho viviendo aquí?

—Solo un mes —respondió con una sonrisa.

—Tienes un español muy bueno. Pero ¿eres...?

—Rusa —respondió—. Pero pasé unos años en Sudamérica. ¿Quieres un té? Puedes dejar tus cosas en la habitación de Pacho, aquí no queda mucho espacio... —Señaló una puerta abierta al principio de un pasillo.

Dije que sí al té y me dirigí al dormitorio. Quedaban unos veinte minutos antes de que llegara Pacho y nunca está de más echar un vistazo con tranquilidad. Entré y encendí la luz. Era un dormitorio cuadrado, amplio, con una cama pegada a la ventana, un armario con hojas de espejo. Una colección de vinilos formaba una columna junto a la puerta, y había bastantes cacharros (tocadiscos, auriculares) propios de un DJ. También había un ordenador portátil sobre la mesa, y eso me interesó más.

La cama estaba hecha y tenía unos vaqueros encima del edredón. Puse la mochila encima, la abrí y saqué mis regalos: el oro, la mirra y el incienso con los que pensaba adularle un poco: Cola Cao, un queso Idiazábal y jamón serrano envasado al vacío. También saqué el cargador de mi móvil y un adaptador al enchufe inglés que había comprado en el aeropuerto.

—¿Leche? ¿Azúcar? —preguntó Erica desde la cocina.

—Sí, ¡por favor!

Monté el cargador del móvil e hice como que ordenaba un poco lo que le había traído. Miré la puerta de refilón. Después, a toda prisa, levanté la tapa del portátil. La pantalla se iluminó pero me mostró una cajita de contraseña. «Mala suerte». Volví a cerrarlo. Hubiera sido genial poder echar un vistazo.

En ese instante apareció Erica con una taza humeante.

—En la cocina hay *cookies* y de todo.

—¡Gracias!

—De nada. Yo sigo con el ejercicio, ¿okey? Si necesitas algo, me dices.

—Okey.

Le di un sorbo al té con leche y me sentó de maravilla. Después miré el reloj. Pacho estaba al caer, pensé, y debía repasar un poco mi entrada: ¿cómo iba a abordar el asunto?

«Escucha, Pacho, me llamo Nerea y vengo de parte de la madre de Javi Carazo. Ella tiene este mensaje para ti».

Había pensado decirle que era «una amiga de la familia». Evitar por todos los medios la palabra «policía».

Saqué mi teléfono y reproduje el audio que Susana me había enviado la noche anterior. Era un mensaje de casi un minuto en el que saludaba a Pacho y le pedía por favor que colaborase todo lo que pudiera conmigo para intentar localizar a su hijo. De nuevo, había algo en la forma de expresarse de Susana que difería totalmente de aquella mujer llorosa y desesperada que me había encontrado días atrás, con una vela y la foto de su hijo. Había «cierta» relajación...

En cualquier caso, esperaba que el mensaje calara en Pacho.

Otro sorbo al té con leche. Distraje la mirada por la habitación. El escritorio, un mural lleno de fotos, afiches de DJ

Patxo por la extensa geografía del *clubbing* londinense... Desvié la vista al pequeño desorden, no tan grave como el de Javi Carazo, que cubría la superficie de la mesa. Había un taco de pósits a la izquierda del ordenador, con un bolígrafo muy cerca. El de arriba tenía garabateadas unas palabras:

Waikiki Surf
Juliet

Algo resonó en mi cabeza. Javi y Dani Carazo eran surfistas... ¿Casualidad? Pensé que podía tener alguna importancia, así que cogí mi móvil, activé la cámara y me aseguré de que Erica seguía con sus ejercicios. Los espejos del armario me ayudaron a verla a través de la puerta abierta... Saqué la foto.

Entonces, según volvía a mirar a Erica, pasó algo raro. Fue cosa de un segundo. La chica acababa de hacer un gesto muy rápido a través de la ventana.

Había movido la mano como si estuviera pidiendo a alguien que esperara.

Aquello me puso en guardia de inmediato. Retrocedí un paso y volví a la silla, para evitar que ella pudiera verme mirándola a través del reflejo. No quería que supiera que la había cazado. ¿A quién estaba avisando? ¿A Pacho?

Salí de la habitación, apagué la luz y me dirigí a la minicocina, que solo contaba con una barra americana y unos taburetes. Ella estaba haciendo unas sentadillas con su reguetón a tope. Me senté en uno de los taburetes. Había un plato de *cookies* sobre la barra. Cogí una.

—Mmm, gracias. Están muy ricas.

—¡Sí! —respondió ella entre jadeos, sin dejar las flexiones.

—¿Y por dónde viajaste en Sudamérica?

—¡Ah, por muchos sitios! Colombia, Chile, Argentina...

La miré fijamente. ¿Por qué el gesto a través de la ventana? ¿A quién?

—Por cierto, ¿tienes el teléfono de Pacho? Yo tengo uno, pero no sé si lo ha cambiado. Es para ponerle un mensaje y avisarle de que estoy aquí... No vaya a ser que se líe por ahí.

—Ah, sí. —Se detuvo un instante. Cogió el móvil que estaba junto al HomePod, miró algo en la pantalla—. ¿En qué termina el número que tienes tú?

Lo comprobé. Terminaba en 34, pero pensé en jugar mejor mis cartas.

—En 79.

—Tienes el bueno —dijo ella tan tranquila.

Y volvió a sus abdominales.

Esa tía me estaba mintiendo, ¿por qué?

Me llevé la taza a los labios y entonces una idea terrible me cruzó la mente.

Miré la taza, la aparté, la dejé sobre la barra. Había bebido casi la mitad del contenido. De pronto se me había ocurrido algo horrible.

¿Qué es lo que estaba esperando Erica?

La amable compañera de piso de Pacho que me deja pasar hasta dentro. Incluso me acomoda en la habitación de su compi. Y me sirve un té con leche y azúcar.

«Estás paranoica», pensé.

«Sí, pero joder, algo huele que apesta».

Tenía que pensar rápido. Tomar decisiones. De entrada, estaba desarmada: había dejado la Glock en el búnker de la comisaría de Gernika, puesto que no había imaginado que pudiese llegar el momento de necesitarla. Pero esa tía me superaba en todo: altura, músculo...

Me levanté. Miré hacia el pasillo que se abría junto a la cocina.

—El baño está al fondo, ¿verdad?

—Eso es —dijo ella sin parar.

—Gracias.

Caminé hacia allí. El pasillo albergaba dos puertas: una daba al baño y la otra, tal y como había calculado mentalmente, al otro dormitorio del piso (cuya puerta no se veía desde ninguna parte del salón). Me detuve allí un segundo, empujé la puerta del dormitorio como haciéndome la equivocada. Era una habitación de chica. Se veía de un vistazo: un par de peluches sobre un edredón de colores rosa y púrpura. Lucecitas de colores para decorar una ventana...

Lo primero que me llamó la atención fue que no había ni una prenda de ropa fuera de su sitio. Erica se había puesto ropa de deporte, ¿era tan ordenada como para no dejar nada sobre la cama?

Rastreé la habitación en busca de alguna foto; nada. Aunque no me hizo falta buscar más. Había un perchero con ruedas junto a la puerta. En la base distinguí varios pares de zapatos y zapatillas. Eran para un pie pequeño. Mucho más pequeño que el mío y muchísimo más pequeño que el de Erica (que me sacaba cinco o seis centímetros).

Un escalofrío me recorrió la nuca. No sabía quién era esa chica, pero estaba claro que no era la compañera de piso de Pacho. Y por alguna razón, empecé a temer que los destinos de ambos estuvieran fatalmente unidos.

Y el mío, a punto de sumarse a ellos. A cada segundo que pasaba.

Pensé en esa taza de té. Era pronto para notar los primeros efectos de lo que fuera que me hubiese echado en la bebida, pero un leve mareo me acarició la cabeza. Vale. Tenía que darme mucha prisa.

Entré en el baño y cerré la puerta con el pasador. Era una habitación de buen tamaño; había un armario, un lavabo grande, una ducha. Era posible que allí lograra encontrar unas cuantas cosas útiles, pero lo primero era lo primero. Me agaché, levanté la tapa del váter y me metí dos dedos hasta el fondo de la garganta, al tiempo que tiraba de la cadena y sonaba la cisterna, aunque no lo suficiente para disimular mis arcadas.

Me ahorraré los detalles. Era desagradable, pero no podía arriesgarme. Lo que había visto en el taller de Abraham dejaba bien claro que estábamos jugando en primera división, y que esa gente —si se trataba de la misma gente— no iba a dejarme salir así como así por la puerta. Solo me quedaba rezar para que el veneno o el somnífero —si es que de verdad me había puesto algo en el té— no se hubiera absorbido demasiado.

Me imaginé que el ruido habría alertado a Erica, así que me di prisa. Me tenía que preparar para pillarla por sorpresa. Esa tipa me iba a ganar en un cuerpo a cuerpo, así que necesitaba un arma larga, algo que me permitiera ganarla sin acercarme a ella. Me planteé desmontar la barra de la mampara, pero lo descarté. Demasiado torpe. Miré encima del lavabo. Había un bote de colonia, un espray..., no.

Abrí el armario y lo estudié con la mirada. Abajo del todo había varios productos de limpieza, guantes, una fregona... Mucho mejor. Amoniaco, lejía. En los ojos era bastante efectivo para noquear a un oponente. No recordaba cómo se decía «lejía» en inglés, pero busqué hasta dar con alguna pegatina de advertencia y di con ella; una calavera y un eslogan: DANGER: CHLORINE, en un envase de color azul.

Lo saqué de allí al tiempo que alguien daba golpes en la puerta.

—¿Todo bien? —preguntó Erica con su acento ruso—. Me ha parecido oír que vomitabas.

—Sí —dije en voz alta mientras desenroscaba el tapón de la lejía—, creo que algo me ha sentado mal... La comida del avión. Ahora mismo salgo.

—Okey. Si necesitas algo, dime, por favor.

—Muchas gracias, Erica. Si llega Pacho, dile que estoy aquí.

—Claro.

«Por supuesto que lo harás».

Se hizo un silencio. Con el ruido del extractor y del reguetón no podía estar segura de que ella hubiera vuelto al salón, pero me daba igual. Escruté la ducha. Había un botecito de champú casi acabado, boca abajo. Lo cogí, desenrosqué el tapón, lo vacié y lo rellené con lejía. Volvía poner el tapón e hice una prueba de mi arma casera contra el espejo. Perfecto. Ya tenía algo parecido a una ventaja.

Abrí la puerta con cuidado, el pasillo estaba vacío. Con mi pistola de lejía escondida, me dirigí hacia el salón. Respiré fuerte un par de veces. Mi objetivo era salir de allí, solo eso. Pero algo me decía que esa tiparraca no iba a dejar que me fuera de rositas.

Y no me equivocaba. Pero sí me equivoqué al subestimarla.

Lo supe en cuanto noté el aire moviéndose a mi lado nada más pasar junto a la puerta del dormitorio de chica.

Adiós al factor sorpresa. Lo acababa de perder.

Erica me soltó una patada en la cadera, algo tan brutal que me golpeé contra la pared del pasillo y me quedé sin aire. Mi pistolita de lejía salió volando y me fui al suelo. Luego, sin perder ni un segundo, salió de su escondite y se me echó encima, por detrás, y me rodeó el cuello con algo. En algún insólito lugar de mi cabeza me alegré, al menos, de haber acertado. La pena es que estaba a punto de morir estrangulada y no podría contárselo a nadie.

Noté una presión terrible en el cuello, como si me lo estuvieran cortando. Un cable seguramente. El pánico se había apoderado de mí y derroché unos cuantos segundos haciendo lo esperable, intentar separar el cable del cuello con las manos, cosa que casi nunca sirve para nada. Al revés, lo que tenía que hacer era girarlo y liberar mi tráquea para coger aire y asestarle el codazo más fuerte que pudiera. Lo hice. Y funcionó solo un poco. Conseguí darle en la pierna y zafarme lo justo, pero me quedé a cuatro patas y ella reanudó el estrangulamiento.

—Di adiós, pequeña puta —dijo mi ejecutora con seguridad.

Entonces vi el bote de champú a solo un metro de mí. Me lancé a por él con todas mis fuerzas mientras Erica volvía a tirar de mi cuello... Ahora sí, era el final si no lograba alcanzar mi pistola de lejía. Mientras ella cruzaba el cable por detrás de mi cabeza, sin dejar de tirar y respirando con fuerza, yo acaricié el plástico del envase de champú con la punta de los dedos. Sin aire, empecé a notar que la cabeza se me iba. Me estaba cortando en seco la circulación y era cuestión de segundos que perdiera la capacidad de luchar. Cerré los ojos. Con la yema de un dedo arrastré el bote de champú hacia mí. El mundo se estaba volviendo de color blanco. Los sentidos desaparecían y mi mente se jugó el todo por el todo para sobrevivir. Solo existía el ritmo del reguetón, mi mano y ese bote de champú. Logré atraerlo unos centímetros. Después mis dedos lo atraparon. Abrí los ojos. Lo tenía en la postura correcta, con tapón hacia mi cara. Me lo llevé a la sien y apreté con mis últimas fuerzas apuntando a ciegas a la procedencia de esa respiración que oía a mi espalda.

Erica gritó y noté que se soltaba el cable. Lo había conseguido.

—*Súka!* —gritó, lo que me imaginé que era un taco en ruso.

No me paré a preguntárselo. Con un dolor terrible en el cuello, casi incapaz de respirar, salí disparada hacia delante, a cuatro patas. El pasillo estaba a oscuras, y además yo había comenzado a ver borroso. Era el veneno, o esa privación de sangre y oxígeno en mi cabeza. Llegué a la cocina y pensé en rearmarme con un cuchillo. Me cogí a las patas de un taburete y trepé por él, pero no lo bastante rápido. Vi que Erica venía hacia mí como una bala. Tenía una mano en la cara, y la otra abierta como una garra. Me soltó un bofetón que me proyectó hacia atrás como una muñeca calzando zancos. Choqué contra la parte trasera del sofá y caí de espaldas al suelo. Me golpeé el hombro contra una de esas minipesas y me quedé encajada entre el sofá y el banco de abdominales. Erica dijo algo en ruso mirando a la ventana, después rodeó el sofá, dio una patada al banco de abdominales y se sentó a horcajadas sobre mí. Esta vez no tenía champú, pero la suerte quiso que mi mano quedase muy cerca de una de esas minipesas. Erica no se dio cuenta, o estaba medio ciega y fue incapaz de ver cómo yo la agarraba. En cambio, yo sí vi cómo lanzaba sus manos hacia mi garganta.

Respiré hondo y aguanté mientras ella me apretaba el cuello con los pulgares. Tenía una sonrisa fanática dibujada en la cara. Los ojos enrojecidos por la abrasión de la lejía, llenos de lágrimas, una de sus pupilas lucía ya el blanco de un ojo posiblemente perdido para siempre. Ahora sus dos manos estaban ocupadas y no tendría tiempo de reaccionar. De un solo impulso, lancé el brazo derecho, convertido en un ariete por la pesa, contra su sien izquierda.

Sonó crac y la presión desapareció de pronto. Erica se derrumbó contra el sofá y se quedó tumbada contra él como una muñeca. Pensé que quizá la había matado pero no me importaba lo más mínimo, yo no podía ni moverme. Todo lo que alcanzaba a hacer era recobrar un hilo de aire. Lentamente, fui respirando cada vez más. La música paró y comenzó otro tema igual de malo; claro, era perfecta para disimular los gritos de un asesinato. Le di al botón de pausa.

En ese instante escuché un ruido en la calle y recordé el gesto de Erica hacia la ventana. Había alguien ahí abajo. Quizá un coche, con el que planeaban transportar mi cuerpo sedado, o mi cadáver, a alguna fábrica de carne picada.

Estaba al borde de mis fuerzas, pero no podía pararme ahora. Tenía que pedir ayuda.

La rusa asesina seguía inánime, con los ojos cerrados. Le busqué el pulso y encontré un latido muy débil. No, no la había matado... y en el fondo, por irónico que pueda parecer, fue todo un alivio.

Me arrastré por el suelo hasta la habitación de Pacho, donde había dejado el móvil cargando, pero solo encontré el cable del cargador, nada más. ¿Dónde estaba mi maldito teléfono? Pensé que Erica lo habría cogido mientras yo estaba en el baño; tal vez lo hubiese escondido en alguna parte. Eso me llevó a recordar el pósit, que seguía allí con ese apunte que me había llamado la atención. Lo cogí y me lo guardé en el bolsillo pequeño de mis vaqueros.

En ese instante sonó un timbrazo. El zumbido resonó en el silencio mortal del apartamento y mi corazón dio un vuelco. Eran ellos, lo sabía. Los colegas de la rusa, que habrían visto algún movimiento raro en el piso y querían subir a comprobarlo.

No se oyó nada más. Otro zumbido. Era el telefonillo. Estaban abajo, en la calle. Cogí mi chubasquero, que estaba sobre la cama, y donde tenía mi cartera y mi pasaporte. Me dirigí a la salida, abrí la puerta. En el descansillo, la escalera aún seguía un piso más arriba. El timbre de la calle volvió a sonar, y al mismo tiempo escuché el tono de un teléfono campanilleando en el interior del apartamento. Supuse que sería el teléfono de Erica.

No estaba en condiciones de enfrentarme a nadie más. Debía pedir ayuda. Salí de allí y subí a la tercera planta. La puerta tenía una especie de rótulo, como si fuera una empresa. Toqué al timbre. Dos, tres, cuatro veces, largas e irritantes... pero no había nadie. Entonces escuché un fuerte golpe. Unas patadas contra la puerta principal del edificio, estaban a punto de echarla abajo.

Había otro tramo de escaleras más. Subí por ellas, desesperada. Llegaban hasta una suerte de casetón con una señal de salida de emergencia. Empujé la barra y aparecí en la azotea de la casa. Los ruidos de Londres se mezclaban con un viento helado y la lluvia. Bien..., estaba en el tejado. Genial. Y ahora ¿qué? Bueno, si había una salida de emergencia, debía de haber alguna manera de bajar. Fui hasta el borde. Era la parte frontal de la fachada y desde ahí vi, por primera vez, a los socios de Erica. Una furgoneta negra con las luces encendidas, aparcada frente a la puerta de entrada y con el portón abierto. Tenía algo serigrafiado en el portón, me imaginé que sería algo así como una fontanería o un electricista. Lo tenían todo preparado para sacarme de allí rápidamente y llevarme ¿a dónde? ¿Al mismo lugar donde retenían a Pacho y a su compañera, la de verdad?

Me di la vuelta y fui por el lado contrario. Allí, semiocultas en la oscuridad, estaban las escaleras metálicas exteriores. Bajarlas a toda velocidad era una tentación, pero me imaginé que los malos estaban descubriendo en ese instante a su compañera. Y que quizá reaccionasen mal al hallazgo, con una pistola y una borrachera de balas, por ejemplo. Así que me deslicé con el cuidado de una gata y llegué a la espalda del edificio justo cuando escuchaba un griterío en el interior del bloque de viviendas. Supuse que el patadón en la puerta habría alertado a algún vecino.

Entonces oí un grito desde arriba. Miré y vi a un tipo en el tejado.

—*Down there, stop!* —gritó—. *Police!*

Me estaba gritando que parara, que era policía. Claro. Y yo me chupaba el dedo. Intenté situarme. Estaba en una especie de jardín privado y cercado con alambre. Hoxton Street debía de quedar a mi izquierda. No me detuve a buscar una portezuela. Me subí en una pila de mesas de plástico que había en la esquina y salté. Al otro lado había una callejuela estrecha y oscura... y Hoxton.

Escuché el ruido de alguien que bajaba las escaleras metálicas a toda velocidad. Venían a por mí, así que saqué fuerzas de alguna parte y eché a correr por la callejuela. La surqué y llegué a Hoxton tal y como pensaba. Estaba muy transitada, coches, peatones... ¿Dónde ir? De pronto reparé en el cartel del café donde antes me había comido un sándwich. Corrí hacia allí sin mirar atrás y un taxi tuvo que dar un frenazo para no llevarme por delante. Entré en el café empujando la cortinilla contra el frío.

El concierto había comenzado y había gente sentada a las mesas. Mi entrada causó cierta conmoción entre las que estaban más cerca de la puerta. Claro, yo iba jadeando, casi incapaz de respirar. Me acerqué a la mesa donde me había sentado antes. La pareja a la que le cedí el asiento estaba allí, me reconocieron... Miré a través de la ventana. Había un tipo al otro de la calle, parado, mirándome fijamente.

—*Are you okey?* —me preguntó el chico.

—No —respondí—. *Please, can you call the police?*

No me oyeron, o no reaccionaron... Entonces opté por gritar con todas mis fuerzas.

Los músicos dejaron de tocar y sentí todas las miradas sobre mí.

Al otro lado de la calle, aquel hombre me sonrió. Me apuntó con un dedo y disparó una bala imaginaria antes de desaparecer.

17

Era cerca de la medianoche cuando la teniente Patel, de la policía metropolitana de Londres, salió de su despacho tras pasarse casi cincuenta minutos al teléfono, supuse que comprobando los últimos detalles de mi declaración. En ese tiempo había habido un trasiego de agentes y civiles entrando y saliendo. Detenciones, denunciantes... Se notaba que aquella era una comisaría de distrito de una gran ciudad. La noche era un vodevil sin fin. Y todo apuntaba a que ni siquiera había empezado la fiesta.

Volviendo a Patel —una mujer india de unos cuarenta años, guapa, con el pelo recogido en una gruesa trenza—, yo era su dolor de cabeza de esa noche. Una historia «difícil de encajar». La había visto girarse sobre su silla mientras hablaba, mirarme a través de la pared de cristal que nos separaba, fruncir el ceño... ¿Qué estaba pasando ahí dentro? Yo intentaba mantener la calma. Callada, sentada sin moverme mientras bebía sorbitos de una Fanta y comía una barrita de chocolate. La poca cena que me entraba con el cuello todavía dolorido.

Un coche patrulla y una UCI móvil se habían desplazado en cuestión de minutos hasta el café de Hoxton Street. Yo estaba en la primera planta, la oficina del café, donde el mánager me había trasladado «amablemente», sobre todo para calmar a su clientela y que pudiera seguir la noche. Allí, con la ayuda de una pareja de españoles que reconocieron mi acento y se prestaron a traducir mis palabras, había logrado relatar a los agentes lo ocurrido en el piso de Pacho. Una chica que decía ser su compañera me había atacado, yo la había dejado KO y había logrado escapar, pero unos hombres me habían perseguido después hasta la misma puerta del café. Los patrulleros pidieron refuerzos y se fueron a inspeccionar el apartamento mientras dos sanitarios me hacían algunas pruebas. Di algunas indicaciones más a otra agente. Todo era de locos, surrealista, incluso los chicos españoles empezaron a mirarme con cara de incredulidad. «Dice que alguien ha intentado asesinarla...». Se terminaron marchando en cuanto vieron la ocasión de hacerlo.

Los polis volvieron al cabo de una hora. Fue entonces cuando apareció la teniente Patel por primera vez, acompañada de un agente de rasgos latinos que hablaba castellano y que me transmitió sus palabras muy despacio, como si yo necesitara ese extra de lentitud.

En el registro que acababan de efectuar no habían encontrado... nada.

—El piso de su amigo estaba vacío. Hemos encontrado la puerta forzada y un vecino nos ha confirmado que alguien ha irrumpido en el edificio a patadas, pero no había rastro de ninguna mujer, ni tampoco un cable, o un bote de champú con lejía. Ahora, si no le importa, vamos a llevarla a la *Station* para que haga una declaración y nos pueda dar una descripción de la atacante. Y vamos a necesitar algunos detalles más.

—Okey —respondí—, lo que necesiten.

Patel le preguntó algo al traductor.

—Ah, por lo visto usted ha mencionado antes que es oficial de policía en España, ¿es así?

—Sí. —Saqué mi cartera, junto con mi pasaporte—. Aquí tiene mi identificación.

Patel revisó mi tarjeta y apretó los labios, en un gesto que me pareció extraño. Entonces empecé a temer que haberme identificado como policía no iba a suponer una ventaja, sino todo lo contrario. Una de sus primeras preguntas, una vez estuvimos sentadas en su despacho, fue si yo estaba desempeñando alguna tarea policial en Londres.

Me vi obligada a mentir.

—No. He venido representando a la familia de un chico que está ilocalizable. Pacho Albizu era su amigo y sabemos que estuvieron hablando días antes de la desaparición.

La respuesta de la teniente Patel fue un ceño fruncido y algo de tensión en su réplica.

—¿Y por qué no le llamaron por teléfono para informarse? Parece algo mucho más sencillo y económico que venir a Londres, ¿no?

A partir de ese punto, todo el asunto quedó envuelto en un aire de desconfianza, de susceptibilidad. Yo decidí hablar poco, le dije que no habíamos conseguido contactar con Pacho en el teléfono del que disponíamos y que esa era la razón de mi visita a Londres. Pero me di cuenta de que hablar de sicarios, conspiraciones y otros asuntos podía causarme un grave trastorno burocrático y, de todas formas, ¿ayudaría en algo? Estaba segura de que, fuesen quienes fuesen, esas personas que me aguardaban en el piso de Pacho (a mí o a él) eran profesionales, y como tales, habían desaparecido sin dejar el menor rastro.

Patel hizo un gesto para que entrase en el despacho. Una vez allí me invitó a sentarme y levantó la palma de la mano como pidiéndome que esperase. Supuse que al traductor. Entre tanto, me devolvió mi pasaporte y mi identificación policial. Y forzó una sonrisa. No le quedaba muy natural.

Llegó el traductor, tomó asiento. Patel empezó a hablar sin desviar la mirada de mi rostro.

—Agente Arruti, lo primero que debemos comunicarle es que está todo correcto con la identificación, hemos conseguido contrastar sus credenciales con la policía regional vasca. Pero sus superiores no tienen constancia de este viaje. Todo lo contrario, en el sistema usted aparece como de vacaciones.

—Exacto, tal y como les he dicho antes...

—Okey. Siguiente cosa. Respecto a Pacho Albizu y su compañera de piso, Trinita Dewanti. Informarle de que ambos se encuentran fuera del país ahora mismo. Solo hemos logrado hablar con la señorita Dewanti, y nos confirma que está en perfecto estado, visitando a su familia en Yakarta, Indonesia. Respecto a Pacho Albizu, solo sabemos que cogió un vuelo hace cuatro días.

—¿Destino? —pregunté.

La teniente Patel levantó la mano. Pensé que «destino» y *destination* se parecían lo suficiente como para no necesitar un traductor.

Patel negó con la cabeza y dijo algo.

—Lo siento, pero no podemos darle esa información sin una petición formal de las autoridades.

—Entiendo.

—Lo importante es que esto queda aclarado. No procede, por lo tanto, su denuncia por la desaparición del señor Albizu y la señora Dewanti.

Asentí con la cabeza; en realidad era un alivio que no les hubiera pasado nada. Pero ¿qué hacía entonces la rusa en el apartamento? ¿Esperarme a mí? Eso no tenía mucho sentido, a menos que alguien la hubiera puesto sobre aviso de mi viaje...

—Verá, agente Arruti, a la vista de su declaración, la teniente Patel se inclina a pensar que ha sufrido usted un encontronazo con un grupo de delincuentes que estaban robando en la vivienda. El distrito de Hackney es tristemente célebre por sus índices de robos.

Yo abrí la boca para decir que eso era absurdo. La chica conocía a Pacho, ¿no? Y también Illumbe... ¿No lo había mencionado cuando entré por la puerta? Pero entonces me di cuenta de que había sido yo la primera en hablar. En decir ambos nombres.

La teniente Patel me señaló la pantalla de su ordenador. Allí aparecía un retrato robot de Erica a partir de la descripción que había proporcionado al llegar: pómulos marcados, pelo rojo, constitución atlética. Me pidió que confirmara si se parecía a la mujer que me había atacado y dije que sí.

—De acuerdo. La Científica también está tomando muestras y huellas en el apartamento. Hemos recogido una mochila que coincide con la que usted ha descrito, y hemos encontrado su móvil. Estaba roto en el suelo de la cocina. ¿Algo más que eche en falta?

—No.

—Muy bien. La teniente Patel quiere comunicarle que es usted libre de abandonar el país, pero que puede requerirse su presencia en el Reino Unido si se celebra un juicio. Tendrá que firmar unos papeles sobre esto...

Firmé todo lo que me pusieron delante sin ni siquiera leerlo. Dudaba muchísimo que lograsen dar con Erica o alguno de sus colegas, pero en el caso de que así fuera, sería un gran placer ayudar a enchironarla. Después de eso, recogí mis pertenencias en el mostrador de salida y me monté en un *black cab* que me esperaba en la puerta. Hacía frío y de pronto, al verme sola, fuera de la comisaría, me di cuenta de que seguía en territorio extraño. Había omitido algunos detalles a Patel y a su equipo, como que estábamos siguiendo la pista de una banda de delincuentes profesionales, y que Erica tenía toda la pinta de ser una asesina a sueldo. Y también que sus amigos quizá estuvieran esperándome en alguna parte esa noche, allí en Londres. Era hasta posible que supieran ya dónde me alojaba. (En un hotel cerca de la City). O que me estuvieran observando en ese preciso instante, desde algún recodo de esa misma calle...

Decidí que tenía que largarme de la ciudad cuanto antes. Y esa noche tendría que improvisar algo. Le pedí al taxista que me llevase a Piccadilly Circus, a la famosa esquina de los anuncios luminosos donde habría gente de sobra a esas horas. Tardamos cuarenta minutos en los que no dejé de mirar por la ventanilla trasera. El taxista no decía nada, pero podía ver sus miradas suspicaces a través del espejo retrovisor. En cualquier caso, no parecía que nadie me estuviera siguiendo.

Llegamos a Piccadilly y le pedí que me dejase en una acera especialmente concurrida. Pagué, bajé y entré en el primer sitio que vi abierto: un McDonald's. Me puse a la cola, pedí un menú y me senté con él en una mesa. Pero antes de probar bocado, me levanté y salí a hurtadillas de allí. Me di una gran vuelta por una plaza y entré en un pub, el St. James Tavern. Estaba hasta arriba de gente. Me acerqué a la barra y pedí una cerveza, pero allí se quedó. Unos tíos intentaron hablar conmigo y les sonreí. Me invitaron a otra cerveza. Entonces les dije que tenía que ir al baño y salí por otra puerta. Y por fin vi una cola de taxis. Me monté en el primero y le pedí al taxista que me llevase a un hotel cerca de Heathrow.

—¿Cuál? —preguntó, y me pareció que tenía acento eslavo (cosa que me causó cierto desasosiego).

—Elija usted —respondí con un inglés un tanto bananero—. Cuatro estrellas está bien.

El tipo gruñó un poco. Hizo una llamada. Después me preguntó si un Marriott estaba bien. Le dije que sí, y allí fuimos. Cincuenta minutos más tarde, estaba haciendo el *check in* en el Marriott a doscientas cincuenta libras la noche, desayuno incluido. Y eso no era nada. Le pedí al recepcionista un ordenador y me puse a buscar un vuelo a Bilbao para el día siguiente. Por suerte había varios. El primero, con British Airways, salía de Londres a las 10.05 de la mañana. Quedaban plazas business por la friolera de cuatrocientos cincuenta euros, pero no pensaba quedarme ni un minuto más en Inglaterra.

Cuando terminé con todo aquello, mi tarjeta de crédito estaba un poquito más fina. Entré en mi habitación, encajé una silla contra la manilla y empujé el escritorio para atrancar el resto de la puerta. Después, por mucho que me apeteciera ducharme, no lo hice. Me quité los zapatos, solo eso.

No tenía teléfono móvil, así que llamé a recepción y programé una alarma a las siete de la mañana. Hecho esto, me senté en el suelo, con la espalda apoyada en la cama, y me quedé guardando el fuerte hasta que mis ojos empezaron a cerrarse en algún momento.

18

Dormí un par de horas, pero me desperté dando un grito, soñando que alguien me estrangulaba. Después, la ansiedad y el estrés por lo ocurrido la tarde anterior cayeron sobre mí y me impidieron pegar ojo. Decidí que podía aprovechar las doscientas cincuenta libras que costaba la noche y me di un baño de agua caliente, con la puerta abierta y sin perder de vista la entrada de mi habitación. Cuando terminé, eran todavía las seis de la mañana. Me vestí y bajé a la recepción. Un soñoliento encargado me dijo que el desayuno comenzaba a las siete. Le pedí un ordenador y entré en mi correo electrónico. Le envié mi tarjeta de embarque para que me la imprimiese. Luego me puse a escribirle un e-mail a Orizaola para explicarle todo lo que me había ocurrido en Londres, la escena en la casa de Pacho, cómo había logrado zafarme de esa asesina y que había acudido a la policía metropolitana. Según lo hacía, y esta es una de las virtudes de poner las cosas por escrito, me di cuenta de una cosa.

La policía de Londres afirma que podrían ser ladrones y es cierto, podrían serlo. Pero esa chica actuó como una asesina... ¿Qué ladrón intenta estrangular a alguien que le ha sorprendido in fraganti? Hubiera sido mucho más fácil largarse del apartamento cuando yo estaba en el baño. Lo cual me lleva a pensar que quizá yo era su objetivo.
Pacho se ha largado de Londres, y también su compañera... ¿Para qué entrar en su apartamento? Solo se me ocurre que estuvieran esperándome a mí. Pero ¿cómo se habían enterado de que iba? Solo hay tres personas en el mundo que sabían que iba a Londres. Susana, Gorka Ciencia y Cuartango.

Dejé de teclear...
Había una cuarta persona que lo sabía. Ori. Pero Ori había recibido un balazo, había matado a un tipo para protegerme. Y eso lo descartaba como sospechoso.

Por eso te pido que no comentes nada de todo esto.
No quiero que nadie sepa que voy en ese avión...

Dos horas más tarde me dirigía a mi puerta de embarque. Había planeado comprarme un teléfono en la terminal e instalarle mi SIM, que había conseguido rescatar de las ruinas del otro, pero mis cálculos con el taxi y el control de seguridad de Heathrow habían sido demasiado optimistas y llegaba con el tiempo justo.

Acababan de dar el primer aviso de embarque y la gente había empezado a formar colas. Yo estaba a punto de ponerme en la de siempre, la de los mortales, cuando recordé que me había dejado unos cuantos centenares de euros en aquel billete de primera, así que avancé hasta el mostrador y me coloqué al final del selecto grupo VIP conformado más que nada por ejecutivos.

Con las colas ya organizadas, pasó lo de siempre: que el personal de tierra se lo tomó con calma. Sin un móvil en el que enfocar mi atención, me puse a mirar a mis espaldas. Esa mañana tenía la cabeza ida, propia de esas noches en las que no pegas ojo, el cuello todavía dolorido (me costaba tragar sin un pulso doloroso), pero por lo demás estaba más o menos bien. Un buen desayuno en el hotel y un día soleado me ayudaban a despedirme con cierto optimismo de mi corta y fatal aventura londinense. Las imágenes del apartamento, aquella violencia súbita sobre mí, el rostro enloquecido de esa mujer (¿se llamaría Erica realmente?) tardarían mucho en disiparse, pero no era la primera vez que me metía en una pelea, y no sería la última: sabía que el tiempo, solo el tiempo, acabaría por engullir ese horrible recuerdo y sus malas vibraciones.

En todo caso, quizá por efecto de todo esto, o quizá por puro aburrimiento, me vi chequeando las caras a mi alrededor. Jóvenes ejecutivos con sus buenos trajes. Los maletines. El equipaje de mano. ¿Quizá trataba de encontrar algún detalle inconexo? ¿Algo que pudiera alarmarme?

Después hice lo mismo con los pasajeros que esperaban en la cola larga. Era un vuelo de Londres a Bilbao y saltaba a la vista la procedencia de unos y otros. Era bastante fácil distinguirlos. Las caras, la ropa, la forma de esperar, de hablar, de gesticular... pero luego me topé con un grupo cada vez más numeroso de gente diferente. Eran más altos. Más rubios. Vestían de un modo distinto. Diría que eran escandinavos. Había un buen número de ellos en la cola. Una familia completa de padre, madre y tres polluelos. Una feliz pareja de ancianos que podrían ser los fundadores de Ikea o algún excomponente de ABBA... y de pronto mis ojos se toparon con los de una señora. Llevaba unas gafas oscuras y creí, solo creí, que me estaba observando. Y entonces noté que apartaba la mirada rápidamente.

Yo también lo hice. Disimulé un poco, bajé la vista, miré a través de los grandes ventanales y me fijé en el avión de la British, enganchado al *finger* del aeropuerto, en los estrafalarios vehiculitos que dan servicio a los reactores... Al cabo de unos segundos volví a mirar a la cola sin demasiada prisa. Y de nuevo cacé a la señora con los ojos puestos en mí.

Había dormido fatal y pensé que era yo, que estaba viendo gigantes donde solo había molinos. ¿O es que esa mujer me estaba mirando fijamente? Dejé pasar un largo minuto antes de girarme otra vez. En esta ocasión ella estaba distraída con su móvil y entonces pude observarla con más detenimiento. Y al hacerlo sentí una punzada en el corazón: ese cabello grisáceo, esas facciones que podía adivinar en la distancia...

¿No se parecía demasiado a Kristine, pero con unos treinta años más?

En ese mismo instante llamaron a embarcar por fin. Nuestro grupo era el primero, y eso fue un alivio. Saqué mi pasaporte, mi tarjeta de embarque impresa esa misma mañana en el hotel y me colé por ese *finger* hasta el avión junto con los otros diez pasajeros de primera. Al llegar a la cabina, me topé con dos sonrientes auxiliares de vuelo: un chico y una chica. Aproveché para salir de dudas.

—Una pregunta, por favor. ¿Viajan pasajeros de alguna conexión en este vuelo? ¿Es posible que de Dinamarca?

—Sí, señora —dijo el chico en un castellano muy correcto—. Hay pasajeros de un vuelo de Norwegian que viene desde Copenhague.

Me quedé tan perpleja que casi me costó ser amable y dar las gracias. Seguí avanzando como pude por el pasillo hasta mi asiento, de ventanilla, en la tercera fila. Me senté mientras me decía a mí misma que era imposible... Claro que era viernes, el día en el que Lottë viajaba a Bilbao para dar mi descripción en comisaría. ¡Pero era imposible que estuviésemos en el mismo vuelo! ¡Eso no podía estar pasando!

Intenté relajarme. ¿Cuántos vuelos habría desde Copenhague a Bilbao ese día? Por lo menos debía de haber otro. Uno directo. (Por Dios, ¿cómo imaginar que haría escala en Londres?). Sin móvil no había manera de comprobarlo... pero ¿qué podía hacer ya? Actué de forma impulsiva. Apreté el botón de llamada que había sobre mi cabeza y una de las azafatas se acercó a preguntar qué deseaba.

—¿Sabría decirme si hoy hay algún otro vuelo de Copenhague a Bilbao?

Frunció su bonito ceño. Sonrió.

—No sé si la entiendo. ¿Se refiere a si hay otra conexión en Londres?

Yo negué con un gesto.

—Me refiero a si en general, hoy, llegan otros vuelos a Bilbao procedentes de Dinamarca.

Ella arrugó un poco más el ceño, como si en el fondo estuviera pensando: «¿Qué demonios quiere esta loca?».

—Esa información habría que pedirla al aeropuerto de Bilbao —me dijo sin perder la sonrisa—. Puedo averiguarlo más tarde, una vez que hayamos despegado.

Le di las gracias y me quedé callada. No podía parar de

pensar, pese a lo difícil que era mover una sola neurona en mi cabeza esa mañana. ¿Qué debía hacer ahora? ¿Bajarme del avión? «No digas bobadas, ni siquiera estás segura de que sea ella». Con esas gafas que llevaba no podía tener la certeza de que fuese Lottë. Solo la había visto durante unos segundos, casi dos semanas antes, tras darme un chapuzón en el mar con mi amante. Nos sonreímos. Nos dijimos hola y nada más.

Al parecer nadie iba a ocupar los asientos de al lado. Mejor. Viajaría tranquila hasta Bilbao. Entonces comenzó el embarque del resto de los pasajeros. A través de la ventanilla podía ver el movimiento de la cola al otro lado de los cristales, en la terminal del aeropuerto. La mujer estaba más o menos hacia la mitad, en unos minutos entraría por la puerta y pasaría junto a mi butaca. Estaríamos a solo un metro de distancia y entonces saldría de dudas. Pero ¿y si era ella?

«No te adelantes, Arruti».

A veces, la realidad y la memoria se doblan como el espacio-tiempo, sobre todo cuando tu estado mental se halla condicionado de forma inusual. Yo estaba en Londres, la mañana después de haber sufrido un intento de asesinato, ocupando un asiento de primera clase en un avión... Nada más alejado de mi rutina. Así que de pronto comencé a pensar si estaba tan segura de que Lottë fuese danesa. ¿Quizá mi cerebro estaba haciendo asociaciones convenientes? Incluso que proviniera de Copenhague. En realidad, había otras ciudades grandes en Dinamarca (solo era capaz de recordar una: Aarhus). Intenté explorar todas las posibilidades de que me hubiese equivocado —«Quizá venga desde Aarhus en un vuelo directo», me dije mientras esperaba a verla entrar—. Pero en el fondo de mi cabeza, en el departamento «a prueba de locuras», un funcionario gritaba por teléfono: «¡Señora Arruti, debe usted considerar todas las opciones! ¿No tiene unas gafas de sol a mano?».

No tenía gafas de sol (¿para qué?, había viajado a Londres en pleno mes de noviembre) y tampoco creía que fuera buena idea hacerme una coleta. Pero entonces vi unas cuantas cosas en el bolsillo del asiento de delante. Una revista de viajes, un folleto de instrucciones de seguridad. Cogí el folleto y lo desplegué a la altura de mis ojos, ocultando mi rostro tras él. Debía de tener un aspecto un poco extraño para los pasajeros que iban entrando, pero me daba absolutamente igual. Me despatarré un poquito, para darle un toque de naturalidad a la postura (si es que eso era posible) y seguí observando a todos los que entraban en cabina. Uno detrás de otro, iban dando los buenos días, sonriendo o preguntando por su asiento a los dos auxiliares que los recibían. En el pasillo, a mi espalda, se iba escuchando un rumor creciente de conversaciones, lloriqueos infantiles, padres nerviosos, gente que no era capaz de encajar su maleta en el compartimento de equipaje, risas... Todo a la vez. Hasta que por fin vi entrar a esa mujer y sentí cómo una corriente eléctrica me recorría de los pies a la cabeza. Su pelo plateado, sus gafas oscuras. Llevaba un abrigo largo de paño azul, un fular de algodón color mostaza y un gorrito de punto a juego. Mostró su tarjeta de embarque y le dedicó una bonita sonrisa a la azafata antes de volver a guardar la tarjeta entre las páginas de un libro que portaba en las manos y encarar el pasillo.

De inmediato alcé el folleto de instrucciones de seguridad para ocultarme tras él, pero durante esos breves segundos, según pasaba a mi lado, pude verle el rostro con algo más de detalle. Tenía los pómulos generosos y los ojos rasgados de Kristine. El parecido saltaba a la vista, aunque las gafas y el gorro lograron hacerme dudar. Además, ¿no eran las facciones de cualquier persona nórdica?

Bueno, y los nórdicos dirán lo mismo de nosotros.

La cola se había detenido y Lottë (si es que era ella) se había quedado parada junto a mí. Yo extendí el folleto de instrucciones de seguridad todo lo que pude y me lo acerqué a la cara. Debía de resultar una imagen cómica; algo así como una mujer miope con miedo a volar, o con un raro síndrome de consumo desmesurado de reglamentaciones. Me daba igual. Noté que la cola volvía a ponerse en marcha y aparté el folleto. Un ejecutivo joven, bastante guapo, me miraba desde el grupo de asientos vecino. Le sonreí y él me devolvió la sonrisa.

—¿Miedo a volar? —preguntó—. Yo también lo odio.

—Bueno... Algo sí, la verdad.

El chico comenzó a charlar afablemente mientras el embarque llegaba a su fin y las últimas personas entraban en el avión. Se llamaba Patrick, me dijo, y viajaba por negocios a Bilbao con algunos de sus compañeros. «Un plan horrible lo mires por donde lo mires». Me hizo reír y seguimos hablando (sobre mi breve visita a Londres, para ver a un amigo) mientras los auxiliares realizaban el *crosscheck* y nos preparábamos para despegar. Le conté que yo era de Illumbe y Patrick me aseguró que había oído hablar de la zona, Urdaibai, pero que nunca había estado allí. «¿Alguna recomendación para una visita corta?». No sé si intentaba ligar conmigo, pero de alguna manera la conversación me ayudó a relajarme. Quizá era lo que Patrick intentaba, de buen corazón, después de haberme visto comiéndome el folleto de instrucciones. De hecho, guardó un respetuoso silencio cuando las azafatas comenzaron a dar el minitutorial sobre seguridad.

Según nos dirigíamos ya a la pista de despegue, volvió a la carga. «¿Quizá algún buen restaurante por la zona?». Le dije algunos nombres que él apuntó muy diligente. Me soltó que yo le parecía una «guía» de primera y me preguntó a qué me dedicaba. Entonces le dije que era poli y su gesto cambió un poco. No sé si tenía algo en contra de la policía, o si directamente no me creía, pero la conversación se enfrió con esa respuesta. Justo en ese instante, otro compañero se puso a hablarle desde la ventanilla, y yo aproveché para cerrar los ojos y hacerme la dormida. El chico era simpático, pero yo no estaba muy católica esa mañana.

Despegamos con suavidad y dije adiós a Londres. En una hora aproximadamente volvería a mi comarca hobbit (tal y como la definía Enrique) y todo volvería a ser normal. La sombra de la duda sobre si Lottë viajaba en el avión se resolvió con una línea de pensamiento. Aunque fuese ella, yo iba en business, lo cual me daba una ventaja: saldría la primera. Solo tenía equipaje de mano, así que cogería un taxi y me esfumaría del aeropuerto antes de que esa señora llegase al control de salidas. Y proseguiría mis vacaciones lejos de la comisaría, donde Lottë se esforzaría por recordar a la mujer que vio en aquella playa hace dos semanas (quizá incluso mencionase haber visto a una chica muy parecida en el avión de esa mañana, pero nadie haría la conexión). Y yo, a esas alturas, estaría viajando muy lejos. Tenía todo el fin de semana por delante. ¿Y si le daba una sorpresa a Ane y me presentaba en Pasaia?

Mientras daba vueltas a todo eso, lentamente, mi cuerpo se fue dejando abrazar por el sueño. Solo había dormido dos horas esa madrugada. Me coloqué el chubasquero en el regazo y se me fue la cabeza. Ni siquiera soñé nada.

Me despertó la voz del comandante anunciando que nos acercábamos ya al aeropuerto de Bilbao. Nos dio la temperatura,
el parte meteorológico y finalizó agradeciendo que voláse-
mos con la British. «Un placer», pensé.

Justo en ese instante vi salir de los lavabos de proa a la señora. Nos quedamos mirándonos fijamente. Otra vez.

Ahora iba sin gafas, sin abrigo, sin gorro. El pelo suelto y
una mirada clara, azul, desde sus ojos rasgados. Pero fue su
sonrisa lo que terminó de convencerme. La misma sonrisa de
dientes grandes, bien cuidados, que había visto en la playa
de Arkotxa dos semanas atrás, cuando salía del agua con
Kerman.

Era ella. Lottë. Ahora sí que estaba claro. Avanzó muy
despacio sin dejar de mirarme y sonreírme. Se detuvo junto a
mi fila de asientos.

—Perdón —dijo en un castellano bastante aceptable—.
Me parece haberla visto en alguna parte. ¿Nos conocemos?

Yo, que después de mi siestecita había recobrado algo
de claridad mental, me di cuenta de que me había reconocido y que solo trataba de confirmar sus sospechas.

Me mostré todo lo confiada e indiferente que pude.

—Pues no lo creo —respondí.

—¿Seguro? ¿No es usted de la zona de Illumbe?

—¡Lo es! —dijo Patrick a su espalda—. Vaya..., qué casualidad, ¿no?

Yo torcí el morro. Lottë se giró sonriente hacia su inesperado ayudante. Y yo me maldije mil veces por haber sido tan
idiota.

—Mi hija Kristine vive por allí, en una playa...

—Lo siento —negué con la cabeza—, pero creo que me
está confundiendo con otra persona.

En ese preciso momento sonó la señal de aproximación y las azafatas comenzaron su tarea de preparar la cabina. Lottë se disculpó con otra sonrisa, pero pude ver la duda en el fondo de sus ojos azules. Además, yo me había puesto de color melocotón y eso no se le habría escapado a una buena observadora (como era ella, que trabajó en el Departamento de Inmigración muchos años).

Patrick, por su parte, volvía a la carga. Bromeó acerca de las casualidades y, al ver que ya nos acercábamos a Bilbao, se lanzó con los cuernos por delante. Me dijo que ojalá hubiera «muchas mujeres tan guapas como yo por el País Vasco». Yo respondí que «quizá» y me puse a mirar por la ventanilla. No estaba para charletas. Tenía que volver a pensar, y rápido.

Era Lottë. Me había cazado. ¿Qué iba a suceder ahora?

Si los planes seguían igual que anteayer, Kristine estaría esperándola en el aeropuerto junto con Gorka Ciencia. Yo tenía la ventaja de salir en primer lugar... pero debía esquivar a esos dos a cualquier precio.

De nuevo nos sumergimos entre las nubes y el avión empezó a agitarse. De hecho, empezó a botar de mala manera y esta vez fue Patrick el que parecía necesitar algo de conversación. Se cogía al reposabrazos con fuerza y tenía los nudillos blancos...

Yo me enfrié a tope, concentrada en lo que debía hacer.

Salimos de la nube y ya sobrevolábamos el valle del Txorierri, donde se ubica el aeropuerto de Loiu. Unas gotas de agua resbalaron por los cristales de las ventanillas. Llovía sobre Bilbao. El viento daba unos buenos bandazos y movía todo el avión. Se oyó algún «UUUHhh» desde los asientos de popa, seguido de risas. La verdad es que no ayudaba mucho a mis nervios.

Tocamos tierra y, desde ese instante, todo empezó a acelerarse. Yo estaba ya tan cardiaca que me desabroché el cinturón y me acerqué al asiento de pasillo antes de tiempo. Una azafata me pidió, con un gesto, que esperase. Entonces vi a Patrick encender su teléfono y conectarse a internet. Y eso me hizo pensar que quizá Lottë estaba haciendo lo mismo, pero para mandar un mensaje a Kristine: «Acabo de aterrizar en Bilbao y, ¿sabes qué?, creo que la mujer que buscamos viaja en mi avión».

Pensé en eso. Si Lottë era lo suficientemente lista, se quedaría con mi número de asiento. Después, sería fácil encontrarme en el listado de pasajeros... pero solo si era lista.

Las posibilidades me agobiaban, aunque ya no quedaba más que seguir adelante y confiar en que la mujer no me hubiera reconocido.

El avión comenzó a frenar junto a la terminal y pude ver el *finger* desplegándose poco a poco hacia nosotros. Me levanté, abrí el compartimento y saqué mi pequeña mochila de viaje. Tenía que llegar a la puerta la primera, pero me quedé atrapada entre varias personas que se levantaron en cuanto lo permitió la señal. Una señora, que iba en el primer asiento, se dio la vuelta y me bloqueó el paso.

—Se sale por orden de fila —gruñó, anteponiendo el codo para impedirme avanzar.

—Señora, apártese —repliqué mirándola fijamente a los ojos—. Es una emergencia.

La azafata escuchó esa palabra y se acercó a decirme algo, pero en ese momento se abrían las puertas y le arreé un leve empujón a la señora. Oí que me llamaba «loca» y yo no pude aguantarme y le dije algo así como «cállese, bruja». La azafata iba a mediar pero salí escopetada por la puerta. Buenos días, adiós. Escuché a la señora gritar que yo era una «maleducada». Pues vale, lo era.

Avancé por el pasillo del *finger* a paso rápido y llegué a la terminal. La gran ventaja del aeropuerto de Loiu era su reducido tamaño. Casi todas las puertas de embarque estaban alineadas a lo largo del mismo corredor y la salida se encontraba a pocos metros de allí.

Había un control de DNI y pasaportes que pasé a toda prisa. Después llegué a la zona de las cintas de equipaje donde ni siquiera habían empezado a descargar los de Bilbao. Crucé los dedos para que Lottë llevase una maleta en bodega y eso la retrasara aún más.

Al parecer éramos el único vuelo que había aterrizado a esa hora, así que caminé deprisa por la sala y por fin llegué a las puertas de salida, que se abrían automáticamente. Ahí me detuve por primera vez. ¿Y si Gorka y Kristine estaban justo detrás, como un comité de bienvenida?

Algunos pasajeros de primera clase me seguían a unos metros. Bueno, decidí que podía perder unos segundos y me coloqué a un lado de las puertas, junto a un *roll-up* publicitario del PUENTE COLGANTE DE BIZKAIA, PATRIMONIO DE LA HUMANIDAD. Dejé que el primer pasajero cruzase y activase la apertura automática. Sondeé lo que había al otro lado.

No había demasiada gente. Un par de conductores con carteles para «Mr. Schaffler» y «Mr. Robinson», unas chicas esperando con globos y flores a una amiga llamada «Tania»... Al fondo, tras los grandes ventanales, estaba la cola de taxis. Por lo demás, ni rastro de Gorka o de Kristine, al menos desde donde yo observaba. Quizá todavía no habían llegado o estaban aparcando. Aunque recordaba que había una cafetería al otro lado.

El grupo de Patrick apareció por la sala. Eran cuatro tíos bien altos. Me metí las manos en los bolsillos y me puse a tiro. Cuando llegaron a mi altura, noté que el chico me miraba un poco receloso. No en vano, yo era la loca del avión.

—Perdona, vaya escenita. —Sonreí—. Es que los aviones me ponen muy nerviosa.

Él se detuvo un instante (era un chico bien educado), aunque sus colegas me miraron con suspicacia.

—Te entiendo. Es como ir montado en un tubo.

Me coloqué a su izquierda, de manera que los otros me flanqueasen, y salí casi rodeada por ellos. Como no era la primera vez que aterrizaban en Bilbao, me fueron muy útiles porque caminaron directos a los taxis.

—¿Vas en taxi? —me preguntó Patrick.

—Sí, pero tranquilo, yo me cojo uno para mí.

Paramos junto al primer taxi de la cola, que Patrick me cedió galante.

—Si me das tu número, igual podemos dar esa vuelta por Urdaibai —me dijo.

Se lo di. Total, mi número seguía fuera de servicio y el chico solo estaba de paso. Nos despedimos, y estaba a punto de abrir la puerta de mi taxi cuando noté unos golpecitos en el hombro. Me di la vuelta.

—¿Arruti? Pero ¿tú no estabas de vacaciones?

Gorka Ciencia... Pero ¿de dónde había salido? Me miraba con una sonrisilla diabólica.

—Ya veo que no pierdes el tiempo, ¿eh? —dijo señalando a Patrick, que en esos momentos se metía en su taxi.

Entonces vi a Kristine, fumando junto a uno de los grandes ceniceros del exterior del aeropuerto. Fumando. Joder. Por eso no los había visto.

—¡Hola! —Me saludó levantando la mano.

Tenía unas bonitas ojeras esa mañana (recordé sus migrañas), un cigarrillo en una mano y el móvil en la otra.

Intenté sonreír y me salió una mueca muy forzada.

—Hola, Kristine.

El taxi que había estado a punto de coger terminó volando a mi espalda. Yo no sabía cómo reaccionar. Salir corriendo, con prisa, tampoco era positivo.

—¿Qué te pasa? ¿Estás bien? —preguntó Gorka.

—Pues la verdad es que no me encuentro muy bien. —Me llevé una mano a la tripa—. Creo que algo me ha sentado mal.

—Las pintas de Londres —dijo riéndose.

Justo entonces sonó un ding en el teléfono de Kristine y ella se puso a leer. Gorka me hizo un gesto como para que nos apartásemos un poco.

—Pues no sabes el panorama que tenemos aquí. La madre de Kristine acaba de aterrizar y le ha puesto un mensaje. Dice que ha reconocido a la mujer que buscamos... ¡en el avión!

—¿Qué?

Gorka bajó aún más la voz.

—No sé qué pensar. Me parece que hemos topado con una familia de locas.

Miré a Kristine, con sus ojeras, su camisola hippie, sus vaqueros rotos de pata de elefante y su melena poco cuidada. De pronto, aquello jugaba a mi favor.

—Estos hippies... —Me reí—. Oye, voy a entrar un segundo al lavabo. Ahora vengo, ¿vale?

—Okey. Pero ven pronto, creo que voy a necesitar ayuda.

Oímos otro ding en el teléfono de Kristine.

—Me está mandando una descripción... —dijo mientras

lo leía, apurando el cigarrillo entre sus labios—. Es una mujer rubia, tal y como sabíamos.

Gorka me miró con complicidad y yo les sonreí a los dos. Me disculpé y regresé al interior del aeropuerto. La zona de llegadas de La Paloma (el sobrenombre del aeropuerto de Bilbao) consistía en un corredor de lado a lado, lleno de cristales y de nervios de color blanco al estilo de las obras de Calatrava. Caminé a toda prisa hasta el fondo, justo donde está la parada del autobús público que conecta con Bilbao. A partir de allí, había solo una acera que bordeaba la carretera de salida y que en algún punto desembocaba en la autopista. Ni siquiera miré atrás.

En ese momento, Gorka Ciencia estaría mosqueándose cada vez más con el mensaje de Lottë. Si la mujer era tan observadora como suponía, ya les habría comunicado algunos parámetros clave: «Una mujer rubia, delgada, en torno a 1,75 de altura, viste un chubasquero de color azul y vaqueros».

Y más se iba a mosquear cuando viese que yo no regresaba.

Salí de la protección del edificio y caminé bajo la lluvia sin tener muy claro a dónde ir. Le había dicho a Ori que llegaba esa mañana y que iría directa a Ispilupeko, pero ¿cómo llegar desde allí? ¿Haciendo dedo? Vi pasar un par de taxis, pero en ese punto todos iban ocupados. Entonces, a unos cincuenta metros de la salida, vi un parking lleno de coches y algunas señales de empresas de alquiler de vehículos. Me pareció mi mejor baza. Aunque tuviera que volver a afilar mi tarjeta de crédito.

Fui la primera clienta de la mañana. Alquilé un Kia Picanto por tres días. No sabía muy bien cuándo podría devolver el coche y, de todas formas, había una oferta y me salía bastante bien de precio. Salí de allí conduciendo muy despacio. No detecté nada especial en el aeropuerto, ni tampoco en las vías de acceso. Ni sirenas, ni coches patrulla. En cuanto a Gorka, me imaginé que estaría intentando contactarme por teléfono. Quizá ya habían caído en la cuenta de que yo era esa mujer... o quizá solo estaba mosqueado conmigo por haberme esfumado. En cualquier caso, no había marcha atrás.

Aceleré por la autopista, bajo la lluvia, mientras sentía que el mundo se acababa. Como una gran ola que estuviera surfeando, ahora solo se trataba de mantenerme arriba el tiempo suficiente para intentar caer de la mejor manera.

le, yo que contaré todo, que sentido pero y ru resaba de nuevo milagroso en ed de.

19

La cara de Orizaola era un poema, por no decir otra cosa. Nada más abrirme la puerta, me cogió de la mano y tiró de mí antes de cerrar de un portazo.

—Te están buscando. ¿Cómo has venido?

—He alquilado un coche. Lo he aparcado abajo.

—Bueno —respondió—, pues antes de nada vamos a esconderlo.

Ori cojeaba y se ayudaba de un bastón. Llevaba unos pantalones de pijama de cuadros escoceses, con el culo demasiado abultado por las vendas; una camiseta de Mazzy Star y el pelo recogido en una coleta. Para rematar ese derroche de estilo, calzaba unas Crocs color crema. Bajamos en el ascensor, que tenía acceso directo a un garaje subterráneo («Lo bueno del Overlook es que está vacío en invierno, no creo que te haya visto nadie»). Me dio las llaves de su coche («No tengo el culo para conducir»), lo saqué a la calle, lo aparqué detrás del Picanto de alquiler y después regresé con este y lo dejé estacionado en la plaza de garaje.

Antes de subir de nuevo a su casa, ahí mismo, en el sótano, yo quise contarle todo lo ocurrido, pero Ori ya estaba —de nuevo milagrosamente— al día.

—En el mismo avión, joder, es que es mala suerte...

Tal y como había supuesto, Gorka había atado cabos al leer la descripción que Lottë había enviado desde la sala de equipaje. Altura, color de pelo, ropa, «es una chica de Illumbe». También mencionaba una peca debajo del labio, en la parte derecha de la cara. Joder, pues al final sí que era buena fisonomista.

—Se ha vuelto loco intentando localizarte. Al principio le ha parecido un asunto gracioso. «¡La danesa loca cree que es Arruti!». Pero supongo que entonces ha empezado a darse cuenta. «¿La danesa loca cree que es Arruti?». Ha llamado a Cuartango y Cuartango me ha llamado a mí. Dicen que no hay duda. Tienen tu número de asiento y las cámaras de seguridad. La azafata ha declarado que has salido del avión a empujones, que parecías muy nerviosa.

—Estoy acabada.

—Si lo dices por tu mentira, sí. Es cuestión de tiempo que encuentren alguna muestra de ADN en Arkotxa o en el cotejo de llamadas... Ya sabes lo rápido que puede ser confirmar un sospechoso, sobre todo si es el correcto.

—Vale —dije derrotada—, me entregaré.

—En realidad, no creo que debas usar esa palabra. No has cometido ningún delito. Solo una falta grave.

—Gracias por los ánimos, Ori, pero tú y yo sabemos que Cuartango me va a empapelar por esto. Le he mentido, he mentido a todo el mundo... Lo mejor es que hable. Que ponga todas las cartas boca arriba, incluyendo lo de Eleder. ¿Tienes un teléfono? El mío me lo rompieron en Londres.

—Espera, no tengas tanta prisa —me pidió de forma enigmática, mientras apartaba la cortina con los dedos y miraba a ambos lados de la calle.

Estábamos de vuelta en su piso, en el saloncito donde Ori había montado algo parecido a un estudio creativo. Vi dos guitarras, una pequeña grabadora y letras de canciones esparcidas por una mesa. Además, tenía instalada una cafetera de filtro que estaba medio llena y caliente. Afuera oíamos la lluvia sobre el mar. El rugido de unas olas potentes que rompían en la larga playa de Ispilupeko.

—Cuéntame otra vez lo de Londres. Lo del piso. Esa chica que te atacó.

Lo hice. Un relato completo, detallado, terapéutico, de mi aventura en el apartamento de Pacho. Ori escuchó en silencio, todavía de pie, mirando de vez en cuando a través de las cortinas. Supongo que temía que Cuartango mandase a alguien a vigilarle.

Le enseñé las marcas que aún se apreciaban en mi garganta. Le hablé de esa loca asesina. De sus compinches y de la teoría de la policía metropolitana.

—De algo estoy seguro: no eran ladrones —sentenció—, pero tampoco sé qué demonios hacían allí. ¿Esperarte? ¿Cómo sabían que llegabas ayer?

—Alguien los avisó. Y no podemos descartar que fuera alguien de la comisaría.

Calló unos instantes.

—No sé... En otras circunstancias te diría que es una locura. Pero estoy empezando a ver fantasmas yo también. Ayer por la noche bajé al bar. Necesitaba salir de casa un rato, aunque todavía me duele un poco al andar y no te digo al sentarme. En fin... Según salía por el portal, me pareció detectar gente en un coche. Frente al edificio. Creo que eran dos tipos. Seguí hasta el garito, me tomé una caña y me asomé por la ventana. Allí seguía el coche, así que usé un viejo truco: llamé a la Municipal y les dije que había un perro suelto por los alrededores de la playa, ladrando a la gente y que parecía rabioso. En cuanto vieron aparecer las luces azules, los tipos del coche se acordaron de que tenían casa y desaparecieron. He pasado la noche con la puerta atrancada con un silla y la pipa en la mano.

—¿Crees que vienen a por nosotros? ¿Quién? ¿Belea?

—No lo sé, pero hay más cosas mosqueantes. El Hijo del Byte ha dejado de contestar a mis e-mails. Llevo tres intentos y no consigo saber si ha progresado con el vídeo.

—Mierda... ¿Crees que le ha podido pasar algo?

—Ni idea. Igual es un crío que solo está de exámenes, pero si sumas todas las historias, da un panorama intrigante. Parece que Belea, o quien sea, tiene unos tentáculos muy largos. Es posible que nos hayamos metido en un bonito y espinoso jardín, Arruti.

—¿Y por qué quieres que espere para llamar a la comisaría? Quizá sea lo mejor.

—Bueno... —Se encogió de hombros—. Yo he dejado de fiarme de todo el mundo. Y hay una última cosa que podríamos intentar antes de que Cuartango te envíe al purgatorio.

—¿Qué quieres decir?

Ori cojeó hasta uno de esos horribles armarios librería de madera oscura que todavía pueblan los salones de muchas casas del mundo. Cogió un sobre color manila que reposaba sobre una enciclopedia ilustrada Larousse y me lo plantó delante, sobre el montón de canciones sin acabar.

En el sobre ponía: «Vigilancia R. Santamaría».

—¡El viaje de Rubén! ¿Cómo lo has conseguido?

—Sin hacer demasiado ruido. Un favorcito que me debían en la central...

Abrí el sobre. Era un listado de pasos de peaje del vehículo de Rubén en los últimos días. Orizaola ya había hecho los deberes y tenía dos líneas marcadas con rotulador fosforescente.

—El miércoles salió de viaje. Y si realmente fue a visitar a un familiar enfermo, o estaba muerto o vaya mierda de visita que le hizo.

Yo leí el informe con atención. Rubén salió el miércoles en dirección a Francia. A las 17.35 pasó por la estación de Irún, la última antes de la frontera. Solo unas horas más tarde regresó por el mismo peaje, sentido Bilbo, a las 21.12.

—¿Es posible conseguir los pasos en Francia?

—Se puede pedir en Coordinación, pero eso ya haría más ruido y Cuartango se enteraría.

—Francia —mastiqué la palabra—. Jaca quedaba junto a la frontera. Pero ¿dónde en Francia? Es un país gigante.

—No pudo ir demasiado lejos. El viaje no llega a las cuatro horas entre los dos pasos. Como mucho, una hora y media para ir, lo mismo para volver y treinta minutos para entregar el dinero, la ropa o lo que fuera que le llevara. He mirado el mapa. —Señaló su ordenador—. He dibujado un área máxima que va desde Pau (al este) hasta Léon, en las Landas, al norte. ¿Hay algo que te pueda sonar en ese triángulo geográfico?

—Las Landas... —repetí en voz alta.

—¿Qué?

—¿A qué te suenan las Landas a ti?

Ori tomó asiento muy despacio en el sofá. Aterrizar su trasero era una maniobra delicada. Cuando lo hubo conseguido, dijo que solía ir con sus hijas y su ex a un camping en Biscarrosse.

—Creo que fue una de las razones de nuestro divorcio. Esos campings llenos de familias, con animación nocturna y gente haciendo nudismo...

—Así es. —Me reí. Era cierto que medio País Vasco se iba de vacaciones a las Landas—. Pero, además, ¿de dónde vienen casi todos los surferos franceses? Es la ruta surfera por excelencia: las Landas, norte de España y costa de Portugal.

—¿Surf? ¿Los Carazo? —exclamó Ori.

Extraje del bolsillo pequeño de mis vaqueros el pósit que había encontrado en el apartamento de Pacho Albizu.

Waikiki Surf
Juliet

—Estaba sobre el escritorio de Pacho. La última anotación que hizo. Y Juliet es un nombre francés, ¿no? A ver si hay suerte si lo buscamos en internet.

Por supuesto que la hubo. Había más de ciento cuarenta mil páginas de resultados con el término «Waikiki Surf». En Honolulu y el resto del planeta, Waikiki era una de esas palabras fetiche del mundo del surf que la gente utilizaba para bautizar tiendas, bares, restaurantes tiki... pero los resultados mejoraban ostensiblemente y bajaban a un par de decenas si añadías «Las Landas» al final de la frase.

Encontramos una tienda llamada Waikiki Surf en el pueblo de Moliets-et-Maa, al norte de Soorts-Hossegor, en la costa, lo cual entraba dentro del «triángulo geográfico» probable del viaje de Rubén el miércoles. Además, la tienda tenía su propia página web, donde se ofrecían cursos, reservas de tablas, etcétera. Buscando en el apartado «Nosotros», localizamos un listado de profesores y empleados. Y allí aparecía una tal Juliet Berbiche, monitora de surf. Una guapa francesa de ojos verdes que hacía la señal de *shaka* abrazada a un *longboard*.

—¿Quién será esta monada? —se preguntó Ori en voz alta—. ¿Y qué tendrá que ver con Pacho?

—No lo sé. Puede que Juliet sea una amiga, incluso una ex de Javi. ¿Adónde irías si necesitas desaparecer una temporada y no quieres registrarte en ninguna parte? Te plantas en la casa de aquella amiguita francesa que conociste haciendo surf en Illumbe y le pides que te aloje unos días mientras coges olas en el frío Atlántico. Y desde allí, puede que Javi llamara a Pacho para decirle dónde estaba. Y que Pacho le pasara el mensaje a Susana.

—Vale. Encaja —dijo mi compañero—. De hecho, encaja a la perfección. Tenemos a Javi Carazo cogido por el cuello.

—Dirás que lo tienes —respondí con amargura—. Creo que ya es demasiado tarde para mí.

—Nada de eso. Todavía puedes hacer esto bien, ¿me oyes? Incluso marcarte un tanto. En realidad estás de vacaciones. Tu teléfono está roto y te es imposible contestar a ninguna llamada de nadie.

—¿Qué estás proponiendo, Ori?

—Que nos vayamos a Francia, Arruti. Ahora mismo.

—No podemos detener a Javi sin una autorización.

—No vamos a detenerle. Solo vamos a localizarle. Tú hablarás con él, ¿no necesitabas preguntarle algo sobre Eleder? Además, me apuesto mi nalga sana a que Pacho Albizu también está pasando unos días en la Côte Basque.

Me quedé callada. Mmm..., eso tendría mucho sentido.

—Bien, pero no quiero que te involucres.

—Ya estoy involucrado —replicó él—, recuerda a los tipos del coche. Además, no pienso dejarte caer sola. Somos compis. Que me parta un rayo si te voy a traicionar.

—Y yo te recuerdo que pasas una pensión a tus hijas. ¿Qué harías si te echasen?

—Presentarme a *La Voz Senior* —señaló sus guitarras—, creo que tengo posibilidades.

—¿Lo dices en serio?

—No, joder. Claro que no.

Yo tenía mi mochila hecha, preparada para dos o tres días de excursión, así que ayudé a Ori con la suya. Tuvimos que desechar todos los pantalones apretados que tenía y que no se podría poner con el vendaje del trasero. Al final, aquello parecía la maleta de Demis Roussos. Solo faltaba una túnica. Se partió de risa cuando se lo dije.

Abrió su caja fuerte y sacó dos armas. Su pistola HK de trece disparos y un revólver corto de calibre 22 que me puso sobre el edredón junto con una caja de balas.

—Tengo una cartuchera de tobillo.

—¿Crees que hará falta todo esto?

—Vamos a una fiesta. Más vale que sobre y no que falte.

Ori dijo que lo mejor era dejar el Kia Picanto de alquiler escondido en el garaje. Era muy posible que se emitiese una orden de búsqueda contra mí, y tanto los hoteles como las agencias de alquiler de coches volcaban diariamente sus registros, de modo que la matrícula terminaría saliendo. Y en cierta manera, me convenía que estuvieran buscando un coche que estaba aparcado en el subsuelo de un garaje, en un edificio de apartamentos de la playa donde casi no vivía nadie.

Y mientras tanto, no iba a volver a montar mi SIM en ningún teléfono.

—Seremos como dos fantasmas —dijo Orizaola—. Siempre podré decir que he ido a darme un garbeo de fin de semana.

Salí del edificio disfrazada con un gorro de lana, unas gafas de sol y un poncho. Excepto el Passat de Aitor, no había coches aparcados en el paseo marítimo. La carretera estaba llena de arena. Soplaba un viento húmedo que nos traía briznas de espuma y agua desde el mar. Arranqué y nos marchamos de allí en silencio, como dos delincuentes, mirando a todos lados en busca de una posible emboscada.

Enseguida enlazamos con la autopista. Eran las dos menos cuarto de la tarde de un viernes de lluvia pesada, intensa. Había poca luz y el tráfico iba lento. Muchos camiones levantaban nubes de agua sucia.

—Yo solía ir a Francia con mi tío, de niña —recordé en voz alta—. En aquellos tiempos, tenían más cosas en los supermercados: queso, mousse de chocolate, paté... Volvíamos con el coche lleno y nos pasábamos una semana viviendo la vida padre. Mi tío, además, compraba vinos caros. Le gustaba beberse una copa, solo una, con la cena.

—Ah... Yo también tuve aventuras transfronterizas con mis padres —se sumó mi copiloto—; siempre llegábamos a Francia a la hora de comer, pero hora española. Y siempre había un camarero esperando para decirnos que «la cocina ya está cerrada, monsieur, tendrá que cruzar el Bidasoa y buscar un menú de esos que comen en su país».

—Cómo eran... Menos mal que ahora somos todos europeos.

Él resopló.

—Yo creo que ese camarero sigue ahí, esperando a que lleguemos tarde para hacernos su bromita.

Fuimos dejando atrás los pueblitos de la costa, Zumaia, Zarautz, y pronto llegamos a la circunvalación de la bella Donostia; la pasamos de largo y cruzamos el peaje de Irún, donde Rubén había dejado su provechoso rastro unos días antes. Allí comenzaban unas retenciones que duraron quince minutos y nos tensamos un poco al ver un despliegue de la Guardia Civil en la frontera, pero no iban buscando a ninguna mujer rubia con una peca cerca de la barbilla ni nada parecido. Habían dado el alto a algunos coches deportivos y supusimos que su objetivo era otro. Entonces vimos aparecer una patrulla canina.

—Drogas —dedujo Ori—. Ellos bajan pastillas, nosotros subimos hachís. Hay alguno que incluso hace los dos viajes, pero a esos perritos no se les escapa nada...

Así que entramos en la France tras pagar el primer peaje y aceleramos hasta los 130 kilómetros por hora por sus magníficas carreteras. El tiempo era más benigno en el país galo. Eran las tres y media, teníamos todavía una hora y pico de viaje hasta Moliets-et-Maa, y no habíamos comido nada. ¡Las tres y media! ¿Dónde estaba el camarero que te regañaba por llegar tarde? Pero no le dimos oportunidad. Paramos en un café de gasolinera y comimos unas baguettes con brie acompañadas de una especie de bañera de café aguado con leche en polvo. Yo practiqué un poco mi francés y Ori no escondió su enfado por el precio desorbitado de la comida. Reemprendimos la marcha. Ori me dijo que se había traído su «arma secreta» para cuando ya no me quedase otra salida (porque las canciones de Ori son como una emboscada a Arruti).

—Es una maquetilla de cuatro temas que he grabado en casa. Todavía no se la he enseñado a nadie.

Enchufó el pendrive yo me puse a escuchar, en silencio. A veces, a la gente la conoces por lo que hace, por ciertos detalles. Ori le cantaba a un amor imposible. Tres de las cuatro canciones iban sobre una mujer. La cuarta era un tema pacifista, aunque también tenía un mensaje de amor. Llevábamos unos años trabajando juntos, casi los mismos que él llevaba divorciado, y aparte del lío que tuvo con la jefa de sección de Equipamiento (en una fiesta de Navidad, a la vista de todo el mundo) no le conocía otros ligues. Aun así, estaba claro que había un latido dentro de ese corpachón.

Por lo demás, las canciones estaban bien. Funcionaban. Me recordaban a otros artistas: Sabina, Dylan, Fito... Incluso a esos fraseos tan rápidos de los temas de Diego León.

—¿Qué te parecen? Sé sincera, por favor.

—Me parecen buenas, Ori. Quizá desafinas un pelín. Nada que no se pueda arreglar con unas clases.

Noté que aquello le sentaba estupendamente bien.

—Gracias, Nerea, no te haces una idea de lo importante que...

Lo interrumpió el tono de llamada de su móvil, que estaba conectado con el Passat vía Bluetooth. Pudimos ver el nombre de Cuartango en la consola del salpicadero.

—No hagas ni un ruido —dijo Ori—. Y si no respiras, mejor.

Apretó el botón para aceptar la llamada.

—¿Orizaola?

—Hola, jefe.

—¿En el coche?

—Al súper, me he quedado sin leche.

Cuartango guardó silencio un par de segundos. Yo tuve que apretar los dientes para no reír.

—Escucha. Gorka acaba de confirmarlo: Arruti hizo una llamada desde Arkotxa el sábado anterior a la muerte de Kerman. Es ella.

—No me jodas...

—Por ahora lo sabemos Gorka, tú y yo, pero ya no puedo pararlo. Va a ser un bombazo. Tengo que descolgar el teléfono y empezar a llamar a todo el mundo, a Asuntos Internos en primer lugar. Creo que después llamaré a Patricia Galdós. Ayer Enrique y yo ya la pusimos al día de lo de la amante, pero ahora... no sé con qué cara le voy a contar esto.

Aitor no dijo esta boca es mía.

—Escucha, me imagino la respuesta, pero ¿no notaste nada raro en ella?

Vi que me miraba de reojo.

—Ahora, a toro pasado, hay un montón de cosas que me van encajando. El día que fuimos a darle la noticia a Patricia... Arruti estaba deshecha.

—Claro.

—Y después, con la mujer danesa se puso nerviosa. Me pareció que estaba muy extraña... Como entenderás, no podía ni imaginarme algo así.

—¡Ni tú ni nadie! Mucha gente en comisaría pensaba que Arruti era lesbiana o asexual. Se van a quedar de piedra cuando se enteren de que se trajinaba a Kerman. Yo, personalmente, pensaba que tú tenías un lío con ella.

—¿Yo? —dijo Ori riéndose (pero con nervios).

—No sé... Una vez me dijiste que te parecía la mujer perfecta. Y como estáis tanto tiempo juntos... Nada, pues me equivoqué.

—Sí. De lleno, además.

—En fin. Vamos a emitir una orden de búsqueda. Se la considera implicada en la muerte de Kerman Sanginés, o al menos sospechosa de un delito de omisión de auxilio. Vamos a poner vigilancia en su domicilio y también en el sanatorio de Santa Brígida. Ya sabes cómo es con lo de su tío, pasa más horas allí que en el bar. Parecía un poco asperger.

Ori se rio otra vez, sin muchas ganas.

—Huelga decirte que cualquier información que puedas tener, aunque sea a nivel personal, deberás aportarla de inmediato.

—¿Información?

—Arruti tiene el móvil desconectado, y su coche sigue aparcado en su calle de Gernika. No le quedan demasiadas opciones. Quizá se le ocurra llamarte y pedirte ayuda. Espero que entiendas que ahora es una sospechosa en busca y captura.

—Está muy claro, jefe. A mí también me ha mentido. Si me entero de algo, os llamaré.

Colgó y nos quedamos en silencio. Yo no sabía por dónde empezar. La llamada había dejado un bonito reguero de calificativos sobre mi persona.

—¿La mujer perfecta? —bromeé, obviando todo lo demás.

Ori carraspeó.

—Lo llegué a decir —admitió—, estaba un poco borracho. Y bueno, acababas de llegar y eras muy rápida con todo; aprendiendo..., físicamente. Resultabas... impresionante.

—Vaya, me apena haber ido perdiendo lustre.

—No, no es eso. Yo...

—Está bien, está bien. Mejor eso que ser una asperger asexual.

—Escucha, eso ya no lo dice nadie.

—Ya me imagino. Al menos, este escándalo va a servir para algo: mi sexualidad ha quedado bien demostrada.

Nos reímos.

—En fin, creo que debería apagar el teléfono —dijo Ori—. Cuartango no se chupa el dedo y puede que termine sospechando de mí también.

Estábamos pasando cerca de Capbreton y había dejado de llover. La costa atlántica refulgía bajo un sol inesperado a nuestra izquierda. Las largas playas francesas y sus coquetos pueblecitos y ciudades de la costa.

Nos acercábamos a la hora punta, la salida del trabajo un viernes. El tráfico se ralentizaba en los alrededores de Magescq, donde Ori recordaba haber pasado un fin de semana alguna vez. Tomamos una desviación por la D-16 hacia la costa y en cuestión de diecisiete minutos, tras tomar la rue du Général de Gaulle (una rudimentaria carreterita entre árboles), por fin llegamos a las primeras casas de Moliets-es-Maa, que era la clásica villa del sur de Francia. Casitas con jardines perfectamente limpios y mimetizados con la naturaleza, un centro ordenado, con su *boulangerie*, su bistró, su tienda de *tabac* y un Carrefour (por si queríamos llevarnos un queso de vuelta). Surcamos el pueblo muy despacio, apreciando esa aplastante tranquilidad y ese silencio de sus calles, que a los que venimos del otro lado de la frontera nos fascina y nos atemoriza a partes iguales. (¿Qué estarán tramando tan calladitos?).

Antes de que Ori apagara su teléfono nos habíamos fijado en la localización de la tienda de surf, así que seguimos rectos hacia el mar, por una calle que terminaba en un perfecto horizonte azul. Allí, aparcamos al comienzo de unas dunas, junto a un montón de furgonetas Volkswagen forradas de pegatinas.

Waikiki Surf Shop (& School) era un conjunto de cabañitas de madera situadas en primera línea de la playa. Se diría que el negocio iba más allá de una tienda de ropa playera, tablas y equipamiento variado: allí tenían montado todo un sistema de vida. Una escuela, un almacén, un vestuario con duchas, incluso alojamientos.

Algunos aguerridos surfers se cambiaban en ese instante junto a nuestro coche, sin ningún pudor, listos para meterse en un agua que parecía demasiado fría. El cielo se había abierto esa tarde, y muchos habían aprovechado la ventana de buen tiempo para ir a coger olas. Unas nubes grandes, que se iban oscureciendo a varias millas de la costa, prometían una noche de tormenta. En la tienda había gente tomando café. Sonaba música. Todo indicaba que en Waikiki Surf Shop siempre reinaba el buen rollo. Y nosotros también queríamos participar, claro.

—Pero con cuidado —dijo Ori—, es muy posible que estén en guardia.

—Demos un paseo.

Le ayudé a salir del coche. Después de dos horas sentado, sus posaderas le hicieron rechinar de dolor. Trepamos a la duna. El viento era firme allí arriba, hizo aletear mi poncho. Vimos unos cuantos surfers en el mar; sus neoprenos les daban aspecto de focas divirtiéndose con las olas.

—¿Crees que Javi Carazo puede estar entre ellos?

—No lo sé. En cualquier caso, me parece más fácil buscar a Juliet. Las chicas son minoría por aquí.

Desechamos la idea de preguntar por ella en la tienda o en la escuela. Sencillamente, nuestro aspecto nos delataba. No pintábamos nada en ese miniparaíso de gente joven, bohemia y deportista y solo atraeríamos una peligrosa atención si comenzábamos a preguntar por Juliet con nuestro acento.

Decidimos bajar a la arena y dar un paseo por los alrededores, como una pareja de turistas encandilados por la majestuosidad del mar. Recordábamos la foto que habíamos visto en la web: Juliet era una chica atlética, guapa, de pelo cobrizo, ojos verdes. Ori, además, recordó el detalle de que salía abrazada a un *longboard*, y en el mar, esa tarde, había solo dos tablas de esas características. Y sobre una de ellas distinguimos a una chica.

No tenía por qué ser ella, pero ya era algo con lo que trabajar. Regresamos al coche. Estábamos helados, así que me acerqué a la tienda, que tenía un pequeño café, y pedí dos chocolates calientes. Había un grupo de chicos y chicas allí reunidos, todos más franceses que la Bastilla, hablando de sus cosas mientras se calentaban junto a una pequeña chimenea. La chica del café era simpática. Le pregunté si el motel estaba abierto en esas fechas. Con mi mal francés entendí que sí, pero que debíamos esperar a un tal Arouk, que era el encargado y volvería en un rato. Le di las gracias y regresé al coche. Ori, que ya estaba en modo vigilancia, dijo que había visto pasar a una chica y un chico, pero que no eran ni Juliet ni Javi. Además, se habían metido en una de las furgonetas que había por allí, una con matrícula alemana.

Fue cayendo la tarde y la luz. Los surfers iban saliendo lentamente del agua, aunque la chica del *longboard* se resistía. Mientras tanto, apareció una furgoneta serigrafiada con el logo del negocio. Aparcó en el patio formado por las cabañas y bajó de ella un chaval que bien podría ser Arouk, el encargado.

Fui a preguntarle por el motel. Se había puesto a apilar maderas en una especie de contenedor metálico. Me dijo que el motel era solo para surfers y alumnos, pero que como no había mucha gente nos alquilaba una litera por cien euros. Además, eso nos daba derecho a la barbacoa de esa noche. Señaló un grill y unas bolsas de plástico que portaba en la furgoneta.

—Creo que ya sé lo que haré si me echan del cuerpo —dijo Ori cuando se lo conté—. Venirme a vivir aquí.

—Yo también —asentí sin quitar ojo a los costillares que Arouk iba desplegando sobre la mesa—. Desde luego, Javi eligió muy bien el sitio donde perderse.

Otro chaval llegó con un bidón donde empezó a vaciar las bolsas de hielo. Del maletero de otro coche aparecieron lo menos doscientas latas de cerveza.

Ori silbó entre dientes.

—De hecho, quizá no espere a que me echen. ¿Crees que podría ganarme la vida tocando canciones para estos chavales?

Yo no respondí. Le di un codazo y le señalé la playa... La chica del *longboard* estaba saliendo del agua. Y no iba sola. Un chico con una tabla pequeña salía con ella. Todavía quedaba luz como para distinguir su cuerpo ancho, musculoso, el pelo oscuro. ¿Javi Carazo?

Caminaban por la arena, pero no venían en dirección a la tienda ni al aparcamiento. Parecían dirigirse un poco más allá, detrás del edificio del motel.

—Quédate aquí —le dije a Ori.

Me bajé del coche, pasé junto a la incipiente hoguera y sonreí al chico que estaba llenando de cervezas el bidón, antes de seguir de frente. Me asomé por una esquina del edificio del motel y vi a la pareja más de cerca. Venían hablando y se dirigían a un sendero que se abría entre los árboles. Me acerqué disimuladamente al sendero, donde había varias bicis aparcadas, y me agaché junto a una, como si estuviera quitándole el candado. Según se aproximaban desde la arena, pude oírlos hablar. Ella estaba contándole algo y lo hacía en castellano, con un fuerte acento francés.

—... y Philippe ha tenido que vender la furgoneta, por eso no irán este año a Portugal...

El chico la iba escuchando cuando pasaron a mi lado, casi sin darse cuenta de que yo estaba allí. Entonces clavé los ojos en él. Javi Carazo, sin lugar a dudas. Era igualito a su madre.

Continuaron y se internaron en ese sendero en el bosque. Yo esperé un rato antes de seguirlos en la distancia. Fue relativamente fácil. Había una casita de madera a unos treinta metros entre los árboles. Entraron por el jardín, dejaron las tablas apoyadas en una pared y llamaron a la puerta.

Abrí los ojos de par en par cuando observé al personaje que apareció al otro lado.

—¿Cuál de tus dos nalgas te habías apostado a que Pacho estaba aquí? —pregunté a Orizaola minutos después, cuando volví a entrar en el coche.

—¿En serio?

—Sí. Están en una casita ahí detrás. Ahora mismo deben de estar dándose una ducha. Yo creo que es el momento perfecto para hacer una visita, ¿no?

La barbacoa comenzaba a animarse. El grupo de chicos y chicas que antes estaba en el café salió a disfrutar del calor de la hoguera y de las primeras cervezas, mientras Arouk iba preparando las brasas para el asado. Todo esto, con un fabuloso atardecer ante ellos y una brisa silbante, no demasiado fuerte, que avivaba el fuego y enardecía los sentidos. Ori y yo rodeamos el motel y nos dirigimos al sendero del bosquecillo. A esas horas la penumbra empezaba a imponerse y la casita de madera tenía las luces encendidas. Había algunas más, camufladas entre los árboles, a lo largo de aquel camino, pero todas estaban a oscuras y cerradas. Eran residencias de verano, probablemente, y tenían pinta de pertenecer a parisinos ricos que ahora mismo estarían disfrutando del otoño en la ciudad.

Nos acercamos con cuidado, al amparo de la oscuridad. Salía humo por una chimenea y olía a leña. Por una de las ventanas vimos trasiego de personas. A Juliet, con el pelo mojado y un cigarrillo, sirviendo unos vasos. También a un chico con el torso desnudo, que se secaba el pelo con una toalla. Supuse que era Javi Carazo. Pacho estaría en alguna otra parte, quizá listo para salir. Antes le había visto solo de refilón, pero me había bastado para reconocer esa cara de Ringo Starr que había memorizado rumbo a Londres.

Ori señaló un camino de servidumbre que corría en paralelo a la verja. Asentí con la cabeza y él se metió por ahí. Ya habíamos planeado cómo hacerlo, así que no necesitábamos palabras. No era una detención, no podíamos emplear la fuerza, pero tampoco podíamos arriesgarnos a que esos chicos salieran corriendo. Teníamos que ganarnos su atención rápidamente y convencerlos para colaborar. Aunque claro, también nos hacía falta un plan B.

Ori rodeó el terreno y se quedó controlando la parte trasera, escondido en las sombras, con el arma lista por si acaso. Yo fui por delante. Abrí la cancela, respiré hondo un par de veces y atravesé el jardín. Había unas cuantas tablas de surf apoyadas en la pared de la casa, bicicletas, skates y el cadáver de una moto. Todo el jardín respiraba ese aire de gente joven que comparte casa. Subí las escaleritas de madera mientras oía un rumor de conversaciones. Bueno, al menos esta vez estaba segura de que no me iba a topar con una asesina a sueldo. Llamé a la puerta dos veces y se hizo un repentino silencio. Después los oí cuchichear y enseguida una sombra se asomó con disimulo por una de las ventanas. «Chicos, sois los peores fugitivos que he conocido en mi vida».

Se abrió la puerta, por supuesto; tal y como me imaginaba, era Juliet con cara de susto. Miré un poco por encima de ella: una cocina americana a la derecha y un saloncito a la izquierda con una estufa ardiendo y un montón de leña apilada contra una pared. No logré ver a nadie, pero sabía que los otros dos no andaban muy lejos, así que no respondí cuando la chica me preguntó (en francés) qué deseaba. En vez de eso, hablé en voz alta:

—Javi y Pacho, me llamo Nerea Arruti y soy ertzaina, aunque no he venido a deteneros. Solo a avisaros de que corréis un grave peligro.

Juliet se había quedado muda y sin sangre en su bonito rostro. Continué hablando:

—Repito. No hemos venido a deteneros. Estoy sola con mi compañero Orizaola, es una visita extraoficial. Nadie más conoce vuestro paradero, aunque no creo que eso dure demasiado. Y como digo, estáis en peligro. Una mujer estuvo a punto de asesinarme en tu apartamento de Hackney, Pacho. Quizá ya te ha llegado la noticia.

Dejé que las palabras se asentasen en el silencio antes de añadir:

—Ahora voy a darme la vuelta y saldré a la carretera. Tomaos un minuto para pensarlo. Os dejo mi identificación para que le echéis un vistazo.

Lo hice. De hecho, yo misma cerré la puerta a mi espalda, ante los ojos atónitos de Juliet, llenos de preguntas. Tal vez acababa de enterarse de que Pacho y Javi no eran tan solo dos divertidos amigos surferos del País Vasco. Pero, en fin, mejor enterarse así que suplicando por tu vida delante de un cañón con silenciador.

Fui hasta la cancela y aguardé detrás mirando la casa. Noté movimiento. Sombras que se apostaban en el marco de la ventana para espiarme, y que después volvían a cobijarse en el interior de la casa. Crucé los dedos para que fueran inteligentes, aunque me agaché y desabroché la funda que protegía la 22 en mi tobillo. El plan B era encañonarlos y secuestrarlos el tiempo justo para tener una agradable conversación.

Pero no fue necesario. A los cinco minutos se abrió la puerta y apareció Javi Carazo, ya vestido con unos vaqueros recortados y una camiseta. Me hizo una seña para que me acercase, y lo hice hasta quedar a medio camino entre la casa y la valla. El viento soplaba un poco más fuerte. Los árboles se agitaban a nuestro alrededor. Parecía la escena de un wéstern.

—Si no estamos detenidos, ¿qué hace aquí?

—He venido a hablar con vosotros.

—¿Cómo nos ha encontrado?

—Estuve en el piso de Pacho. Se dejó esta dirección apuntada en un pósit. Además, sabemos que Rubén te ha visitado hace nada.

El chaval se frotó los ojos con una medio sonrisa, como si pensara «qué panda de inútiles».

—Escúchame, Javi —continué a toda prisa—. Sabemos lo que ha pasado. Aceptaste el trabajo de conducir ese coche para Abraham. Te lo robaron en Jaca y te asustaste, ¿no? Quiero que sepas que podemos ayudarte.

—¿Ah, sí? ¿Cómo? Fueron a por Abraham y lo han matado.

—Lo sé. Yo estaba delante cuando murió. Y dijo una sola palabra: Belea. Mi compañero y yo estamos metidos en una investigación sobre ese nombre y también han venido a por nosotros...

Vi aparecer a Pacho a su lado, con vaqueros de pitillo, camiseta de Jack Daniels y una visera *trucker* por cuyos lados sobresalían flecos de una melena teñida de rubio.

—Hola, Pacho. Encantado de conocerte al fin. —Sonreí—. Me ha costado un poco dar contigo.

—¿De verdad estuviste en Hackney? —preguntó él.

—Sí. Ayer por la tarde. La mujer que me atacó se hizo pasar por tu compañera de piso: supongo que intentó drogarme y sacarme dormida, pero yo me percaté de la trampa. Tu auténtica compañera de piso está en Indonesia, visitando a su familia.

—Lo sé —dijo Pacho—. Trinita y yo nos fuimos el mismo día de Londres... Pero ¿por qué venían a por mí? No he hecho nada. Hace años que estoy fuera del mercado.

Ya le había dado un par de vueltas a eso:

—Quizá Abraham dio tu nombre. O quizá hicieron los deberes y te relacionaron con Javi, lo mismo que yo. O quizá... —«Me estaban esperando a mí», completé mentalmente.

Se hizo un silencio. Ya había puesto mis cartas boca arriba y contestado a sus preguntas. Esperaba que funcionase.

—¿Dónde está tu compañero? —preguntó Javi, tuteándome ahora.

Llamé a Ori en voz alta y apareció por entre la vegetación como si fuera una especie de Basajaun que yo hubiera logrado invocar.

—Vale. —Javi hizo una seña hacia el interior de la casa—. Lo mejor será que entremos.

Juliet estaba muy nerviosa, tanto que fue ella mi primer objetivo. Le hablé con calma. Le dije que no había ningún problema «todavía» y que las cosas se iban a solucionar. Vendí la idea de que «por fortuna» nosotros habíamos llegado allí antes que nadie. Aunque en el fondo, ¿acaso no era cierto? Después le pedí que hiciera café para todos. No podía permitirme el lujo de dejarla marchar y que avisara a algunos de sus amigos de la barbacoa, o a sus padres, o a la policía francesa.

La cabaña estaba bien caldeada gracias a esa estufa de leña y nos sentamos todos alrededor del fuego. Javi iba con las piernas al aire, descalzo. Era un tío ancho, con una mirada dura y un atractivo hoyuelo en la barbilla. Pacho era de otro estilo; larguirucho, canalla. Puso los botines sobre la mesa y empezó a liarse un porro. Orizaola le bajó los pies al suelo de un manotazo.

—Una cosa es que no te vayamos a detener y otra que no guardemos las formas, ¿eh?

—Tranqui, tío... Vale, vale. ¿Puedo hacerme el canuto?

—Sí. Hazte el puto porro.

Javi alternaba la mirada entre nosotros y Julie...

—¿De verdad crees que estamos en peligro? —me preguntó sin dejar de frotarse las manos. Estaba nervioso.

—Bueno, parece que Belea, o quien sea, está intentando borrar sus huellas. Necesitamos que nos contéis todo lo que sepáis sobre él.

—Yo no sé nada —respondió Javi muy deprisa—. Ni siquiera conocía a Abraham hasta que Pacho me habló de él.

Pacho estaba en ese momento dándole un lametazo al papel de liar cargado de maría. Tengo que decir que me impresionaba su cara de mármol.

—¿Y tú qué? —le interpeló Ori—. ¿No dices nada?

—Yo preferiría tener un abogado delante.

Ori se rio tan fuerte que luego se quejó de que le dolía la herida del trasero.

—Sí, ahora mismo. Espera. Voy a la barbacoa a ver si hay alguno. Venga, Pacho, ya te hemos dicho que no es nada oficial. Estamos aquí para salvaros el culo.

«Y de paso el nuestro», pensé.

—¿Me juráis que nada de lo que diga aquí podrá ser usado en mi contra?

—Te lo juro por la señorita Pepis —le vaciló Ori.

—En serio —intervine—. No es una declaración, no hay grabadoras ni máquinas de escribir, ni vas a firmar nada.

—No sé... Es un poco raro esto —dijo él—. Sobre todo viniendo de dos polis.

Aitor y yo nos miramos. «Tan listo como cabezota».

—Digamos que no somos dos polis al uso. Y tú estás de suerte por eso. La Ertzaintza tiene una línea caliente con la fiscalía francesa. Sería tan fácil como hacer una llamada y conseguir una orden de arresto, ¿entiendes? Así que vamos a centrarnos un poco. ¿Qué sabes tú de Belea?

—Nadie sabe nada de Belea —respondió Pacho, que acababa de encenderse el canuto—, pero está claro que es alguien. Y muy poderoso. Se habla de una buena familia de Illumbe que tiene viejos tratos con el mundo de la droga.

—¿Quién te ha contado eso?

—Un muerto. —Pacho lanzó una larga flecha de humo—. Abraham —concretó—, aunque él tampoco sabía mucho más. Cosas que había oído, o se imaginaba. Se metió en el ajo por un compañero de prisión. Me contó que había estado con *él* una sola vez y que no le pudo ver. A partir de entonces, le daban las instrucciones por teléfono, con uno de esos aparatos que distorsionan la voz.

Fumó. Soltó una densa humareda por la boca.

—Háblanos de Abraham. ¿Cómo terminaste con él?

—Le conocí hace unos años. Era un tío que arreglaba motos, hacía tatuajes y vendía una hierba de primera. Yo era un cliente habitual y, además, también trapicheaba un poco. Así que Abraham me ofreció asociarme para pasarla por ahí. Su mierda se valoraba bastante en el mercado y no fue difícil hacer una billetada. Hasta que un día me contó que en realidad tenía otro negocio, algo que le dejaba pasta de verdad. Y que necesitaba gente dispuesta a correr riesgos. Él lo llevaba haciendo unos años y ya no quería exponerse tanto. Se trataba de conducir coches.

—¿Qué hay en los coches? —preguntó Ori.

—Coca, heroína... Aunque solo son suposiciones porque no había manera de saberlo. Iba todo atornillado a los bajos, perfectamente escondido. Eran coches nuevos que no llegaban a pasar una ITV, claro. Después los metían en un desguace y *agur*.

«El desguace del polígono Varona», recordé.

—La pasta era inmensa —siguió Pacho—, veinte mil por tres días en la carretera. Los destinos eran variopintos, pero siempre eran parkings públicos cerca de la frontera o al otro lado. Salías, dejabas la llave en la guantera y te ibas sin mirar atrás. Esa era una de las reglas... —Lanzó una mirada a Javi con un punto de reproche—. La otra era que hasta entonces no perdieras de vista el coche bajo ningún concepto. Nos decían que comiéramos y durmiéramos dentro. Después de entregarlo podías pillarte un hotel, irte de putas o lo que te diera la gana. Pero mientras conducías, nada de chorradas.

—Vale. —Ori se dirigió a Javi—. Y tú la cagaste, ¿no?

Él asintió con la cabeza.

—Joder, solo quería un café con leche. Estaba a cinco metros...

—Eso fue un robo profesional, Javi —le dije—. Esos tíos te habían seguido. Alguien se fue de la lengua. La pregunta es quién.

—Yo no dije una palabra a nadie —se defendió él.

—¿Abraham? —preguntó Ori.

—Abraham era un puto loco, pero no era idiota —intervino Pacho—. Sabía con quién se estaba jugando los cuartos. Si se le escapó algo, tuvo que ser un error.

—Vale, sigamos —dije—. ¿De dónde venía la droga?

—De nuevo, eso solo lo sabía Abraham. Él se encargaba de preparar los coches, de llenarlos. Nosotros entrábamos ya en la segunda parte de la historia. Teníamos que estar disponibles durante una semana. Entonces, nos llamaba de madrugada, íbamos al polígono, nos daba una llave y un destino. A partir de ahí, éramos los responsables del coche, lo que os he contado antes.

Pacho volvió a dar una larga calada. Eché un vistazo a Juliet, que no se movía de la cocina, blanca como la cera, fumando cigarrillos y vaciando una botella de vino. Supongo que estaba alucinando en colores. Una cosa era ser *cool* y otra muy distinta verse metida en semejante embrollo.

—Entonces, volviendo al mes de octubre, entiendo que Abraham te ofreció el bolo pero tú se lo pasaste a Javi...

—Exacto. Yo vivo en Londres y saco un buen dinero con mis movidas DJ. Ya no me meto en líos. Pero Abraham estaba muy tirado, no tenía a nadie, y me insistió en que le ayudase. Bueno, a fin de cuentas, tengo ahorros gracias a él. Así que pensé en Javi.

—Veinte mil euros no le vienen mal a nadie, ¿eh? —dijo Ori mirando a Javi—. Es mucho mejor que un atraco de mierda.

—Yo solo quería llevar a mi madre a Canarias —respondió él—. Y que no tuviera que aguantar a más hijos de puta. Lleva toda la vida aguantando a hijos de puta.

Inmediatamente pensé en Susana, en su novio y jefe Rubén Santamaría, y en todos esos tipos con mirada de serpiente que rodean a las camareras guapas de este mundo. Le di la razón, aunque fuera solo para mis adentros.

En ese instante vi que Juliet se levantaba del taburete donde había estado sentada todo ese tiempo. Yo había estado observándola. Calculé que se había bebido tres copas y su reacción entraba dentro de lo esperado.

—Yo me marcho —dijo—. Es que no quiero saber más.

—Lo siento, Juliet. Sé que todo esto es una putada, pero todavía no hemos terminado. No podemos dejar que te vayas.

Ella soltó una especie de grito histérico.

—¿Qué? Yo soy ciudadana francesa. Ustedes no pueden retenerme aquí.

Me llevé la mano al tobillo y saqué la 22. No es que hiciera falta porque Ori ya tenía la HK entre las manos, colocada sobre su muslo, como quien saca un paquete de chicles y ofrece uno. Juliet se puso más blanca todavía.

—Escucha —le dije sin perder la calma—. Piensa que tú también has colaborado al esconder a Javi.

—¡Yo no sabía nada!

—Eso es algo que tendrías que demostrar ante un juez, y te garantizo que no todos los jueces son tan guais como nosotros, ¿vale? Solo te pido que te sientes y te tomes otra copa. Mañana nos habremos ido y solo seremos un mal sueño. Podrás volver a la playa con tu *longboard*.

—De acuerdo. —Se sentó de muy mala leche—. Pero mañana todos se habrán ido. Javi y Pacho también.

Pacho miró a Javi con una sonrisa de medio lado.

—¿Ves? Te dije que roncabas demasiado.

Javi le dio un puñetazo en el hombro, de risas, y Juliet dijo unos cuantos tacos en francés.

Hicimos una pequeña pausa. Nos pusimos más café y los chicos se terminaron el canuto a medias. Supongo que necesitaban relajarse un poco.

—Vale. Ahora quiero preguntaros por un amigo vuestro, Eleder Solatxi. Creo que le conocíais del barrio, ¿no?

—¿Eleder? —Javi no ocultó su sorpresa—. ¿Qué pinta él en todo esto?

—Quizá más de lo que te imaginas. Su muerte podría estar relacionada con un secreto. Y con la identidad de Belea.

—¿Eleder conocía a Belea?

—No lo sabemos, pero grabó un vídeo para alguien y puede que ese vídeo contenga una pista para desenmascarar a Belea. Y a su asesino, dicho sea de paso.

Aquello provocó un nuevo silencio.

—Su madre siempre lo dijo: que había algo raro —murmuró por fin Javi mientras se pasaba la mano por el pelo—. La verdad es que no tenía ningún sentido. Eleder era demasiado duro como para tirarse por un acantilado... por muy borracho que fuera...

—¿Sabéis dónde estuvo esa noche?

Los dos negaron con la cabeza, aunque noté que Javi bajaba la vista. ¿Ocultaba algo?

—¿Erais muy amigos? —pregunté para empezar a dar un rodeo.

Se miraron el uno al otro, como pasándose la pelota para responder.

—Era un tipo especial —arrancó Pacho—. Un chaval que había viajado, que sabía muchas cosas. Al principio, cuando se mudó al barrio, le caían golpes por todas partes. Le llamaban «Tolosa», de «to' lo sabe», porque era un poco repipi... Pero después empezó a devolver los golpes. Se hizo malote porque no le quedó otra. Pero en el fondo creo que todo era una máscara para sobrevivir. Seguía siendo ese chaval refinadillo, que leía libros, escuchaba buena música. A mí me descubrió un montón de discos de los Temptations, de Solomon Burke, Aretha...

—Soñaba con ser actor —añadió Javi—. El cabrito de él era muy guapo.

—Sí... Entre las chicas del barrio causaba sensación —rememoró Pacho—, pero a Eleder le gustaba la gente con estilo y con dinero.

—De eso quería hablaros yo —dije—. En su último año trabajaba en el Club Deportivo, y por lo visto se echó una novia allí.

—¿Una novia? —se rio Javi—. Sería la primera. Eleder no era de tener novias.

—Novias o novios —añadió Pacho con complicidad.

Yo miré a Ori y Ori me miró a mí. El personaje se ponía cada vez más interesante.

—¿Decís que Eleder era bisexual?

—Era lo que hiciera falta —dijo Pacho.

Javi le dedicó una suerte de mirada recriminatoria, como si no le gustase que hubiese desvelado un secreto de su viejo amigo. Después tomó la palabra.

—Era un chico que estaba muy dolido con la vida, ¿vale? Yo siempre le veía cabreado con el mundo. Nosotros, en el barrio, somos cínicos. Damos la vida por perdida. Naces hijo de un borracho y posiblemente termines siendo borracho. Pero él tenía aspiraciones, su padre había sido rico, aunque se le pudrieron las empresas y después se marchó a México con otra, pero Eleder siempre se había visto a sí mismo como alguien diferente, con un futuro. Estaba ahorrando para irse a Madrid a lo de ser actor. Soñaba con ser alguien y utilizaba todo lo que tenía en su mano para conseguir su plan. Empezó a trabajar en el club, pero no por el sueldo (de mierda, por otra parte), sino por estar más cerca de la gente rica. Allí hay todo tipo de negocios, si estás dispuesto a ensuciarte un poco.

—¿A ensuciarte?

Javi se refrenó. Bebió un sorbo de café.

—Mira, todo esto quedó enterrado con él. ¿De verdad hay una buena razón para removerlo?

—Sí, la hay —afirmé tajante—. Alguien lo bastante poderoso mató a Eleder e hizo que su muerte pareciera un suicidio. La razón podría ser ese vídeo que grabó y que tituló con el nombre de Belea.

Un trueno retumbó a lo lejos, en el mar. El viento soplaba con fuerza. Todavía quedaban algunas horas para la tormenta, pero no cabía duda de que esa noche sería pasada por agua.

—¿Qué hay en el vídeo? —preguntó Javi.

—No lo sabemos, está protegido con una contraseña. Pero podría tener relación con algo que hizo en su última noche. ¿De verdad que no sabéis a dónde fue?

Esta vez no me corté nada. Miré a Javi a los ojos. Fijamente. Quería darle a entender que lo sabía.

—Su madre es una buena tía... —cedió entre titubeos—. Hemos sido vecinos toda la vida. Estuve con ella en el funeral... No debería enterarse de nada.

—Te prometo que haré lo imposible para protegerla —le aseguré sin dejar de mirarle a los ojos—, pero es crucial que sepamos qué pasó esa noche.

Javi bajó la mirada al suelo, negó despacio con la cabeza, resopló entre dientes y al fin pareció llegar a un acuerdo consigo mismo.

—Eleder tenía varios negocios en marcha —comenzó a decir a media voz—. Uno de ellos era trapichear con droga: maría, coca, pastillas, de todo. Llevaba un tiempo haciéndolo por todo el pueblo. Le llamaban, iba con su moto y hacía sus entregas. El problema es que empezó a hacer algo más. Digamos que se quedaba más rato en casa de algunas clientas.

—¿Qué? —preguntó Ori.

—Habla claro —le presioné—. ¿Dices que se prostituía?

Javi hizo un gesto a medio camino entre un «sí, claro» y un encogerse de hombros.

—Las elegía bien. Muchas eran mujeres del club. Quizá algún hombre también. Eso es todo lo que sé. Alguna vez se le escapó que ganaba en media hora el sueldo de un mes.

—¿Y esa última noche?

—Él hablaba mucho de una clienta especial. Decía que estaba un poco de la azotea —se atornilló la sien con un dedo— pero que le pagaba muy bien. Al parecer, es que se bebía hasta el agua de los floreros. Él la llamaba la señora Whisky Doble.

Miré a Ori y él asintió con la cabeza. Los dos estábamos pensando en la misma persona.

—Esa última noche, Dani y yo habíamos vuelto de hacer surf en el puerto. Estábamos abajo, en la lonja, bebiendo unas latas y escuchando música cuando vimos a Eleder salir de casa todo emperifollado. Le vacilamos como siempre. Le preguntamos dónde iba y nos dijo que «a por un whisky doble», y me guiñó un ojo.

—¿Nunca te dijo su nombre?

Javi negó con la cabeza.

—¿Algo, lo que fuera? —insistió Ori.

—No, solo eso: que le pagaba muy bien y que estaba un poco de aquí. —Volvió a señalarse la sien.

—Y nunca se lo contaste a su madre —le reproché.

Otra vez negó con la cabeza.

—¿Cómo le cuentas eso a una madre? Eleder se había matado. Todo el mundo dijo que fue un suicidio o un accidente idiota. Además, debía de ir hasta las cejas cuando...

—... lo tiraron —completé yo—. Lo mantuvieron maniatado durante horas y después lo empujaron al mar. Eso es lo que pasó.

Juliet estaba llorando. No sé si era por la historia de Eleder o porque se había bebido dos tercios de la botella. Para ser sincera, todos estábamos consternados ahora que la verdad sobre Eleder había terminado saliendo a la superficie.

Ahora ya solo quedaba pensar en el siguiente paso. Pacho y Javi acababan de quedarse en la calle; Juliet había insistido en que se marcharan «esa misma noche». Aunque la convencieron para irse de madrugada. ¿Dónde irían? Yo le hablé claro a Javi: había una orden de detención por los atracos de Bermeo y Murueta, pero todo podía ser muy amable si colaboraba en el caso de Abraham y los vehículos de contrabando. No había ninguna evidencia contra él. El coche y la droga (si la hubiera, porque él no la manipuló) habían desaparecido. Podía contar que lo contrataron para rodar unos cuantos kilómetros un Nissan Qashqai nuevecito. De hecho, ni siquiera había cobrado más que un anticipo de dos mil euros. O sea, que dudaba mucho que tuviese que enfrentarse a un cargo por narcotráfico.

—Pasaremos la noche en el motel —les informé, ya en la puerta de la casa— y mañana volveremos a Illumbe. Hay dos asientos libres en el coche. Pensadlo.

—Por mi parte es un adiós —dijo Pacho.

—¿Qué harás? —pregunté—. Londres podría ser peligroso.

—Tengo amigos en muchas partes... y ahorrillos como para empezar otra vez. No lo sé, quizá hasta cambie de continente.

—Suerte —le dije. Y se la deseaba de corazón.

Una veintena de chicos y chicas disfrutaban del fuego y de la carne en aquella noche fría y extraña. Un cielo eléctrico se desplegaba a lo ancho del horizonte, pero la tormenta quedaba muy lejos todavía. Orizaola tenía hambre y a ninguno de los dos nos haría daño una cerveza. Arouk nos dijo que podíamos usar una de las habitaciones que habían quedado libres. Pagamos en metálico, lo cual incluía comer y beber lo que quisiéramos. Siendo sincera, a mí llevaba un rato rugiéndome el estómago. Cogimos una brocheta cada uno y nos fuimos a comérnosla a un banquito, cerca de la hoguera, pero apartados de todo el jolgorio.

—Cuéntame tu teoría y después te cuento yo la mía —dije.

En ese momento Ori intentaba sacar un grueso trozo de carne de su palillo.

—Eleder iba a la casa de los Arriabarreun a trajinarse a Virginia. —Fue directo a la pista que había dado Javi—. Entre medias, Félix Arkarazo le pidió que grabase cosas. Quizá se grabó con ella. Enrique los pilló y mató al chaval, puede que con ayuda de sus hijos. Después llamó a Kerman y le pidió que lo ocultase. ¿Cómo lo ves?

Lo pensé unos segundos mientras terminaba de masticar el primer bocado, que me supo a gloria.

—Hay cosas que me encajan, otras no. ¿Qué pinta Belea en todo esto? Según Pacho, Abraham dijo que Belea procedía de una familia poderosa...

—¿Podrían ser los Arriabarreun?

—No lo sé —me encogí de hombros—, pero está claro que esa familia y sus amigos, incluido Iker, han hecho un pacto de silencio en lo que se refiere a Eleder. Además, Iker era el hijastro de un forense que en sus tiempos era el mejor amigo de Enrique, y no olvidemos que ocultó unas pruebas criminales. Creo que el pastel está listo para salir del horno.

—No va a llegar a ninguna parte. Lo sabes, ¿verdad? —preguntó Ori—. Las fotografías no son prueba de nada. No hay una correlación entre esas marcas en las muñecas y el resto del cuerpo. Podrían pertenecer a cualquiera.

—Lo sé.

—¿Entonces?

—Tenemos el vídeo —le recordé, aferrándome a esa posibilidad como a una colchoneta hinchable sobre unas olas de diez metros de altura

—Puede que nunca se pueda abrir.

—Podríamos presentar la declaración de Javi. Aunque sea terrible, creo que Verónica preferirá saber la verdad.

Ori negó con la cabeza.

—Los Arriabarreun nos comerán vivos si los denunciamos sin pruebas. Además, siento decirlo, Nerea, pero tu situación no es la mejor. Tus días están contados. Como mínimo te espera una sanción: uno o dos años retirada del servicio.

—Es cierto. Por eso debo hacerlo ya. De perdidos al río, ¿no?

—¿Qué estás pensando?

—Jugaré mi última carta para saber lo que pasó aquella noche. Si me voy al infierno, que sea intentando hacer justicia por ese chico.

La tormenta seguía retumbando, cada vez más fuerte, cada vez más cerca. Como un latido ansioso, enfadado... como si el fantasma de Eleder hubiera despertado y regresara para vengarse.

Hay muertos que nunca descansan, que no deberían descansar.

Y yo me iba a encargar de que así fuera.

TERCERA PARTE

20

Veinte horas y doscientos treinta kilómetros más tarde, Orizaola frenaba su coche en el límite norte de un precioso hayedo en las afueras de Illumbe. Javi Carazo iba sentado detrás, con una pequeña mochila llena de ropa. La mía estaba en el maletero, pero no me iba a hacer falta. Abrí la puerta y me bajé.

—Por última vez, ¿estás segura? —dijo Ori.

La luz de la tarde se filtraba entre las ramas de las hayas, medio desnudas, y se proyectaba en aquella alfombra de hojas ocres, anaranjadas... Había llovido, el suelo estaba húmedo y pensé que debería haberme puesto mis Salomon Gore-Tex porque se me iban a calar los pies. En vez de eso, llevaba una caja de bombones Mon Chéri en las manos, con un bonito lazo rosa.

—¿De verdad? —insistió.

Me miraba esperando una respuesta. Aquello no le hacía ninguna gracia y se le notaba. «Hasta ahora, todo es justificable, Nerea», me había dicho la noche pasada, justo antes de que le pidiera un alto el fuego. «Te acostabas con un hombre casado. Tuvisteis un accidente y quisiste preservar su reputación... Cometiste un error detrás de otro, pero incluso eso podrías justificarlo. En cambio, lo que planeas hacer puede traerte problemas graves».

—Estoy segura, Ori. De verdad.

Mi compañero palmeó el volante por toda respuesta y acto seguido miró por el retrovisor.

—Hey, siéntate delante —dijo a Javi Carazo.

El chico salió y ocupó el asiento del copiloto, sin abrir la boca. Tenía la mirada perdida en algún punto, en un mar de dudas y preocupación. Iba a entregarse esa misma tarde en la comisaría de Gernika, ese era el plan, pero antes quería hablar con su madre. Además, era muy probable que Rubén le colocase el mismo abogado que había contratado para Dani. Irían juntos a la comisaría, y el trato era que él no nos mencionaría bajo ningún concepto. «Diré que he venido haciendo dedo desde Francia».

Esa mañana nos habíamos despertado en nuestras literas del Waikiki Surf Resort y Javi ya estaba abajo, con su mochila, tomando un café. Nos contó que Pacho había volado, literalmente, la noche anterior. Tras hora y media en taxi hasta el Aeropuerto de Burdeos-Mérignac, cogió un vuelo a «alguna parte» que no quiso compartir ni con su mejor amigo, Javi. El bueno de Pacho era un puro superviviente. En cambio Javi tenía una madre, un hermano, un montón de amigos a los que no quería renunciar.

Le convencimos de que entregarse voluntariamente le allanaría el camino para llegar a un acuerdo con el fiscal. El chico tenía información valiosa sobre el negocio de coches de Abraham (principalmente, el punto de entrega programado) y eso daría alas a la investigación. Se lo habíamos vendido así de bien durante el largo desayuno de esa mañana y, aunque estábamos seguros de que pasaría por la cárcel, no sería tan grave. No todo iba a ser un camino de rosas, ¿eh? A fin de cuentas, era un delincuente.

Cruzaría la puerta de la comisaría en un par de horas. Tiempo suficiente para que Aitor volviese a su cama con cojines y yo llevase a cabo mi plan.

Y sobre eso también habíamos discutido bastante en la carretera.

«Estás loca. No conseguirás ni acercarte, ¿cómo entrarás en la casa?».

«Pondré mi mejor sonrisa. Y llevaré una caja de bombones».

«Enrique ya estará al corriente de lo tuyo con Kerman», replicó Ori. «Prepárate para comerte los bombones tú sola».

«Enrique me debe una».

«Una sí, pero esto vale por un millón».

Observé a Ori mientras maniobraba el coche. Dio la vuelta para tomar la carretera en dirección a Arkotxa, a Illumbe, al mar. Se paró a mi lado y bajó la ventanilla.

—Puedo esperar un poco si quieres. —Señaló al fondo del hayedo, donde se podía ver la casa de los Arriabarreun.

Negué con la cabeza.

—Pase lo que pase, a partir de ahora es mejor que esté sola. Así hemos quedado.

Yo también tenía preparada una historia que no incluía a Ori para nada. Algo así como «me pasé el día dando vueltas, pensando, reflexionando sobre todo lo que hice mal. Siento mucho haber causado tantas molestias a todo el mundo. Aquí tienen mi placa y mi arma. También mi cuello, por si lo necesitan».

—Okey —dijo Ori—. Ah, por cierto, los Mon Chéri tienen alcohol, ¿lo sabías?

Me guiñó el ojo y aceleró. Esperé a que el coche se hubiese perdido detrás de la primera curva en esa carreterilla vecinal orillada de árboles.

«Joder, pues vaya regalazo», pensé mirando los bombones.

Emprendí la marcha, hundiendo los pies en ese tapiz de hojas húmedas. Eran las seis de la tarde de un sábado, pero no se veían demasiadas ventanas iluminadas por encima de los setos. ¿Habría gente en casa? Bueno, y qué importaba eso. No iba de visita, ni mucho menos.

Le había dicho a Orizaola que llamaría a la puerta, pero era mentira. A esas horas, lo mío con Kerman sería ya *vox populi*: mi huida del lugar del accidente, mi posible implicación en su muerte. No podía arriesgarme a tocar el timbre y provocar una llamada al 112. Además, Enrique y sus hijos jamás me permitirían acercarme a Virginia. No, tenía que hacer las cosas mal. Por fuerza. No me quedaban más bazas que jugar para revelar la verdad.

Verónica me habló de un agujero en la verja, en la parte norte de su antiguo terreno. El hueco por el que su perro solía escaparse en busca de algún escarceo con las perritas de la vecindad y a través del cual regresaba, de madrugada, con el sentido del deber cumplido. El mismo hueco que empleó Eleder para colarse aquella vez (¿aquella única vez, o en más de una ocasión?) que le pillaron.

Me desvié por el hayedo. Caminar sola entre los árboles, sobre esa preciosa manta de hojas, me tranquilizó un poco, me ayudó a recapacitar. Todo había comenzado en un bosque... Mi huida, mi primer error. Y ahora estaba allí, dirigiéndome al final entre esos silenciosos testigos que habían visto pasar los siglos.

El final.

Todavía no podía creerme que iba a dejar de ser poli. Que el lunes siguiente, muy posiblemente, no tendría que ir a ningún sitio. Ninguna obligación por cumplir. Ningún caso que investigar.

Pero ¿qué más podía ocurrirme? ¿Me acusarían de algo?

Ese mediodía habíamos parado a comer en Biarritz. Vi una cabina telefónica en el paseo marítimo y pensé que debía prepararme para el peor de los casos: ser detenida. Marqué el número de mi madre, un número fijo de una casita en la Cala Tirant, al norte de Menorca, donde vivía en compañía de un jubilado alemán llamado Hendric.

Fue él quien respondió. Era un tipo tímido, que hablaba en susurros. Me dijo que mi madre estaba meditando, y se quedó callado como si eso fuera una razón para no coger el teléfono a una hija con la que como mucho hablas una vez cada seis meses.

—Dile que se ponga, Hendric. Y date prisa, que tengo poco tiempo.

Al cabo de un larguísimo minuto, mamá se puso al aparato con voz como de recién despertada.

—Mamá. Te estoy llamando desde una cabina a monedas así que voy a ser breve. Tienes que preparar la maleta y venir a Gernika una temporada. El tío va a necesitar que alguien le visite de vez cuando.

—¿Qué? Pero ¿qué pasa?

—Puedes venir con Hendric, seguro que le apetece cambiar de aires. Y os instaláis en el piso. Hay sitio de sobra.

—Nerea, por favor, que me estás asustando.

Pude oír a Hendric preguntándole si quería un vaso de agua. Mamá dijo que sí, «pero que no esté muy fría».

—Estoy bien, aunque van pasar cosas... Quizá yo esté fuera una temporada.

—Pero, hija, yo no puedo, tienes que entenderlo, no puedo de repente, así, sin previo aviso...

—Mamá —la interrumpí sin contemplaciones—, es tu hermano, se lo debes.

Ella estaba a punto de añadir algo, pero corté la llamada, aunque todavía quedaban treinta céntimos en el crédito de la cabina de France Telecom. Colgué con esa sensación de bola en el estómago que siempre me producía hablar con mi madre. La mujer que nunca fue capaz de ver más allá de sus propias narices.

Ese día, desde el paseo marítimo de Biarritz, me hubiera gustado poder desahogarme con alguien. Decirle que estaba asustada. Que mi carrera se iba al garete. Mi trabajo de policía, esa pequeña esperanza a la que me agarraba cuando en mis noches de insomnio contemplaba el resultado de mi vida con un vértigo y una ansiedad crecientes.

¿Qué iba a ser de mí si eso desaparecía?

Me aterraba pensarlo. Aunque no iba a permitir que el miedo me paralizara.

El seto que rodeaba la casa de los Arriabarreun era de ciprés de Monterrey (un jardinero de Illumbe me explicó las distintas variedades en cierta ocasión). Crecía al otro lado de una verja metálica en forma de malla y estaba perfectamente podado para ofrecer el aspecto de un bloque compacto.

Yo caminaba ya por la parte norte del terreno, cerca de la casa. Desemboqué en un camino de servidumbre, medio comido por zarzales y arbustos que alguien parecía desbrozar periódicamente. Al menos, la zona era discreta para lo que tenía en mente.

Empecé a recorrer los cien metros de verja. ¿Qué buscaba? Algo que estuviese a la altura de un perro, desde luego: una rotura en la malla, un orificio. Fuera lo fuese, confiaba en que nadie lo hubiera detectado y arreglado en esos años, desde que Eleder lo usó por última vez para colarse en la propiedad.

Había una caseta de hormigón más o menos a la mitad del recorrido. Parecía un depósito de agua procedente de algún manantial cercano. En ese punto, lo lógico era dar un rodeo, ya que el camino se estrechaba aún más, pero me mantuve junto al seto y fue allí donde encontré la abertura. Un punto en el que la maleza crecía desaforada, con altas hierbas y zarzas que se habían enredado en la verja metálica. Allí, en el lugar más difícil, hallé lo que buscaba.

Despejé la verja y conseguí abrir un agujero lo bastante ancho para que un pastor alemán se colara tranquilamente por ahí, pero no mucho más. Aun así, estaba segura de que ese era el hueco por el que Eleder se deslizaba al interior de la finca. ¿Cuántas veces? ¿Cuántas visitas secretas realizó a Virginia?

Eché un último vistazo a mi espalda antes de agacharme, clavar las rodillas en la tierra húmeda y, como un perro, pasar mis dos patas delanteras por el agujero. El hueco estaba justo entre dos gruesos troncos de seto de Monterrey. Metí la cabeza y arrastré el resto de mi cuerpo. El seto debía de tener un metro de grosor, y me quedé escondida en aquel espesor de ramitas, observando el terreno que ahora era perfectamente visible: un precioso y extenso césped de un verde intenso que rodeaba la vivienda principal y también la casita anexa, a unos cien metros de donde yo me encontraba.

Me hice algunas preguntas. ¿Habría algún sistema de seguridad camuflado? ¿Cámaras? ¿Detectores infrarrojos? Había un coche aparcado fuera y recordé a la enfermera que había ido el martes para pasar la noche con Virginia: ¿seguiría allí? Empecé a darme cuenta de lo improbable (por no decir imposible) que iba a ser conseguir llegar hasta la mujer de Enrique sin que nadie me viera.

Pero dicen que la suerte ayuda a los valientes. Después de unos cinco o diez minutos sentada en aquella tierra cuya humedad comenzaba a calarme los pantalones, percibí movimiento en la casa anexa. Se abrió una puerta y salió una mujer delgada, y mucho más baja que Virginia. ¿La enfermera? Vi cómo levantaba el felpudo, lanzaba algo debajo y se dirigía al utilitario aparcado junto a la casita. Arrancó, maniobró y salió de allí.

Bien. Eso significaba que Virginia, muy probablemente, estaba en la casa.

Estuve observando otros veinte minutos en los que no pasó nada. No se veía a nadie por el jardín. La tarde iba cayendo, la luz era cada vez más débil y el viento soplaba con más y más fuerza, atrayendo algunas nubes cargadas de llovizna. Entonces, por fin, vi que se iluminaba una ventana en la primera planta de la casita. Eso renovó mis esperanzas. Había alguien y era muy posible que fuese ella.

Cogí mi cajita de bombones y me arrastré como una serpiente hasta salir del amparo del seto. Sin pensarlo demasiado, me levanté y eché a correr campo a través.

En mis tiempos de atleta en el cole era capaz de hacer cien metros en trece segundos; lejos del récord local, pero una muy buena marca en todo caso. Aquella tarde en el terreno de los Arriabarreun corrí con todo en contra: sin calentar, sin hacer estiramientos, sobre una pista de hierba, en zapatillas y con unos bombones en las manos. Aun así, el miedo a ser cazada compensó todo lo demás. Y llegué a la casa sin ningún contratiempo. Calculé unos dieciocho segundos en total.

Me quedé allí, recobrando la respiración despacio, mientras trataba de oír algo o detectar algún movimiento. La luz de la ventana seguía encendida en la primera planta. Por lo demás, no escuchaba ruidos de conversaciones, solo un remoto eco de música y de voces que parecían provenir de una televisión.

¿Qué hacer ahora? ¿Y si tocaba el timbre?

Había uno junto a la puerta principal, que era de madera maciza, pero por alguna razón me pareció mala idea. Recordé que había visto a la enfermera levantar el felpudo y depositar algo allí. El truco más viejo del mundo, el más conocido... y no por ello la gente dejaba de usarlo.

Había una llave, la cogí y entró hasta el fondo de la cerradura. Ni siquiera tenía una vuelta dada... y eso me hizo pensar que la enfermera quizá volviera más tarde. Bueno, no había que dormirse en los laureles. Me asomé. Lo primero que vi a través de un separador de cristal con una puerta corrediza fue una cocina blanca, muy elegante. Después entré y miré al otro lado. Un saloncito agradable, sin demasiados muebles, una estufa de pelet, una pequeña librería.

Nadie.

El estilo de «casa-museo» que había observado en la vivienda principal también estaba presente allí. Un gran calendario azteca de piedra, posiblemente original, presidía la pared del fondo, con un par de focos destinados a realzar sus intrincadas inscripciones. Una alfombra de motivos orientales cubría la madera del suelo. Una colección de elefantes adornaba una consola de intenso color rojo con incrustaciones de cobre. Me miré en el espejo que había encima y confirmé que estaba hecha un desastre, con las manos sucias de barro, la cara empapada, el pelo revuelto. Fui a la cocina a arreglarme un poco. Había botes de pastillas junto al fregadero y un calendario de dosis que sumaba doce pastillas diarias. Solo esperaba encontrarme a Virginia en condiciones de poder contar algo.

Ya un poco más presentable, subí las escaleras muy despacio. Se oía un televisor muy bajito. Solo había una habitación iluminada y allí me dirigí con la garganta seca y el corazón acelerado. Me asomé por el marco de la puerta. Era una habitación muy amplia en tonos claros. Había una cama grande en el centro, una mesa camilla donde descansaba una bandeja con una merienda. Virginia estaba sentada en uno de esos sofás con mil posiciones, mirando por la ventana y sin hacer el menor caso a la tele. Vestía un elegante albornoz de color oro.

Avancé un paso. Todo estaba sumido en una atmósfera de hospital, o de psiquiátrico. Incluso el olor era parecido. Me recordó mucho a Santa Brígida. ¿Era allí donde recibía a Eleder? Por un momento, toda esa historia de sexo y gigolós me pareció absolutamente imposible.

—Hola —dije al tiempo que entraba en la habitación—. ¿Virginia?

Noté que se sorprendía, pero reaccionó sin ninguna prisa. Giró la cabeza hacia mí y sonrió. Estaba claramente bajo los efectos de algo muy aplastante a nivel nervioso.

—¿Sí?

—No sé si me recuerdas. Soy Nerea Arruti... Nos conocimos en el funeral de Kerman y, bueno, el otro día también nos vimos...

Decidí no mencionarle que fue justo después de que se empotrara contra un árbol. Dudaba que ella recordase nada.

—Me suenas... —Miró mis bombones—. ¿Son para mí?

—¡Sí, claro! —Me acerqué y los dejé sobre la repisa de la ventana.

—Gracias, eres muy amable. ¿Nerea, has dicho?

—Sí.

—¿Elsa ha vuelto ya? No he oído su coche.

Hizo un leve gesto con la cabeza, señalando hacia atrás. Yo miré en esa dirección. Había una butaca en la esquina, y sobre el reposabrazos vi el mando de la tele, que estaba ligeramente girada hacia allí. «El sillón de la enfermera», deduje. Y tal y como había sospechado, ella (Elsa) iba a regresar. Tenía que darme prisa.

—No, todavía no ha vuelto —respondí pasando por alto que había entrado en la casa por mis propios medios—. Pero, en fin, Virginia, supongo que nadie te ha contado que yo iba a venir. Estoy aquí por un asunto de la policía.

—Oooh. —Se llevó una mano a la frente con aire teatral—. ¿Es por lo del coche? ¿O por lo de la tienda? Creía que estaba solucionado. Lo devolví al instante. Y aceptaron el dinero como compensación.

¿A qué se refería? Me vi tentada a preguntar, pero no quería perder tiempo con los otros problemas legales de Virginia. La enfermera no tardaría. Había salido a hacer un recado hacía veinticinco minutos lo menos, y dejó la tele puesta. Eso significaba que volvería en breve.

—Es un tema antiguo. Sobre un chico llamado Eleder Solatxi que se mató en el pueblo.

Dejé caer el nombre como si fuera una pesa de doscientos kilos, seguido de un largo silencio, fijándome en cada detalle del rostro de aquella mujer. Sin embargo, Virginia apenas se inmutó. Pestañeó un poco mientras pensaba y luego me miró con el ceño fruncido.

—¿Eleder....? —preguntó arrastrando la lengua—. ¿El chico del club? ¿El de las toallas?

—Sí —respondí—, pero creo que hacía algo más que llevar toallas, ¿no? Él conocía muy bien esta casa, Virginia. Venía a menudo, ¿verdad?

Recuperó su actitud teatral. Una sonrisa, un gesto de disculpa. Esta vez sí, conseguí golpear algo más allá del colchón de antidepresivos y calmantes que la tenían postrada.

—No sé lo que... no tengo nada que decir.

—Te equivocas —repliqué poniéndome agresiva—. Creo que tienes bastante que decir sobre Eleder. Sobre la noche en que murió.

—¿Qué...?

—La última noche de su vida vino a esta casa. Es un testimonio que ya hemos corroborado, Virginia. Ahora solo quiero que me digas qué pasó. ¿Qué hacía Eleder aquí contigo? Es mejor que hables ahora.

No era correcto mentir así, pero me lo tuve que repetir una vez más: «Estás jodida. Todo se ha acabado, hazlo».

—¿Dónde está Elsa? —Virginia miró hacia atrás—. Yo... necesito una de mis pastillas. Y mi teléfono... Maldita sea esa manía de quitármelo todo.

—Virginia —repetí—, déjate de pastillas. Es un asunto muy grave y lo sabemos todo. Tenemos un testigo que vio a

Eleder entrar en esta casa la noche de su muerte. Solo quiero saber si vas a colaborar, o si tendremos que poner una denuncia y detenerte.

De pronto la vi muy agitada. Miró por la ventana. Creo que hizo un ademán de levantarse, pero estaba débil.

—¿Qué quieres saber sobre Eleder? Me vendía hierba, sí.

—¿Hierba?

—Eso fue hace una eternidad. —Cerró los ojos, recostó la cabeza—. Yo estaba intentando dejar de beber en plan fuerte. Todavía no tomaba pastillas y había oído que con hierba y cervezas a veces funcionaba. Algunas amigas del club le compraban a él, y así le conocí.

—¿Teníais sexo? —disparé a bocajarro.

—¿Qué? —Se le escapó una carcajada—. No seas ridícula, por favor. Tenía la edad de mi hijo.

Por alguna razón, aquello sonó a verdad. Me lo creí a la primera. No, Eleder no se trajinaba a Virginia. Quizá es lo que les contaba a sus amigos, pero me costaba creerlo.

—La noche del 10 de octubre de 2019 estuvo aquí. ¿Qué pasó?

—No lo recuerdo bien, yo...

—¡Escúchame! Haz un esfuerzo, ¿vale?

En ese instante me pareció oír el ruido de un coche. Miré por la ventana: el pequeño utilitario se acercaba por la carretera.

—Ahí viene Elsa.

El coche se detuvo frente a la casa. «Mierda».

—Sigue —traté de imprimirle calma a mi voz—. ¿Qué pasó esa noche?

—Pues... esa noche... supongo que le mandé un mensaje. Siempre lo hacíamos así. Él conseguía llegar hasta aquí sin ser visto. A mí me venía de perlas, ¿sabes? Yo había tenido un accidente y Enrique me había quitado el coche. No podía salir de la casa. Estaba encerrada.

Por la ventana vi que se apeaba la mujer de antes, desplegó un paraguas. A esas horas ya llovía con intensidad. Fue al maletero, lo abrió y empezó a sacar unas cuantas bolsas.

—Sigue.

—Normalmente, le gustaba quedarse un rato y a mí me agradaba su conversación. No era cuestión de echarle después del paseo que se pegaba hasta aquí. A veces fumábamos un porro juntos...

La enfermera terminó de sacar las bolsas. Cerró el maletero y caminó aparatosamente hacia la casa.

—Vamos —insistí—, más.

—Bueno, una de esas noches hacía buen tiempo y Fran y sus amigos estaban haciendo una barbacoa en el jardín. Era tarde y él se tenía que marchar, pero yo tenía miedo de que le vieran. Le pedí que se quedara un rato más. Pero dijo que tenía prisa. Otra clienta...

Oí la puerta de abajo.

—¡Elsa! —gritó Virginia—. ¡Sube, corre!

Yo había conseguido amedrentarla, ponerla entre la espada y la pared. Reconozco que me había aprovechado de su estado emocional tan vulnerable. Pero la llegada de su enfermera parecía haberla envalentonado.

—¿Qué pasó entonces? —la apuré mientras oía los pasos de la recién llegada en las escaleras—. Le pillaron y...

Virginia guardó silencio, obstinada. Me di cuenta de que mi suerte se había acabado. Los pasos llegaron arriba; una mujer alta, de mirada triste o severa, vestida con una falda midi y un jersey de punto, entró por la puerta y se quedó quieta. Sorprendida.

—Buenas tardes —dijo.

—Elsa, esta mujer es policía —le informó Virginia.

—Exacto. Me llamo Nerea Arruti y...

—¿Cómo ha entrado usted? —me interrumpió la mujer.

Virginia se giró hacia mí al darse cuenta, quizá por primera vez, de que esa era una buena pregunta.

No me quedaba otra que mentir a lo grande.

—La puerta estaba abierta —dije con tanto aplomo que casi me convencí de que era cierto.

Sin embargo, Elsa no tenía un pelo de tonta. Era enfermera y su trabajo consistía, entre otras cosas, en asegurarse de que hacía las cosas como es debido.

—Señora, ¿conoce a esta mujer? —se dirigió a Virginia, que no respondió.

—Soy amiga de Enrique Arriabarreun —intenté explicar.

La enfermera reaccionó con frialdad.

—Quédese aquí. —Sacó un teléfono—. Un momento, por favor.

—Claro, compruébelo —asentí sonriendo.

Elsa se fue al pasillo a hablar y yo me dirigí otra vez, con toda la tranquilidad que pude, a Virginia.

—Así que Fran y los chicos pillaron a Eleder —dije sin borrar la sonrisa—, ¿y qué pasó entonces?

Pero Virginia ya no estaba allí. Me miró con un gesto cargado de desdén y suspicacia. Después apartó la mirada y la hundió en la oscuridad de la tarde, en las copas de los árboles y en las nubes que descargaban con furia.

«Vale. Hasta aquí hemos llegado», pensé.

Caminé hacia la puerta. Elsa estaba allí, de pie, como un obstáculo.

—Debe esperar un segundo —me dijo.

—No lo entiende —respondí al tiempo que sacaba mi cartera—. Soy agente de policía. Acabo de recibir una llamada urgente.

—¿En qué teléfono? —replicó la astuta enfermera.

Suspiré.

21

En menos de tres minutos, Enrique Arriabarreun apareció corriendo por el césped. Su hijo Fran venía con él, y eso me hizo prepararme. De nuevo, en estos casos puedes hacer dos cosas: o te arrugas o te inflas y tratas de dominar la situación desde el minuto uno. Me tragué los nervios. Inspiré hondo.

—¿Qué demonios está pasando aquí? —preguntó Enrique, casi a gritos, una vez llegó a lo alto de las escaleras.

—Eso mismo me pregunto yo —repliqué con toda la flema de la que fui capaz.

De entrada, mi respuesta le hizo pestañear un poco.

—¿Cómo has entrado?

—De la misma forma que entró Eleder Solatxi la noche en que murió.

Bum. La primera en la frente, y de eso se trataba. En los tres segundos que siguieron a ese intercambio de frases, me di cuenta de que había soltado la bomba en el punto exacto. Enrique se giró hacia su hijo, y este miró a su padre con una mirada hundida, delatora. La mirada de alguien culpable.

Pero los Arriabarreun no estaban acostumbrados a dejarse ganar así como así. Enrique calculó sus opciones, lanzó su contraofensiva.

—Esto es muy irregular, Nerea. Voy a llamar a Cuartango ahora mismo.

—De acuerdo, llámale. De todas formas, iba a hacerlo yo misma.

Enrique dudó, lo vi claramente. Parecía que no estaba al tanto de que yo me hallaba en búsqueda y captura o hubiese jugado esa baza. ¿Es que Patricia no le había llamado para contarle las novedades? ¿O quizá ni siquiera Patricia lo sabía?

Fran entró en la habitación y fue derecho hacia su madre. Se puso en cuclillas frente a ella, le cogió las manos y le preguntó si se encontraba bien. «¿Te ha hecho algo?». Virginia respondió en voz baja, solo pude captar dos palabras: «Lo sabe».

—Elsa, por favor, quédese aquí arriba —ordenó Enrique—. Vamos, Fran.

Me hizo un gesto para que lo acompañara. Ambos le seguimos escaleras abajo. Entramos en la cocina y él cerró la puerta corrediza de cristal. Había una mesa cuadrada con un par de sillas pero no hizo ningún ademán de sentarse. Fran y él se quedaron apoyados en la encimera. Yo hice lo mismo, contra la nevera.

—Ahora en serio, Nerea, ¿cómo has entrado en la casa?

Supuse que ya no hacía falta seguir con la farsa.

—Hay un hueco en la verja, en la parte norte. Lleva ahí desde los tiempos en que Eleder vivía en esta finca.

Padre e hijo se miraron.

—Esto es un delito de allanamiento.

—Nada comparado con un asesinato, ¿no crees? —repliqué.

—¿De qué asesinato estás hablando?

—Eleder Solatxi no se suicidó. Tenía marcas de ataduras en las muñecas. La noche del 10 de octubre, alguien lo llevó a la fuerza hasta Deabruaren Ahoa y lo arrojó por el acantilado.

—¡No hicimos nada de eso! —saltó Fran.

Su padre le hizo un gesto para que cerrara el pico y luego elevó las dos manos en el aire, como si intentase detener el mundo un instante.

—Vale, vale..., vamos por partes. ¿De dónde ha salido esa información? Cuartango no me dijo nada de un asesinato.

—Cuartango no lo sabe todo. Su hija también podría estar implicada.

Una respuesta sólida. Enrique la masticó en silencio.

—De acuerdo. Es cierto. Eleder estuvo en esta casa esa noche, pero se marchó. Nadie lo asesinó.

—Entonces ¿a qué vienen tantas mentiras? Verónica te llamó para preguntártelo y le dijiste que Eleder no había estado aquí esa noche. Iker, Naia, ellos también mintieron cuando les pregunté por Eleder. Primero que no le conocían, después que un poco. Ahora resulta que el chico sí estuvo aquí la noche que murió. Tengo la sensación de que si sigo hurgando, termináis todos en la cárcel.

—Usted no sabe nada —gritó Fran entonces—. No tiene ni idea.

—Pues ilumíname, chaval —le respondí—, y rapidito.

Era como estar hablándole a aquel Enrique de la época del instituto. Vestido con ropa de deporte, fuerte, atractivo, tan desafiante y magnético como lo era su padre.

Fran miró a Enrique, como pidiéndole permiso para hablar.

—No hemos cometido ningún delito —dijo él, mirando a su hijo—. Solo hemos protegido a nuestra familia. Solo eso.

No dije nada. Fran quería hablar. Podía ver cómo las palabras se le apelotonaban en la boca. Bien, pues que hablase.

—¿Fran?

Enrique le hizo un gesto: adelante.

—Le pillamos en nuestro jardín y no era la primera vez. Se llevó lo que se merecía: un par de ostias.

Al fin un poco de sinceridad. Asentí con la cabeza, animándole a continuar.

—Cuéntame todo desde el principio.

—Bueno. Creo que ya sabe que Eleder salía con Andrea Cuartango. Se habían conocido en el club y, en fin, ella estaba fascinada con el macarrilla de barrio. A mí no me hacía mucha gracia el tío. Naia los invitó una noche a ver una peli, y según entró por la puerta, Eleder empezó a comportarse de una manera muy extraña. Nervioso, mirando a todas partes. Nos preguntó cuánto tiempo llevábamos viviendo aquí... Después, al cabo de un rato, dijo que iba al baño y desapareció, no sé ni cuánto tiempo, hasta que empezamos a mosquearnos. Paramos la peli, salimos a buscarle y le encontramos en el jardín, solo, con los ojos llorosos. Yo pensé que se había fumado algo. Siempre iba un poco tocado; si no era un porro, era otra cosa. Entonces empezó a decir disparates como que esta era «su casa». Que pertenecía a su familia y que nosotros se la habíamos robado, y burradas por el estilo.

Todo eso cuadraba con lo que Verónica me había contado por teléfono el martes.

—¿Y qué hicisteis? —presioné a Fran.

—Le dije que se tenía que marchar, claro, y entonces él se puso muy agresivo. Empezó a gritarnos. A empujarme. Me decía que yo estaba viviendo su vida. Estaba como loco. Andrea se puso a llorar y yo... Bueno, le doblé el brazo y lo saqué a la calle a empellones. Iker me ayudó. Entre los dos lo llevamos hasta su moto. Le amenacé con llamar a la poli si no se largaba con viento fresco. El tío se alejó, rompió un par de tiestos, una de las farolas de la puerta. Y después lo perdimos de vista.

»Andrea estaba muerta de vergüenza y todos le dijimos la verdad: que Eleder era una puta equivocación. Ella dijo que rompería con él y nos quedamos tranquilos, pensando que no volveríamos a ver a ese mamarracho... Pero al cabo de una semana, yo estaba en la biblioteca, empollando, y me llamó Naia por teléfono. Estaba en casa, acojonada porque había visto a Eleder caminando por el jardín. Le dije que llamara a mi *aita*... pero estaba de viaje. Tuve que coger la moto y venir volando, y para cuando llegué, el tío ya había desaparecido. Esa noche le llamamos por teléfono. Pero no nos lo cogió... Al final, Andrea pudo hablar con él y Eleder se disculpó. Le dije a mi padre que teníamos que denunciarle, pero...

—No lo hicimos —completó la frase Enrique—. Quizá deberíamos haberlo hecho, pero no queríamos complicarle la vida. Es cierto que compramos esta casa a un buen precio. El padre de Eleder se había metido en un embrollo financiero y necesitaba el dinero rápido. De acuerdo, pero eso no nos convertía en los culpables de su desgracia. Conseguí hablar con Verónica y le expliqué lo que había ocurrido. Ella me prometió que hablaría con su hijo... Aunque es evidente que no consiguió controlarle. La prueba es que volvió... aquella última noche.

—Y muchas otras. Eleder venía... —me refrené. Por Fran, solo por él.

—Lo sabemos —me sorprendió Enrique—, pero bueno, lo mejor será que Fran termine la historia de aquella noche.

—Estábamos en el jardín haciendo una barbacoa. —Fran señaló por la ventana—. Solo éramos unos pocos: Naia, Andrea, Iker... Entonces Andrea le vio salir de esta casa y correr por el jardín. Fuimos a por él y le pillamos entre Iker y yo. Reconozco que se me fue la mano en ese momento. Pensaba que estaba robando algo. Le solté un puñetazo en toda la cara. Un par de patadas.

—¿No llamaste a la policía?

Aquella pregunta provocó un silencio. Otra mirada padre-hijo.

—No —terminó diciendo Enrique—. Parece ser que Virginia salió de la casa gritando que le dejasen en paz, que era su invitado. Así fue como nos enteramos de todo... Dudo que puedas imaginarte la situación... el sofoco de mis hijos delante de sus amigos...

—Sí que puedo —dije mientras una imagen se cruzaba por mi mente: mi madre, dormida en un sofá con un tío, botellas a su alrededor...

Fran se frotó los ojos.

—Yo... no entendía nada. Me quedé sin habla. Pero *ama* nos aseguró que ella había dejado pasar a Eleder. Así que le solté...

—Al menos, eso sirvió para algo —dijo Enrique—. Virginia sufría temporadas de ansiedad e insomnio y por eso había empezado a pasar algunas noches en esta casa. Pero ese día por fin comprendimos que el problema era bastante más grave. Virginia accedió a ir a terapia y gracias a eso pudieron diagnosticarle su enfermedad.

—Me alegra oír que la noche tuvo algo positivo. ¿Qué pasó con Eleder?

De nuevo, la pelota volvía al tejado de Fran.

—Nada. Incluso con un par de ostias encima seguía siendo el mismo capullo desafiante de la otra vez. Dejamos que se fuera. Salió andando por la puerta y al cabo de un rato oímos su moto... Ahora que lo recuerdo, sonaba al norte de la casa.

Pensé que Eleder la habría dejado aparcada junto al hueco de la valla.

—Al día siguiente, cuando nos enteramos de que se había tirado al mar... ¿Sabe qué? Me alegré. Que se joda, fue lo primero que pensé. Aunque es cierto que me sorprendió que se suicidara, porque no parecía desesperado. Al contrario... Cuando se marchó esa noche, con la nariz sangrando por mi golpe, iba sonriendo. Todavía me acuerdo.

—Eso hubiera sido muy interesante de cara a la investigación —apunté—. ¿Sabíais que intentaron determinar dónde había estado Eleder esa noche? Teníais que saberlo: Andrea era la hija del jefe de policía. Pero preferisteis no decir nada.

—Yo me interesé por el caso —se defendió Enrique—. De hecho, hablé con Kerman sobre la autopsia. Eleder murió cuatro horas después de salir de aquí. Iba muy drogado. Borracho...

De pronto recordé la autopsia... ¿y los golpes de Fran? La cara de Eleder se había destrozado contra las rocas. Quizá por eso ni siquiera lo mencionaban. Habría sido imposible distinguir un golpe de otro.

—Lo que quiero decir es que ese muchacho salió de aquí por su propio pie y se fue a otro sitio —continuó Enrique—. Le contó a Virginia que tenía otra clienta... Bien, pues pensamos que se habría corrido una juerga en alguna otra casa. El chico, tal y como dice Fran, no parecía desesperado, así que no vimos la necesidad de contar nada.

Yo me había ido enfureciendo paulatinamente. Con cada insulto, con cada desprecio que le hacían a Eleder.

—¿Quién más lo sabía? ¿Quién organizó este «pacto de silencio»?

—Los que te hemos dicho: Iker, Andrea y nosotros.

—¿Sus padres?

Esto fue algo que le costó reconocer. Al final lo dijo:

—Sí, tuvimos que explicárselo.

Me imaginaba la escena. En algún inmenso salón de una de esas magníficas casas en las que vivían. Los tres clanes reunidos alrededor de una bonita mesa. Quizá también algún abogado de carísimos honorarios. La asistenta tendría órdenes de no interrumpir. Sus cachorros estarían por allí, hablarían todos de ese «incómodo» episodio, cómo taparlo. De ese chico molesto cuya muerte podría llegar a salpicarlos. Y de cómo iban a enterrar su parte de la historia.

Supongo que, de alguna manera, me vi reflejada... Estallé.

—Qué hijos de la gran...

—No hicimos nada malo, Nerea.

—No me hagas reír, por favor. Ese chico se lanzó de cabeza contra unas rocas... Vosotros mismos admitís que os pareció raro. A su madre también. Se volvió loca intentando reconstruir lo que le pasó a Eleder esa noche... ¿y en serio te crees que no hicisteis nada malo mintiéndole? Te juro que voy a llegar al fondo de esta maldita cuestión. Es posible que os imputen un cargo de obstrucción a la justicia.

—Tenemos abogados que opinan diferente.

—Ya veremos lo que opinan cuando conozcan toda la verdad.

Enrique hizo una pausa. Disculpó a su hijo Fran, que abandonó la cocina lanzándome una mirada de puro rencor.

Le vi subir las escaleras mientras Enrique volvía a cerrar la puerta corredera.

—Nerea... ¿por qué haces esto? ¿Es por venganza?

—¿Venganza? —Fruncí el ceño; eso no me lo esperaba.

—Ya sabes. Por lo que pasó en el colegio. Te hicimos daño y ahora coges y remueves la muerte de un macarrita para devolverme el golpe.

—¿De verdad crees que va de eso?

—Sí. Lo creo. Te he pedido disculpas por lo que pasó. No puedo hacer nada más... pero no voy a consentir que vengas contra toda mi familia. Te lo advierto. Ese chaval era un problema con patas. Se buscó su propia ruina.

—¿Como yo, quieres decir? ¿También yo era un problema con patas? Supongo que tu familia también tomó una decisión parecida conmigo. Eso es lo que mejor sabéis hacer. Usar a la gente. A Eleder también lo agasajasteis, le hicisteis creer que era uno de los vuestros...

Yo ya había perdido el norte. Me di cuenta de que me estaba dejando llevar por la furia, pero no podía parar.

—Nerea, Eleder era...

—Déjame decirte quién era —le interrumpí—. Era un chaval inteligente, con sueños, aspiraciones...

Entonces Enrique dio un golpe contra la nevera con la palma abierta y me cortó en seco.

—¡Era un puto extorsionador! ¿Vale?

Me quedé callada. Con el corazón todavía a tope. La vena de mi cuello fuera de sitio.

—No quiero que los chicos se enteren de esto, ya han sufrido bastante... Pero creo que necesitas saberlo: Eleder intentó chantajearme.

—¿Cómo? —Todavía me temblaba la voz.

—Con un vídeo. Me llegó desde una cuenta de correo anónima. Era algo obsceno. Virginia, muy muy borracha... No quiero entrar en detalles.

—Quizá sean importantes.

—Te digo que no. Todos tenemos derecho a equivocarnos... —dijo perdiendo la mirada— y a ser perdonados. Solo has de saber que ese vídeo lo grabó Eleder. Encontré una cámara camuflada en el salón y encargué una pequeña investigación. Tenía las huellas del chico. En fin, el anónimo no pedía nada. Solo decía que «ahora conocía mi secreto» y que «quizá yo tuviese algo con lo que comerciar», que pronto se pondría en contacto conmigo.

Aquello me sonó. Eran mensajes muy del estilo de Félix Arkarazo. Durante la investigación de sus archivos, habíamos encontrado vídeos de infidelidades, escenas de sexo grabadas furtivamente...

—Tuve que prepararme —siguió Enrique—. En aquellos días, estaba en un momento delicado de mi carrera. Una cosa así me habría hundido. Durante meses estuve esperando otro correo electrónico, pero nunca llegó. Nadie volvió a ponerse en contacto para pedir nada, así que supuse que todo sería cosa de Eleder.

—¿Aún tienes ese correo?

—Sí.

Comprobaríamos la dirección de e-mail. Seguramente coincidiría con alguna de las que Félix Arkarazo utilizaba para sus chantajes.

—Debo preguntarte dónde estabas la noche que Eleder murió.

—En Madrid, Nerea, y tengo testigos. Todo el mundo tiene testigos, coartadas para esa noche. No estuvimos implicados. Solo actuamos para salvaguardar la reputación de Virginia... Esa es la verdad.

Me quedé mirándole sin parpadear. ¿Le creía? Sí. Además, la historia del vídeo encajaba con lo que ya sabíamos: que Eleder habría podido aceptar dinero de Félix Arkarazo para conseguir secretos. Pero ¿era ese el punto final de la historia? No... Eleder había muerto asesinado. Kerman falseó la autopsia. Kerman tenía un vídeo cifrado. En un USB llamado «Belea». Todavía quedaban cabos sueltos. Y se me agotaba el tiempo.

—¿Sabes si Eleder y Kerman tenían algún tipo de relación?

—¿Qué? No tengo ni idea... No lo sé, ¿por qué?

—Por nada.

—Ya que mencionas a Kerman... —dijo Enrique—. Hablé con Patricia sobre el tema de «la otra mujer».

Me quedé trabada. Hasta ese momento había contado con que él no sabía lo mío con Kerman.

—¿Cuándo has... hablado con ella?

—Hace dos días. Pero esta mañana me ha llamado un par de veces y me ha dejado un mensaje diciendo que necesitaba hablar conmigo. ¿Hay alguna novedad?

Yo moví la cabeza entre la afirmación y la negación.

—Es información reservada. Como comprenderás...

—Claro, claro. En fin. Creo que se está haciendo un poco tarde.

Miré por la ventana. Era cierto, ya había oscurecido. El viento agitaba la negra línea de árboles. Y yo me había quedado sin hilos de los que tirar...

Enrique volvió a usar una fórmula muy educada para echarme.

—No hemos visto ningún coche aparcado... ¿Has venido en taxi?

—Sí, exacto. ¿Podrías pedirme uno? Mi teléfono se ha quedado sin batería.

—Claro.

Buscó el número y llamó mientras yo, por fin, me daba cuenta de que todo había acabado realmente. El rastro de Eleder Solatxi terminaba allí, en esa casa. Pero su última noche había sido más larga... ¿Adónde fue?

—Ya está —dijo Enrique—. Vendrá en diez minutos.

Pensaba en eso cuando de pronto se produjo una pequeña explosión en mi cabeza. ¡Dios mío! Había estado tan enfocada en lo que ocurrió en la casa de los Arriabarreun que... ¿Cómo se me había podido pasar la pregunta?

—¿Puedo despedirme de Virginia? Quisiera disculparme.

A Enrique quizá le pareció raro, pero accedió. Subimos a la habitación. Fran estaba sentado en la cama, junto a su madre. Elsa en su butaca. Noté sus miradas sobre mí. Me acerqué a Virginia y me agaché a su lado.

—Virginia, te pido disculpas por si te he violentado con mis preguntas... Está todo aclarado.

Ella sonrió con frialdad. Estaba más relajada. Quizá Elsa le había proporcionado alguna de sus múltiples pastillas.

—Pero tengo una última pregunta que hacerte sobre aquella noche. Solo es un detalle. Quizá ni siquiera sea importante. ¿Dijo Eleder algo más sobre esa clienta a la que iba a visitar al salir de aquí?

Virginia me miró, sus pupilas flotaban en el mar de la placidez narcótica, pero noté que se esforzaba por recordar.

—La otra clienta —repetí—. Iba a otro lugar, ¿verdad?

—Dijo que tenía prisa —respondió—. Por eso salió de

casa cuando no debía. Yo le dije que esperase un poco... pero no me hizo caso.

Enrique se había quedado en la puerta, pero Fran ya se había mosqueado por mi pregunta. Se puso en pie.

—¿Quién era ella? —insistí—. ¿Lo sabes?

—No —negó con la cabeza—, pero recuerdo una cosa.

—*Ama!* —gritó Fran—. Oiga, ya está bien. ¡Salga ahora mismo de aquí!

Enrique entró en la habitación. Elsa también se puso en pie. Yo cogí la mano de Virginia, suavemente. Le sonreí.

—¿Qué es lo que recuerdas?

Virginia respondió con una sonrisa:

—Me dijo que no debía retrasarse porque esa clienta sufría de migrañas. Usaba la marihuana para combatir las migrañas.

Me incorporé antes de que llegase el séptimo de caballería.

—Le estaba preguntando otra vez... —me acusó Fran ante su padre, con gesto hosco.

—Lo siento —dije—. Ya me marcho.

—Será lo mejor. —Enrique sonaba enfadado—. El taxi estará al caer.

«Migrañas», me dije según bajaba las escaleras. De pronto esa palabra me sonaba mucho, de algo reciente. ¿Dónde la había oído? Estaba bloqueada, como si tuviera un velo en los ojos de la memoria. Sentía que podía tocar ese recuerdo, pero me faltaba verlo.

Salí a la calle. Había dejado de llover pero de la tierra emanaba un fuerte olor a humedad. El aire estaba cargado de salitre, de electricidad. Una tormenta, pensé, quizá la misma que nos había tocado la noche pasada en Francia.

«Migrañas».

Caminé unos cincuenta metros por el sendero, en dirección a la puerta, y entonces sufrí algo parecido a un terremoto nervioso por todo el cuerpo. Las manos, las piernas, todo el estrés de esa tarde, o de los días anteriores, pareció salir justo en ese instante. Tuve que pararme un segundo porque pensaba que me iba a caer. Me di la vuelta. Pude ver unas siluetas asomadas a la ventana... ¿Enrique, Fran? Pero ellos nunca vendrían a auxiliarme. Solo deseaban que me fuera de su maldita casa. Que desapareciera.

Logré controlar los nervios. Quizá era el modo que mi cuerpo tenía de decirme: «Ya está, Nerea, puedes dejar de luchar. Esto se ha acabado. Descansa».

Y entonces, según llegaba a los portones de madera, lo recordé.

—¡Migrañas! —grité al cielo de la noche, eufórica.

¿Era posible que todo fuese tan sencillo?

Me apresuré hacia la puerta. La noche acababa de cambiar de rumbo. Un rumbo extraño, incierto... pero un rumbo al fin y al cabo.

22

Fue una carrera más bien corta desde la casa de los Arriabarreun hasta la playa de Arkotxa. Le indiqué al taxista que pa-
rase al comienzo del sendero. Se veía la casa al final, con las
luces encendidas, pero yo insistí en que no entrase.

—¿Seguro que no quiere que la lleve hasta allí?

—No, gracias. Quiero darles una sorpresa.

El taxi dio la vuelta y salió montaña arriba. Vi sus faros
iluminando los árboles cuando se sumergió en el bosque, y
sus luces traseras, como dos farolillos infernales, perderse en
la negrura.

Comencé a caminar despacio, pegada a los arbustos del
sendero. No quería que Kristine y su madre me vieran llegar.
Podrían asustarse y llamar corriendo a la policía, y yo necesitaba hablar con ellas tranquilamente.

Kristine, la pintora danesa que sufría de migrañas y fumaba
hierba para combatirlas. Una insólita conexión que, no obstante, parecía encajar como una pieza noble en todo ese puzle. Me
devolvía a esa playa, a ese lugar donde empezó todo.

El salón de la casa estaba iluminado. La chimenea expulsaba volutas de humo, pero desde donde me encontraba no era capaz de ver a nadie. Llegué al final del sendero, justo donde se abría una plazuela que permitía aparcar y maniobrar delante de la casa. Recordé que Gordon, el labrador de Kristine, solía estar dentro, así que crucé la plazuela a toda prisa y me escondí tras un pequeño cobertizo, en uno de los laterales del chalet. Desde allí pude ver la cocina y a Kristine cenando con su madre, Lottë, en una bonita mesa de madera. Gordon estaba tirado en el suelo, entre ellas dos.

Todo había sucedido demasiado rápido y apenas me había parado a pensar. ¿Podrían ser peligrosas? ¿Y qué relación existía entre Kristine y Kerman? Él jamás me habló de ella. Y cuando nos topamos con Lottë en la playa, él la saludó como a una extraña...

Me agaché y desabroché la funda tobillera. Por si las moscas. Por si aquellas dos mujeres, dóciles y pacíficas en apariencia, pudieran esconder alguna sorpresa inesperada. Después, salí de las sombras y me acerqué a la ventana de la cocina. Toqué dos veces en el cristal y ellas se sobresaltaron, pero ni gritaron ni salieron espantadas. Se quedaron donde estaban, asustadas. Vi a Lottë coger un cuchillo entre las manos. Yo me llevé un dedo a los labios.

—Tranquilas. Vengo en son de paz —dije.

Kristine se levantó. Gordon también, a su lado.

—¿Qué quieres? —dijo a través del cristal.

—Hablar contigo.

Lottë dijo algo en danés que, obviamente, no entendí. Kristine retrocedió un paso.

—De verdad, no os preocupéis —le dije—. Ya sé que tu madre me ha identificado, pero no he venido a vengarme, ni mucho menos. No es culpa suya.

La mujer se quedó callada. Kristine respondió a su madre, muy rápida, antes de abrir la ventana en batiente. No estaba dispuesta a dejarme pasar y yo tampoco se lo iba a pedir. No todavía.

—Entonces ¿qué quieres?

—Necesito preguntarte algo. Por una persona, un chico que lleva dos años muerto. Tú le conocías.

—¿Quién?

—Eleder Solatxi.

Kristine arqueó las cejas, miró de reojo a su madre. Supongo que de todas las cosas que se hubiera esperado esa noche, hablar de Eleder ni siquiera estaba al final de la lista.

—Sí, le conocía, pero ¿qué tiene que ver él con... todo?

Yo suspiré.

—En realidad, mucho —respondí—. Es una historia larga y compleja...

Lottë se puso en pie y se acercó a la ventana con el cuchillo en la mano.

—Usted era la mujer que vi en la playa con Kerman —dijo—. ¿Es cierto que iba en su coche cuando murió?

Recordé lo que me dijo Kristine sobre la afición de su madre a la novela negra. Bueno, tenía dotes de detective.

—Yo no le vi morir —le aseguré—. Sufrimos un accidente y decidimos que tenía que largarme de allí. Cuando le dejé... le besé. Estaba vivo. No entiendo lo que pasó y eso es lo que estoy intentando esclarecer. Por eso he venido.

—¿Quién es Eleder? —preguntó Lottë con un pesado acento, que hizo que el nombre sonase como «Eleter».

—Era un chico que me vendía hierba —explicó Kristine—, para el dolor de cabeza. Pero murió, creo que fue un suicidio.

—Ese es el problema —intervine—, que no fue un suicidio.

—*Oh, God* —dijo Lottë con los ojos brillantes—. ¿Otro asesinato?

—Creo que sí.

La mujer le dijo algo en voz baja a su hija y esta asintió con la cabeza.

—¿Quieres pasar? Hablemos dentro.

Me abrieron la puerta y fuimos a sentarnos al salón, junto a la chimenea. Me ofrecieron una silla, un té, pero dije que no a ambas cosas. Tardaría unos cuantos años en aceptar infusiones o bebidas en casa de unos desconocidos.

Les hice un resumen de la historia sin entrar en muchos detalles. La muerte de Eleder podía guardar algún tipo de conexión con la de Kerman, que era forense y fue el encargado de realizar su autopsia. Lottë tenía la piel de gallina cuando terminé mi relato. Kristine, en cambio, se había encendido un canuto para relajarse.

—Hoy, hace menos de una hora, me he enterado de que Eleder pudo haber venido aquí, a tu casa, la noche en que murió... Solo he venido a confirmarlo.

La danesa no necesitó estrujarse el coco. Fumó, soltó el humo y dijo que sí.

—¿Sí? —preguntó su madre—. ¿Cómo puedes estar tan segura?

(En realidad sonó parecido a «¿Komo puedessstar tan segurrra?»).

—Porque sí... pasó algo. Esa noche se retrasó... Eleder era mi *dealer* de confianza. Llevaba meses comprándole. Normalmente, le mandabas un mensaje por Telegram y él venía en cuanto podía. Pero aquí, en la playa, a veces se cae la wifi y pasé un par de tardes horribles. Así que acordamos que todos los jueves por la noche me trajera unos gramos.

—La noche en que murió era jueves —confirmé.

—Exacto. Esa semana tenía unas migrañas supermalas, me había fumado todo lo que tenía por casa y estaba esperado a Eleder como agua de mayo, pero no acababa de llegar. A la una de la mañana, creo, me tomé unas oxis que tenía para emergencias. Son opiáceos y trato de no usarlas, porque crean adicción...

—Un país con muchos arenques no necesita médico —refunfuñó Lottë.

No me quedó nada claro a qué venía eso, pero me sonó a refrán del norte, la típica recriminación de madre ante las costumbres poco sanas de su hija. Le hice un gesto a Kristine para que no perdiese el hilo.

—El caso es que me quedé dormida y supongo que Eleder vino en algún momento más tarde porque al día siguiente encontré una bolsita con marihuana en mi buzón. Quizá llamó al timbre... pero yo ya estaría flotando... y ni siquiera Gordon me pudo despertar.

—¿Estás segura de que fue esa noche? —insistí—. Hablamos de hace dos años.

—Sí, claro. Yo le pagaba en mano, en metálico. Él era un buen *dealer*, con buena mercancía. Esas cosas hay que cuidarlas, ¿entiendes? Como le debía ese dinero, al día siguiente le puse un mensaje, le llamé un par de veces. Nada. Al cabo de unos días me puse en contacto con la amiga que me había pasado su número. Fue ella la que me lo contó, lo de que había aparecido muerto. Me envió el enlace a la noticia. Entonces yo leí que había sido el jueves por la noche y aquello me dejó desconcertada. ¿El jueves? ¿La misma noche que vino a mi casa a dejarme la maría?

—Deja que lo adivine. No fuiste a la policía.

Ella negó con la cabeza.

—No, claro. ¿Para qué? Aunque después oí que parecía un suicidio y recuerdo que pensé que eso no tenía sentido.

Durante la siguiente media hora, Lottë, como gran lectora de novela negra escandinava, esbozó una serie de teorías muy rocambolescas, pero yo apenas le prestaba atención. Me había desinflado casi por completo. De nuevo, el rastro se perdía. ¿Qué me quedaba por hacer? Eleder había ido a la casa de Kristine nada más salir del chalet de los Arriabarreun. ¿Qué pasó a partir de ahí?

Pensé en que ahora, de verdad, había llegado al final. Estaba a punto de pedirle a Kristine que me avisara a un taxi. Uno que me llevara a Gernika de una vez por todas.

—¿No recuerdas nada que te resultase extraño? —le estaba preguntando Lottë a su hija—. Quizá en la bolsita de maría... o algo...

—No. —Kristine, que estaba con las piernas dobladas sobre el sofá, lanzó un hilo de humo contra el techo—. Aunque creo que esa noche había una fiesta o algo así en la casa de Kerman.

—¿Qué? ¿Una fiesta? —Eso logró sacarme de mi abismo de desesperación.

—No lo sé... pero recuerdo que había mucho ruido de coches subiendo y bajando. Yo estaba con mis migrañas, sin marihuana, y me puse frenética con tanto coche.

—Coches —repetí—. ¿Qué coches?

—Solo los oía... y veía las luces en la curva. Unos cuantos. Diez, doce. Solo podían ir a la casa de Kerman, claro. En los últimos años, ha habido algunas noches así. Pero bueno, nunca hicieron demasiado ruido.

Me quedé congelada en el sofá. ¿Una fiesta en la casa de la playa? ¿Coches subiendo y bajando? Kerman nunca había mencionado nada semejante. Era la casa de sus padres, su pequeño refugio...

—Voy a darme un paseo —les dije—. ¿Estaréis despiertas en un rato?

—Oh, sí —me aseguró Kristine—, ahora mismo nos íbamos a poner una de Almodóvar. —Señaló una inmensa pantalla de *home cinema* en el salón.

—Soy una gran fan —dijo Lottë.

Salí de la casa. Soplaba un viento firme que agitaba los arbustos del camino y llenaba el aire de humedad y salitre. Llegué a la carretera y me detuve junto al buzón. Ese punto del relato que marcaba el final «conocido» de la noche de Eleder Solatxi. ¿Qué pasó a partir de ese instante?

Coches. ¿Vio el chico algo raro en esos coches que subían y bajaban?

Como la mano de un fantasma, una ráfaga de viento hizo volar arena por la carretera. Comencé a bajar hacia la playa.

Venía una tormenta desde el mar. Latigazos de luz restallando en el horizonte, en las entrañas de un laberinto de nubes abismales. Las olas rompían con virulencia en las rocas de la caleta de Arkotxa. La arena ya había empezado a devorar la calzada.

«Coches», me repetía una y otra vez. «Coches».

Al final del camino, de esa pequeña carretera de asfalto quebrado, la casa resistía el embate del viento. Las copas de los árboles se agitaban enloquecidas en la parte frontal del jardín. Había ramas de sauce por el suelo.

Cierta noche que encontramos las sábanas terriblemente heladas, Kerman me dijo que todo había sido producto de una tormenta. La capacidad del mar de mojar el aire, de empapar la atmósfera, iba mucho más allá del alcance de sus olas.

Kerman... Le recordé un instante. Su rostro tan bonito, tan claro. Su sonrisa honesta. Pero ¿de verdad le conocía?

Las fotografías de la autopsia, el dinero escondido... Desde el principio me habían sobrado razones para sospechar de él, pero reconozco que me resistía a hacerlo. Era mucho más fácil dejarme llevar por la teoría de la conspiración. A veces lo complicamos todo hasta el extremo en vez de afrontar la más simple y cruda realidad.

Pero la simple y cruda realidad era que Eleder Solatxi estaba en aquella carretera de la playa la noche en que murió. Y que posiblemente vio algo que le llamó la atención. Esos coches que había mencionado Kristine... ¿una fiesta? No podía descartarlo, aunque me parecía raro. Kerman no era un hombre de muchos amigos y las pocas fiestas de las que me habló siempre las organizaba Patricia en el chalet familiar. Además, la casa de Arkotxa era como un santuario para él... ¿Entonces?

Miré por encima de los portones de madera. La casa estaba a oscuras. El granero era solo una silueta recortada contra la noche. Seguí caminando, hundí los pies en la estrecha banda de arena y me detuve justo cuando empezaba la playa de piedras. Miré hacia el mar, los dos brazos de roca que protegían la caleta de Arkotxa eran como dos gigantes negros. A partir de este punto no había más luces. Ni faros, ni viviendas en lo alto, solo pequeños agujeros en las rocas donde anidaban las gaviotas. «Uno de los lugares más solitarios de nuestra costa», presumía Kerman.

Un lugar perfecto para desconectar del mundo, para bucear, para perderse en una oscura noche de invierno.

¿Y para actuar sin ser visto?

Coches. Coches. Coches...

Volví a la entrada decidida a hacer lo que tenía en mente desde que Kristine mencionó aquello. No me lo pensé demasiado. Cogí carrerilla y me encaramé al muro de un salto. Otro salto y aterricé en la hierba. Ya estaba. Mi segundo allanamiento del día. Lo cierto es que te acabas acostumbrando; hasta puede llegar a ser adictivo.

La casa estaba a oscuras, aunque, por un instante, creí percibir un remoto resplandor en la claraboya del desván. ¿Había alguien dentro? Aquello me paralizó junto a la caseta del perro cerca de cinco minutos. El portón estaba cerrado, no había ningún coche aparcado fuera. Durante este tiempo, además, no volví a ver ningún resplandor. Me convencí de que habría sido un relámpago del horizonte reflejado en la ventana.

En cualquier caso, el objetivo de esa noche no era entrar en la casa, sino colarme en el granero. Ese lugar en el que Kerman trabajaba tantas horas. Su nueva afición.

Corrí hasta la puerta. El candado seguía suelto, tal y como yo lo dejé. Supuse que Iker se habría olvidado de mencionarlo que había que cambiarlo.

Observé los tres escalones que mediaban entre el enlosado y la puerta de entrada. El propósito inicial de ese espacio había sido albergar un establo, animales, pienso, de modo que el suelo original se hallaba a ras de tierra, pero Kerman lo había elevado en torno a un metro para protegerlo de las humedades. También había instalado unas rejillas para favorecer la ventilación.

En resumen, que quedaba un hueco debajo del suelo de madera. ¿Habría alguna manera de entrar ahí?

Rodeé el granero en busca de un posible acceso. Había, como digo, un par de rejillas, pero ninguna portezuela. Y eso me dio que pensar.

El juego de asociaciones mentales podía ser tan solo eso, un juego, pero ¿no había una intrigante conexión entre todo aquello? Los coches de Abraham con sus compartimentos secretos. El granero de Kerman con sus paneles falsos... ¿Quizá también escondía alguna sorpresa bajo el suelo?

Regresé a la entrada. Subí los escalones. Entré.

El granero estaba sumido en la penumbra. Yo no tenía móvil ni linterna, y tampoco había sido tan previsora como para pedirle una a Kristine, aunque recordaba haber visto una lámpara de trabajo colgada en la pared del fondo, junto a una sierra de banco. La encontré y la encendí. Daba una luz muy potente que sin duda llamaría la atención de alguien que caminase a esas horas por la playa o cerca del jardín de la casa. Aun así, ¿realmente me importaba algo a esas alturas de la película? ¡Que vinieran! ¡Cuanto antes! Bueno, primero debería hacer mi descubrimiento.

Iluminé el espacio diáfano del interior del granero, sin muebles, atestado de material de obra y de herramientas. La pila de botes y maderos que había utilizado para saltar al entrepiso superior estaba donde la dejé. Desenrollé el cable y caminé apuntando la lámpara al suelo de madera de roble. ¿Qué buscaba? Un resorte. Una trampilla que ocultase el acceso a la parte baja del granero. Un espacio que, solo en teoría, quizá sirviera para almacenar droga a la espera de poder cargarla en un coche.

Era una teoría, claro, tan solo una hipótesis. Pero todo

estaba, de alguna manera, fundamentado en otras cosas. Los coches que Kristine había oído aquella noche. Las obras de reforma del granero que se habían convertido en el único *hobby* de Kerman, de manera casi obsesiva.

«De acuerdo», pensé mientras iluminaba aquel suelo, sólido como la dentadura de un político en campaña. «También es posible que todo sea fruto de la desesperación. Porque sabes que todo acaba aquí. Sabes que solo te queda entregarte y que te expulsen de la policía... ¡Así que encuentra algo, por Dios!».

Sin embargo, mis dudas crecían con cada centímetro que avanzaba. El entarimado era tan perfecto, mostraba tan pocas fisuras. Probé un par de veces a meter las uñas en algún hueco que me pareció detectar. Nada... ¿Tal vez me estaba equivocando de lugar, de concepto?

No me quedaban más bazas por jugar, solo demostrar que Eleder vio algo en la casa de la playa aquella noche. Algo que quizá también grabase con su cámara con visión nocturna. Eso tendría mucho sentido. Eleder hacía vídeos incómodos, los vendía por dinero a ese tipejo infame, Félix Arkarazo, quien muy probablemente estaba detrás del chantaje a Enrique Arriabarreun (y cuya muerte puso fin también al intento de extorsión). El caso es que Eleder estaba allí la noche del 10 de octubre de 2019, vio los coches, se olió la carnaza. Grabó algo, lo descubrieron y lo asesinaron para quitárselo de en medio. Y por mucho que me empeñara en reprimir la idea, su asesino fue...

—Nerea.

Una voz en la oscuridad. Yo estaba de espaldas a la puerta en ese instante, pero no me hizo falta girarme para saber a quién pertenecía.

Patricia Galdós, quieta en el umbral. El cuchillo que empuñaba destelló ante la luz de la lámpara.

—¿Qué demonios haces aquí?

Yo iba a preguntarle lo mismo. ¿Cómo había llegado a la casa sin que la oyera? Pero ella debió de leérmelo en la cara.

—No te esperabas encontrarme aquí, ¿eh?

—La verdad es que no —contesté con franqueza.

—Estaba en el desván de la casa, metiendo algunas cosas en cajas y destrozando otras contra la pared. Entonces te he visto saltar el muro. He escrito un mensaje a Cuartango, pero creo que no le ha llegado porque no hay cobertura. —Apuntó hacia arriba con el cuchillo—: Da gracias a la tormenta...

—Da igual, Patricia, iba a llamarle yo misma —le aseguré—. Pero me alegro de haberte encontrado primero. Creo que debes enterarte de esto antes que nadie.

Ella no se movió de la puerta. El cuchillo en su mano. ¿Íbamos a acabar así, a cuchilladas, como en una historia de celos de opereta? Yo pensé en mi 22, todavía en el tobillo.

—¿Qué buscabas? —Patricia señaló la linterna—. ¿Algo que te dejaste la última vez?

—Patricia, escúchame...

—No —me interrumpió levantando la mano—. Nada de escuchar. Te toca responder.

Se acercó un poco a la luz. Tenía los ojos hinchados. De llorar.

—De acuerdo —dije—. Pregunta.

—¿Cuánto tiempo?

Silencio. Podía notar su resquemor. Tenía la voz tomada.

—Desde la fiesta de exalumnos —respondí.

—¿Dos meses?

—Sí.

—Dos meses —repitió como si lo valorase.

—Escúchame. No era una aventura. Yo no hubiera seguido de ser solo eso... Yo...

Ella bajó la cabeza al tiempo que negaba despacio.

—¿Y siempre aquí, en esta casa?

Asentí.

—¿Y en la nuestra? ¿En mi cama?

—Nunca.

Noté que eso la aliviaba un poco.

—¿La conferencia de Barcelona?

Me costó admitirlo, pero ¿qué importaba ya?

—Sí.

Patricia rompió a aplaudir, sin soltar el cuchillo, mirando hacia alguna parte del techo.

—Qué gran actuación, Kerman, allá donde estés. Y lo mismo te digo a ti, Nerea... No sé muy bien qué pensar. Aunque no es la primera vez que te metes donde no debes.

Acusé el golpe en silencio. No tenía derecho a sentirme molesta.

—No espero que lo entiendas, Patricia, pero también ha sido duro para mí.

—¿El qué? ¿Perder a tu ligue? ¡Yo he perdido a un marido!

—Lo sé, no es comparable, pero... Kerman era algo más. No era solo un ligue.

«Cállate», pensé.

—¿Qué pensabais hacer? —Patricia estaba soltando su enfado—. ¿Hasta dónde creíais que iba a llegar eso?

—No pensábamos en nada, Patricia. Estábamos emocionados... Sabíamos que no era lo correcto, pero tampoco podíamos dejarlo. Kerman había planeado contártelo. Me lo dijo aquel domingo.

—Genial... —contestó casi gritando—. ¡Genial! ¿Y qué hago yo con eso? Mi marido se murió cuando iba a abandonarme. ¿Qué debo sentir? ¿Alegría?, ¿alivio?, ¿pena? He llorado por ese cabrón casi tanto como lloré por Luis...

La voz se le ahogó en el llanto. Soltó el cuchillo para llevarse las manos a la cara. Yo di un paso adelante con la lámpara.

—Patricia, escúchame... Estas cosas pasan. Kerman también tenía miles de dudas, porque os quería. A Iker, a ti.

—No, por favor, Nerea. —Otra vez alzó la mano para frenar mis palabras—. Ya duele bastante...

La dejé. Tenía razón.

Estuvo uno o dos minutos ahí parada respirando muy fuerte, tapándose la cara con las manos. No le había dado vergüenza llorar hasta ahora, pero quizá era una cuestión de orgullo.

Yo me quedé quieta, cabizbaja, respetando el momento en silencio. Había empezado a llover. Los truenos seguían resonando aquí y allá, cada vez más cerca.

Patricia se fue calmando muy despacio.

—Te lo dije, ¿no? Estas cosas se saben... en la forma de dar un beso o de hacer un regalo. —Hablaba dirigiéndose a alguien, no estoy segura de que fuese a mí, pero permanecí callada—. Me convencí a mí misma de que quizá fuese una racha. Todo el mundo pasa por rachas... Sabía que no estaba enamorado de mí, ni yo tampoco de él, pero justo por eso pensaba que duraríamos... ¿No es esa la fórmula de un matrimonio feliz?

Dejó la pregunta en el aire. Yo no dije nada. No se me ocurriría responder a eso, y menos aún con lo que pensaba.

Patricia caminó por aquel escenario de luces y sombras que era el granero, mientras la tormenta iba creciendo lentamente sobre el mar.

—¿Sabes cuál fue la frase de nuestra boda? Nada de «hasta que la muerte nos separe»... Nos prometimos «cariño y respeto». Éramos dos personas adultas, racionales. Habíamos hecho un pacto para compartir nuestra vida respetuosamente. ¿Por qué no me dijo que se había cansado de mí? Nos dejábamos todo el espacio del mundo. Yo con mi velero; él con esta casa. Nunca nos reprochamos nada... Pero, por alguna razón, jamás pensé que pudiera interesarse por otra mujer. Quizá es que tengo el ego muy subido. O también podría ser la crisis de los cuarenta...

«O puede que se enamorase de mí», pensé yo.

—En fin... Ya no se lo puedo preguntar a él. Era un hombre lleno de secretos y creo que se los llevó todos a la tumba.

—Patricia, sobre eso...

—Lo sé. Ya me lo has dicho. Ibais en serio. Qué bien.

—No —dije—. Es otra cosa. La razón por la que he venido esta noche... Algo sobre Kerman, sobre sus secretos... que deberías ser la primera en conocer.

—¿Qué dices?

Un trueno retumbó en lo alto. La lluvia redobló su repiqueteo sobre el tejado.

—Ven —le pedí—, quiero enseñarte algo.

Caminé hasta el servicio. Encendí la luz, me di la vuelta y vi que Patricia no se había movido de donde estaba. Me asomé. Tenía el teléfono en la mano.

—Patricia...

—Cuartango ya ha recibido el mensaje —dijo—. Está de camino.

—Vale. No importa, de todas formas él también tendrá que verlo —respondí.

—¿El qué?

—Acércate.

Ella se resistía a moverse.

—Nerea, Kerman murió de una forma muy extraña. Íñigo ha sugerido que quizá tuviste algo que ver.

—¿Es eso lo que te preocupa? —pregunté—. De acuerdo, tienes derecho a saber lo que ocurrió.

Me ahorré los detalles innecesarios (los besos) y me centré en el accidente. El patinazo, el choque contra el árbol...

—Kerman estaba vivo y consciente cuando le dejé allí abajo. Pero algo sucedió después. Quizá fue fortuito, o quizá fue provocado... El coche se incendió. Y no consigo entender qué le pasó a Kerman entre ambos puntos. Por qué no huyó...

Ella había ido avanzando por el centro del granero. Ya estaba frente a la puerta del baño.

—Si decidiera creerte..., ¿qué es lo que insinúas? ¿Que alguien le asesinó?

—Sí.

—¿Por qué motivo?

—Eso es lo que quiero mostrarte, Patricia. Llevo todo este tiempo investigando algo que no me encaja, he viajado unos cuantos miles de kilómetros, me he jugado el pellejo por esto... pero creo que he descubierto una de esas «partes oscuras» de Kerman.

No esperé a su reacción, entré otra vez en el baño y busqué los bordes de ese panel falso que había retirado con la ventosa la primera vez. Metí las uñas y conseguí separarlo un poco. El velcro crepitó mientras lo sacaba del todo.

Desvelé esa pared falsa, el hueco. El dinero seguía allí, donde lo había dejado.

Patricia se asomó, señaló el paquete.

—¿Qué es eso?

—Dinero.

Entró. Fue a cogerlo, pero le hice un gesto.

—Será mejor que no lo toques —dije.

—¿Qué significa esto? ¿Es dinero negro?

—No lo sé. De entrada, es un escondite muy bien disimulado. Junto al dinero encontré una memoria USB.

El rostro de Patricia era puro desconcierto mientras observaba todo aquello.

—¿Por qué lo escondía?

—Me imagino que el dinero estaba sin declarar. El pendrive tenía varias cosas. Un vídeo, o al menos eso pensamos porque estaba encriptado...

—¿Pensamos? —me cortó—. ¿Quiénes? ¿Has hablado con Cuartango de todo esto?

—No, este asunto lo he investigado por mi cuenta. Quería protegeros a Kerman, a ti..., intentar llegar al final por mis propios medios.

—¿Qué quieres decir con protegernos? ¿Qué hay en el vídeo?

—No lo sabemos todavía, pero el pendrive contenía una carpeta con fotografías. Pertenecían a una autopsia que Kerman realizó hace dos años a un chico de Illumbe: Eleder Solatxi.

Noté el impacto de aquel nombre en el ánimo de Patricia.

—Eleder —repitió ella—. Iker me contó que habías estado preguntando por él.

—Sí. Y no hace falta que te inventes nada: sé exactamente lo que pasó aquella noche en casa de los Arriabarreun... y que las tres familias decidisteis «borrar» el capítulo de la historia oficial. Eleder salió de allí y apareció muerto horas más tarde. El problema está en las fotografías del pendrive. Dos de ellas no llegaron a incluirse nunca en el informe oficial de Kerman. Precisamente, las dos que demostraban que Eleder no se suicidó... Son fotos de sus muñecas en las que se aprecian marcas de ataduras.

Patricia tuvo algo parecido a un vahído. Apoyó la mano en el lavabo, yo me apresuré a cogerla por la cintura, pero se mantuvo en equilibrio.

—Sigue, te lo ruego.

—Hasta esta noche, creía que todo tenía relación con la casa de Enrique. Que Kerman falseó su autopsia quizá para proteger a su amigo... pero me equivocaba. Lo he sabido hace nada. Eleder bajó a la playa ese jueves 10 de octubre. Y vio algo que no debía aquí, en esta casa. Y lo mataron por ese motivo.

Patricia, apoyada en la pared y blanca como una vela, seguía escuchando.

—Verás, hay otro caso que se ha entrecruzado con todo. Algo sobre una red de tráfico de drogas que utilizaba coches para su distribución. Tengo pruebas de que existe una conexión entre ambas cosas... y de que quizá esa distribución comenzaba en esta casa.

—¿Aquí?

—Sí, Patricia. Por mucho que odie pensarlo: Kerman estaba implicado.

Ella reaccionó de una manera extraña. Se echó a reír.

—Estás de broma. ¿Kerman, un narcotraficante?

—A mí también me parecía imposible, pero las pruebas hablan por sí solas. Y esa autopsia del chico...

—¿Dónde están esas fotografías? ¿Y el vídeo?

—A buen recaudo. Mi compañero Orizaola guarda una copia, y yo otra. Lo hemos mantenido en secreto con la esperanza de exonerar a Kerman de algún modo; posiblemente nos sancionarán, yo estoy segura de que perderé el trabajo, pero ya no queda mucho más que hacer. Lo vamos a entregar todo y con estos nuevos indicios se abrirá una investigación. Te lo digo para que estés preparada.

Más lluvia, un viento furioso recortaba los vértices del granero. La madera, nueva, crujía con el cambio repentino de la humedad en el aire. Los relámpagos iban en aumento, iluminaban el exterior por unos segundos y después, a lo lejos, retumbaba el profundo sonido del trueno.

—Pero ¿por qué este granero? —preguntó Patricia—. Has dicho que todo comenzaba aquí. ¿Por qué?

—La semana pasada regresé a la casa, aunque por otra razón. Me había dejado una cosa y... no quería que tú la encontraras. Entonces recordé algo extraño que Kerman hizo ese fin de semana. Eso me trajo aquí. Descubrí el panel falso. —Señalé el dinero—. He pensado que quizá podría localizar otros escondites. Puede que debajo del suelo.

—Este granero —repitió Patricia en voz alta, como si eso le hubiera llevado a pensar algo—. Pero no puede ser...

—¿Qué? ¡Dilo!

—Ya te dije que estaba mosqueada con esta obsesión de Kerman.

—Sí.

—Fue Íñigo el que le dio la idea de reformarlo, hace un par de años.

—¿Cuartango?

Asintió.

—Empezaron a hablar de esto durante una cena en casa. Kerman no tenía mucha idea de cómo hacerlo, pero Íñigo le dijo que él sabía un poco del tema. Le ayudó a planearlo todo, a construirlo. Venía con él. Se pasaban horas aquí metidos. Durante un tiempo su mujer y yo bromeábamos con que se habían hecho novios. Ya ves tú.

Noté que mis pulsaciones se disparaban. ¿Cuartango?

—¿Tú crees que podría estar implicado?

En realidad, tendría todo el maldito sentido del mundo, pensé. De hecho, si él andaba detrás del lío de los coches, sería el primer interesado en que encontrásemos a Javi Carazo. ¿Y no había resultado demasiado fácil convencerlo para que me dejase viajar a Londres a buscarlo, pese a las dudas de Hurbil? ¡Cuartango!

—Escúchame, Patricia. Es muy importante. La noche en que murió Eleder... Sé que hablasteis de esto entre vosotros, así que posiblemente puedas responder a una cosa. ¿Dónde estaba Kerman?

—Dijo que estaba aquí.

—¿Y Cuartango?

—Con él, ayudándole. Yo estaba de viaje con el velero, me enteré mucho más tarde... pero... ¡Dios mío! ¿Quieres decir que ellos dos...? ¡No puede ser!

—¿Era verdad lo del mensaje que le has enviado?

Patricia miró la pantalla del móvil antes de girarla hacia mí. En efecto, había un mensaje de Cuartango: «Voy para allá». Había salido hacía media hora. Estaba a punto de llegar.

—Tengo que hacer una llamada. —Señalé el móvil.

Me lo dio. Pude ver que le temblaba la mano mientras lo hacía. Toda ella era un manojo de nervios.

—No sé si tendrás cobertura. Las tormentas lo suelen complicar bastante por esta zona.

Salí del baño y marqué de memoria el teléfono de Orizaola. El sonido de los tonos tardó bastante en comenzar, y lo hizo recubierto por una membrana de interferencias.

—¿Diga?

—Ori. (Bzzzfhhzz). Soy Nerea.

—¡Joder! ¡Llevo toda la tarde (bzzz)perando...!

—Atiende —le corté—, es importante. Estoy en la casa de Kerman, creo que lo he descubierto todo.

—Lo sé —dijo él.

Bzzzfhhzz.

Zhhbbbfff.

—¿Cómo que lo sabes?

—¡(Zhhbbbfff) vídeo, Arruti, el vídeo! El Hijo del Byte ha respondido al fin. ¡Ha roto la contraseña! Nos va a salir por un dinero, pero ya son nuestros. Lo tengo puesto en bucle desde hace una hora.

Miré hacia atrás. Patricia estaba en la puerta del baño, con los brazos cruzados sobre el pecho, asustada. Tras ella, los relámpagos iluminaban una noche de lluvia y viento. Noté que se me erizaban los pelos de la nuca como si estuviera a punto de caernos un rayo a las dos.

—El vídeo comienza en la playa —continuó Ori—. Por alguna razón Eleder bajó a la casa de Arkotxa esa noche, aunque no tengo ni idea de por qué.

«Yo sí», pensé, pero no quise interrumpirle.

—(Zhhbbbfff)... con una cámara de visión nocturna, pero se ve bastante bien. Hay cuatro coches aparcados fuera, junto al seto. Eleder está como escondido entre unos árboles. Se ve a Abraham saliendo de un coche que acaba de llegar y entonces se oye al chico murmurar: «Abraham, ¿qué coño haces tú aquí?». Está claro que debió de reconocerle.

—Sí, eso tendría sentido.

—Entonces (zhhbbbfff... sssd) alguien portando dos grandes paquetes negros de plástico. Vas a flipar cuando te diga quién es.

—¿Cuartango?

—Joder, qué lista eres. ¿Cómo lo has sabido?

—Escúchame, Ori... Cuartango está viniendo hacia aquí. Tengo un arma, pero temo que traiga refuerzos, y quizá no sean de la policía, ¿me entiendes?

Zhhbbbfff.

Zzzzzzzaaaaaampp.

Bbz.

Se hizo un silencio al otro lado de la línea. Un silencio tan largo que pensé que la tormenta había cortado la conexión.

—¿Aitor?

—¿¿Bzzzfffffnnnnerea?? —volví a escucharle—. Ahora tengo que bzzzzfddejarte. Creo que hay alguien fuera.

—¿Fuera? ¿Dónde...?

Lo siguiente que oí fue un golpe muy fuerte, como si Aitor hubiese lanzado el teléfono dentro de una olla metálica con la intención de romperlo. Le siguió un grito. Era Aitor profiriendo un insulto o algo parecido. Después sonó un estruendo. ¿Un disparo?

Un trueno rompió el cielo justo en ese momento y el zambombazo nos estremeció de los pies a la cabeza. El teléfono emitió tres pitidos y me lo aparté de la oreja. Había perdido la conexión con Aitor.

Intenté llamar otra vez, pero nada. «Buscando red», ponía.

—¡Nerea! —gritó Patricia entonces—. ¡Mira!

Señalaba la ventana del baño. A través de ella se podían ver los faros de un coche iluminando la carretera y la copiosa lluvia que caía en esos instantes. Era Cuartango.

—¿Qué hacemos?

«Orizaola, dime que estás bien, joder», pensé mientras miraba el teléfono, pero seguía sin cobertura.

—¿Apagamos las luces?

—Ya las habrá visto —dije intentando pensar.

Corrí hacia el baño y coloqué el panel en su sitio. Todavía quería jugar mi última baza con Cuartango y no debía saber que los habíamos descubierto. Me parapeté junto a la ventana. La lluvia arreciaba, aunque pude escuchar el sonido de una puerta que se abría. Una sola puerta. O sea, que venía solo. Pero ¿con qué intenciones? Todavía resonaba en mis oídos el estrépito que acababa de tener lugar en el apartamento de Ori. No sabía lo que había sucedido allí, pero no pintaba nada bien.

Cuartango se paró junto a la puerta. Supusimos que estaría tocando el timbre.

—¿Qué hago? —susurró Patricia, cada vez más nerviosa.

Le devolví el móvil y le dije que estuviera lista para llamar al 112. Después me agaché y saqué el revólver de mi tobillera. Patricia tenía los ojos como platos.

—Tranquila —le dije—, no va a pasar nada.

Escondí la funda detrás de la pila de maderos y botes. Acto seguido, coloqué el revólver encima de la última lata de pintura y me puse delante, ocultándolo.

—Ve a abrirle y lo traes hasta aquí.

—¿Y si me pregunta algo? —dijo Patricia.

—Dile que venga, que estoy dispuesta a entregarme.

El estruendo en casa de Ori me había puesto en guardia. Sin embargo, quería salir de allí sin pegar un tiro, a ser posible. No podía arriesgarme a que Patricia resultase herida. Y tampoco estaba dispuesta a poner en peligro la confesión de Íñigo.

Teníamos que sacarle las tripas, pero en comisaría, con luz y taquígrafos.

Vi por la ventana cómo Patricia corría a abrirle el portón. Hizo su papel de maravilla. Asustada y con pocas palabras, señaló al granero. Cuartango intentó hacerle alguna pregunta pero ella le urgió a que corrieran dentro. Que lloviese a cántaros ayudó con eso.

Yo volví a situarme en el centro, con el arma oculta a mi espalda. Patricia entró con Cuartango pisándole los talones, empapado en los escasos minutos que había pasado fuera.

—Buenas noches —dijo.

—Hola, Íñigo —respondí.

Patricia se apartó de él, quizá temiéndose un fuego cruzado. La gabardina color tabaco de mi jefe goteaba sobre las lamas de madera.

La luz de la lámpara portátil, esquinada en el suelo, le arrancaba una sombra alargada. Con su gabardina, parecía la escena nocturna de *El tercer hombre*.

—Enrique Arriabarreun acaba de contarme una historia, Nerea. Dice que esta tarde has entrado en su casa sin permiso. ¿Es verdad?

—Correcto —respondí.

—Eso suma dos allanamientos en una noche. Supongo que tienes alguna explicación para todo esto...

«Sí, una explicación, un vídeo... que me dicen que estás acabado», pensé.

—La tengo, pero prefiero darla en comisaría. ¿Has venido solo? ¿Sin apoyo?

—Sí... Esta noche estamos hasta arriba. No creo que te hayas enterado, pero Javi Carazo ha aparecido al fin: se ha entregado voluntariamente y está cantando como un canario.

—Me alegro.

—Patricia me ha dicho que tú también vas a ponerme las cosas fáciles.

—Así es. Necesitaba darme un poco de tiempo... Ya te imaginas que no era fácil.

—Sí. Lo entiendo. ¿Vas armada?

—No. —Para demostrarlo, me levanté el chubasquero, incluido el jersey de lana que llevaba debajo, hasta mostrarle mi cintura. Me di una vuelta completa.

—Los tobillos, por favor. Y acércate más a la luz.

Crucé una mirada con Patricia y ella debió de entenderlo a la primera. Según yo me movía hacia la lámpara portátil, se colocó en el ángulo que ocultaba la pila de maderos y botes de pintura sobre la que descansaba mi pequeño revólver.

Llegué a la luz y me levanté los pantalones todo lo que pude. Sabía que cualquier poli me registraría antes de bajar la guardia y mi objetivo era tranquilizar a Cuartango.

—Vale. Ahora, por favor, le pides disculpas a esta buena mujer por el susto que le has dado y nos vamos al coche. Tienes mucho que explicar en comisaría.

—De acuerdo.

No pensaba llegar hasta el coche, claro. Ni dejarme poner unas esposas. La idea era quitarle el arma en cuanto se relajase un poco y tumbarlo en el suelo antes de que se diera cuenta... pero entonces pasó algo que estaba completamente fuera del plan.

—Íñigo —dijo Patricia desde algún punto a mi espalda—. ¿No has dado aviso en comisaría?

—¿Qué quieres decir? —se extrañó Cuartango.

—Bueno... Arruti está en busca y captura. Lo normal es que hubieras venido con algún agente, ¿no?

—Ya os lo he dicho —insistió él—, está todo el mundo ocupado. Además, ha habido un par de atracos, una pelea multitudinaria... Este tema lo he llevado en persona y Arruti es del cuerpo. No pensé que fuese a necesitar refuerzos.

Yo estaba intentando descifrar en qué dirección pretendía llevar Patricia la conversación (aunque cualquier dirección era buena siempre que me permitiera ganar tiempo), cuando de pronto escuché un sonido metálico. Un clic. Era un sonido inconfundible.

El de un revólver al amartillarse.

Me giré y la vi, mucho más cerca de lo que creía. Permanecía en pie con las piernas separadas, apuntando a Cuartango con mi 22 corto. Lo había cogido de lo alto de la lata de pintura.

Respiró una vez. Una respiración muy larga.

—Patricia... —empecé a decir.

Y supongo que habría añadido «ten cuidado con el revólver; si lo amartillas, es muy fácil que se dispare y...».

Disparó.

Solo mediaban unos tres metros entre ellos dos, pero el primer tiro lo falló. O mejor dicho, rozó el hombro de Cuartango. Pude ver las fibras de su gabardina volando por el aire entre una gran nube de humo.

—¡Pero ¿estás loca?! —gritó él.

—Tienen el vídeo —dijo ella—. Créeme. Es lo mejor.

Cuartango se llevó la mano a la espalda en busca de su arma, pero Patricia avanzó rápida como una serpiente. Dos zancadas y volvió a apuntarle en el centro de la cabeza. En esta ocasión no falló. Disparó por segunda vez y el cerebro de Íñigo Cuartango —todas sus ideas, sus ambiciones, sus recuerdos y sus secretos— regó el suelo de madera de roble hasta la puerta. El comisario jefe de cuarenta y nueve años todavía se mantuvo en pie dos segundos más, mirando a Patricia con la misma expresión de absoluta sorpresa con la que la estaba mirando yo. Luego se desplomó y ella se giró hacia mí.

—Bueno, esto se acabó —dijo.

—Pero... ¿qué has hecho?

—Lo que tú y el imbécil de mi marido me habéis obligado a hacer, querida.

Después levantó el arma y me apuntó mientras cerraba uno de los ojos.

23

—¡Espera! Joder, ¡espera!

Ella abrió el ojo que tenía cerrado.

—Te voy a ser sincera, Nerea. No quería llegar a esto.

—Pero ¿por qué?

—No es por lo de Kerman, tranquila. En realidad, lo nuestro estaba peor de lo que te he contado.

Yo me había pegado a la pared del granero, iba moviéndome muy despacio hacia la puerta del baño. Patricia debió de olérselo y apretó el gatillo. Levantó una nube de humo y vi algo parecido al fuego en mi costado, pero no me había dado. Solo a la pared.

—No te muevas ni un centímetro más —ordenó.

Me quedé quieta aunque solo para ganar unos segundos. Tenía que pensar cómo salir de allí.

De pronto, ella no tenía prisa. Sin dejar de apuntarme, rodeó el cuerpo de Íñigo. Al hacerlo, intentó no pisar sus sesos, como alguien que no quisiera ensuciarse los zapatos en un lodazal. Entonces recordé lo que le había dicho justo antes de dispararle: «Tienen el vídeo».

Así que Patricia lo sabía...

—Qué tonta he sido —resoplé entre dientes—. Eres parte de todo esto, claro.

Patricia no dijo nada. Colocó un pie sobre la cintura del muerto y lo empujó. Lo hizo rodar. El cuerpo quedó tumbado de lado.

—Te ha faltado solo un detalle —dijo mientras se agachaba junto al cadáver de Cuartango—. Cuando has empezado a contarme todo lo que habías descubierto: los coches de Abraham, los depósitos ocultos bajo el granero (que, por cierto, lo están)... ya estaba esperando a que por fin hicieses la última conexión de todas.

—La playa —dije—. Tu velero.

—Premio.

—Cómo he podido ser tan idiota...

Ella estaba manipulando algo en la espalda de Cuartango. Enseguida me di cuenta de que quería su arma.

—Entonces tú eres Belea...

—No —dijo—. Eso solo fue una cosa que se le ocurrió a Íñigo. Era un nombre que causaba cierto respeto. Nos vino bien. Era como una marca comercial.

Sacó la Glock reglamentaria de la funda, dejó mi revólver junto al cadáver y cargó la pistola para soltar la bala de la recámara. Joder, era escalofriante ver a Patricia manejar armas con tanta soltura.

Se puso en pie y me apuntó con la pistola.

—Mira, Nerea, no soy de dar discursos, ¿vale? Acabaría ya con todo esto, pero antes quiero saber qué pasó con Kerman exactamente.

—Pero ¿no lo sabes? Creía que había sido cosa vuestra.

Patricia parpadeó.

—Kerman era mi marido. ¿Crees que voy matando a la gente que me importa?

—¡Cuartango era tu amigo!

Pestañeó con el morro un poco tieso.

—Era un buen socio, pero el vídeo iba a destruirle y le tengo cierto cariño a su mujer y a su hija. Es mejor que pase a la posteridad dignamente, ¿no crees?

Yo miré a esa masa de carne reventada que yacía en el suelo con la mirada perdida y un agujero en la frente. Si a eso lo llamaba dignidad...

—Volvamos a Kerman. Su accidente no encaja.

—Te he contado lo que sé. Le dejé allí abajo. Estaba vivo. ¿Por qué tendría que mentirte?

—No lo sé. ¿Te pego un tiro a ver si eso ayuda?

Bajó el arma un poco y apuntó a mi muslo. Ya no había ni rastro de temblor en sus manos.

—¡Espera! Está bien, está claro que no encaja. Alguien lo mató. Pero no fui yo... Me he pasado dos semanas intentando entenderlo. Quizá alguien te la jugó. Alguien de tu organización. El mismo que te roba los coches...

Ella dejó escapar una carcajada.

—Crees que sabes algo, pero no sabes nada.

—Bueno. Sé que alguien robó un coche en Jaca y que os habéis cabreado mucho, hasta el punto de matar a vuestro otro socio, Abraham Mendieta.

Patricia sonrió fríamente.

—Vaya, vaya... Cómo hemos terminado, ¿eh? —dijo como cambiando de tema—. En el colegio te llamaban la Androide. Eras una empollona y veo que sigues igual... Te has empeñado con esto y, hala, hasta el final.

—No nací rica, tuve que buscar un trabajo y hacerlo bien.

—¿Y crees que yo no?

—No creo que el narcotráfico se pueda considerar un oficio muy honrado.

Noté que eso le había escocido.

—Soy capitana de vela. Bicampeona mundial. Récord europeo de navegación en solitario...

—Pero con el velerito lleno de coca, ¿no? —dije con sarcasmo, y con toda la intención de molestarla.

Dejó escapar el aire por la nariz. Por lo visto la cabreó de verdad.

—No me metí en esto voluntariamente. Mi familia se arruinó en bolsa con la crisis de 2008. Estábamos hasta arriba de derivados financieros... y de un día para otro nos vimos con el agua al cuello. Luis conocía a una gente en Venezuela, se lo habían dejado caer en alguna ocasión y parecía fácil. Un par de viajes al año. Arriesgarse un poco y pasar por el trago de ver a unos tipos con metralletas en una playa venezolana. Y por supuesto, los viajes por el Atlántico, que siempre son peligrosos, pero lo demás era pan comido. Y muchísimo dinero. Suficiente para salvar los muebles y montar una empresa.

—Una pregunta, ¿la muerte de Luis...?

—Fue un accidente. Íbamos buscando rutas seguras y cometimos un error fatal... Mi única suerte fue que el barco iba vacío.

—¿Y Cuartango?

—Eso vino dado. Él ya estaba tocado de antes, por la gente que lleva el negocio a este lado del charco. Nos pusieron en contacto. Cuartango se encargaba de la segunda parte: los coches. Y bueno, también era el que tenía las conexiones con los compradores y se encargaba de las «incidencias»...

—¿Incidencias? ¿Te refieres a lo de Abraham o a los tíos de Londres?

—A todo. Son subcontratas. No es nada personal.

Me hubiera gustado darle mi opinión sobre sus subcontratas y sus incidencias, y hasta qué punto era «personal» para mí que hubiesen tratado de matarme solo para que no siguiese haciendo preguntas sobre Eleder Solatxi, pero respiré hondo. Quería llegar al fondo de la cuestión.

—¿Qué papel jugaba Kerman en esto?

—Ninguno —respondió—. Kerman era un santo varón, Nerea. Como Iker. Mi plan era que nunca se enterasen de nada.

Fue un verdadero alivio (como sacudirse de encima unas mil toneladas) oír eso. No obstante, seguía sin cuadrarme.

—Pero esta es la casa de su familia, ¿no estaba al tanto del uso que hacíais de ella?

—Antes teníamos otros lugares de descarga, pero acabaron siendo muy arriesgados. Se ha puesto de moda vivir en la costa, cada día hay más casas habitadas... Y la poli acecha, ¿sabes? Vine a Arkotxa un par de veces tras casarme con Kerman y pensé que era ideal, así que decidimos intentarlo a la vuelta de uno de mis viajes, una noche que él tuviese guardia en Barroeta Aldamar.

Una ráfaga de viento furioso nos interrumpió. El granero crujió como un cascarón.

—Yo llegué aquel jueves, después de una travesía agotadora —continuó Patricia—. Cuartango me ayudó a descargar en la playa y metimos todo en el jardín. Entre él y Abraham trajeron los coches y empezaron a llenarlos. Recuerdo que estaba sentada en la terraza, descansando mientras me bebía una copa de vino para celebrar que todo había salido bien, cuando vi una luz verde entre los árboles, frente a la casa. Parecía una luciérnaga, pero enseguida me di cuenta de lo que era. Grité para alertar a Cuartango y a Abraham, pero fueron unos patosos y le dejaron escapar. De no ser porque tuvo un traspié, no le habrían pillado. En fin. Cuartango estaba seguro de que había destruido las copias del vídeo... Pero, ¿ves?, una nunca puede fiarse de nadie. Lo que no entiendo es de dónde la sacó Kerman...

—¿Cómo le convenciste para que falseara la autopsia?

—Diciéndole la verdad: que estábamos todos en peligro. La gente para la que trabajo no se anda con bobadas, ¿entiendes? En cuanto fallas, te borran del mapa. A ti, a tu familia, a tus amigos, a sus familias... Es su manera de protegerse. Mira, Luis y yo hicimos el primer viaje pensando en que sería el último. Solo necesitábamos el dinero de un viaje, como mucho de dos. Pero cuando él murió en 2009 y yo intenté salirme, ellos respondieron que «eso sería muy incómodo». Quedaba claro, ¿no? Fue mi elección, pero mi elección afectaba a otras vidas. Kerman, Iker, Naia... No podíamos permitirnos el lujo de cagarla.

Hizo una pausa.

—Sé que a Kerman le rompí el corazón aquella noche —retomó su discurso al cabo de unos segundos—. No volvió a ser el mismo. Y también sé que nunca se perdonó lo que hizo con la autopsia de Eleder. Pero teníamos que evitar una investigación a toda costa.

— ¿Y las llamadas? ¿Los anónimos? Todo eso...

Patricia negó con la cabeza.

—Fue otra de las ideas geniales de Cuartango. Una excusa para ponerte a investigar la muerte de Kerman. Estaba claro que algo no encajaba... y necesitábamos un argumento para que tiraras del hilo. Bueno, pues quizá has tirado demasiado...

Patricia se había explayado. Quizá necesitaba hacerlo, o quizá solo estaba ganando tiempo para algo. El caso es que yo también había logrado detener un segundo mi ansiedad y aclarar un poco las ideas.

Y eso me había hecho darme cuenta de algo. De por qué Patricia había hecho ese intercambio de armas y sujetaba ahora la Glock de Cuartango.

—Vas a matarme, ¿no? Así parecerá un fuego cruzado.

—No me lo pongas más difícil de lo que ya es.

La miré a los ojos. Ella intentaba no mirarme de frente... pero estaba decidida. Me mataría. Pensé que debió de perder la razón hacía tiempo. Quizá la primera vez que llenó su barco de droga, o que tuvieron que matar a alguien para seguir adelante...

—¿Y Orizaola? ¿Qué ha pasado con él? —pregunté.

—No creo que lo consiga. Esta vez nos hemos asegurado.

Noté que se me cerraba la garganta. Tenía ganas de gritar, de llorar, de romperle la cara a Patricia.

—Pero todavía hay vidas que salvar, Nerea: tu tío, tu madre, tus amigos... Y créeme: morirán. De una forma horrible, además. Por eso necesito que hablemos de ese vídeo: ¿cuántas copias quedan?, ¿quién las tiene?

Yo seguía en shock por la noticia sobre Ori. ¿De verdad lo habían matado? Tenía ganas de vomitar.

—¿En qué te has convertido? —La miré horrorizada—. Eres un monstruo. Una asesina, por mucha palabrería que uses para adornarlo.

—Vale. Como quieras. Tenemos que eliminar esos vídeos, ¿entiendes?

¿A quién tenía delante? A una mujer dispuesta a matar para salvarse, pero una mujer asustada a fin de cuentas. Patricia estaba contra las cuerdas y esa era una mano que yo debía jugar.

—Patricia, el vídeo no se puede parar —respondí—. Orizaola ya lo estaba distribuyendo cuando hemos hablado... Solo te queda proteger a Iker. Entrégate y testifica.

Eso le hizo sonreír.

—Es mentira. Cuartango lo sabría.

—No le has dado mucho tiempo para que te lo contara, ¿no crees? —dije—. Además, sabiendo que él está implicado, Orizao-la lo habrá enviado a la central. A Asuntos Internos, para empezar.

Creo que logré colársela, o al menos le inyecté una dosis de incertidumbre lo bastante grande.

—De acuerdo —dijo ella—. En ese caso, terminemos de una vez.

Cogió la pistola con las dos manos. Yo noté que me quedaba sin aire.

—Espero que lo comprendas. Lo hago por Iker.

—¿Por Iker? Al menos no insultes mi inteligencia. Lo haces por ti, Patricia. Todo esto lo has hecho por ti, desde el primer día. Y por la razón más mezquina del mundo: el dinero. No sabes vivir sin él. Te da miedo vivir sin él. Os pasa a todos los ricos.

—Puede ser, querida. Todos nos damos pomada donde nos duele. Unos quieren dinero, otros quieren amor, otros la fama, el reconocimiento... ¿Qué es lo que querías tú cuando te liaste con un hombre casado? ¿Que alguien te amara de una vez por todas? ¿Tener la vida que nunca has tenido? Bueno, pues me alegro de que vivieras una buena época. Quizá te reencarnes en alguien feliz... Pero ahora tengo que apretar el gatillo.

Tomó aire. Se preparó para disparar.

—¡No! ¡Espera! No va a cuadrar —dije entonces—. La posición de los cuerpos. Las huellas de sangre. Hasta un poli novato se olería el montaje.

Ella se detuvo un instante y observó el granero.

Tenía que pensar en algo. ¿Lanzarme sobre ella?

—¡Es cierto! —Se rio—. Veamos... Muévete un poco hacia allí.

—Escúchame. Todavía estás a tiempo de hacer las cosas bien. Si colaboras con la justicia, tu hijo... Hay otras formas de salir de esto.

Quería convencerla para que soltase el arma o distraerla de alguna manera. En realidad, esa mujer estaba acabada. Solo por el asesinato de Cuartango iría a prisión el resto de su vida, pero yo tenía que intentar pasar de puntillas por todo eso. Olvidarme de ese «pequeño incidente» y de esos trozos de cerebro que ahora conformaban una bonita alfombra borgoña sobre el suelo de madera. Tenía que instalar en su mente la esperanza o de lo contrario era posible que yo también terminase con la cabeza hecha puré de tomate.

Pero entonces ocurrió otra cosa. Algo que hasta cierto punto era lógico, pero en lo que no había reparado hasta ese momento.

Alguien me llamó desde la calle. Unas voces. También daban golpes en la puerta.

—¡Hola! ¿Hola? Arruti, ¿estás bien?

Patricia se llevó un dedo a los labios para indicarme que no hiciera ni un ruido. Yo sonreí porque había reconocido el acento de Kristine y de Lottë.

Patricia había disparado tres veces: tres detonaciones que, incluso en una noche de truenos como esa, habrían llamado la atención de la perspicaz Lottë (no me fiaba tanto de su adormilada hija), una voraz lectora de novela negra dispuesta a ver ese margen de fatalidad y sospecha en todo cuanto la rodeaba.

—¿Nerea? —repitió Kristine desde el otro lado de la puerta.

—Si no salgo, van a mosquearse —dije—. Me estaban esperando para cenar.

Patricia, cada vez más ensombrecida y nerviosa, me indicó que fuese hasta el baño. Ella se agachó junto a la puerta para evitar que la vieran.

—Abre la ventana y diles que todo va bien y que ahora subes. Di cualquier otra cosa y te mato aquí mismo.

—Okey.

Entré en el baño, abrí la ventana y me asomé. Vi un paraguas junto a la puerta.

—¿Kristine? —grité—. ¿Estás ahí?

—¡Sí! —gritó ella de vuelta.

Las dos mujeres se echaron un poco para atrás y pude verlas iluminadas por los farolillos de la entrada, sonriendo, enfundadas en dos impermeables largos, con sus melenas tan claras.

—Hemos oído unos ruidos y... bueno, mi madre ya sabes cómo es. ¡Ha pensado que eran disparos!

Forcé una risa en voz alta.

—Habrán sido los truenos —dije—. ¿Seguro que estáis viendo una de Almodóvar? ¿No será *La casa de papel*? En esa hay muchos disparos.

Kristine rio.

—¿No ves, *mor*? —le dijo a su madre, que respondió algo en danés.

—Ahora subo, chicas, me muero de hambre. Pero podéis empezar a cenar sin mí.

Entonces noté que a Lottë se le apagaba la sonrisa. Había pillado mi mensaje en clave.

—De acuerdo —dijo (que sonó como «dakkuegdo»)—. Te esperamos para cenar.

Las saludé con la mano y cerré la ventana convencida de que llamarían a la policía en cuanto llegaran a su casa. ¡Cuánto me alegraba de que Lottë leyese novelas de misterio, aunque al principio fuese peor que un dolor de muelas!

Ahora tenía que aguantar, ganar todo el tiempo que pudiese con Patricia, quizá hablarle de las copias del vídeo o... Pero según me di la vuelta y vi su expresión, agachada como estaba junto a la puerta, entendí que eso no iba a ser posible.

—Muy lista —dijo—, como siempre.

—¿Qué?

—Que eso de la cena me ha sonado a truco. Son danesas. A estas horas ya habrán hecho la digestión.

Me quedé callada, titubeando, pensando cómo defender mi argumento (se han «españolizado» o algo así), pero solo esos segundos de duda ya me delataron.

Supe que todo iba a ir mal a partir de ese instante, pero al mismo tiempo advertí que Patricia había cometido su primer y quizá único error de la noche. Seguía agachada, apuntándome desde abajo, y yo estaba de pie, sin ataduras, con una clara ventaja física que decidí aprovechar en el acto.

Le lancé una patada inesperada a la mano y acerté de pleno. No conseguí que soltara el arma, pero el disparo fue a parar al techo.

Me abalancé sobre ella y le apresé las muñecas antes de que pudiera apuntarme de nuevo. Estiramos los brazos y nos quedamos cara a cara, las dos ya en el suelo.

—Esto se acabó, Patricia.

Era cierto, ese disparo lo habían tenido que oír, obligatoriamente, Lottë y Kristine.

—Si se acaba, se acaba para las dos —dijo ella.

Me soltó un rodillazo, que encajé como pude y le pagué con un golpe de testa en su pecho. Ella se quedó sin aire, pero todavía sujetaba la pistola con fuerza. Empecé a golpearle las manos contra el suelo para que soltase el arma, pero ella disparó de nuevo. Esta vez le acertó a la sierra de banco, que se puso a funcionar.

—¡Maldita seas! ¡Teníamos una vida perfecta hasta que apareciste!

—¡No era tan perfecta! —repliqué.

Rodamos y volvimos a quedar enfrentadas. Patricia sacó fuerzas e intentó otro rodillazo. Me aparté de golpe, girando sobre la madera como las agujas de un reloj y le doblé las muñecas hasta conseguir que soltara el arma. Traté de atrapar la Glock, pero ella me empujó con las piernas. Caí hacia atrás y la pistola quedó en tierra de nadie. Le di un patadón y la envié debajo de la sierra.

Me preparé para seguir la pelea, pero Patricia se puso a gatear a toda prisa en sentido contrario. ¿Huía? No. Iba hacia el cadáver de Cuartango. Había tardado unos pocos segundos menos que yo en recordar que mi revólver yacía junto al muerto. Estaba a punto de llegar. Yo me puse en pie. Todavía sufría las agujetas de mi pelea en Londres, pero el bombeo de adrenalina era tal que di dos largas zancadas antes de lanzarme sobre ella. La aplasté contra el suelo, pero ella alargó el brazo y casi consigue agarrar el revólver. La cogí de la melena y tiré con fuerza para evitar que lo hiciera. Después la inmovilicé con un brazo en la espalda y le sujeté el cuello contra el suelo. Ella gritó de dolor. De rabia. De frustración.

—Ya está... Se acabó —jadeé.

Ella se revolvió pero no había nada que hacer. Ya estaba bien sentada sobre ella.

—Nos acabas de joder la vida —dijo—. A todos.

—Es posible. —Casi no podía respirar—. Es posible.

Las sirenas tardaron algo más de diez minutos en oírse, acercándose por la carretera del bosque. En ese tiempo, me mantuve sentada sobre Patricia, con su brazo bien sujeto. Las dos calladas como muertas.

Yo quería llamar por teléfono, saber más de Aitor, pero Patricia llevaba su iPhone en el bolsillo delantero y no iba a arriesgarme a perder ni un centímetro de control sobre ella. Lottë y Kristine, me imaginé, estarían en su casa con las puertas cerradas y atrancadas con sillas. Así que tuve que esperar.

Patricia estaba tranquila. Respiraba, como un animal que ha caído en una trampa y aguarda acontecimientos. Supongo que pensaba en sus opciones. ¿Podría explicar aquella situación de otra forma? A fin de cuentas, ella era una honrada ciudadana y yo una policía a la fuga. Quizá podría decir que yo había matado a Cuartango...

Pero sus huellas estaban tanto en la Glock como en el revólver, el arma homicida, y la prueba de parafina que iban a practicarnos a ambas en la siguiente media hora daría rastros de pólvora en sus manos. Y además de eso, el vídeo de Eleder terminaría de aclarar la historia.

Ella debió de llegar a la misma conclusión. Cuando oímos los coches detenerse frente a la casa, las sirenas, el jaleo de puertas, quiso decir algo:

—Nerea...

La megafonía atravesó la noche para avisar de que era LA POLICÍA y que IBAN A ENTRAR, entonces Patricia habló por última vez (las siguientes serían siempre a través de unos magníficos abogados).

—Sé que no tengo ningún derecho a pedirte esto, pero...

—Dime.

—Cuida de Iker, por favor. Desde ahora está en peligro. Hazlo por la amistad que tuvimos.

—Haré todo lo que esté en mi mano.

Patricia cerró los ojos. Oímos cómo el ariete rompía la puerta.

24

Hubo un momento de auténtica confusión allí dentro. Entraron tres agentes de intervención rápida, los «Bizkor», detrás de un escudo. Enmascarados con verduguillos, dos HK MP5 y chalecos antibalas, gritando manos arriba y que no parpadeáramos. Cuartango yacía en el suelo como una botella descorchada. Yo estaba sentada sobre Patricia, inmovilizándola, pero era yo, Nerea Arruti, en busca y captura desde ayer. No obstante, me identifiqué correctamente.

—¡Soy agente de la Ertzaintza! —grité—. ¡Tengo la identificación en la chaqueta! ¡Hay un revólver cargado y temo que esta mujer pueda usarlo!

Pero Patricia estaba tranquila, con los ojos cerrados. Creo que había adoptado una actitud de muñeca y que no pensaba hacer nada para resistirse.

Al final nos esposaron casi a la vez y nos colocaron bolsas de plástico alrededor de ambas manos para garantizar la prueba de parafina que nos iban a realizar a continuación. Nos preguntaron si había alguien más en el edificio y yo respondí que no. ¿Y en la casa?

—Estaba yo sola. Recogiendo cosas en el desván —dijo Patricia.

La agente de intervención que me escoltaba hacia la calle, bajo la lluvia nocturna, se mostró tan amable que casi me caigo de bruces del empujón que me dio. Pero no me importaba. Me enderecé y volví a recitarle el nombre y el número de agente de Aitor Orizaola.

—Es un compañero de la comisaría. Creo que lo han atacado hace escasos minutos. Por favor, te lo ruego, pasad la orden cuanto antes.

Salimos fuera. Había un par de patrullas y en el furgón de la unidad «Bizkor» se habían instalado focos; justo en ese momento llegaba también el camión de la Científica. Vi a Kristine y a Lottë bajando por la carretera, juntas bajo el paraguas. Al verme esposada, se dirigieron directamente donde el patrullero que guardaba el cerco para insistir en que yo «era inocente». Era aquel He-Man rubiales, el novato que perdió los nervios con Dani. Me imaginé que les respondería que todo seguía un protocolo muy estricto. El granero era el escenario de un homicidio. Y nada menos que de un comisario de la policía —«Preparad el café y el chocolate caliente, porque vamos a trasnochar»—. Pero yo no podía estar más agradecida a esas dos mujeres. Su aparición, como un *deus ex machina* de último minuto, me había salvado de una muerte casi segura.

Patricia fue por un lado, yo por el otro. Lo normal. Dos coches separados y a la central. La noche iba a ser muy larga para ambas.

Así fue.

Pregunté unas cien veces por Orizaola. En el coche. En la admisión. En el registro. En la celda de espera. Finalmente, a eso de la una de la mañana, aparecieron dos caras familiares por allí: Gorka Ciencia y Hurbil. Les di las buenas noches y les pregunté directamente por Ori.

—Está vivo, pero muy mal.

—Se ha salvado porque es un cabrón con suerte.

—Y porque los estaba esperando, claro.

Lo bueno y lo malo del Hotel Overlook, el piso de apartamentos turísticos de Ispilupeko, es que apenas había gente viviendo en los heladores meses de invierno. Así que a Ori le había bastado una mínima inversión en detectores de movimiento, colocados estratégicamente en algunas plantas decorativas de su rellano, para anticiparse a los tres sicarios que fueron a por él esa noche. Los tipos (otra subcontrata) llevaban armas automáticas provistas de silenciador. Una lluvia de fuego que nadie —y menos un tío con medio culo— podría resistir a menos que hubiera preparado algo.

Pero Aitor había preparado algo.

Llevaba días mosqueado, así que, junto con los detectores, había montado en su piso un «escenario de bienvenida». Una pequeña cantidad de explosivo plástico (del que tendría que rendir cuentas más tarde) les aguardaba detrás de un escudo de hierro del Athletic, regalo de una troquelería de la zona. Activados con el viejo método de juntar dos cables pelados, los pocos gramos de C-4 bastaron para derribar el tabique del cuarto de baño, en cuyo suelo apareció el cadáver del primer sicario. El segundo, malherido por la explosión, se dedicó a agujerear las paredes hasta que murió, de una hemorragia interna, en el rellano. El tercero, que había salido indemne del zambombazo, fue el que causó más daños. Aitor se había parapetado en la cocina, detrás de una nevera antigua bastante pesada, que resistió nada menos que treinta y cuatro balazos.

Al final acabó con el sicario, pero lo hizo a costa de recibir cuatro disparos: dos en la pierna y dos en el torso. Y una de ellas en un órgano vital.

—Está en Cruces, lo están operando a vida o muerte.

Me eché a llorar allí mismo, por mis propios nervios, por saber que a Ori todavía le quedaba algo de esperanza... De no haber sido por él, por su lealtad y su tesón, ¿hubiera conseguido llegar hasta aquí? Lo dudaba.

Gorka me puso la mano en el hombro.

—Arruti, tómate quince minutos, pero tienes que subir a declarar. Ha venido mucha gente. Muchísima.

Aquello fue como un gran funeral corporativo y no era para menos. Un comisario muerto, asesinado por haberse enredado en una red de narcotráfico. ¿Podía haber una noticia peor para el cuerpo? La prensa nos iba a despellejar vivos.

Hablé. Conté todo ante un tribunal interno formado por intendentes, mandamases de la organización y dos caras muy conocidas de la política local (supongo que Enrique estaba escondido debajo de alguna alfombra muy gruesa). Mientras tanto, me imagino que iban llegando los resultados de Balística, de la Científica... y mi historia iba encajando lentamente.

«Sabíamos de una posible implicación interna en la red».

«Se han hallado los depósitos bajo el granero, tal y como usted dijo».

«El vídeo y las fotos ya obran en nuestro poder. En efecto, se puede identificar a Íñigo Cuartango y a Abraham Mendieta».

«Patricia Galdós acaba de pedir acogerse a un programa de protección de testigos para ella y su hijo»...

Al cabo de veinticuatro horas me pusieron en libertad sin cargos. Supongo que las altas esferas necesitaban construir un buen relato que ofrecer a los medios y, como ya tenían al villano (Cuartango), decidieron que yo debía ser la heroína. Lo de mi «declaración en rebeldía» lo revisaría Asuntos Internos como una falta atribuible a la presión y a un «estado mental excepcional», pero a la vista de los resultados, el cuerpo prefería correr un tupido velo. Uno de los jefazos me trasladó su «agradecimiento por el sentido de iniciativa y los riesgos personales asumidos».

Y me dejaron marchar.

Uno de aquellos intendentes me estaba esperando en la entrada del edificio principal. Era un hombre de unos sesenta años, pelo cano, que había mostrado alguna que otra sonrisa durante mi declaración.

—Fui compañero de tu tío Ignacio —me dijo según recogía mis objetos personales—. Solo quiero que sepas que él estaría muy orgulloso de ti.

—Gracias. De verdad.

—No hay de qué. Y prepárate porque has dado la nota a lo grande. Aquí y «mucho más arriba» se preguntan cómo no te conocían de antes.

—¿Eso es bueno o malo?

El tipo sonrió con los ojos brillantes.

—Te voy a dejar con ese pequeño misterio en el cuerpo —respondió.

Cogí un taxi y me planté en el hospital de Cruces.

Las reglas de la Unidad de Vigilancia Intensiva son estrictas en cuanto a las visitas. Mucho más si se trata de un agente que ha sufrido un ataque violento. Tuve que esperar dos horas hasta que Carla, la ex de Ori, apareció por la puerta.

—¿Nerea?

—¿Cómo está?

—En coma inducido —dijo con la voz temblorosa—. Todo dependerá de su fuerza...

Nos abrazamos.

—Si es cuestión de fuerza, entonces se salvará.

—Ojalá... —Rompió a llorar.

Ori y Carla se habían separado hacía un par de años. Por culpa de la vida de poli, que hacía mella, supongo, y también porque Carla había conocido a otro hombre en su trabajo y se había enamorado. No se la podía culpar por eso, pero ese día ella parecía culparse de todo.

—Ah, por cierto, hay un médico preguntando por ti —me dijo cuando por fin nos separamos y yo enfilé la entrada de la UVI.

—¿Pregunta por mí?

—Sí... No tengo ni idea de por qué.

Dos patrulleros hacían guardia en el acceso a los boxes. Me identifiqué y accedí a que me cachearan. Después pasé y me dirigí a la habitación acristalada en la que yacía Aitor. Tenía un aspecto escalofriante. Pálido, con cables por todo el cuerpo, respirando con ayuda de una máquina.

Saltaba a la vista que estaba inconsciente, pero yo estoy acostumbrada a hablar a la orilla de lagos profundos. Me senté a su lado. Le cogí la mano.

—Ori, soy Arruti... No sé si me escuchas, pero los hemos pillado. Son nuestros.

Estuve una hora con él, contándole cómo había terminado todo. Una de las cosas de las que me había enterado en la central era que Cuartango poseía un teléfono «liberado» con el que gestionaba sus «negocios en B». El último mensaje enviado desde ese número fue a uno de los sicarios que irrumpió en su piso de Ispilupeko. El mensaje era una orden para liquidar a Orizaola. Además, los citaba esa misma noche en un punto cercano de la costa «para otro encargo».

Supuse que ese otro encargo habría sido yo.

Se me terminaba el tiempo de visita y ya casi me había olvidado de lo que me había dicho Carla en la sala de espera, que un médico me andaba buscando, cuando vi a un tipo bien plantado que se acercaba a la habitación.

—¿Es usted Nerea Arruti?

—Sí.

—Soy Jaime Oraá, el médico de urgencias que recibió a Aitor ayer. Oiga... ¿Puede enseñarme su identificación?

—¿Qué? Ya la he mostrado antes... —dije levantando la barbilla hacia los policías de la entrada.

—Lo siento, pero tengo que pedírsela. Órdenes de su compañero. —Señaló a Ori.

Extrañada, saqué mi cartera y le mostré hasta tres carnets que parecieron satisfacerle.

—De acuerdo —asintió el médico—. Su compañero ingresó en muy mal estado y se le practicaron algunas curas de emergencia y una transfusión de sangre antes de sedarle para la operación.

—Vale —dije sin entender nada.

—Justo antes de la anestesia, recobró ligeramente la consciencia. Estábamos a solas en el box de urgencias y me dijo que quería darme un mensaje importantísimo para usted. Pero que solo podía dárselo en persona.

—De acuerdo. —Le apreté la mano a mi amigo.

—Era algo sobre un número de teléfono que ustedes han estado buscando. Una llamada. «La última llamada de Kerman».

Noté que la sangre abandonaba mi cabeza por unos instantes.

—¿Entiende a qué me refiero?

—Sí... Creo que sí.

—Me alegro —dijo el médico con una sonrisa—, porque solo dijo eso y un nombre.

—¿Un nombre?

Entonces aquel médico abrió los labios para decirlo y el mundo se quedó, repentinamente, en silencio. Y yo sentí que me deslizaba por un agujero muy profundo.

25

Días después

Se había levantado el viento sur en la costa y las gaviotas estaban como locas. Subían por encima de la atalaya de Illumbe y bajaban planeando a ras de agua como un escuadrón de cazas haciendo alguna acrobacia temeraria.

En la biblioteca municipal se respiraba una grata atmósfera de aburrimiento. La bibliotecaria se distraía en su ordenador mientras una pila de libros por clasificar esperaba pacientemente a su lado. Un jubilado leía el periódico como todas las tardes. El aire hacía temblar las ventanas de vez en cuando. Sonaba el tictac de un reloj.

Sentada al fondo, junto al ventanal que daba a la plaza, yo pasaba las páginas de una revista de viajes. Mi teléfono móvil, recién comprado, marcaba las seis de la tarde. Pasé por encima de un reportaje sobre la Bretaña francesa sin hacerle demasiado caso. Tenía los ojos puestos en la plaza.

El jubilado del periódico alzó la mirada y me sonrió cuando me levanté y caminé hacia la puerta. Yo sonreí de vuelta. ¿Me reconocía? Que yo supiera, mi foto no había salido en ninguna parte, pero nunca podía saberse del todo. Era un pueblo muy pequeño y las noticias corrían como la pólvora.

Los periódicos llevaban una semana hablando de esa «red criminal internacional» desmantelada en Illumbe. Una historia de veleros, sicarios y policías corruptos que había recalentado la imaginación de los vecinos del pueblo, incluso de la comarca. En los bares, en el supermercado, en todas partes, la gente hablaba del caso, se miraba de reojo a los extranjeros. Todo el mundo podía ser un mafioso o un asesino a sueldo. Y por cierto, ¿quién es esa poli que actuó en solitario para desenmascarar al comisario jefe? ¿Alguien la conoce? ¿Es de Gernika? ¿De Illumbe?

Verónica Ortiz de Zarate salió por la puerta del Hotel Kaia a las 18.07, más o menos su hora habitual cuando no tenía guardia. Llevaba un plumífero color azul por encima de su uniforme y, como todos los días, atravesó la plaza y subió por la calle Goiko siguiendo la misma rutina de los días anteriores.

Verónica era una mujer de hábitos. De camino a casa, a veces se tomaba un café en el Kabia, sola, sentada en una mesita y con la mirada perdida en algún pensamiento. Otras veces paraba en el súper y hacía alguna compra. Y en ocasiones daba un rodeo antes de terminar, como siempre, en su piso. Allí, la ventana de la cocina se iluminaba durante media hora. Después esa se apagaba y se encendía la del salón, con el resplandor de un televisor que duraba más o menos hasta las once. Apagaba las luces y se iba a la cama. Al día siguiente, bien temprano, salía de nuevo al trabajo.

Esa rutina había cambiado el martes pasado. Ese día, Verónica alargó el paseo mucho más allá de la ermita de Santa Catalina. Entró por el viejo camino de Ondartzape y siguió hasta la caleta. Seguirla por aquel caminillo era muy arriesgado, pero podía imaginarme a dónde se dirigía, así que tomé un desvío.

Desde las faldas de una colina aledaña, la vi acercarse a una de las rocas de la Boca del Diablo, el lugar donde Eleder había perdido la vida. Sacó una flor que llevaba en su bolso y la lanzó al mar. Después se quedó cerca de media hora allí, mirando cómo rompían las olas contra los arrecifes. Pensando en algo. Quizá hablándole a su hijo en sus pensamientos. De vez cuando, echaba mano a un pañuelo y se secaba los ojos.

El caso de Eleder, la autopsia falseada, su asesinato. Era otro capítulo más del extenso y complicado sumario que se estaba preparando y cuyos efectos, tarde o temprano, asomarían a los muros de la casa Arriabarreun. No era la noticia más sonada —de hecho, oí que «alguien» se las estaba arreglando para que la prensa no hablase demasiado del tema—, pero había quedado muy claro que Eleder Solatxi fue una víctima colateral de esa organización. Y que la policía había cometido el flagrante error de obviar una investigación formal al respecto.

Esa tarde esperé a Verónica en su portal. Cuando me vio, o no lo pensó o debió de achacarlo a las casualidades... A fin de cuentas, yo le había hecho una promesa y quería cumplirla. Con algo de miedo, me invitó a pasar.

—El periódico apenas dice nada... Pero hablan de una «agente» que lo reveló todo.

Sí. Le dije que esa agente era yo y le pregunté cuánto quería saber.

Dijo que «todo».

Le conté la verdad con mis mejores palabras, con un cariño que intentaba redondear todas las aristas, pero la verdad. Sin embargo, en esta ocasión me di cuenta de que, pese a lo duro del relato Verónica reaccionaba como si, de alguna manera, «ya lo supiera todo».

Cuando un hecho desafía a nuestro juicio, hay que cambiar completamente de perspectiva. Volver a repensarlo de arriba abajo. «No existe el crimen perfecto, sino una mala investigación», decía mi tío Ignacio.

Y eso era lo que había estado haciendo, hasta que aquel médico de urgencias me transmitió el mensaje que Orizaola le había dado *in extremis*, quizá creyendo que se encontraba en sus últimos minutos de vida: «Verónica, ese es el nombre, dígaselo a Arruti».

Verónica Ortiz de Zárate fue la persona a la que Kerman llamó por teléfono desde el fondo del barranco. Aquella noche. Antes de morir. ¿Qué sentido podía tener eso?

¿Verónica era la asesina? Pero ¿por qué llamaría Kerman a Verónica? ¿De qué se conocían?

Me pasé dos días rompiéndome la cabeza sin encontrarle el sentido, hasta que decidí que tenía que cambiar de lente. Y eso es lo que hice. Desmonté todas las piezas de ese puzle que me había costado casi dos semanas conformar. Y con todas las piezas sueltas ante mí, de pronto tuve una intuición.

No hablé con nadie (Gorka, Blanco, Hurbil) de aquello. Mis compañeros tenían suficientes fuegos que apagar en la comisaría ahora que nuestro jefe estaba muerto y yo, en teoría, estaba de vacaciones. Así que llevaba días vagando tras los pasos de Verónica, esperando a algo que sabía que tenía que suceder tarde o temprano.

Y aquella tarde, por fin, se cumplió el pronóstico.

La seguí por la calle Goiko, pero en esta ocasión no se detuvo a hacer la compra ni a tomar café. Verónica fue directa a las inmediaciones de su edificio. Sin entrar en casa, se metió en su coche, un Chrysler Voyager con muchos años encima. Esto podría haberme pillado desprevenida, pero no. Tenía mi Peugeot aparcado a dos calles de allí, por si ocurría algo así. Rápidamente, me puse a su zaga por la carretera general.

La seguí hasta un hipermercado en Bermeo. Allí se pasó cerca de media hora comprando y salió con un carro lleno. Lo metió todo en el maletero y después arrancó de vuelta a Illumbe, solo que no entró en el pueblo. Siguió hacia delante.

La noche había caído ya sobre el mar. Yo conducía dejando una distancia prudencial entre el Voyager y mi coche. La carretera general que une Illumbe con los otros pueblos de esa margen del estuario tenía tráfico a esas horas. Gente que regresaba de sus trabajos en Bilbao o en otros puntos de la comarca. De esa comarca hobbit donde nunca pasa nada, pensé recordando las palabras de Enrique.

Y mientras nos aproximábamos al que —estaba casi completamente segura— era nuestro destino de esa noche, mi corazón latía cada vez más rápido, con una mezcla de incredulidad, de miedo, de emoción. «¿De verdad está a punto de ocurrir lo que creo?».

Un par de minutos antes de abandonar el término municipal de Illumbe, Verónica señalizó hacia la izquierda. Frenó junto a un cartel de madera, con forma de tabla de surf, que rezaba CAMPING ILLUMBE.

Yo también puse el intermitente, llevada por una sensación de puro vértigo.

Verónica se acercó a la entrada, sacó un llaverito magnético y la barrera se levantó. Me apresuré a aparcar a uno de los lados de la cabaña de recepción. Salí del coche y entré andando, sin demasiadas prisas. Era un camping extenso, un tanto laberíntico debido a la orografía tan accidentada sobre la que estaba construido. Pero solo un año antes había sido el escenario de una investigación, así que lo conocía bastante bien.

Bajé hasta la zona de las piscinas, que estaban tapadas en esa época del año. Desde allí podía ver al edificio principal, en cuyo comedor cenaban (haciendo bastante ruido) un numeroso grupo de boy-scouts. Descarté la zona de parcelas, donde había algunas tiendas montadas y grandes caravanas estacionadas. Me aposté algo a que encontraría el coche de Verónica aparcado junto a alguna de las cabañas, en la parte más alta y boscosa del camping.

Tras surcar la hondonada subí a la zona alta, donde convivían los bungalós con las cabañas de lujo. Era una zona silenciosa y apartada del camping, aún más en temporada baja. Caminé por el sendero en busca del Voyager y finalmente lo localicé junto a una de las últimas cabañas.

El coche de Verónica tenía el maletero abierto. Escondida tras un árbol, la vi salir para coger las últimas bolsas de la compra y meterlas en la cabaña. La puerta estaba abierta, pero no se veía nada más. Cuando terminó, cerró el maletero y se metió en la cabaña. Yo permanecí en mi escondite sintiendo que me temblaban las piernas. ¿Debería acercarme en ese momento? No. Era mejor esperar un poco.

Verónica tardó quince minutos en volver a aparecer. La

puerta se abrió y se cerró tras ella. Todo muy discreto. Entró en su coche, maniobró y salió de allí.

Tal y como me imaginaba, las luces siguieron encendidas en el interior de la cabaña.

En cuanto el coche desapareció sendero abajo, yo salí de entre los árboles. No voy a intentar explicar lo que sentía a cada paso que daba en esa dirección. Por la hierba. Hasta las escaleras de la cabaña. Cuando me detuve frente a la puerta y di tres golpes en la madera.

Si hubiese tenido el corazón un poco menos fuerte, creo que habría caído fulminada allí mismo.

—¿Verónica? —preguntó una voz.

—No —respondí—. No soy Verónica.

Se hizo un silencio.

—Abre, Kerman —le dije—. Sé que eres tú.

26

Su nuevo look, con la barba un poco hípster y el pelo teñido de rubio, me ayudó a aterrizar en aquel extraordinario momento. Era como haber encontrado a su doble o a un hermano gemelo... Por un instante, mi parte consciente solo fue capaz de procesarlo de esa manera.

—Nerea... —Su sonrisa se abrió como una flor.

Me había quedado paralizada en la puerta, incapaz de dar un solo paso en su dirección, así que fue él quien tomó la iniciativa. Me cogió de la mano, tiró de mí hacia dentro y le dio una patada a la puerta para cerrarla.

Nos quedamos a muy pocos centímetros el uno del otro, cogidos todavía de la mano. Yo tenía un tsunami de preguntas, de emociones, de reproches a punto de brotar de entre mis labios... pero sobre todo me sentía feliz, eufórica. ¡Estaba vivo!

—Pero ¿cómo? ¿Por qué?

Supongo que besarnos fue la reacción lógica a aquel sinsentido. A veces la razón es demasiado complicada, pero la piel permanece sencilla. Le besé con cuidado, como si estuviera besando a una estatua que pudiera romperse por efecto de algún hechizo. Él me tomó la cara con gesto delicado. Alargamos ese beso, nos pegamos el uno al otro sin decir nada.

Cerré los ojos durante un rato, pegada a él. Después volví a mirar. De refilón, a sus espaldas, observé el que había sido su hogar durante las últimas tres semanas. Había periódicos sobre la mesa, muchos. Un juego de pasaportes metidos en una bolsita de plástico. Dinero en efectivo...

Todo eso me hizo reaccionar. Me devolvió inevitablemente a la realidad. ¿Y si me estaba dejando engañar otra vez? Todavía tenía presente, como la picadura de una avispa, las mentiras de Patricia. El intento de asesinato...

Kerman me estaba mordiendo el cuello. Tenía sus manos en mi trasero y una erección como una roca.

—Para —le dije entonces—. No puedo... Yo no...

—Lo siento... —respondió al tiempo que se apartaba.

—No es que me moleste. Es que estás muerto y yo no entiendo nada.

—Sí... Perdona, me he dejado llevar.

Se sentó sobre la cama. Todavía con su sabor en la boca, mareada de la excitación, intenté dominarme. Me acerqué al fregadero de la cocina, cogí un vaso, lo llené de agua y me lo bebí de dos tragos.

—No sé ni por dónde empezar a hacerte preguntas.

—Pues tú eres la experta.

Miré otra vez los periódicos que tenía sobre la mesa. El juego de pasaportes. El dinero.

—Lo tenías todo planeado, ¿no? Cuando dijiste «Tengo un plan», tonta de mí, pensé que ibas a hablarle a Patricia de lo nuestro.

Kerman bajó la cabeza.

—Lo siento, Nerea. Era necesario. Si me dejas, te lo explicaré. Pero hay algo importante... ¿Cómo me has encontrado?

—Aquella noche, en el barranco, te oí llamar a alguien. Orizaola rastreó la llamada... hasta Verónica.

—Joder... ¿Cómo está Ori?

—Vivirá, aunque sigue en el hospital, medio sedado. Le dieron en el bazo y casi se queda en el sitio.

—Lo siento mucho. Siento todo lo ocurrido. La idea era otra, mucho más sencilla en realidad.

Volví a llenar el vaso. Tenía la garganta seca. Después seguí observando aquel lugar, casi por defecto profesional. El baño tenía la puerta abierta. Tintes para el cabello sobre el lavabo.

—¿Cuál era la idea, Kerman? ¿Desaparecer y dejarme el marrón a mí?

—Más o menos, aunque no con esas palabras.

—Pero lo hiciste todo a propósito. Aquel extraño episodio en el granero la madrugada del sábado al domingo. Tu mentirijilla... Sabías que me mosquearía, ¿verdad? Sabías que hurgaría... ¿Dejaste mis bragas escondidas tras la cortina a propósito?

Sonrió.

—Ese era el plan A. Que lo encontraras todo por tu cuenta. Funcionó. Aunque nunca pensé que arriesgarías tanto.

—¿A qué te refieres?

—Tenías las fotos de Eleder. El vídeo. El dinero... ¿Por qué lo ocultaste?

—Serás cabrón... ¡Lo hice por ti!

—No contaba con eso. Lo siento. Pensé que se abriría una investigación, que todo iría por los conductos oficiales. Pero entonces leí lo del tiroteo en el polígono Varona. La muerte de Abraham... Intenté avisarte cuando vi el derrotero que estaba tomando todo.

—¿¿Avisarme?? —dije sin dar crédito.

—El coche que te siguió aquella noche por el bosque, a la salida de la casa de los Arriabarreun.

—¿Eras tú?

—Le pedí a Verónica su coche. Fue la única vez que he salido de esta cabaña en tres semanas... Pero no me diste tiempo, Nerea. ¡Has ido demasiado rápido en todo!

Yo miraba a Kerman, todavía incapaz de creer que lo tuviese ante mí, vivo. Durante días había intentado recordar sus gestos, su forma de hablar, de gesticular. Y ahora... El alivio se mezclaba con el enfado y luego otra vez con la euforia y con la desconfianza, en un torbellino.

—Estuve en tu funeral. Te encontraron muerto en el coche. ¿Cómo demonios lo hiciste? Había un cadáver.

—Nada demasiado complicado de conseguir para un forense, ¿no crees?

—¿Y la prueba de ADN?

—¿No quieres sentarte? —Hizo un gesto hacia la mesa—. ¿Un vino? La historia es... complicada.

Descorchó un rioja. Sirvió dos vasos y nos sentamos.

—El cadáver era de un hombre con problemas mentales que vivía solo en Lemona. Llegó al instituto forense porque había sangre en su piso cuando descubrieron que estaba muerto, pero era de un golpe en la nariz. Le dio un infarto y se cayó de bruces. Yo llevaba meses esperando un cuerpo así... Mi altura, mi peso.

—¿Escaqueaste un cadáver? —Lo miré con los ojos muy abiertos—. ¿Eso se puede hacer?

—No es fácil, pero se puede. Sobre todo cuando no hay

una familia detrás. En estos casos el ayuntamiento se hace cargo del entierro. Los funerarios recogen una bolsa y la meten directamente en un ataúd. Nadie se molesta en mirar dentro.

—¿Qué había dentro?

—Un maniquí de prácticas de la Cruz Roja que compré por eBay. Es imposible distinguirlo de un cuerpo con rigidez cadavérica.

—¿Así que te quedaste con el cuerpo?

—Sí... Nadie se espera que robes algo así. No hay cámaras en la zona de los fiambres. Es fácil sacarlo hasta la puerta y cargarlo en tu coche. Después estuvo cerca de un año en una cámara frigorífica en Arkotxa. Hasta aquel domingo por la mañana... Bueno, llevaba unos días descongelándose en el granero.

—¿Lo llevabas en el maletero?

—Exacto. Junto con un bidón de gasolina.

—Pero el accidente... —recordé de pronto—. ¡Pudimos matarnos!

—Era un riesgo calculado, Nerea. Había repasado la pista de caída mil veces, créeme. Incluso había cambiado de coche por uno más grande y con todos los airbags del mundo.

Di un buen trago al vino.

—¿Y el tobillo roto? ¿Y el ADN?

—Lo del tobillo no le dolió, te lo aseguro y yo necesitaba una excusa para no poder moverme del coche. —Dejó escapar una sonrisa—. El ADN fue otro riesgo calculado, pero conociendo vuestros procedimientos era fácil de sortear. El viernes, antes de salir de casa, preparé más de veinte objetos personales: mi cepillo de dientes, la máquina de afeitar, el cortaúñas, un peine... Todo con rastros del cadáver.

—Estoy alucinando, Kerman. ¿Cuánto tiempo llevabas planeando esto?

—¿No hablaste de eso con Patricia? En los periódicos dicen que fuiste su rehén durante una hora. Supongo que te contó muchas cosas...

—Me gustaría oírlo de tu boca.

Kerman rellenó los vasos de vino.

—Hay días, mejor dicho, momentos que lo cambian todo en una vida. Cuando me llamaron para decirme que mi padre había muerto. Cuando le detectaron un tumor a mi madre... Bueno, pues la noche en que murió Eleder fue uno de esos momentos, quizá el peor de mi vida.

»Llegué a casa después de una guardia. Patricia, en teoría, estaba de travesía con su velero. Iker me había dicho que tenía una barbacoa en casa de Naia y que dormiría allí... pero nada más entrar vi luz en la cocina. Allí estaba Patri, con la cara deshecha... Me dijo que había ocurrido algo terrible.

»Desde el primer instante, su argumento fue que ella era una víctima de esa "organización". Me lo contó todo. Que llevaba años haciendo esos viajes bajo amenaza. Y ahora, por culpa de un entrometido, estábamos todos en peligro. Me imagino cuánto has alucinado tú al oírselo decir. Me gustaría que te pusieras en mi pellejo. No solo me estaba diciendo que era una criminal, sino que me pedía que la respaldase. "Lo del chico ha sido un error", me dijo. "Solo querían hacerle confesar, que nos dijera dónde había escondido su teléfono móvil... pero en uno de esos empujones se les ha escapado...". Eso fue lo que ocurrió con Eleder.

—Se les cayó...

—Exacto. Seguramente su plan era otro. Hacerle desaparecer de alguna manera... pero era imposible rescatarlo y el amanecer se les echó encima. Y por eso me necesitaban. En cuanto hallasen el cadáver yo debía estar preparado.

—Joder, así que colaboraste voluntariamente. —Negué con la cabeza, rehuí su mirada—. Lo siento, pero me cuesta tragar con esto.

Kerman bajó la vista. Hizo un gesto muy suyo, peinarse lentamente con los dedos de una mano.

—No intento defenderme por lo que hice. Solo diré que Patricia lo pintó todo de negro muerte. No solo éramos nosotros: eran Iker, Naia, mi compañera Ana, Enrique... Decía que el *modus operandi* de esa mafia era como una bomba vaporizante, que se aseguraban de que no quedase ni un cabo suelto que pudiera incriminarlos...

—Y tú la creíste.

—Digamos que estaba desbordado. Muerto de miedo y con el corazón roto... hice lo que hice. Solo eran dos clics menos, dos fotos que no debía adjuntar. No pensé que aquello me pesaría tanto, pero me cambió para siempre. Me he odiado desde entonces... y esa es la respuesta a tu pregunta. El plan comenzó ese mismo día.

—Pero mientras tanto dejaste que Patricia siguiera usando la casa de Arkotxa.

—Todo sigue la misma lógica siniestra. Estábamos en peligro, así que había que colaborar para que los «viajes» terminaran bien. Solo era una vez al año. Cuestión de mirar para otro lado. Además, como te digo, yo ya había empezado a planear esto.

Una ventana se cerró de golpe. El viento.

Kerman se levantó y fue a asegurarla. Ese pequeño lapso me sirvió para caer en la cuenta de algo. Las fechas...

Él regresó a la mesa.

—¿Quieres algo de cenar? Verónica siempre me trae tanto... Tengo la nevera a reventar.

Dije que no.

—Háblame de Verónica. ¿Desde cuándo forma parte de esto?

—No mucho. Necesitaba a alguien de absoluta confianza para ayudarme con la última parte: la huida. Pensé que ella era la persona perfecta. Me ayudaría porque tenía la mejor de las motivaciones.

—La venganza.

—Exacto. La había conocido en el instituto forense, durante el reconocimiento de Eleder. Sabía que ella nunca compró la teoría del suicidio, y que haría cualquier cosa por hacer justicia a su hijo. Decidí arriesgarme... Fui a buscarla y se lo conté todo, de sopetón. Recibí un guantazo, pero acto seguido dijo que sí.

—O sea, que ella ya lo sabía todo. Patricia, Cuartango, todo... cuando fui a verla al hotel.

—Sí, pero teníamos que jugar a este juego.

Carraspeé.

—Y el juego se llama «Arruti descubre la verdad por sus propios medios». Porque es eso, ¿verdad? Todo estaba orientado a que yo actuase.

—Ya te lo he dicho. Ese era el plan A.

—¿Y el B?

—Que Verónica descubriese por casualidad una copia del vídeo que grabó Eleder esa noche y la entregara en comisaría. Pero no estábamos seguros de lo que había conseguido grabar Eleder. Cuando yo lo encontré, ya estaba cifrado.

—¿Encontraste el móvil?

—Ah, sí... —Kerman bebió un trago para aclararse la garganta—. En el lugar más evidente que te puedas imaginar: en mi jardín.

—¿Qué?

—Lo que oyes. Eleder debió de lanzarlo por encima del seto cuando escapaba. Supongo que pensó que nadie buscaría ahí. Yo volví a la casa dos días más tarde, me puse a segar la hierba... y allí estaba. Era un móvil bastante caro, con un sistema de visión nocturna incorporado. Enseguida me di cuenta de que aquello podría ser un seguro de vida y decidí ocultarlo.

—Pero ¿cómo lograste desbloquearlo?

—Fácil. Con la huella dactilar de Eleder, su cuerpo seguía aún en el depósito de Barroeta Aldamar. Pero no me sirvió de mucho: el móvil tenía algún sistema de seguridad por el que encriptaba vídeos y fotos al instante. Sin embargo, los archivos quedaban marcados con su fecha, y solo había uno de la noche de ese jueves. Me lo guardé y después destruí el teléfono...

Me mantuve unos segundos en silencio. Me quedaban algunas preguntas y eran posiblemente las más difíciles.

Cogí la bolsa de plástico donde había tres pasaportes. La alcé ante sus ojos.

—Supongo que esto es algún tipo de falsificación muy bien hecha y muy cara.

—Correcto.

—¿Y qué pretendes hacer?

—Empezar otra vez. En otra parte. Muy lejos.

«¿Sin mí?». No pude evitar pensarlo. Aquello me partió el corazón, pero me sobrepuse.

—No es tan fácil, Kerman. Has cometido varios delitos.

—Lo sé. Pero también es cierto que he ayudado a la justicia, ¿no?

—Eso es algo que debería determinar un juez.

Torció el gesto.

—Bien. No voy a intentar escaparme. Si me pones las esposas, no me resistiré. Pero eso es como condenarme a muerte. Lo sabes. No duraré ni un mes vivo.

Solté el aire lentamente. Tenía razón...

—No he traído esposas. Tampoco le he contado a nadie lo de Verónica, y dudo que Ori lo haga. Y con todo el papeleo y la carga de trabajo que hay ahora en la comisaría, imagino que tu caso pasará a la carpeta de cosas que «quizá hagamos algún día».

—¿Y qué quieres decir con eso?

—Que si quieres marcharte, deberías darte prisa.

Me puse en pie. Notaba el estómago bailando dentro de mí. Tenía ganas de llorar. ¿Iba a dejarle ir? Claro que lo iba a hacer. Como él había dicho, lo otro sería condenarle a muerte. Y ya había muerto demasiadas veces.

—Gracias por el vino —dije—. Y suerte.

—Nerea —me detuvo.

—¿Qué?

—¿Adónde vas?

—Pues no sé, a mi casa. —Me temblaba la voz.

Kerman se levantó. Yo me había quedado quieta. No sabía qué hacer, qué decir.

—Ya sé lo que piensas —dijo—, pero eres demasiado orgullosa para admitirlo.

—¿Ah, sí? ¿El qué?

—Has calculado las fechas. Sabes que todo lo de Eleder sucedió más o menos en la época en que nos encontramos en la fábrica Kössler. Te he contado mi meticuloso plan para desaparecer. Y tu conclusión lógica es que te he utilizado, que nuestra aventura solo fue un paso más para atraerte a mi juego, ¿verdad?

Me encogí de hombros. No le iba a dar la razón ni en un millón de años. Aunque la tuviera.

—Vale. Me toca mover ficha en esto, así que allá voy: cuando te vi en aquella fábrica, haciendo tu trabajo de observación, fue como si el cielo me hubiera enviado una señal. Es cierto que pensé en ti para que fueses mi «aliada», pero también que no hubiera elegido a ninguna otra. ¿Entiendes? La última parte del plan era volver a por ti. Ponerme en contacto de alguna forma y... bueno, intentar convencerte para que me perdonaras. Para mí eres la mujer perfecta, Nerea Arruti. Lo has sido siempre. Ganas a todas las demás. Yo... estoy enamorado de ti.

Dejé que esa frase entrase por mis oídos y llenase mi cuerpo. No dije una sola palabra. Tan solo permití que aquello me inundara.

—¿No dices nada?

—No, digo: sí. Yo también estoy enamorada de ti. O del hombre que creía que eras. Me rompiste el corazón al morirte. —Le di un pequeño puñetazo en el pecho—. Yo tenía muchos planes para nosotros.

—Soy el mismo hombre. Hagamos esos planes.

—¿Cómo? —dije a punto de echarme a llorar—. Tú tienes que marcharte muy lejos... y yo...

Kerman dio un paso hacia mí. Me acarició el rostro.

—Hey... Nada de lágrimas, ¿vale? Algo pensaremos. Recuerda que soy un tío imaginativo.

—¿Qué vas a hacer? ¿Matarme a mí también?

Nos salió una risa desde muy adentro. Yo me abracé a él y esta vez decidí dejarme llevar. Kerman me mordió en el cuello. Una corriente eléctrica me recorrió el cuerpo.

—Apaga la luz...

Nadie sabía qué iba a ser de nosotros al día siguiente, pero una cosa estaba clara: esa noche era nuestra. Estábamos vivos y nos deseábamos como nunca. Recordé todo el dolor que sentí cuando creí que lo había perdido para siempre. Las caricias, las frases, los besos que le hubiera dado... así que decidí no guardarme nada.

Ni siquiera me contuve cuando me apeteció gritar de placer.

Sobre Illumbe

Illumbe es un pueblo ficticio situado en la comarca de Urdaibai, entre otros pueblos reales como Gernika, Busturia o Bermeo.

Las novelas de Illumbe mezclan lugares reales con otros de fantasía, como la isla de Izar-Beltz (una versión grande y visitable de la isla de Izaro) o el sanatorio de Santa Brígida, basado en el sanatorio de Gorliz, a unos cuantos kilómetros de allí.

En cualquier caso, todo, absolutamente todo, tiene sus raíces en esos lugares mágicos de la costa vizcaína que tanto amo. Os animo a visitarlos.

Agradecimientos

Terminar un libro siempre es un pequeño milagro y hay mucha gente a la que dar las gracias.

El forense Jon Arrieta se prestó amablemente a comentar los aspectos de la trama, y me invitó a conocer las dependencias del Instituto Médico Legal de Barroeta Aldamar en Bilbao, donde se desarrolla una parte importante de la historia.

Mi amigo el doctor Pedro Varela ayudó con los vivos —como es habitual desde la primera novela— en todo lo relativo a heridas, envenenamientos y procedimientos médicos.

Aitor Orizaola no solo presta su apellido a un personaje, sino que también ha sido una valiosa herramienta de documentación sobre los procedimientos de la Ertzaintza.

Javi Santiago, con el que comento las ideas de las historias y quien se lee los primeros borradores, además de aguantar alguna que otra neura.

Katherine K., por su interesante compañía y valiosos consejos.

Gracias a Juan Fraile, por su lectura, sus notas frikis y su paciencia con mis ideas románticas.

Maya Granero se ha convertido en una importantísima aliada de mis historias. Como correctora/asesora lo sabe todo sobre Illumbe y logra conservar la consistencia de la serie, muy a pesar de mis embates.

Carmen Romero, con quien de nuevo llegamos a buen puerto: gracias a su estupenda labor editorial y a todo el equipazo de Ediciones B, Penguin Random House.

Ainhoa Galán, a pesar de que nuestra casa se ha llenado de muchas caritas ávidas de atención, sigue teniendo un rato para que charlemos de los problemas de la historia.

Y a vosotros y vosotras, lectores, gracias. Un libro es solo una parte del hechizo. La otra parte, vuestra imaginación, vuestras ganas de soñar, es algo que me regaláis siempre, novela tras novela, y por lo que os doy las gracias. Ya es una especie de conjuro decir que... ¡nos vemos en la próxima!

Una última petición antes de marchar...

Querido lector, lectora... Ahora que has llegado al final y desvelado los secretos de *Entre los muertos*, es posible que tengas muchísimas ganas de ir a escribir tu reseña en la red. ¡Te estoy muy agradecido si lo haces! Tu opinión es muy importante y puede ayudar a atraer a nuevos habitantes a Illumbe.

Solo te pido, por favor, que evites desvelar ningún detalle del final. Ayúdame a mantener los secretos de Illumbe a buen recaudo.

¡Gracias!

MIKEL